Yonatan Sagiv • Der letzte Schrei

Yonatan Sagiv
Der letzte Schrei

Tel-Aviv-Krimi

Aus dem Hebräischen
von Markus Lemke

KEIN & ABER
POCKET

Für meine Eltern

Der Sprachgebrauch sowie die Grammatik im vorliegenden Roman spiegeln die Eigenschaften der Figuren oder der Erzählstimme wider und weichen zum Teil vom regulären Sprachgebrauch ab.

Die Arbeit des Übersetzers am vorliegenden Text wurde vom Deutschen Übersetzerfonds gefördert.

Die Originalausgabe erschien 2019 unter dem Titel
Hatze'aka haachrona bei Keter Publishing House
By Arrangement with The Deborah Harris Agency

Covermotiv: Sjharmon
Covergestaltung: Hannes Aechter, Berlin
Satz: Dörlemann Satz, Lemförde
Druck und Bindung: CPI books GmbH, Leck
ISBN 978-3-0369-6165-1
Auch als eBook erhältlich

www.keinundaber.ch

Ruhm ist die wechselhafte Kost
Auf einem schwanken Teller
Vor dem als Gast
Man einmal sitzt
Ein zweites Mal gibt's nimmer.
Und seine Krümel prüfen
Ironisch krächzend Krähen
Und flattern hin
Zum Korn der Farm
Die Menschen sterben dran.

EMILY DICKINSON

1

BALD WERDEN ALLE FÜR DICH MORDEN

Das Auto kommt auf dem für Motorräder und Roller vorbehaltenen Parkplatz zum Stehen. Qualm aus dem Auspuff verschleiert die Sicht auf das weiße Landgut im Rückspiegel. Die Blitzlichter der Paparazzi erhellen den Abendhimmel und frieren die vorfahrenden Luxuskarossen in einzelne Schnappschüsse ein. Schöne, lachende Menschen ergießen sich über das Anwesen, wo sich eine Zypressenreihe im kalten Wind wiegt und deren Spitzen hoch aufragen wie ein Trupp Schildwachen, die eine Burg umstehen.

Im Wagen schnarrt das Telefon. Oberinspektor Yaron Malka möchte, dass ich ihn zurückrufe. Ofer Ganor fragt an, ob mit dem Umzug alles gut gegangen sei. Ich schalte das Handy aus und werfe die Autotür zu. Mein Fohlen stößt protestierend ein letztes Qualmwölkchen aus.

Weg mit dem Alten, auf zu Neuem. Zeit für *moi*, Zeit aufzugehen wie ein Stern.

»Name?« Der Sicherheitsmann am Eingang stoppt mich mit imposantem Body und ausdrucksloser Miene.

»Oded Chefer.«

Er nickt. Ich erzittere. Der Klang seines rauen Baritons.

Die breiten Schultern. Die von dem schwarzen Anzug nur mit Mühe gezügelte primitive Wildheit. Ein Astralkörper, Nachfahre eines Geschlechts potenzstrotzender slawischer Krieger, die auf ihren Schlachtrössern vollbusige, fröhlich lachende Jungfrauen vor sich sitzen haben.

»Und wie ist dein Name, wenn man fragen darf?«, höre ich mein eigenes Stimmchen plappern.

»Stas.« Die Augen des Wachmannes scannen die Namensliste auf dem Klemmbrett, das in seinen Pranken wie ein Spielzeug aussieht.

»Stas.« Ich reibe die Hände wie eine Gastgeberin, die auf dem von ihr organisierten Wohltätigkeitsball einen ihrer potentiellen Großspender trifft. »Was für ein bezaubernder Name. Und woher stammst du, Stas?«

»Aus Netanja.«

»Natürlich, Stas, natürlich«, sage ich einfältig kichernd, flirtend. »Aber ich meinte ursprünglich.«

»Aus Netanja.«

Ich bin ein bisschen perplex ob der nichtexotischen Antwort. Stas schlägt eine Seite auf seinem Klemmbrett um. Sein Blick wandert die Liste hinab. Mein Herz beginnt, heftiger zu schlagen. Vielleicht wegen des gerade erfolgten diplomatischen Zwischenfalls, der Stas davon abhalten wird, mich besser kennenzulernen, vielleicht aber auch bloß aus Sorge, mein Name könnte am Ende nicht auf der Liste auftauchen. Stas blättert erneut, noch eine Seite ist *perdu*. Meine Haut brennt, mein Rücken schwitzt. Ich stopfe das schwarze Anzughemd von Zara in die schwarze Hose von Zara und richte die schwarze Krawatte von Zara. Möglicherweise hilft das, mir Zutritt zu verschaffen. Oder wenigstens mein erschreckendes Bäuchlein vor Stas' wachsamen Augen zu verbergen. Eine weitere Seite wird vor meinem Gesicht umgeschlagen. Ich will hier kein Drama draus machen, aber so haben sie sich bestimmt bei der Selektion auf der Rampe gefühlt.

Stas ist bei der letzten Seite der Liste angelangt und hebt den Kopf. Ich schrecke zurück. Dieser Gladiatorenkörper. Und das Gesicht? Verkniffen wie das einer Marketenderin, die um ihre Ware feilscht. Der schöne Mann betrachtet mein Gesicht. Kalt. Grausam. Die hochmütigen, blauen Augen eines kaukasischen Kosaken, der nur plündern, sich den Bauch vollschlagen und alles rammeln will, was ihm in die Que-

»Du kannst rein.« Stas öffnet das Tor.

»Vielen Dank dir, Stas«, antworte ich und erröte, als mir aufgeht, dass ich mich gerade verbeugt habe.

»Einen schönen Abend noch.«

»Dir auch, Stas«, hechle ich wie ein Pekinese, der seinem Herrchen am Bein hochspringt. »Und falls du Durst haben solltest, sag Bescheid, ich besorge dir wirklich gerne einen Drink von der Bar –«

»Name?« Stas hat sich von mir ab- und dem Paar hinter mir zugewandt. Sein muskelbepackter Nacken ragt wie eine Befestigungsmauer vor mir auf. Der Name mag aus Europa stammen, aber die Manieren sind zweifellos aus Netanja.

Ich drehe ihm den Rücken zu. Das war ganz und gar nicht der Auftakt, den ich mir für einen solch rauschenden Abend erhofft hatte, aber wie unsere Weisen so schön sagen: aus einer tiefen Grube auf ein hohes Dach. Es bleiben noch fünfzig Minuten bis zum Treffen um halb sieben mit meinem sehr neuen und sehr wichtigen Klienten, und bei allem Respekt für Herrn Stas – ich bin aus rein beruflichen Gründen hier und habe nicht das geringste Verlangen, einen Gorilla zu bezirzen, den nur sein eigenes Spiegelbild interessiert.

Die Fassade des Landsitzes erhebt sich über der illustren Menge, die mich mitzieht und über einen Kiesweg um das schneeweiße Hauptgebäude leitet. Die Fenster geben hölzerne Emporen und nackte Betonwände im Innern preis. Eiserne Treppen scheinen ohne Verankerung im Raum zu schweben, ihre Pfeiler klettern in lichtdurchflutete Höhen zu einem unsichtbaren Ziel. Wir erreichen den Garten hinter dem Haus. Kellner mit Tabletts voller Champagnergläser bahnen sich ihren Weg durch Menschenmengen. Obstbäume und vergoldete Buddhastatuen umstehen Fischteiche, Sonnenschirme wiegen sich im kühlen Abendwind zu Bossa-Nova-Klängen. Die Luft des herbstlichen Abends vermischt sich mit dem prickelnden Geruch von Kiefern, Parfum, Alkohol und Geld.

Am Ende des Wegs bleibe ich stehen und nehme mir eins der langstieligen Gläser. Ich sondiere den Garten, registriere die Politiker und Schauspielerinnen, die Fußballer und Models, die Bankiers und Lobbyistinnen, die Sterneköche, Richter, Sängerinnen, die Realityshowstars, Dschungelcamper, die großen Brüder und Wer-wird-Millionär-Gewinnerinnen, die Gesellschaftsreporter und Nachrichtensprecherinnen – alle beschnuppern sie einander das Hinterteil. Ein Schauder läuft mir den Rücken hinab. Normalerweise würde ich wirklich nicht über diese dargebotene Fleur de Fleurs aus dem Häuschen geraten wie eine Societyreporterin in einer billigen

Morgen-Show, aber das hier ist ein besonders besonderes Ereignis für die Privatdetektei Oded Chefer GmbH. Meine Wenigkeit ist keine Fliege mehr, die außen an der Windschutzscheibe klebt. Von jetzt an bin auch ich ein vergnügt summendes Bienchen, das sich am Nektar labt, den dieses wundervolle Leben zu bieten hat. Von jetzt an bin auch ich Teil der Crème de la Crème der israelischen Gesellschaft, gehöre zum Hodensack des Staates Israel, zum innersten Zir-

»Verzeihung, bringen Sie mir noch einen Aperol Spritz?«

Eine blasierte Stimme unterbricht meine Gedanken. Verstört drehe ich mich zur älteren Frau mit riesiger Sonnenbrille und Michael-Jackson-Nase um, die ein leeres Glas vor meinem Gesicht schwenkt.

»Ich … verzeihen Sie mir, aber ich bin kein …«, stottere ich.

»Ich habe nichts mehr zu trinken.« Die Frau deutet auf ihr Glas. »Also noch einen Aperol Spritz, ja?«

Ich spritz dir den Aperol gleich ins Gesicht, Schätzchen, will ich sagen, erkläre aber stattdessen Ihrer Betuchtheit höflich, dass ich mitnichten zum Personal gehöre, sondern ein geladener Gast sei. Genau wie sie auch.

»Und warum sind Sie dann angezogen wie ein Kellner?«

»Verzeihung, Verehrteste?« Nur mit Mühe wahre ich Contenance.

»Sie sehen aus wie ein Kellner.« Die Dame weist in Richtung Bar, um die sich Kellner in schwarzen Hosen, schwarzen Anzughemden und schwarzen Krawatten drängen. Ich lasse den Blick zu den Gästen auf der Rasenfläche wandern. Die Männer tragen Khakihosen und lange Leinenhemden, die Frauen bunte Kleidchen und bedacht nachlässig übergeworfene Stolen. Hier und da sind sportliche Jeansjacken, teure Markensweatshirts und hohe Sneaker zu sehen. Meine Wangen entflammen. Warum hat niemand sich die Mühe gemacht, mich per E-Mail über den sportlichen *casual* Dresscode von heute Abend in Kenntnis zu setzen? Ich wende mich der alten Schachtel zu, die soeben meine Welt in ihre beschämten Einzelteile zerlegt hat, doch sie wedelt mit ihrem leeren Glas bereits einem anderen Kellner vor der Nase herum. Einer solchen Schreckschraube bin ich schon lange nicht mehr begegnet.

Ich widme mich wieder dem fidelen Treiben auf der Rasenfläche und bemühe mich um eine gleichmütige Miene. Wenn du im stinkreichen Savyon bist, verhalte dich auch wie eine Savyonerin. Eine Verwechselung. Diese Schrulle hat ganz klar den grauen Star.

»Sie hat recht, Wühlmäuschen. Du siehst wirklich wie ein Kellner aus.« Eine näselnde Stimme schreckt mich auf.

»Immerhin sehe ich nicht aus wie die Hofnärrin von Donatella Versace, Süße«, schnaube ich, während ich nach der bekannten Stimme Ausschau halte.

Meine Lippen plustern sich demonstrativ auf, als ich die Person mustere, die nun vor mir steht in einem roten, hautengen Fransenkleid, das jeden Moment ihre Rippen zerquetschen könnte. Gabriela nennt sie sich. Diese Frau, die sich auf ihren übertrieben hohen Absätzen zu stattlichen 1,87 Meter aufschwingt und sich erlaubt, mich anzusprechen, als wären wir Busenfreundinnen. Und das nur, weil wir vor Menschengedenken mal eine zugedröhnte Nacht miteinander erlebt haben. Ich werfe einen schnellen Blick in alle Richtungen, um sicherzugehen, dass uns keiner der oberen Zehntausend beobachtet. Denn das Letzte, was ich jetzt brauche, ist eine arme Schabracke, die mir bei dem herbeigesehnten Event den guten Ruf versaut.

»Und was treibst du hier so, Lolly?« Gabriela zieht mir zu Ehren ihre aufgemalten Brauen in die Höhe. »Bist du durch die Hintertür rein, als der Koloss am Eingang für kleine Jungs musste?«

»Zu deiner Information, Gabriela«, antworte ich mit der Beherrschtheit einer Aufseherin in einem frommen Mädcheninternat, »ich bin durch die Vordertür rein mit einer offiziellen Einladung von Binyamin Direktor höchstpersönlich. Und was machst du hier?«

»Was ist daran nicht klar, Lolly? Ich bin hier, um meine internationale Karriere vom Stapel zu lassen.«

»Du weißt schon, Gabriela, dass diese Bezeichnung nur auf Englisch existiert, ja? Dein ständiges Lolly-Schmolly?«

»Och, Lolly-Lolly, du Lulatsch«, näselt Gabriela mitleidig in meine Richtung. »Offenbar hast du noch nicht kapiert, dass ein echter Star sich seine eigene Sprache ausdenkt, Schätzchen.«

»Oh, bitte verzeih mir, Gabriela«, ich gebe die Indignierte. »Ich hatte ja keine Ahnung, dass ich mit Doktor Ludwik Lejzer Zamenhof persönlich spreche.«

»Ich weiß ja nicht, was du so mit Zamenhof treibst, Wühlmäuschen, aber ich, meine Schöne, bin wenigstens keine abgewrackte Tunte Modell 2007, die sich für jeden Strich gerade macht.« Dieses impertinente Weibsstück deutet mit einem blutroten Fingernagel auf mich. »Nein, nein, nein, Seelchen. Ich bin diejenige, die den Strich vorgibt. Guck dir mal all diese Celebs hier an. Was tun sich die Damen nicht alles an, was? Komplett operiert sind die. Mit Silikon ausgestopft. Aufgebrezelt. Überschminkt. Botoxgeglättet. Bis zum Anschlag voll mit Kollagen von den Lippen bis zum Hintern. Und willst du wissen, warum? Weil sie dafür morden würden, so auszusehen wie ich. Die betteln um den Killerlook einer freshly freshen Tranny.«

»Das also ist dein großer Plan, Gabriela?« Ich versuche, nicht meine allseits bekannte Gelassenheit zu verlieren. »Du bist hier, um aufzutreten? Was ist los? Hat unser Popsternchen Dana International abgesagt?«

»Schätzchen, Dana ist ein Icon, Ehre, wem Ehre gebührt, aber die kauft am Ende auch nur bei mir im AM:PM in der Allenby ein wie all die anderen falschen Schlangen in diesem Staat. Ich dagegen habe wirklich große Träume, meine Schöne. Ich rede mit dir über Erfolg in der Größenordnung von Ofra Haza. Rede mit dir über Hollywood *next level shit*. Über Calvin Harris featuring Gabriela.«

Gabrielas schwerer Akzent rückt Amerika in noch weitere Ferne als die Sterne, die über uns am zusehends dunkler werdenden Himmel leuchten. Die Weibsperson steckt sich eine Zigarette an. Ihr mit bordeauxfarbenem Lippenstift eingeschmierter Mund gibt nicht für eine Sekunde Ruhe: Ein Wort jagt das nächste, ein Traum den anderen. Los Angeles, ein Plattenvertrag bei Universal, Business-Class-Flüge, Konzerte in riesigen Stadien, Swimmingpools, Hotelsuiten, Diamantanhänger, Haute-Couture-Roben auf dem roten Teppich, Goldstatuen im Regal, ein Rolls-Royce, der in den Sonnenuntergang gleitet. Genauso wie es der blinden Vered in *Der Weg nach oben* ergeht. Wie es unserer unsterblichen jemenitischen Diva Ofra Haza im wirklichen Leben passiert ist. Und wie es Gabriela widerfahren wird, denn alles, was es dazu braucht, ist an dich zu glauben. Ganz zu schweigen davon, dass sie auch nicht so naiv sein wird wie Ofra und sich gut in Acht zu nehmen weiß vor all den Mr. Creepys.

Ich starre Gabriela an, die schon mehr als zehn Minuten über sich selbst schwadroniert, ohne mir auch nur eine einzige Frage zu stellen. Die Ungeduld, die mir am ganzen Körper zusetzt wie eine Wolke Stechmücken, verfliegt mit der Erkenntnis, dass die Frau, die da vor mir steht, ja eigentlich noch ein Mädchen ist. Vielleicht gerade mal zwanzig. Die Schminke übertüncht ihr frisches Gesicht wie Kriegsbemalung. Grasgrün und pink sind die Spitzen ihrer pechschwarzen Haare gefärbt. Die Fransen ihres roten Kleids wirbeln um ihren Körper, und von ihren Stilettos blättert das Gold ab. Tätowierte Sternchen überziehen ihre wohlgeformten Arme, deren ausladende Bewegungen die Unsicherheit in ihren Augen begraben, während sie in der Luft vor mir ihre grandiosen Schlösser errichtet.

»Weißt du was, Gabriela, ich bete zu Gott, dass all deine Träume in Erfüllung gehen.«

Sie verstummt. Mitten im Redeschwall bleibt ihr der Mund offen stehen. Ich weiß nicht, wovon ich mehr überrascht bin, von dem, was mir da herausgerutscht ist, oder von den spitzen Rippen, die sich plötzlich in meinen Oberkörper bohren, als mich Gabriela fest umarmt.

»Du bist mein Leben!« Sie schwenkt mich hin und her wie eine Lumpenpuppe, die einer hyperaktiven Gulliverin in die Finger gefallen ist.

»Gut, gut, nicht gleich abheben«, schnaube ich.

»Warum nicht, Seelchen? Ich liebe es abzuheben, am besten in einem Privatjet, was gibts daran nicht zu verstehen? Weißt du, wie ich dich von jetzt an nennen werde?«

»Wie?« Meine Brust schwillt vor Stolz.

»Stachelbärin.«

»Was?!«

»Ja! Das passt *perfectly*, weil du nämlich pieksig wie ein Stachelschwein und rundlich wie eine Bärin bist, und diese beiden Knuddel zusammen ergeben –«

»Schon gut, Gabriela.« Ich würge die Erklärung kurz vor dem freien Fall ab. »Tut mir leid, aber ich muss wirklich gehen.«

»Wohin?«

»Auf die Toilette.«

»Was? Hast du ein bisschen was da?« Sie tippt sich ans Näschen und zwinkert mir zu.

»Nein, Gabriela.« Würdevoll richte ich meine schwarze Krawatte. »Ich bin nicht hier, um auf dem Klo eine Linie zu ziehen wie die letzte Koks-Tante. Wenn du es unbedingt nochmals hören willst, ich bin hier, weil Binyamin Direktor persönlich mich eingeladen hat. Er will eine sehr wichtige Ermittlung besprechen, die ich für ihn durchführen soll und –«

»Petits Fours, die Herrschaften?« Zwei Kellner drängen sich zwischen uns. Gabrielas Blick weidet sich demonstrativ an unserem dreifach identischen Outfit.

»Sicher.« Ich ignoriere das Lächeln, das sich auf Gabrielas Gesicht stiehlt, und schaue auf das mit Köstlichkeiten beladene Silbertablett: Burekas mit getrockneten Tomaten, eingelegte Sardinen, rosige Lachshäppchen auf samtig weichen Blinys, Oliventapenade, Paprikacrème, Humus mit Pistazien, Brie-Croûtons mit saftigen Weintrauben. Ich schürze missbilligend die Lippen. Was für ein Überfluss. Was für eine Prahlerei. Was für eine Prunksucht. Ich weiß nicht, wie es anderen ergeht, aber eine solche Völlerei beeindruckt eine bescheidene Dame wie mich nicht im Geringsten.

»Ein klein bisschen Kohldampf, Wühlmäuschen?« Gabriela beäugt die weiße Serviette, auf die ich fünf Petits Fours gestapelt habe.

»Wie schon gesagt, Gabriela«, ich schnappe zurück und werde doch rot, »ich bin hier wegen eines wichtigen Jobs, und mein Hirn braucht Energiereserven.«

»Sicher, meine Schöne, sicher. Wie du meinst.« Sie strafft ihr rotes Kleid, um ihren Traumbody noch mehr zu betonen. Während sie mit Hingabe den hautengen Stoff glattzieht, verformen sich die schwarzen Sterne auf ihren Armen. Der erste Kellner macht Anstalten zu gehen. Ich halte ihn auf und angle mir einen kleinen Schokoladenpancake von dem Tablett. Wie meine Mutter immer sagt: Jede Mahlzeit braucht einen Nachtisch. Der Kellner trollt sich murrend. Ich verziehe das Gesicht. Da hat doch jemand eindeutig keine Manieren.

Gabriela zieht einen kleinen Spiegel aus ihrem schwarzen Handtäschchen. Ich nutze die Zeit der Make-up-Kontrolle und werfe einen schnellen Blick auf mein Handy. Zwanzig nach sechs. Noch zehn Minuten bis zum Treffen mit Binyamin Direktor.

»Sag mal, musst du dich nicht vorbereiten? Wann ist dein Auftritt?« Ein Versuch, dieses öffentliche Ärgernis loszuwerden, das mich wie ein Tripper befallen hat.

»Das ist ein Geheimnis, mein Süßer.« Gabriela richtet ihre schwarze Mähne. Die pink-grünen Spitzen stechen auf den roten Fransen ihres Kleides hervor.

»Was soll das heißen, ein Geheimnis? Trittst du etwa nicht vor allen auf?«

»Schätzchen.« Gabriela klappt den Spiegel geräuschvoll zu. »Es geht um Klasse, nicht um Masse.«

»Also trittst du heute Abend gar nicht auf?«

»Das hab ich nie gesagt.«

»Dann trittst du doch auf?«

»Auch das hab ich nie gesagt.«

»Kurzum, du trittst nicht auf«, resümiere ich genervt. »Und wie bist du überhaupt an eine Einladung gekommen?«

»Gabriela braucht keine Einladung.«

»Und mit wem bist du gekommen, wenn du keine eigene Einladung hast?«

»Oh Lolly, du machschtmischfertig.« Gabriela tippt mir an die Nasenspitze. »Ich hatte ganz vergessen, was für eine Wühlerin du bist. Also, pass auf, eine erste Lektion in Sachen *fame*, präg sie dir gut ein: Ein *real* Star leuchtet am stärksten von Weitem.«

Gabriela wirft mir einen Luftkuss zu. Ihre schwarze Mähne peitscht mir ins Gesicht, ehe sie einen Wimpernschlag später im Gedränge auf der Rasenfläche verschwunden ist. Die Befriedigung, die ich empfinde, diesen Grind endlich los zu sein, verblasst beim Versuch zu verstehen, warum ausgerechnet Gabriela – die Person, die sich bei unserer ersten Begegnung nicht davon abbringen ließ, mir peinlichst genau von all ihren Eroberungen zu erzählen –, plötzlich derart fanatisch auf ihre Privatsphäre bedacht ist. Und das, wenn es um ihren großen Durchbruch geht. Ich schüttle den Kopf. Genug Zeit vergeudet. Oder wie Hercule Poirot sagen würde: Ich muss die kleinen grauen Zellen präparieren für die Unterredung, die meine Karriere in andere Sphären katapultieren wird. Konzentriert blicke ich auf meine häppchenbeladene weiße Serviette. Am besten beginne ich mit der Tapenade. Es heißt ja immer, Oliven seien sehr gut fürs Kurzzeitgedächtnis.

2

ES IST NICHT ALLES GOLD, WAS GLÄNZT

Der Mond löst allmählich die untergehende Sonne ab, während ich am linken Rand der Rasenfläche auf Binyamin Direktor warte. Jenseits der Natursteinmauer, die das Anwesen umgibt, über den anderen Villen, den still daliegenden Swimmingpools und prachtvollen Straßen Savyons leuchtet der Horizont rot wie ein infektiöser Hautausschlag. Ich starte Google Maps. Vielleicht sind das die Brände, von denen ich im Radio auf dem Weg hierher gehört habe. Den Berichten zufolge soll das Zentrum des Feuers zuletzt in Netef gelegen haben. Vierundfünfzig Kilometer entfernt von Savyon. Das ist weit genug weg. Offenbar lassen sogar Naturkatastrophen die Refugien der Upper Class unbehelligt.

Ich schaue erneut auf die Uhr. Danit, Direktors Sekretärin, hat in der E-Mail halb sieben geschrieben, aber jetzt ist es bereits achtzehn Uhr dreiundvierzig. Ich mustere die Personen, die sich um die Stehtische, die weißen Sonnenschirme und vergoldeten Buddhastatuen gruppiert haben. Von Binyamin Direktor keine Spur. Bedauerlicherweise ist auch Stas, der kaukasische Kosak, nirgends zu sehen. Gabriela aber glücklicherweise auch nicht.

Wieder kontrolliere ich die Uhrzeit. Kein Grund sich aufzuregen. Fünfzehn Minuten sind im Prinzip gar keine Verspätung, zeugen nicht im Geringsten von fehlender Wertschätzung für mich oder meine Zeit. Es besteht also wirklich kein Grund, sich wie ein Fußabtreter zu fühlen. Ich verlagere mein Gewicht von einem Bein auf das andere und beschließe, nochmals die Begrüßungsworte zu proben:

»Schalom, Binyamin. Oded Chefer. Wie kann ich Ihnen helfen?«

Kurz und knackig. Der Ton männlich und professionell, dazu ein koscherer heterosexueller Blick. Ich wiederhole den Satz mit mehr Betonung auf dem »ich«. Als ich das Damenkränzchen neben mir bemerke, verstumme ich. Höflich lächelnd nicke ich den Grazien zu, allesamt Stammgästinnen in verschiedensten Prime-Time-Talkshows und heute Abend im lässigen T-Shirt-Look anwesend. Kein einziger Blick kommt zurück. Offenbar sind die Society Ladys zu beschäftigt damit, sich über das beste Hotel auf Ko Phi Phi auszutauschen, um die Existenz eines Mitmenschen auch nur wahrzunehmen, geschweige denn zu würdigen. Zum Kotzen ist das. Ich hole wieder das Telefon raus und kichere geräuschvoll vor mich hin, als hätte ich gerade eine höchst amüsante WhatsApp-Nachricht von einem meiner unzähligen Freunde bekommen.

»Schlagt mich tot, aber ich verstehe nicht, was die von ihnen wollen«, sagt jetzt eine Galabija tragende, mit reichlich Bronzer bepinselte Blondine zu dem Damenkränzchen. »Was wollen diese Leute denn? Dass der Regierungschef und seine Frau Economy fliegen? Also wirklich, hätte das denn Stil?«

»Du verstehst das nicht, Liebste, weil du ein großes Herz hast.« Ein muskulöser Typ im langärmligen Poloshirt und mit nach hinten gegelter Tolle legt den Arm um sie. »Das größte Problem in Israel ist, dass die Leute so missgünstig sind. Deshalb kommt dieses Land auf keinen grünen Zweig. Keiner gönnt dem anderen irgendwas.«

Ich stöhne auf und schnappe mir einen Kellner samt Tablett. Bestimmt helfen ein paar Alfajores gegen das Unwohlsein. Jenseits der Mauer leckt der rötliche Schimmer an den Rändern der nächtlichen Dunkelheit. Ein kalter Wind trägt den Geruch von Feuer und Qualm heran. Erneut linse ich aufs Handy. Genau sieben. Noch immer kein Lebenszeichen von Binyamin Direktor. Selbstverständlich kümmert es Leute wie ihn nicht, Leute wie mich eine halbe Stunde warten zu lassen. Schade eigentlich, ich hätte gern Geschäfte gemacht, bevor wir hier alle bei lebendigem Leib verbrennen.

»Wie sind die Alfajores?«

»Zum Niederknien«, antworte ich, ohne aufzuschauen.

Ein samtiges Lachen lässt mich den Kopf heben: Vor mir steht ein Mann im quietschgrünen Anzug, der vor lauter verfetteter Körpermasse zu platzen droht. Die rote Krawatte betont seine Blässe. Mir zu Ehren ziehen sich die fleischigen Lippen zu dem allseits berühmten schmierigen Lächeln auseinander. Ich bin unschlüssig, ob ich mir sofort eine Kugel in den Kopf jagen soll oder erst später – ich kann nicht glauben, dass nach all meinen minutiösen Planungen das Erste, was ich zu Israels Public-Relations-Gott sage, ein derart tuntiger Spruch ist.

»Wie wunderbar zu hören, dass die Alfajores zum Niederknien sind.« Binyamin Direktors ölige Stimme träufelt in meine Ohren, die fleischigen Lippen wölben sich abermals zu einem feuchten Lächeln. »Ich gebe das an Roshfeld weiter. Er ist der Einzige auf der Welt, dem wir beim Dessert vertrauen. Stimmts, Rutha?«

»Ist das der Privatdetektiv, den du treffen wolltest?« Die griesgrämig dreinschauende Frau, die neben Direktor steht, übergeht seine Frage einfach.

»Erraten, meine liebe Rutha, der und kein anderer.« Direktor strahlt sie an, und seine blonde Lockenpracht krönt seinen mächtigen Schädel wie der Heiligenschein eine pausbäckige Putte auf einem italienischen Renaissancegemälde. Die etwa fünfzigjährige Frau mustert mich mit den Augen einer gerissenen Krämerin. Das blumige, luftige Kleid steht im schreienden Widerspruch zu ihrem bäuerlichen Körperbau. Ein wolliger Pudel hetzt ihr um die dicken Knöchel. Ihr Blick, der mich taxiert, als wäre ich eine Kuh auf dem Weg zur Besamung oder zum Schlachthof, bleibt an meiner Hüfte hängen.

»Eine Verletzung.« Ich kippe mein sperriges Becken vor und zurück. »Das Stehen tut mir weh. Ist bei einer Ermittlung passiert, die ich vor ein paar Monaten für den Inlandsgeheimdienst geführt habe, Wahnsinns-«

»Ausgezeichnete Wahl, Bulli.« Rutha schneidet mir das Wort ab. »Der richtige Mann zur richtigen Zeit.«

Ich atme erleichtert auf. Ruthas Krämerinnenaugen strahlen mich so glühend an, dass man es fast für Wohlgefallen halten könnte. Direktor winkt einen Kellner heran, auf dem Tablett klimpern die Gläser. Im Hintergrund singt Sarid Hadad, sie fliege durch das Leben wie auf einem Karussell. Der Pudel zwischen Ruthas Beinen bellt, und seine entzündeten Augen begucken mich misstrauisch.

»Champagner, Oded?« Direktor drückt mir ein Glas in die Hand, ohne eine Antwort abzuwarten.

»Liebend gern, Binyamin.«

»Sagen Sie Bulli zu mir.«

»Ist mir ein Vergnügen, Bulli.« Ich gluckse wie eine einfältige Gans.

Wir drei lassen die Champagnergläser klirren. Die kühle Flüssigkeit rinnt mir sprudelnd die Kehle hinab. Kohlensäurebläschen zerplatzen. Ich verschlucke mich, huste. Direktor klopft mir auf den Rücken. Rutha fragt, ob ich Wasser möchte. Die erdrückende Warmherzigkeit, mit der sie sich meiner annehmen, erinnert erst an fürsorgliche Eltern, dann aber an ein ältliches Swingerpärchen. Ich mache einen Schritt weg. Meine Augen scannen Direktors grünen Anzug und seine rote Krawatte, den feisten Körper, das Albinogesicht, die Sperberäuglein in den schlaffen Hautfalten. Die Aufmachung ist dieselbe wie in den Medien, das Gesicht dasselbe. Trotzdem habe ich Mühe, in diesem netten Mann, der mich mit Champagnergläsern überhäuft, als wäre ich sein verloren geglaubter Sohn, den über Leichen gehenden Unsympathen aus dem Fernsehen zu erkennen. Das Ekel, das alles mögliche Gewürm mit grotesken Lügen vertuscht, angefangen von Schmalzsängern, die sich im Namen der Kunst an Minderjährigen vergehen, bis hin zu blutsaugenden Industriemagnaten, die angeblich zugunsten der Allgemeinheit und des Staates Steuern hinterziehen.

»Gut, Bulli, Oded, ich lass euch jetzt für eure wichtigen Angelegenheiten allein.« Rutha lächelt uns beiden zu, und ihre Hand streicht über die Schulter ihres Mannes, als sie ihm sagt: »Ich muss noch kurz mit Geula und Gideon reden, wegen der Sache, die ich vorhin mit dir besprochen habe. Sehen wir uns nachher?«

Die Blicke des Paars kreuzen sich. Flattrig zwinkern mir die eitrigen Augen von Ruthas Pudel zu. Ich denke, wie befremdlich, dass die Urahnen dieses verfilzten und kränklichen Etwas mal Wölfe waren.

»Gut, Oded, *mon chéri.*« Direktor hakt sich bei mir unter und führt mich von der Menge weg an den Rand des Grundstückes. »Nachdem Sie, was bei uns zu Hause der Rutha-Test genannt wird, überstanden haben, kann ich Ihnen erklären, warum ich Sie herbestellt habe. Fragen Sie, wen Sie wollen, die bezaubernde Noni oder die teure Margol – alle werden Ihnen sagen: Bulli ist keiner, der lange herumredet. Ich werde Ihnen sagen, was ich will, Sie sagen mir, was Sie denken, und wir machen Nägel mit Köpfen. Klingt das gut?«

»Das klingt sehr gut, Bulli.«

»Also, Oded, wie Sie ja sicher wissen, vertreten wir von DirektorPublicRelations Talente aus verschiedensten Bereichen. Wirtschaft, Spitzengastronomie, Politik, Entertainment und so weiter. Die Branche ist mir egal, wichtig ist mir, die wunderbarsten und besten jungen Menschen zu fördern, die mit ihrem Talent und ihrer Liebe zum Wohl unseres Landes und damit zu unser aller Wohl beitragen. *Bottom line*, Oded, ist bei mir immer *vive la République.*«

Ich nicke professionell. Das ist vermutlich nicht der richtige Zeitpunkt, Bulli zu fragen, was er zu unser aller Wohl beisteuerte, als er neulich in den Nachrichten für einen Waffenhändler eintrat, der in Afrika Staatsbeamte mit Millionensummen aus israelischen Banken schmierte.

»Im vergangenen Jahr«, Direktor strahlt mich an, »habe ich begonnen, mit einer jungen und einfach atemberaubenden Sängerin zu arbeiten. Ein Jahrhunderttalent namens Carine Carmeli. Sie haben bestimmt schon ihre erste Single gehört, ›Load up‹?«

Ich schüttle den Kopf. Was für ein Name, was für ein Niveau. Irgendwo begeht Yardena Arazi gerade Harakiri im Bett.

»Ich muss mich doch über Sie wundern, Oded.« Direktor zieht eine Augenbraue hoch. »Ich dachte, Sie wären auf dem Laufenden. Sie haben sicher schon bemerkt, dass ich ein großer Freund des Understatements bin. Also vertrauen Sie mir, wenn ich Ihnen sage, dass Carine Carmeli das ganze Land aus den Angeln heben wird.«

»Sagen Sie«, – ich kann nicht anders –, »ist Carine Carmeli zufällig die Tochter von Mali Carmeli?«

»Warum fragen Sie?«

»Was soll das heißen, warum, Bulli?« Ich wittere Oberwasser. »Ich hab Mali verehrt. ›Ein ferner Traum‹ kam '99 raus, als ich auf dem Gymnasium war. Und alle Mädchen sangen den ganzen Sommer lang nur: ›Ein ferner Traum aus einem Märchen, nimm mich auf deine Burg, tief hinein die Lanze ramme, ein süßer Schmerz und ich entflamme.‹ Der Song war ein Riesending, kaum zu glauben, dass Mali ein One-Hit-Wonder geblieben ist.«

»Mali hat drei Alben herausgebracht, Oded, das würde ich nicht unbedingt ein One-Hit-Wonder nennen.«

»Ja, aber die waren alles Flops.«

»Oded, Oded, mein lieber Oded.« Bullis Stimme explodiert zu einem Stakkato. Es schwingt dasselbe dramatische Pathos mit, das er in den Medien verwendet, um die Wahrheit so zu formen, wie es ihm gefällt. »Mali Carmeli war und ist eine der größten israelischen Sängerinnen. Und ›Ein ferner Traum‹ war der Startschuss einer grandiosen Karriere, die mehr als ein Jahrzehnt währte, bis Mali beschloss, sich und ihre ganze Kraft ihrer Rolle als Mutter zu widmen. Ich, der ihre Karriere aus nächster Nähe begleitet hat, kann wie kaum jemand sonst den phänomenalen Erfolg bezeugen, den sie genossen hat und bis heute noch genießt.«

»Klar, Bulli!« Ich verfluche mein großes Mundwerk. »Mit One-Hit-Wonder meinte ich, dass Mali Carmeli selbst ja ein einziger großer bleibender Hit ist.«

»Sehr schön, Oded.« Bulli tätschelt meine Hand. »Dann sind wir uns ja einig.«

»Absolut.« Ich hebe mein Champagnerglas. Wer hätte geahnt, dass Binyamin »Bulli« Direktor die Karriere dieser *has-been* gemanagt hatte.

»Ich war zutiefst dankbar«, fährt Bulli fort, »den Aufstieg eines Stars wie Mali Carmeli zu formen. Sie können sich demnach vorstellen, wie aufgeregt ich bin, die Karriere ihrer Tochter auf den Weg zu bringen. Aber in den letzten zwei Monaten ist etwas mit Carine passiert. Und deshalb sind wir hier.« Das Gesicht des Kolosses verdüstert sich.

»Was ist geschehen?«

»Carine war immer ein gutes Mädchen. Hübsch, talentiert, ernsthaft, mit ganzem Herzen bei der Sache, eine bezaubernde junge Frau. Doch in den letzten zwei Monaten hat sie sich verändert. Streitet ständig mit ihren

Eltern, und die Lehrer sagen, sie fehle oft im Unterricht und habe auch aufgehört, zu den Studioproben zu kommen. Sie schließt sich stundenlang in ihrem Zimmer ein, kommt dann mit geröteten Augen raus und redet mit niemandem. Und vor zwei Wochen, als Mali wissen wollte, was sie die ganze Zeit da in ihrem Zimmer mache, hat sie angefangen zu schreien und gedroht, sie werde von zu Hause weglaufen. Wir machen uns Sorgen, Oded, dass sie … dass sie«, Direktors Stimme verfällt in einen Flüsterton, »in schlechte Gesellschaft geraten ist, dass sie angefangen hat, Drogen zu nehmen, und *mon dieu*, wir wissen ja alle, wo das enden kann.«

»Das tut mir leid zu hören.«

»Uns allen, Oded, uns allen. Es ist furchtbar, einfach furchtbar. Wie weit ist es mit diesem Land gekommen, wenn die besten unserer Kinder so abrutschen können? In einer Woche soll Carine ins Studio, um ihre zweite Single aufzunehmen, und dieses Mädchen, das sein ganzes Leben davon geträumt hat, Sängerin zu sein, will plötzlich nicht einmal mehr auch nur einen Fuß ins Tonstudio setzen. Kurzum, die Kleine ist deprimiert, am Boden zerstört. Und hier, Oded, kommen Sie ins Bild.«

»In welches Bild?«

»Carines Bild, Oded. Ich möchte, dass Sie der Sache auf den Grund gehen. Wir müssen dahinterkommen, was ein so schönes, so begabtes Mädchen dazu bringt, eines Tages aufzustehen und … und –« Direktors theatralische Stimme lässt ihn plötzlich im Stich. Er lockert mit fahriger Bewegung seine rote Krawatte, die ihm den Hals abschnürt, als sei sie bestimmt, ihn ins Himmelreich zu befördern, und setzt neu an: »Und beschließt, ihr Leben wegzuwerfen. Ich mache mir wirklich große, große Sorgen um sie, Oded. Dieses Mädchen … dieses Mädchen ist einfach mein Augenstern.«

Die Sanftheit in Direktors Sperberblick überrascht mich. Seit Jahren bin ich es gewohnt, diesen Mann aus sicherer Entfernung – vom Sofa vor dem Fernseher aus – zu verabscheuen. Doch jetzt, als er leibhaftig nur wenige Zentimeter vor mir steht, mit seinem ehrlichen Gesichtsausdruck, der von den Lichtern abwechselnd erhellt und beschattet wird, seiner suggestiven Stimme und der weichgespülten Sprache, fange ich wider Willen an, diesen überschäumenden, farbenfrohen Mann zu mögen.

»Waren Sie mit Carine bei einem Psychologen?«, frage ich.

»Bei den *tops of the tops*.« Bulli seufzt. »Zu allen haben wir sie geschleppt, zu Varda Raziel Jacont, Iris Reitzes, Ilan Rabinowitz, zu Judith Oranya Milo …«

»Dann ist die Kleine vollkommen verrückt.« Ich nicke teilnahmsvoll.

»Was war das, Oded?«

»Ich sagte, Varda Raziel Jacont kann einen wirklich verrückt machen«, korrigiere ich hastig. Direktor lächelt zustimmend und zählt weitere Koryphäen und Leibärzte der Hautevolee auf, bei denen die arme Carine vorstellig werden musste.

»Um es kurz zu machen, Oded«, schließt Direktor, »Carine will sich keinem von uns öffnen. Und ich verfolge Ihre Arbeit seit Ihrem letzten gelösten Fall, den Morden in Margoa. Als das mit unserer Carine passiert ist, da war mir klar, Sie sind der richtige Mann für diese Aufgabe.«

»Danke, Bulli«, erwidere ich lakonisch wie ein Privatdetektiv, dessen abgeklärtem Charakter Komplimente fremd sind. Wunderbar, endlich lerne ich jemanden kennen, der meine Professionalität zu schätzen weiß. Meinen messerscharfen Verstand, das Improvisationsvermögen, die kompromisslose Ratio, die –

»Israels erste Detektivschwester!« Bulli breitet die Arme aus, als präsentierte er einem begeisterten Publikum die neue Stripperin des Diamond Club in der Schmuddelmeile Haifas. »Feminin, schwatzhaft, laut. Wie hat Ruthas Stilist noch neulich zu ihr gesagt? Eine echte, echte Schwuchtel. Ja, Oded, *mon chéri*, Sie sind genau der Richtige, um die Mentalität einer Fünfzehnjährigen zu knacken.«

»Danke … Bulli«, murmle ich mit deutlich weniger Begeisterung.

»Sehr schön, Oded, sehr schön. Wir müssen dieses Problem innerhalb einer Woche gelöst bekommen, um den Zeitplan des Aufnahmestudios einzuhalten. Deshalb sind Sie hier. Um diese Sache schnellstens aus der Welt zu schaffen. Wir benötigen Sie daher ab morgen. Ist das ein Problem für Sie?« Direktors Fragezeichen windet sich wie eine glitschige Schlange um mich.

»Nein, nein, Bulli. Natürlich nicht.«

»Sehr schön, das freut mich zu hören. Vor allem müssen wir immer daran denken, Oded, dass unsere Carine schon jetzt eine richtige Celebrity ist, weshalb wir verdammt diskret sein müssen. Das Letzte, was wir vor dem Erscheinen der zweiten Single brauchen, sind negative Schlagzeilen und eine außer Kontrolle geratene Geschichte. Also kein Wort zu niemandem. Das ist das Allerwichtigste.«

»Selbstverständlich, Bulli. Absolute Diskretion.«

»Schön.«

»Also soll ich Ihrer Sekretärin Danit den Vertrag schicken?«, frage ich und bemühe mich um einen fachmännischen Gesichtsausdruck. In meinem Bauch flattern dabei die Schmetterlinge, Möwen tauchen im Sturzflug ins Meer, Albatrosse breiten ihre Schwingen aus, und Sterne tanzen am Himmel. Das ist der Augenblick, an den ich mich mein Leben lang erinnern werde. Der Augenblick, in dem meine Karriere ein für alle Mal abhebt. Der Moment, in dem ich dem Prekariat Lebewohl und den oberen Zehntausend seid gegrüßt sage.

»Vertrag?« Bullis Stimme wird kühl. »Wozu brauchen wir einen Vertrag, Oded?«

»Um das Honorar zu klären, natürlich.«

»Ach, Unsinn. Um den Teil kümmern wir uns später.«

»Sie meinen, Zahlung dreißig Tage nach Rechnungsstellung?«

»Nein.«

»Sechzig Tage?«

»Nein.«

»Neunzig Tage?« Ich japse.

»Oded, ich wundere mich über Sie. Ich habe Sie zum exklusivsten Event des Jahres eingeladen – für eine solche Einladung würde jeder, vom kleinsten Pisser in Dimona bis zum vorsitzenden Richter am Obersten Gerichtshof, den linken Lungenflügel seiner Großmutter verkaufen. Ich biete Ihnen hier eine einmalige Eintrittskarte zum innersten Zirkel überhaupt. Eine neue und wundervolle Welt, also lassen Sie uns diese peinliche Angelegenheit vorübergehend vergessen. Ein Schekel hin oder her, zu feilschen wie die Marktschreier ist nichts für Leute wie uns.«

»Aber bei einer Ermittlung fallen immer Ausgaben an –«

»Mein lieber Oded.« Jetzt nimmt mich Bulli in den Arm wie ein dickköpfiges Kind, der schwere Parfümgeruch seines grünen Samtanzugs betäubt mich fast. »Also, mal ehrlich. Sie tun mir einen Gefallen, ich tue Ihnen einen Gefallen. So läuft das in unserem Land. Alle helfen einander. Wenn jemand in Nöten ist, bieten alle sogleich Hilfe an. Das werden Sie in Amerika oder Europa nicht finden. Das ist die israelische Mentalität. Wissen Sie, dass sogar unser großer Amos Oz gesagt hat, ›sollte ich mal auf der Straße zusammenbrechen, dann möge dies hier geschehen und nicht in Manhattan‹. Und er hat recht gehabt! Das ist es doch, was unser Land zu einer einzigen großen Familie macht. Sie sind da für mich – und ich? Ich bin da für Sie!«

Mit gesenktem Kopf linse ich nach dem fleischigen Albinogesicht von Binyamin »Bulli« Direktor. Ich höre nicht zum ersten Mal solche Sätze von ihm. Es sind dieselben klebrigen Klischees, mit denen er im Fernsehen die Bestechungen, Erpressungsmanöver und Geldwäschen seiner Klienten verteidigt. Doch nun, von Angesicht zu Angesicht, denke ich, dass ich mich geirrt habe. Binyamin Direktor glaubt tatsächlich an die Dinge, die er sagt.

»Klingt gut, Bulli. Ich warte dann auf Anweisungen von Danit«, höre ich mich selbst sagen.

»Sehr schön, Oded.« Direktor strahlt mich wieder an. »Also stehen wir ab sofort in engem Kontakt.«

»Sehr gern.« Ich lächle. »Aber sagen Sie, stimmt das

wirklich, was getuschelt wird? Dass Ayelet und Sara zerstritten sind, weil sie beide –«

Ein Klingeln aus der Innentasche des grünen Jacketts schneidet meine Frage ab. Bulli wirft einen Blick auf sein Smartphone. Seine feuchten Lippen gleiten aufeinander. Aus dem Augenwinkel bemerke ich mehrere andere Personen, die mit der Gleichzeitigkeit von Synchronschwimmern auf ihre Handybildschirme schauen.

»Oded«, Direktor drückt mir die Hand, »ich muss gehen. Ich habe gar nicht mitgekriegt, wie spät es schon ist. Es war unschätzbar wertvoll, Sie getroffen zu haben. Versprechen Sie mir, dass wir uns schon sehr bald wiedersehen.«

»Sicher, Bulli. Soll ich Sie begleiten?«

»Aber nicht doch, Oded.« Bulli rüttelt an meiner Schulter. »Gehe er hin und genieße die Party.«

»Sind Sie sicher? Ich würde mich freuen, Ihnen behilflich zu sein.«

»Nicht nötig. Sie haben mir schon jetzt unsagbar geholfen. *Au revoir*, Oded, *mon chéri*, *au revoir*.«

Direktor küsst mich auf beide Wangen. Schnell wendet er sich ab, elegant, scharf. Der Rücken entfernt sich von mir Richtung Herzstück der Rasenfläche. Die süßliche Parfümfahne, die er zurücklässt, verfliegt rasch in der kühlen Abendluft.

Ein sonderbares Auftriebsgefühl erfasst mich. Das Herz flattert leicht in meiner Brust. Ist es möglich, gleichzeitig innerhalb *und* außerhalb eines Kreises zu sein? Schade eigentlich, dass ich sämtliche Physikstunden auf dem Gymnasium geschwänzt habe, sonst wüsste ich wahrscheinlich die Antwort.

Eine Hand auf meiner Schulter holt mich zurück. Der Partylärm dringt an meine Ohren, die summenden Unterhaltungen der Gäste, schrilles Lachen, klirrende Gläser. Eine schnulzige 90s-Stimme singt auf Englisch, dass die Dinge nur besser werden können. Ich drehe mich um.

»Sag mal«, Stas verschränkt seine sehnigen Arme, »hattest du mir nicht vor einer Weile einen Drink versprochen?«

»K-k-klar!« Ich gerate schwer ins Stottern beim unverhofften Anblick des kaukasischen Kosaken. »Was möchtest du denn?«

»Ich weiß nicht, ob ich dir jetzt noch trauen kann.« Stas macht ein enttäuschtes Gesicht. »Ehrlich? Du bist ein ziemlich mieser Kellner, wenn du für diese Frage zwei Stunden brauchst.«

»Ich bin kein Kell-«

»Ganz ruhig, war nur Spaß.« Stas versetzt mir einen leichten Schlag gegen die Brust, und wie ein Pfeil durchstößt seine Faust mein Herz. »*Yallah*, ich hol uns was. Was willst du?«

»Whi-Whiskey?«

»Mit Eis oder ohne?«

»Mit.«

»Irrtum. Aber was soll man von einem kulturlosen Israeli schon erwarten.«

Ich starre wie gelähmt auf den jungen Mann im Anzug, das dichte, schwarze Haar und das spitzbübische Funkeln im Blick lassen seine blauen Augen strahlen wie die Wintersonne. Sein muskulöser Körper thront vor mir, im Hintergrund das Anwesen, die Rasenfläche, das Fischbecken, die Sonnenschirme, Obstbäume und vergoldete

Buddhastatuen. Ein zögerliches Lächeln stiehlt sich auf meine Lippen. Vielleicht hat Binyamin Direktor ja doch die Wahrheit gesagt. Vielleicht ist dieser Abend tatsächlich der Anfang einer neuen und wundervollen Welt.

3

BIN ICH DENN MEINER SCHWESTER BESCHÜTZERIN?

»Also wurdet ihr intim?«, will Ofer Ganor wissen.

»Nein, Ofer, wir wurden nicht intim«, entgegne ich empört wie eine alte Jungfer, in deren Privatsphäre eingedrungen wurde.

»Warum nicht?«

»Er musste zurück, weiterarbeiten. Aber wir haben Telefonnummern ausgetauscht.«

»Aber du wärst gerne mit ihm intim geworden?«

»Könntest du bitte aufhören, diesen Ausdruck zu benutzen«, blaffe ich.

»Welchen Ausdruck?« Ofers Augenbrauen schießen in die Höhe, und er richtet sich die Krawatte.

»Intim werden.«

»Warum?«

»Weil du keine achtzigjährige Schachtel bist«, belle ich.

»*Wallah*, entschuldige.« Ofer lacht. »Welchen Ausdruck soll ich denn verwenden?«

»Weiß nicht.« Ich wische mir mit der Serviette die Croissantreste aus den Bartstoppeln und schaue meinen besten Freund an. »Ich verstehe ja, dass Sexappeal nichts ist, was im Bankgewerbe als wertvoll gilt. Aber wie wäre es mit etwas, das ein bisschen euphorisierender klingt? ›Hattet ihr Sex‹? Oder ›habt ihr gefickt‹? Oder ›hat er ihn dir reingescho-‹«

Ich verstumme angesichts des Kellners, der plötzlich mit einem weiteren Mandelcroissant am Tisch auftaucht.

»Das geht aufs Haus.« Er lächelt und stellt den Teller vor mir ab.

»Wow, danke vielmals.« Ich werde handzahm. »Das Erste war auch voll in Ordnung, wirklich. Nur ein bisschen muffig. Und ein Hauch zu trocken. Aber ich habe den Laden hier so gern, und als Sie fragten, wollte ich bloß ehrlich sein. Euch zuliebe.«

Der Kellner lächelt mich an und dreht sich zu einem anderen Tisch um. Ich beiße vom zweiten Croissant ab und nehme einen Schluck aus der dampfenden Tasse. Ein Kaffee und zwei Gebäcke für sechzehn Schekel auf dem Balkon des hipsten Restaurants der Stadt kommen mir sehr gelegen.

»Oded, ich muss los. Bin schon spät dran.« Ofer streift sich seinen Blazer über. Der dunkelblaue Stoff betont sein blondes Haar und die grünen Augen. Ich weiß nicht, warum er einen solchen Aufwand betreibt. Sähe ich aus wie Ofer Ganor, würde ich nackt auf die Straße gehen. Was für eine Vergeudung. So ein Körper. So ein Gesicht. Und zu allem Überfluss leider *straight*.

»Wohin willst du dermaßen aufgetakelt morgens um halb elf?«

»Für den Fall, dass du es vergessen hast, hier ist es halb vier nachmittags, und ich habe dir gesagt, wir haben einen Teambuilding Workshop vom ganzen Büro –«

»Ich habe dich ans Büro verloren«, jammere ich.

»Sehr witzig, Oded. *Yallah*, ich muss los, aber sag schnell, wie lebt es sich in meiner Wohnung?«

»Märchenhaft!« Ich drücke die Brust raus.

»Schön zu hören.« Ofer lächelt. »Und viel Erfolg heute. Wie aufregend. Was du erzählt hast, klingt wirklich nach einem Quantensprung. Merk dir, worüber wir gesprochen haben. Sie ist fast noch ein Kind, gerade mal fünfzehn, also sei einfühlsam, wenn du mit dieser … äh … Carine heißt sie, hast du gesagt?«

»Ich bin immer einfühlsam.« Ich reagiere beleidigt, habe es satt von Ofer wie eine alleinerziehende Mutter behandelt zu werden, die sich mit ihrem am Tourette-Syndrom leidenden Kind herumplagt.

»Wenn du meinst. Also, *yallah*, ich bin schon irrsinnig spät dran.«

»Oh, Moment, sag mal, wie krieg ich dieses Apple TV –«

»›Immer einfühlsam‹ war das?«

»Ich nehme an, das lässt sich auch später noch klären«, murmle ich.

Ofers Hand nähert sich dem Bildschirm. Sein schönes Gesicht friert ein, das Display wird dunkel. Seit sie nach Singapur gezogen ist, hat Madame Ofer Ganor offenbar vergessen, wie man sich in aller Form verabschiedet. Ich schließe die Skype-App und starre auf das Handy. Es besteht kein Grund dazu, dass Stas Omansky mir morgens um halb elf eine Nachricht schicken sollte, aber ich bin trotzdem enttäuscht.

Ich kontrolliere abermals mein Postfach. Die versprochene E-Mail von Danit ist auch noch nicht da. Ich lehne mich zurück und versuche, den Druck in der Brust zu ignorieren, der sagt, Binyamin Direktor könnte es sich anders überlegt haben. Ich schaue von dem Balkon herunter, auf dem ich sitze. Die Terrasse, die sich unter mir erstreckt, ist bis auf den letzten Platz gefüllt mit Speisenden, ihre Blicke hinter den Sonnenbrillengläsern wandern unentwegt von den Tischnachbarn zu den herumeilenden Kellnern. Der Duft von frisch gebackenem Brot, geraspeltem Gemüse und Blumensträußen liegt in der kühlen Luft. Gesprächsfetzen dringen zu mir: Über die anstehende Fashionweek, die Liste der begehrtesten Junggesellen und Junggesellinnen in Tel Aviv und wieso alle Netflix gucken und die Damen auf Elena Ferrante fliegen. Und warum Stand-up-Paddling-Kurse bei Sonnenaufgang ein *must* sind.

Ich nehme einen Schluck von meinem Kaffee. Die warme, bittere Flüssigkeit lässt die Champagnerschwaden des gestrigen Abends sich verflüchtigen. Meine Finger trommeln gegen die Tasse. Zu meinen Füßen pickt ein Schwarm Spatzen Chiasamen auf, die vom Tablett eines hochnäsigen Kellners auf den Boden gefallen sind. Und plötzlich wird mir klar, dies ist der erste Morgen seit Monaten, an dem ich, kaum dass ich die Augen aufgeschlagen habe, nicht an Oberinspektor Yaron Malka gedacht habe. Gott sei Dank sind wir den los! Je eher ich dieses peinliche Kapitel hinter mir lasse, desto besser. Eine Lady meines neuen, geachteten Standes darf sich nun wirklich nicht mit Gedanken über einen dahergelaufenen Polizisten belasten, der sich impertinenterweise entschieden hat, in einer schimmligen Wohnung im Assi-Stadtteil Yad Eliyahu seine Nächte mit einem unausstehlichen Kriminalreporter zu verbringen.

Ein elektronisches Zirpen – die E-Mail von Danit ist endlich eingetroffen. Mir stockt der Atem. Das Blut schießt mir ins Gesicht. Es hat zwar sechsunddreißig Jahre gedauert, aber so fühlt es sich anscheinend an, wenn man ein neues Level erreicht. Ich öffne die angehängte Datei und traue meinen Augen kaum, als ich ein lückenloses Dossier über Carine Carmeli vorfinde: Lebenslauf, Arztberichte, Pressefotos, Passwörter und Nutzernamen zu den Konten des jungen Stars bei Facebook, Twitter-Glitter, Insta und Snap. Kein Zweifel, ein Lolitapüppchen zu durchleuchten zu Zeiten, in denen die Privatsphäre mausetot ist, macht die Arbeit eines Privatdetektivs um einiges leichter. Diverse Boulevardmedien kündigen »mit Ergriffenheit« das Erscheinen Carmelis zweiter Single namens »Bombardiert« an. Mal abgesehen vom seelischen Leid, den mir die fehlerhafte Grammatik dieser Pressemitteilungen zufügt, erscheint mir die Abmachung, den Fall innerhalb von sechs Tagen gelöst zu bekommen, zunehmend realistisch. Ich überfliege die diversen Dokumente. DirektorPublicRelations zufolge ist Carine Carmeli als Tochter der berühmten Sängerin Mali und des erfolgreichen Investmentberaters Alon in Ramat Hasharon geboren und dort aufgewachsen. Mit ihren zarten fünfzehn Jahren gilt sie bereits als das große Versprechen der israelischen Musikwelt und wird uns alle mit mediterranen Popsongs begeistern, die Latinorhythmen, Dance, orientalische Elemente und eine großartige Stimme voller Soul vereinen. Mit anderen Worten – ich öffne den Insta-Account von Carine Carmeli –, dieses Mädchen wird uns im Miniröckchen seine Punani zeigen, während es brav davon singt, wie gern es tanzt.

Als Nächstes scanne ich ihre anderen Social Media Accounts, die alle makellos gemanagt sind. Die alten lustigen Grimassenfotos, die Selfies mit Freundinnen im Zelt auf der Klassenfahrt, Fotos mit lachenden Emojis von in die Sonne gereckten Füßen und schlechten Zensuren sind in den letzten Monaten durch inszenierte Bilder ergänzt worden. Unschuldigere Posen, die dennoch ihre Wirkung nicht verfehlen. Carine im Bikini auf einer Luftmatratze im Pool, Carine im Bikini kauft ein Schokoladeneis, Carine im Bikini an den Stamm einer riesigen Dattelpalme gelehnt. Achttausendvierhundert Follower. Hunderte von Likes. Dutzende von Kommentaren. *Mein Leben. Meine Schöne. Perfekt. Hammer. Umwerfend. Atemberaubend. Wahnsinn. Beauty. Princess. Püppchen. Queen. Bombe.* Bei der Jugend ist Understatement offensichtlich nicht mehr in Mode.

Ich bleibe an einem Bild hängen: Carines braunes Haar ergießt sich über grazile Schultern, die grünen Augen funkeln im Katzenblick. Der flache Bauch. Durch das nasse Bikinioberteil zeichnen sich die kleinen Brüste ab. Auf einigen Fotos sieht der sonnengebräunte und lasziv dargebotene Körper des fünfzehnjährigen Mädchens reif und weiblich aus, auf anderen schmerzlich kindhaft. Auf allen wirkt sie glücklich. Ein wunderschönes und junges Publicitymonster, das bereit ist, die Welt zu erobern. Aber wenn man all dem Glauben schenkt, ist es schwer sich vorzustellen, was ein so perfektes, umwerfendes, schönes, puppenhaftes, königinnengleiches fröhliches Championmädchen in eine solche Notlage stürzen kann?

Dieser Gedanke nagt an mir, während ich von dem Restaurant in der Yehuda-Halevi-Straße zurück zur Wohnung marschiere. Der Himmel ist düster wie verrußtes Glas. Der staubige Wind weht Kanalisationsgerüche vom Parkhaus herüber, eine Betontrutzburg, deren Ausgänge und Wendelrampen Autokolonnen in verstopfte Straßen, zwischen verdreckte Bürgersteige und mit Graffiti verunstaltete Mauern entlassen. Der Staub in der Luft ist wie eine biologische Waffe und brennt mir im Hals und in den Augen. Eine versiffte Wüstenstadt. Es ist schon Ende November. In New York stehen die Bäume jetzt in schönster Herbstfärbung. In London klopft leichter Regen gegen das Fenster. In Paris brennt ein Kamin, und draußen vor dem Fenster sind vereinzelt Sterne in der Nebelkulisse erkennbar. Nur in Tel Aviv trittst du an einem trüben, kühlen Tag aus einem Boutiquerestaurant, und ein Sandsturm rotzt dir ins Gesicht.

Ich biege nach links in die Mazeh-Straße ab. E-Scooter säumen die Straße wie blinkende Reiher. Mein Handy klingelt. Das Wort *Papa* erscheint vor dem Hintergrundbild eines alten Mannes, der eine Ente jagt. Ich gehe ran. Knirschender Kies, schnelle Schritte und kräftige Atemzüge sind zu hören.

»Hallo … Papa?«

Trekkingschuhe, die Kies zermalmen, antworten mir. Ich seufze. Seit er vor einem halben Jahr in Pension gegangen ist, macht sich Amos Chefer jeden Morgen zu Walkingrunden durch Petach Tikwa auf. Er behauptet, vor jedem Marsch die Tastensperre zu aktivieren, aber die Phantomanrufe beweisen das Gegenteil. Ich versuche noch ein paar Schaloms, die von weiterem Schnaufen, mehr Schritten und Kiesgeräuschen beantwortet werden. Resigniert lege ich auf.

Blitze erhellen den grauen Himmel, als ich den gepflegten Vorplatz des Gebäudes erreiche, in dem sich Ofers Wohnung befindet, die ich gütigerweise bewohnen darf, während Ofer sich in Singapur tummelt. Ich suche die Schlüssel in meiner Jackentasche. Das Handy vibriert erneut – eine zweite E-Mail von Danit. Carine Carmelis Adresse in Ramat Hasharon. Und Anweisungen: Das Treffen ist für siebzehn Uhr angesetzt, und ich soll mich dort ausgeben als … Mir stockt der Atem. Ich hätte Bulli bereits gestern sagen sollen, dass es keinerlei Sinn ergibt, Carine Carmeli in dieser Phase zu treffen. Dass ich sie erst observieren muss und schauen, was ich herausfinden kann. Klar bin ich eine Verfechterin der Kontaktaufnahme zum Ermittlungsobjekt, das machen schließlich alle, von Sherlock über Irine Adler bis zu *21 Jump Street*. Aber so? Was denken die sich eigentlich?

»Entschuldige? Ja, du.«

Die heisere Stimme gehört einer älteren, fülligen Frau, die vor dem Wohnblock steht. Das dünne blonde Haar klebt in verschwitzten Strähnen auf ihrer breiten Stirn. Eine schwarze, abgetragene Felljacke gibt den Blick frei auf schwere Brüste, die in einem lilafarbenen Pullover miteinander ringen. Gekrönt wird die Erscheinung von flachen grünen Schlangenlederstiefeln. Das verschmierte Make-up zeichnet schwarze Ringe um ihre tiefliegenden Augen und verleiht dem zerknautschten Gesicht den Ausdruck eines zugedröhnten Waschbären.

»Ja?« Ich weiche ein bisschen zurück, und meine Hände wühlen in den Jackentaschen nach Madame Pfefferspray, für den Fall, dass wir es hier mit einem Raubüberfall zu tun haben. »Wie kann ich helfen?«

»Du bist doch Oded Chefer?«

»Ja, der bin ich.«

»Sag mal«, der imposante Körper nähert sich mir und drängt meinen Rücken an das kalte Glas des Foyers, »hast du heute Morgen schon mit Gabriela geredet?«

»Was?«

»Gabriela, Schätzchen, Gabriela. Bist du noch nicht ganz wach oder was? Sie hat mir gestern gesimst, sie hätte dich auf der Party in Savyon getroffen. Die Wühlmaus, hat sie geschrieben, diese Detektivschwester. Das bist doch du, oder? Ich hab deine Adresse auf Facebook gefunden.«

»Sie meinen bestimmt«, sage ich reserviert, »Sie haben mich über die Webseite von Oded Chefer, Detektei für Privatermittlungen GmbH gefunden.«

»Ja, du Rohrspatz, das meine ich. Wieso Zeit verschwenden mit langen Titeln, wenn man bei dem Staub nicht mal atmen kann? Ich frag dich, ob du heute Morgen schon mit Gabriela gesprochen hast.«

»Was? Nein, warum sollte ich mit ihr gesprochen haben? Ich hab nicht mal ihre Nummer.«

Die großgewachsene Frau greift sich an den Kopf. Ein Potpourri aus scharfem Schweißgeruch, Orangenparfüm und dem Odeur muffiger Kleidung erfüllt die Luft. »Ich hab ein ungutes Gefühl, ein total ungutes Gefühl.«

»Dürfte man erfahren, wer Sie sind?«

»Ich bin Mona Markowitsch.« Die Frau schaut mich an, ihre Waschbäraugen weit aufgerissen, als sähe sie einen von Kim Jong-un just in dieser Sekunde fabrizierten Atompilz. »Ich wohn mit Gabriela zusammen. Das letzte Mal hab ich gestern Abend gegen halb neun von ihr gehört, so um den Dreh, und sie ist nach der Party nicht nach Hause gekommen.«

»Gut, ich bin sicher, das ist nicht das erste oder letzte Mal, dass sie die Nacht in der Wohnung von jemand anderem verbracht hat.«

»Nein, nein, nein, mein Rohrspatz!« Mona Markowitsch wühlt in den Taschen ihrer abgetragenen Jacke herum, und Kunstpelzfasern schweben auf den Boden. »Gabriela und ich, wir sind durch Seele und Bauchnabel miteinander verbunden, wie siamesische Zwillinge sind wir. Sie sagt mir immer Bescheid. Und deshalb musst du mir auch helfen, sie zu finden. Du bist doch Detektiv, oder nicht?«

»Warum sollte ich sie finden? Es ist halb zwölf. Sie wacht bestimmt gerade irgendwo verkatert auf.«

»Nein, nein, nein«, Mona sucht weiter die Taschen ab. »Es ist nicht nur das. Als ich am Morgen nichts von ihr gehört hab, hab ich ihr eine Tarot-Karte für heute gezogen. Und jetzt guck, was dabei rausgekommen ist.«

Mona Markowitsch hält mir eine Karte vors Gesicht, die sie endlich aus einer der Jackentaschen zutage befördert hat. Ein junger Mann mit Krone auf dem Kopf lenkt eine Pferdekutsche und schwingt dabei ein Zepter.

»Eine sehr schöne Erscheinung«, pflichte ich bei.

»Ja, aber schau, sie ist falsch rum.«

»Na und?«

»Unglück, schlechte Neuigkeiten, Unfälle, ein plötzlicher Zusammenbruch.« Monas heisere Stimme bricht.

Ein Blitz zerschneidet den Himmel, als mir Mona die unheilvollen Vorahnungen zuflüstert. Ein gewaltiger Donner entlädt sich direkt über uns. Die schwarz verschmierte Frauengestalt, die da vor mir steht, erscheint unter dem grauen Himmel mit einem Mal wie Kassandra. Ich linse auf das Handy. Wie spät ist es? Ich habe jetzt wirklich keine Zeit für diese bizarre Freakshow.

Ich versuche, meiner Stimme jegliche Voreingenommenheit zu nehmen: »Damit ich Sie richtig verstehe, Sie machen sich Sorgen, dass Gabriela irgendetwas zugestoßen sein könnte, weil Sie eine verkehrte Karte gezogen haben?«

»Ja, Schätzchen! Warum? Hast du ein Problem damit?« Mona reckt den Kopf in die Höhe. Der unvoreingenommene Tonfall hat offensichtlich nicht funktioniert.

»Ich vertraue in der Regel auf andere Sachen.«

»Und auf was?« Monas schwere Brüste wogen mir herausfordernd entgegen, und ich plustere mich auf. »Wissenschaft, Zeugen, Fotos, handfeste Beweise, Laborergebni-«

»Sag mal, was für ein Sternzeichen bist du?«, unterbricht mich Mona.

»Skorpion.«

»Na gut, ihr seid sehr misstrauisch, ihr alle.«

»Ich glaube nicht an Astrologie.«

»Das ist typisch Skorpion.«

Ich starre Mona Markowitsch perplex an, die mir mit einer Selbstgewissheit zunickt, wie sie höchstens einer Mathematikprofessorin zusteht nicht aber irgendeiner durchgeknallten Obskurantin. Nicht genug, dass diese Frau meine Zeit mit belanglosem Gequatsche vergeudet. Nein, sie tut das ausgerechnet fünf Stunden vor Beginn der wichtigsten Ermittlung meines Lebens! Unbegreiflich und unverzeihlich.

»In Ordnung, Mona.« Ich fische die Schlüssel aus meinem Jackett. »Es tut mir leid, ich muss los. Ich bin sicher, Gabriela wird heute früher oder später wieder auftauchen.«

»Früher oder später?« Mona äfft mich nach.

»Ja. Das bedeutet demnächst, also bald.«

»Schätzchen, du solltest schnell von deinem Ross runterkommen, auf das du da geklettert bist. Ich brauch niemanden, der mir Sachen erklärt, als wäre er unser Lexikograf Even-Shoshan höchstpersönlich. Ein Blick in deine säuerliche Visage, und ich hab dich durchschaut.« Mona schnippst mit dem Finger, ihr Blick löst sich von mir und wandert durch das auf Hochglanz polierten Entree des Gebäudes. »Eine Skandalistin bist du nicht. Das hab ich sehr wohl verstanden, keine Sorge.«

»Verzeihung?« Ich reagiere beleidigt. »Damit du Bescheid weißt, ich bin ein großer Fan von *Scandal.*«

»Nicht die Serie. Eine Skandalistin. Eine, die macht, wonach ihr die Muschi steht.«

Mona knöpft energisch ihr Kunstfelljäckchen zu. Ich schaue mich um, kontrolliere, ob einer von den Nachbarn in der Nähe ist. Wenn Judith Reifen-Ronen aus Appartement 9 diese vulgären Injurien in ihrem Heim hören würde, sie träfe auf der Stelle der Schlag.

»Du, Madame, denkst vielleicht, du hättest Gott bei den Eiern?« Mona stößt mir einen Finger gegen die Brust. »Wegen dem schönen Haus hier, den schicken Klamotten und dem Auf-harten-Kerl-Machen mit Bartstoppeln und so? Sicher hast du gerade Knuspermüsli im Café gegessen und artig Verzeihung und Danke gesagt, und wenn es möglich wäre, mein Herr, laden Sie mir doch bitte ein paar Privilegien mehr auf den Teller, eine Heiratsurkunde und einen absolvierten Militärdienst, und gerne auch gleich ein Baby – die ganze armselig bürgerliche *Straight*-Scheiße, die sich Societyladys wie du, die davon träumen, wie alle anderen zu sein, jeden Tag in den Arsch schieben. Weil du nicht die Stärke hast herauszuschreien, was du in deinem tiefsten Inneren wirklich willst. Glaub mir, dir hätte ich nicht mal eine Eintrittskarte fürs Aliziyade gegeben.«

»Fürs Aliziyade?!« Wovon redet diese Frau?

»Fürs Ali-zi-yade.« Monas heiseres Organ verweilt auf jeder Silbe. »Du solltest dich mal um ein bisschen Geschichtskenntnisse bemühen, Miss Even-Shoshan. Das erste Pride-Event in diesem Land, vor ungefähr vierzig Jahren. Meine Freundinnen und ich haben uns mit wild gewordenen Polizisten geprügelt, damit die uns die Party nicht dichtmachen. Und hätte es dich damals schon gegeben, hättest du dich bestimmt mit den anderen Societybitches in irgendeiner schicken Wohnung verkrochen, wo du vor lauter Angst geheult und dich eingenässt hättest.«

»Was kann ich denn dafür, dass ich nicht vor Anbeginn der Zeitrechnung geboren bin?«, bricht es aus mir heraus. Bei allem Respekt für eine Community-Veteranin – ich bin hier, um eine Ermittlung für die oberen Zehntausend zu führen, und nicht, um mich von der queeren Frühgeschichte Israels beeindrucken zu lassen. Hochachtungsvoll und danke.

»Bei den Falten um die Augen, die du hast, hätte ich dein Geburtsdatum sogar noch davor angesetzt.«

Ich starre Mona Markowitsch entsetzt an. Zu sagen, ich sei getroffen, wäre nicht übertrieben. Ein Donnergrollen jagt das nächste, ein Blitz nach dem anderen zuckt zwischen den Wolken auf, die kalte, trockene Luft zwickt im Gesicht. Einer der Nachbarn kommt aus dem Hauseingang. Auf seinem Weg zur Straße muss er zwischen uns hindurch und linst verstohlen zur großen Frau in der schäbigen Kunstpelzjacke. Ich schlucke.

»Also, du hast nicht vor, mir zu helfen, Gabriela zu finden?« Mona ignoriert die neugierigen Augen des Nachbarn.

»Schauen Sie«, beginne ich von Neuem, »ich bin sicher, Gabriela geht es gut. Es tut mir leid, dass ich nicht helfen kann, aber ich nehme heute eine sehr wichtige Ermittlung auf und habe schlicht keine Zeit. Gabriela wird Sie jeden Augenblick kontaktierten, glauben Sie mir. Und in der Zwischenzeit erkundigen Sie sich mal, ob andere eurer Freundinnen etwas von ihr gehört haben.«

»Keine hat was gehört.« Mona verschränkt die Arme.

»Dann sprechen Sie mit ihren Verwandten.«

»Ich weiß nicht, wer die sind. Gabriela hat keinen Kontakt zu ihrer Familie.«

Ich schweige. Dieser letzte Satz, kurz, trocken, informativ. Und enthält doch eine ganze Leidensgeschichte. Trotzdem, mir bleiben weniger als fünf Stunden, um mich auf eine Ermittlung vorzubereiten, die mein Leben verändern wird. Das ist kaum der richtige Zeitpunkt, einen überflüssigen Job und noch dazu pro bono zu übernehmen. Gabriela kehrt höchstwahrscheinlich genau in diesem Moment in ihre Wohnung zurück und trällert dabei ein Lied von Ofra Haza vor sich hin.

Ich fixiere Mona mit resolutem Blick. Auf meiner Zunge kommt die Weigerung ins Rollen. Die große Frau streicht sich das nasse Haar aus der Stirn. Ihre dunklen Augen mit dem verschmierten Eyeliner weichen nicht von meinem Gesicht. Das strohblonde Haar dunkelt an den Wurzeln nach und ist an den Spitzen voller Spliss. Doch die Haltung ist kerzengerade, der Ausdruck herrisch wie der eines Imperators. Diese Frau wird nirgendwohin gehen, bis sie bekommt, was sie will.

»Sehen Sie«, ich schließe die Tür zum Gebäude auf, »ich bin sicher, Gabriela ist längst zu Hause, aber ich werde trotzdem ein paar Telefonate führen, in Ordnung?«

»Und du hältst mich auf dem Laufenden?« Die große Frau nähert sich mir, und ihr Atem schlägt mir als heißer Schwall ins Gesicht. Mona Markowitsch gehört nicht zu der Sorte Mensch, die an so etwas wie räumliche Distanz glaubt.

»Ja, ich halte Sie auf dem Laufenden«, schnaube ich.

Wir tauschen Telefonnummern aus. Mona sagt, ich könne sie jederzeit nachts im Artspace im Süden der Stadt antreffen. Ihr Gesicht strahlt vor Erleichterung. Durch das Glas der Eingangstür verfolgt mich ihr Blick, bis ich den Aufzugknopf drücke. Meine Wangen brennen. Und ich hoffe inständig, Judith Reifen-Ronen aus Appartement 9 hat von dem Gespräch nichts mitbekommen. Diese Hexe würde umgehend zum Verwaltungsbeirat marschieren und sich über den unangemessenen Sprachgebrauch in ihrem Pantheon der Kultiviertheit beschweren.

4

KINDER SIND EINE FREUDE

Dottergelbes Sonnenlicht bescheint den Stau am Beginn der Sokolov-Straße in Ramat Hasharon. Aus offenen Autofenstern dringen die Stimmen von Radioreportern, die über in Flammen stehende Stadtviertel in Haifa berichten. Trüber Dunst hüllt die Cafés, die Läden, die rußgrauen Gebäude und die grünen Sträucher entlang der Fahrbahn ein. Körniger Staub bedeckt Verkaufsschilder, die handgewebte Perserteppiche anpreisen, Rührkuchen, modische Haushaltsaccessoires von Blue Bandana und bezauberndes Kinderspielzeug von Dyada.

Ich kontrolliere die Navi-App. Noch eine Viertelstunde bis zur Hameyassdim-Straße. Ein Klacks im Vergleich zu der vollen Stunde, die ich gebraucht habe, um es aus Tel Aviv in diese provinzielle Shoppingmetropole zu schaffen. Wie ertragen Menschen jeden Tag solche Staus? Warum ausgerechnet hier wohnen? Dieser nicht endende Höllenheimweg, nur damit sich so ein Früchtchen aus ihrer Villa ins Reviva & Celia zum Kaffeetratsch bequemen kann, wo sie mit Freundinnen Spinatauflauf futtert? Das Niveau ist wirklich äußerst dürftig.

Ich schalte die Scheibenwischer an. Der Staub auf der

Windschutzscheibe verwandelt sich in einen schmutzigen Brei. Ich fluche und biege nach rechts ab. Der Verkehrslärm der Sokolov verebbt, als ich mein Auto auf kleinen Nebenstraßen durch ein Labyrinth aus rot gedeckten Dächern, Spielplätzen, Doppelhaushälften und deren gemeinsamen Parkbuchten navigiere, die jeder Familie das Ausspionieren ihrer Nachbarn ermöglichen. Eine Horde Kinder auf E-Bikes überquert die Spur. Ein Mann im zerknitterten Anzughemd hebt mit erschöpftem Gesicht einen Aktenkoffer aus einem Kombi. Kleine Mädchen rennen über den Bürgersteig, die fröhlichen, aber ausdruckslosen Augen von Dora the Explorer auf ihren hüpfenden Schulranzen fixieren mich.

Ich biege nach links ab und finde einen Parkplatz in der Hameyassdim. Die Wirklichkeit, die sich nach dem Aussteigen und Zuschlagen der Tür in der Seitenscheibe spiegelt, schmerzt: Gerötete Augen, das weiße Polohemd und die blaue Stoffhose sind ganz schmuddelig vom Staub. Und das Haar steht im Wind ab wie die Frisur einer Dame, die nach etlichen Stromschlägen aus der Geschlossenen geflohen ist. Die Wunschvorstellung zu Hause vor dem Spiegel war eine andere: französische Haute Couture. Die Realität: Der Carmel-Markt trifft auf *Apocalypse Now*. Nicht das Fashion Statement, mit dem ich die Ermittlung des Jahrhunderts antreten wollte.

Ich durchquere den Vorgarten und klingle an der Tür von Haus Nummer 4. Ein blaugrünes, mit orangenfarbenen Fischen geschmücktes Schild verkündet, hier wohne glücklich im trauten Heim Familie Carmeli. Während ich darauf warte, dass sich die Tür öffnet, habe ich Mona Markowitschs zerknautschtes Gesicht vor Augen. Und du nennst mich eine Societybitch? Ich diskutiere noch immer mit ihr. Was weißt du denn schon von mir? Hast du überhaupt eine Ahnung, wer ich bin? Weißt du, dass ich erst vor fünf Monaten auf dem Weg zu einer Party bei einer Demonstration für *Breaking the Silence* ein Stückchen mitgegangen bin? Unverschämtes Weibsstück!

Ich drücke erneut den Klingelknopf. Das schrille Läuten hallt durch das zweigeschossige Einzelhaus. Die Tür geht auf. Ein kleines Mädchen mit Zöpfen und Sommersprossen beäugt mich misstrauisch.

»Wer sind Sie?«

»Schaaalom.« Ich neige den Kopf und lächle wie eine ungeladene Nachbarin, die einfach mal in der Hoffnung auf Tratsch und ein Stück Kuchen vorbeischaut. »Ich bin Oded Chefer. Ist deine Mutter zu Hause?«

»Ma-a-a-ma«, brüllt die Kleine. »Jemand für dich.«

»Morani, Herzchen«, erklingt eine glockenhelle Stimme, die mir noch aus den Tagen meiner Jugend bekannt ist. »Ich hatte dich gebeten, nicht so zu schreien, richtig? Du weißt, dass sich Giladi nicht gut fühlt. Kommt ins Wohnzimmer.«

Das kleine Mädchen streckt mir eine Hand hin, zieht mich durch einen kurzen Flur, der in einen spektakulär großzügig geschnittenen Raum führt. Zwei bordeauxrote Sofas erheben sich aus einem Tohuwabohu von Spielsachen, Kinderbüchern, Kleidungsstücken und umgekippten Waschkörben auf dem Fußboden. Stellenweise blitzt ein aufwendig verzierter Teppich hervor, ein niedriger Couchtisch mit Magazinen und halbvollen Kaffeebechern darauf. Im Herzen der Finsternis steht Mali Carmeli in einem zugeknöpften Jeanskleid, das ihre grazile Figur betont. Zwischen Schulter und linkem Ohr hat sie das Handy eingeklemmt. An ihrer rechten Hand hält sie einen Knirps, der schreit wie ein Junkie, dem man seine Spritze geklaut hat. Morani lässt mich los und stürzt zu der Fernbedienung, die achtlos auf eins der Sofas geworfen zu sein scheint. Ein gewaltiger Bildschirm an der Wohnzimmerwand entflammt. Farbenfrohe Feen düsen durch die Luft. Die Schreie eines Tanzballs in dieser Zauberwelt vermischen sich mit denen des kleinen Jungen, der jetzt eine Stoffgiraffe nach seiner Mutter wirft.

»Ruchama, Ruchama!« Mali Carmeli wird laut am Telefon. »Ich bitte dich noch einmal, das geht so nicht! Gilad darf zu Hause keine Süßigkeiten essen, und dann kommt er vollkommen aufgekratzt aus dem Kindergarten, weil ihr dort alle Kinder mit Zucker vollstopft? Nein, ehrlich jetzt, das ist nicht gesund, dieses ganze industriell hergestellte Essen. Wir leben doch im 21. Jahrhundert, ja?! Also wissen wir inzwischen ein paar Dinge, die wir in den Fünfzigerjahren nicht wussten. Danke … In Ordnung … Ruchama … Klar … Klar … Ich muss doch noch einmal bitten … Ja … Auch Milchdesserts, ja … Das ist nichts anderes als Süßigkeiten in Verkleidung. Schön … Danke … Ich muss jetzt los, ciao.«

Die schlanke Frau wirft das Handy aufs Sofa. Dreht sich zu mir um und nickt zur Begrüßung nur kurz. Die schwarzen Ringe unter den Augen, die unfrisierten Haare, das knittrige Kleid. All das fehlt auf den Social-Media-Bildern mit ihren Kindern, die die spärlichen Überreste ihres abgetakelten Ruhmes melken sollen, für einhundertzwanzig Likes von ihren noch verbliebenen zweitausenddreihundert Followern.

»Guten Tag, Mali«, brülle ich gegen die Feen an, die gerade den Hexen den Krieg erklären. »Oded Chefer, ich bin hier, um Carine zu treffen.«

»Morani, mach das bitte mal leiser, Liebes.«

Die Tochter nickt, rührt sich jedoch nicht. Ihr Blick hängt hypnotisiert an einer Fee, die gerade ihre Freundin runtermacht, weil diese doch tatsächlich »wie eine richtige Diva gekleidet« zum Ball gehen möchte. Mali wuschelt Morani durch die Haare und zieht die Augenbrauen mit einem Lächeln in die Höhe, das wohl besagen soll: Kinder, was soll man machen?

Man könnte einfach sehr viel weniger von ihnen in die Welt setzen, denke ich, erwidere aber Malis Lächeln, als wäre auch ich der Meinung, das ungehörige Betragen ihrer Tochter sei schlicht bezaubernd.

Mali lässt sich auf eines der Sofas sinken. Giladi springt unter Gebrüll auf ihren Schoß. Und dann beobachte ich perplex, wie die Göttin vergangener Tage ohne Vorwarnung eine gewaltige Brustwarze auspackt und sie dem kleinen, gierigen Mund anbietet. Wo ist sie hin, die junge Frau mit Lippenstift, in Minirock, zerrissenen Netzstrümpfen und bauchfreiem Top? Der heiße Feger, der vor zwanzig Jahren halb nackt im Logos-Club in Tel Aviv vor einem aufgepeitschten Publikum sang: *Einer im Mund, einer im Herzen, du Prinz der Lüge und der Schmerzen, komm, leg ab das Harnisch aus Eisen, meinem Dolch den Weg zu weisen.* Wo verbirgt sie sich in dieser fünfundvierzigjährigen Frau, die darauf besteht, einen Jungen zu stillen, dessen Zähnchen schon scharf genug wären, ein blutig gebratenes Steak zu zerteilen?

»Giladi.« Mali spricht den Namen ihres Sohnes in diesem kindlichen Tonfall aus, den besonders unerträgliche Eltern gleichermaßen für Kinder wie Erwachsene verwenden. »Mein Giladi hat ein bisschen Trennungsängste, weil er dieses Jahr im Kindergarten angefangen hat, und heute ist er auch noch krank, da machen wir nur, was uns guttut, stimmts, Giladi?«

Das pummelige Kerlchen schaut mich aus verklärten Augen an, während es an seiner Mutter saugt wie eine Anakonda, die ein Zebra verschlingt. Ich richte den Blick zur Zimmerdecke. Auch ganz ohne Mutterinstinkte bin ich unsicher, ob es tatsächlich Giladi ist, der hier unter Trennungsängsten leidet.

»Ja, Neuanfänge sind immer schwer.« Ich senke den Kopf wieder zu dem absonderlichen Schauspiel. »Sagen Sie, Mali, ich bin extra eine Viertelstunde früher gekommen, weil ich wissen wollte, ob wir uns irgendwo in Ruhe unterhalten können, bevor ich Carine tref-«

»Wer ist das, Mama?«, mischt sich Morani ein.

»Das ist Carines neuer Nachhilfelehrer, Morani.« Mali lächelt ihrer Tochter zu, als sie die Tarngeschichte erzählt, die Danit mir am Morgen geschickt hat. »Er hilft Carine bei den Hausaufgaben.«

»Nicht wie die anderen Leute, die sie gesehen hat?«

»Was meinst du?«

»Er ist nicht hier, um Carine wieder fröhlich zu machen?«

Die Frage des Mädchens scheint seine Mutter wie ein Schlag zu treffen. Mali Carmeli hat sich in den zwanzig Jahren, die vergangen sind, seit ich ihre Videoclips zum ersten Mal sah, zwar sehr verändert, doch bei genauerer Betrachtung sieht sie im Kern noch genauso aus wie damals. Dasselbe weiche blonde Haar. Ihre Züge sind nach wie vor so zart wie die eines Rehkitz. Aber die Fältchen um die Mundwinkel verleihen ihrem Gesicht einen müden, harten Ausdruck, jetzt als sie darum kämpft, Worte zu finden.

»Nein, Morani«, Mali wuschelt erneut durch das Haar ihrer Tochter, »ich hab dir doch gesagt, mit Carine ist alles in Ordnung, und Oded ist nur hier, weil er ihr mit den Hausaufgaben hilft. Und ganz ehrlich, meine Süße, du könntest auch Hil-«

»Also, auch wenn er Carine nicht helfen kann, wieder fröhlich zu werden, müsst ihr endlich Prince zurückholen.« Morani fängt an, auf dem Sofa herumzuhüpfen. »Ich kenne Carine am allerallerbesten. Und das würde sie am meisten freuen. Das sag ich ja schon lange!«

»Morani, ich habe dir schon einmal gesagt, es reicht mir mit diesem Unsinn. Ich will nichts mehr von dir hören.«

Malis Glockenstimme ist mit einem Mal scharf und schneidend. Giladi gibt mit verängstigtem Blick die Brust frei. Morani vergräbt ihr Sommersprossengesichtchen zwischen den Sofakissen. Und ich werde schmerzlich daran erinnert, wie Elternworte einen als Kind verletzen können. Wie eine Peitsche, die ohne Vorwarnung zuschlägt. Wie ein kleiner Mistkerl, der dir ein Bein stellt, wenn du über den Schulhof rennst, um in der Pause Freunde zu treffen. Eine Form von Gewalt, die in dir zurückbleibt. Ein Virus im Programm, der versteckt darauf lauert, mit jedem neuen Schlag auszubrechen.

»Wer ist Prince«?, frage ich in die angespannte Stille.

»Prince war der Sohn von Rosemary und Bret, unseren Haushältern.« Mali knöpft sich das Jeanskleid zu und rückt alles wieder zurecht. »Sie haben uns vor zwei Monaten verlassen. Prince und Carine waren gute Freunde, das ist alles. *All is fine.*« Mit einem Mal spricht sie Englisch mit mir. »Was in letzter Zeit los ist, hat damit nicht das Geringste zu tun. Anderenfalls würden wir Sie ja nicht benötigen, richtig? Mein kleines Mädchen hier hat bloß eine sehr ausgeprägte Fantasie.«

»Und was genau fantasiert sie sich zusammen?« Ich gehe ebenfalls zum Englischen über, aber Mali wechselt zurück ins Hebräische und signalisiert damit das Ende dieses Themas.

»Gar nichts, sie mussten kündigen, weil sie illegal hier waren und die Regelungen und Strafen verschärft wurden. Es ist wirklich unglaublich, was heutzutage in diesem Land geschieht.« Malis Gesicht verzieht sich angewidert. »Die jagen Menschen auf der Straße. Wie Tiere. Rosemary und Bret, ja? Das waren Filipinos. Und die Putzkräfte in den Büros von Alon, meinem Mann? Aus Eritrea. Tali, meine Nachbarin? Ihre Handwerker kommen aus Polen. Und jetzt sind die über alle Berge, ausgerechnet als Tali sich ihren Pool anlegen lassen wollte. Klingt das logisch für Sie? Was will denn diese Regierung von uns? Was sollen wir denn machen, wenn sie uns alle Arbeitskräfte wegnehmen?«

»Das Haus selbst putzen?«

Malis Rehkitzaugen verengen sich. Ich hänge schnell das glucksende Kichern einer wohlhabenden, freizeitgestressten Frau aus Ramat Aviv hintendran, die schon längst vergessen hat, wie man das Wort Wischmopp überhaupt ausspricht. Nach kurzem Zögern lächelt mir Mali wohlgesinnt zu. Ich atme erleichtert auf. Das schmucke

Haus in Ramat Hasharon, der Mann Investmentberater. Urlaub mit den Kindern in der All-Inclusive-Anlage auf Kreta. Einmal monatlich Drinks im Konzeptrestaurant Messa in Tel Aviv mit Freundinnen, um sich mal wieder jung zu fühlen. Mali Carmeli verkörpert die Essenz der Elite. Die Rechte von Arbeitsmigranten stehen höchstwahrscheinlich nicht ganz oben auf ihrer Interessenliste. Hingegen das Anrecht am Schabbat Erdbeerschokolade im Chatzi-Chinam-Megasupermarkt zu kaufen? Na selbstverständlich!

Giladi fängt wieder an zu heulen. Morani stellt den Fernseher auf die ohrenbetäubende Lautstärke von vorhin. Obwohl ich das Gefühl habe, Mali Carmeli verheimlicht mir etwas, ist jetzt kein guter Zeitpunkt, sie in die Mangel zu nehmen und herauszufinden, ob das Verschwinden von Prince vielleicht nicht doch mit der Depression ihrer ältesten Tochter in Verbindung steht. Ich soll dir abkaufen, dass Kinder eine Freude sind? Nicht mit mir, Süße.

»Oded, es tut mir leid, auch ich hatte gehofft, wir könnten ein bisschen reden, bevor Sie Carine treffen.« Mali umarmt jetzt Giladi, weshalb ihre Stimme nur noch gedämpft zu mir durchdringt. »Aber Alon ist gestern beruflich nach New York geflogen, und die Kinderfrau hat mir soeben mitgeteilt, sie sei krank, weshalb ich ganz allein mit den Kindern bin. Und ich kriege rein gar nichts geschafft, renne die ganze Zeit herum, um … um mehr Zeit zu finden, und ich mache mir wirklich Sorgen. In den letzten Monaten hat Carine einfach aufgehört, mit uns über ihre –« Sie bricht in ihrer Suade ab, als Morani ihr aus dem Augenwinkel einen Blick zuwirft. »Über ihre Zensuren zu reden. Aber ich will Ihre Nachhilfestunde nicht vergeuden, also los, gehen Sie zu ihr hoch. Das erste Zimmer rechts. Carine weiß, dass ein neuer Nachhilfelehrer kommt. Und Sie und ich, wir reden hinterher, denn jetzt gehen wir alle in die Küche, um Plätzchen zu backen, stimmts, ihr Süßen?«

Ich winke Mali und den Kindern zum Abschied und steige die Treppe hinauf. Besser so. Inspektor Rob Ryan von der Mordkommission Dublin sagt immer: Der beste Weg, Kindern die Wahrheit zu entlocken, ist, ihre Eltern aus dem Zimmer zu schicken. Von dem Flur im zweiten Stock gehen drei Räume und ein Badezimmer ab. Die Deckenhöhe hält sich zwar in Grenzen. Dafür findet sich eine imposante Bücherwand voller Kinderbücher, Chanukkaleuchter und Familienfotos. Ich klopfe an die geschlossene Tür von Carine Carmelis Zimmer. Das weiße Resopal ist mit riesigen Stickern bedeckt. Hollywood. Beverly Hills. California. New York.

»Ja-a.« Eine ungeduldige Stimme meldet sich von drinnen.

»Hey, Carine! Ich bin Oded, dein neuer Nachhilfelehrer.«

Ich öffne die Tür. Rosarote Wände und die Zimmerdecke voller aufgeklebter Sterne, solche, die im Dunkeln leuchten. Ein abfälliges Schnarchgeräusch empfängt mich. Meine Augen landen auf dem fünfzehnjährigen Mädchen, das auf einem weißen Bett liegt. Ihr braunes Haar ergießt sich über das Kopfkissen. Das iPad ist gegen die Knie gelehnt. Die grünen, funkelnden Augen mustern mich mit einem versteinernden Blick verächtlicher Langeweile.

»Also, ich sehe, du bist ganz begeistert, etwas für die Schule zu tun.« Ich kontere grinsend und in einem zynischen Tonfall, der hoffentlich rüberbringt, dass auch ich noch Pickel vor dem Spiegel ausdrücke.

Als Antwort kommt ein noch längerer Schnarcher. Meine Augen beginnen zu jucken. Vielleicht eine allergische Reaktion auf das viele Rosa. Oder vielleicht – mein Blick wandert über eine Phalanx von Nagellackfläschchen auf dem Schreibtisch, über die achtlos auf den Boden geworfenen Röckchen und den Selfie-Stick in Form eines Schmetterlings, der unter dem Bett hervorschaut – kommt das Jucken auch daher, dass ich keinen Schimmer habe, wie ich mit dieser Vertreterin einer Jeunesse dorée kommunizieren soll. Trotz allem, was Binyamin Direktor über mich denkt, geben mir diese Schnarchgeräusche das Gefühl, so alt zu sein wie unser Stammvater Abraham bei der Geburt seines Sohnes Isaak. Ich unterdrücke ein genervtes Aufstöhnen. Wenn ich diesen Fall nicht innerhalb der nächsten Woche geknackt bekomme, kann ich meiner Eintrittskarte zur Welt der oberen Zehntausend auf Nimmerwiedersehen sagen. Ich schaue verstohlen zu Carine. Das Spatzenhirnchen kontrolliert jetzt die Maniküre ihrer Fingernägel mit einer Selbstvergessenheit, die bei Physikerinnen zu erwarten wäre, die gerade das göttliche Teilchen entdeckt haben.

»Du magst also Billie Eilish?« Ich deute auf eines der Poster, das ein hübsches Mädchen mit der Mimik einer unsympathischen Ente zeigt. Carines Gesicht nimmt einen skeptischen Ausdruck an. Ich setze mich an den rosafarbenen Schreibtisch. Mein Blick gleitet zu der Gitarre und dem Stoffteddy, die neben dem Bett stehen. Nach einer geschlagenen Minute Schweigen lässt sich die junge Dame herab, den Mund aufzumachen.

»Kennen Sie sie?«

»Ob ich sie kenne?! Ich hab sie gerade erst bei einem Festival in Barcelona live gesehen«, lüge ich.

»*Oh my god*, ich feiere sie total!« Carine hat sich auf dem Bett aufgesetzt. »Ich würde *fucking* sterben, sie live zu sehen, sie ist der Hammer. Wie war sie? Sie war bestimmt der totale Hammer.«

»Der Hammer«, bestätige ich. »Und einen Tag danach habe ich Britney gesehen.«

»Wen?«

»Britney, Britney Spears.«

»Ah.« Die Sommersprossen auf Carines Stupsnase scheinen sich zu verdunkeln. »Die ist doch ewig alt.«

Sie ist in meinem Alter, du Monster! »Ja, oder? Voll peinlich. Ein Freund von mir hat mich mitgeschleppt. Er fährt auf sie ab.«

»So ein pathetischer Knacker.« Carine streut noch großzügig Salz in die Wunden. »Billie ist überhaupt nicht wie Britney. Und es ist auch krass schwer, so gut zu singen wie Billie. Ich weiß das, weil ich professionell singe, seit ich fünf bin.« Sie wirft mir einen beifallheischenden Blick zu. »Meine erste Single ist dieses Jahr rausgekommen, und im Januar soll das Album erscheinen. Meine Mutter zwingt mich, den Müll aufzunehmen, den mein Manager mag, weil der auch schon ihre Karriere im *fucking* Steinzeitalter gemanagt hat. Es ist echt schwer, mit Worten zu erklären, wie sich das anfühlt, *famous* zu sein.« Ein weiterer bedeutungsschwerer Blick in meine Richtung. »Wenn du halt so ein *role model* für junge Menschen bist, ist das nicht nur Fun, verstehen Sie. Ich hab halt auch Verantwortung für meine Fans, wissen Sie. Und deshalb will ich auch nicht mehr irgendwelchen Müll singen. Ich will wie Billie über wichtige Sachen singen. Über all den Shit in diesem Leben.«

»Warum?«

»Weil alles andere Bullshit ist, weil alle Bullshit sind.«

»Wer ist alle?«

»Na, alle halt, alles. Wie diese Welt so läuft. Haben Sie schon mal ein Ei fallen lassen und dann ist da Blut rausgekommen?«

»Ja.«

»Ach so.« Das Mädchen wirkt ein bisschen enttäuscht ob der prompten Antwort. »Ich halt auch, das ist mir halt vor einem Monat passiert. Das Ei ist mir aus der Hand gefallen und plötzlich war da Blut. Auf dem Fußboden war Blut! Und da hab ich plötzlich verstanden, die Eier sind was, was wir einem lebendigen Wesen stehlen. Und dann hab ich das gegoogelt und habs gesehen, hab Videos geguckt, echt eklige, furchtbare Sachen, die ich nicht mehr aus dem Kopf krieg, das Leid, der Tod, das Blut …« Carines Stimme versiegt, bevor sie sich von Neuem mit Wut auflädt: »Plötzlich hab ich kapiert, die ganze Werbung mit glücklichen Kühen, Hühnern und Ziegen draußen auf der Weide – das ist wie die Propagandafilme der Nazis, die wir in der Schule gesehen haben. Die haben der Welt fröhliche Juden im Ghetto vorgeführt, die sie dann in die Lager deportiert haben. Wir quälen und ermorden jedes Jahr zig Millionen von Tieren. Und wofür? Damit meine Mutter mit einer Lederjacke rumlaufen kann und mein Vater sein beschissenes Steak im Whitehall bekommt?«

Carines Gesicht ist knallrot. Ein Teil von mir ist neidisch auf ihre jugendliche Verve. Doch gleichzeitig auch sehr ermüdet von dieser erschütternden Entdeckung, dass die Welt aus Brüchen und Lügen besteht. Von dem alles zermalmenden Zorn, der tilgenden Niedergeschlagenheit, dem verzehrenden Verlangen und wundervollen Drama der Jugend in Schwarz-Weiß. Aber was genau war der Ausgangspunkt, der Carine verstehen ließ, dass die Welt in Wahrheit nicht immer so ist, wie sie scheint? Woher stammte das Blut auf dem Fußboden tatsächlich?

»Das ist alles sehr richtig, was du sagst, Carine.« Ich nicke bedächtig wie eine Jugendpsychologin, die bereits die wahren Gründe durchschaut hat, die sich hinter den Klischees der jungen Patientin verbergen. »Aber es klingt, als gäbe es da noch etwas, das dir zu schaffen macht.«

»Vergessen Sie's, was rede ich überhaupt mit Ihnen. Sie würden es eh nicht verstehen.«

»Und warum sollte ich es nicht verstehen?«

»*Yallah*, es reicht, lassen Sie's. Ich will nicht darüber reden.«

Carine streicht sich mit beiden Händen ihr gewelltes Haar nach hinten. Ihre Finger spielen mit den Spitzen, wühlen sich gedankenverloren bis zur Kopfhaut durch und reißen plötzlich ein kleines Büschel an der Wurzel aus. Ihre Lippen verziehen sich im stummen Schmerz, die Augen verengen sich. Verstohlen schaut sie zu mir rüber, um zu sehen, ob ich die selbstzerstörerische Handlung mitbekommen habe. Und mit einem Mal registriere ich, wie blass ihre Haut ist. Wie das Grün ihrer Iris in den geröteten Augen leuchtet. Im besten Fall das Resultat von viel Weinen oder Schlafmangel. Im schlechtesten Fall, wie ihre Eltern befürchten, ein Indiz für Drogenkonsum. Laut

Carines Krankenakte haben die zwei Wochen zurückliegenden Blut- und Urinproben keinerlei Unregelmäßigkeiten ergeben, doch wer wüsste besser als ich, dass es Drogen gibt, die im Körper im Nu nicht mehr nachzuweisen sind. Eine kleine Zwinge zieht mir das Herz zusammen beim Anblick des verletzlichen Mädchens.

»Tut mir leid, Carine.« Ich räuspere mich. »Ich wollte nicht aufdringlich sein. Es klang für mich einfach so, als wolltest du noch über was reden.«

»Nein, will ich nicht«, feuert sie zurück.

»Okay, Irrtum meinerseits.« Ich beschließe, eine neue Taktik zu versuchen. Möglicherweise kommt man auf Umwegen besser zum Ziel. »Komm, lass uns die Zeit nutzen, die uns noch bleibt, und ein bisschen was für die Schule tun.«

»Ich hab keine Lust«, nörgelt das undankbare Wesen von seinem Platz auf dem Bett aus.

»Aber gerade hast du gesagt, du hast keine Lust weiterzureden.«

»Stimmt.«

»Und was schlägst du dann vor?« Ich knirsche mit den Zähnen.

»Weiß nicht.«

»Carine.« Ich ahme den ernsten Tonfall meines Vaters nach, als er mit mir Grammatik fürs Abitur paukte. »Ich bitte dich, lass uns jetzt anfangen.«

»Aber ich hab keinen Bock.«

»Es reicht, genug Zeit verschwendet.«

»Na gu-u-u-t.« Carine schmollt.

»Also, was sollen wir als Erstes vornehmen?«

»Wir haben nächste Woche einen Test in Literatur.« Sie

steht vom Bett auf und nimmt neben mir an ihrem rosaroten Schreibtisch Platz.

»Worüber?«

»Weiß ich nicht mehr, okay?!«

Carine beginnt, den Schreibtisch umzugraben, wo Federtaschen, Buchumschläge verziert mit Herzen und Pfeilen, Filzstifte und Ordner mit farbigen Trennblättern ein chaotisches Mosaik bilden. Carine sagt, sie müsse nachgucken, ob sie den Stoff für die Prüfung auf ihrem Handy habe, und dreht mir den Rücken zu. Neben einem halb vollen Glas Orangensaft, unter einem der Ordner, erspähe ich die herausgerissene Seite eines Notizblocks. Die Überschrift in niedlich runder Handschrift verkündet *Für den Literaturtest.* Ich überfliege die Liste: *Nur von mir selbst zu sprayen wusste ich. Verlust und Scheißern. Es sank ihr der Ständer.* Großer Gott. Kein Wunder, dass dieses Mädchen keine Kraft zum Lernen hat. Allein vom Lesen dieser Liste verkümmern mir die Eierstöcke.

Carines pink lackierte Fingernägel klackern unverdrossen auf ihrem Handy herum. Ich werfe einen Blick über ihre Schulter und entdeckte Carines Gesicht im Handydisplay, geschmückt mit der Nase und den Schlappohren eines dämlichen Hündchens. Ich koche innerlich. Ich bitte dieses Mädchen, endlich mit dem Lernen anzufangen, und was macht sie stattdessen? Einen Snap. Ich schaue wieder zum Glas Orangensaft. Wie sagten unsere Weisen noch so schön? Wer am Stock spart, hasst seine Tochter. Ich strecke meine Hand aus und kippe das Glas um.

»Was machen Sie denn da?!« Ein Entsetzensschrei hallt durch das Zimmer. Carine starrt auf den orangenfarbenen

Fleck, der sich auf ihrem weißen Faltenrock auszubreiten beginnt.

»Oh nein!« Ich ringe bestürzt die Hände – eine Zofe, die das Ballkleid ihrer Herrin ruiniert hat. »Habt ihr Sodawasser im Kühlschrank?«

»Ja.«

»Wasch das sofort damit aus! Das ist das Einzige, was hilft.«

Carine stürmt aus dem Zimmer wie ein Feuerwehrmann, der losrennt, um einen Säugling aus dem Flammeninferno zu retten. Ich schnappe mir das zurückgelassene Smartphone und sondiere die Dutzenden von Apps, öffne den Browserverlauf. Die Suchhistorie ist leer. Verfluchte Digital Natives. Sind mir immer einen Schritt voraus. In aller Eile checke ich ihre Social-Media-Kanäle, sehe aber angesichts der von Binyamin Direktor inszenierten Bilder bald ein, dass es hier nichts wirklich Privates mehr zu finden gibt. Also zurück zum Hauptmenü. Hier fehlt doch was. Etwas, das unmöglich im Arsenal einer Fünfzehnjährigen fehlen darf. Ich öffne wahllos Ordner, in denen verschiedene Apps gesammelt sind. Im siebten finde ich WhatsApp. 341 ungelesene Nachrichten. Wie viele Freundinnen hat dieses Mädchen denn? Ich überfliege die Chats. Maja Albeg denkt, Yael Gershon sei bescheuert. Yael Gershon meint, Maja Albeg sei nur neidisch wegen des Dates, das Yael mit Roi Saks hatte. Hadas Cohen dagegen ist der Meinung, Roi Saks sei bloß ein Arschloch mit Affengesicht. Ich scrolle weiter durch die Chatverläufe, die sich vor meinen Augen entrollen, stoße dabei auf verstörende Zeugnisse von Anorexie, Bulimie, sexueller Belästigung, Misshandlungen in der Schule, gestohlene Nacktfotos, Shaming und Mobbing und weitere ungesunde Auswüchse schulischer Fehden. Durchaus Erklärungen für einen derart radikalen Wandel im Verhalten eines jungen Mädchens, das offensichtlich bis vor zwei Monaten noch gedacht hatte, Rosa sei die einzige Farbe auf der Welt. Meine Augen bleiben an dem Namen Dean Carasso hängen. Ich öffne den Chat: Dreißig Nachrichten von Carine Carmeli an Dean Carasso allein im letzten Monat. *Warum antwortest du mir nicht? Warum antwortest du mir nicht? Warum antwortest du mir nicht?*

Auf der Treppe das Geräusch flinker Füße – ich werfe das Handy auf den Tisch. Die Tür schwingt auf. Carine Carmeli steht da, in einer frischen Hose, den tropfnassen Rock in der Hand und einen vorwurfsvollen Blick in den Augen.

»Hat das Soda geholfen?«, frage ich treuherzig.

»Mama sagt, sie tut ihn gleich in die Wäsche, aber Alter, ich sterbe, wenn der Fleck nicht rausgeht. Das ist mein absoluter Lieblingsrock.«

»Ich bin sicher, das wird schon«, beschwichtige ich. »Schau mal, ich habe die Liste für den Test gefunden.«

»Müssen wir denn?« Carine lässt sich wieder neben mir auf den Stuhl plumpsen. Ihre Mähne fließt über die zarten Schultern. Ihre grünen Augen mustern mich. Sie schlägt die Beine übereinander und verzieht bockig die Lippen zu einer Schnute. Ein Gefühl von Resignation beschleicht mich. Der Versuch, dieses Wesen zu entschlüsseln, ist so lohnend wie die Beobachtung einer Wetterfahne während eines Tornados. In einem Augenblick würde Carine Carmeli wegen eines dämlichen Rocks am liebsten sterben, im nächsten macht sie ein kokettes *duck face*. Und in einem dritten verunstaltet sie ihre Haare à la Masoch. Carine schaut mich ungerührt an. Der Anblick lässt mich an ein YouTube-Video denken, das ich mal gesehen habe: Eine junge Löwin balgt mit dem afrikanischen Jungen, der sie aufgezogen hat. Und am Ende tötet sie ihn dann.

»Womit willst du anfangen?« Ich versuche mir in Erinnerung zu rufen, dass ich es ja nur mit einem Kind zu tun habe, das laut Arztbericht bis vor einem Jahr noch eine Zahnspange getragen hat. Ich klopfe auf die Liste. Carine seufzt. Ihr Kopf hebt sich zu dem Bord mit den Schulbüchern über dem rosaroten Schreibtisch.

»Unser Lehrer hat gesagt, größtenteils wird das drankommen.« Sie zieht ein schmales Bändchen heraus, Samuel Joseph Agnons Novelle *In der Mitte ihres Lebens*.

»Na, das ist wirklich eine außergewöhnliche Geschichte.« Ich gerate in Wallung wie eine Dichterin auf dem Lyrik-Festival von Metulla und google rasch den Titel. Immerhin liegt meine Schulzeit nun auch schon achtzehn Jahre zurück, und ich erinnere mich nicht mehr, ob das die Geschichte mit der passiven Hirschel Hurwitz oder die über die Alte ist, die vorgibt wohltätig zu sein und daher die ganze Zeit schweigt, sich am Ende allerdings als Plaudertasche entpuppt.

»Die Wahrheit? Das hab ich echt gefeiert.« Carine blättert in dem roten Büchlein. »Ich steh ja nicht so auf Lesen und so, aber Tirza liebe ich voll. Die gibt auf keinen und nichts einen Shit.«

»Und kommt sogar mit dem Mann ihrer Träume zusammen«, zitiere ich von der Internetseite Sikumuna.

»Was?« Carine hebt den Kopf. »Wow, das ist ja so ein Jungsding, so zu denken. Das hat unser Lehrer auch gesagt, aber das ist so was von nicht so. Ich mein, es stimmt, dass sich Tirza in Akavia verliebt, weil er früher der Lover ihrer Mutter war, was allein schon total pervers ist. Aber der Kern der Sache ist doch, dass Tirza auch noch krass down ist, nachdem sie ihn geheiratet hat. Weil halt Fakt ist, was Tirza echt will, ist überhaupt nicht mit Akavia zusammen zu sein. Sie will halt wieder mit ihrer Mutter zusammen sein. Und das Ende ist voll *sad*, weil Tirza blickt, egal was sie macht, ihre Mutter ist tot und wird im Leben nicht wieder bei ihr sein.«

Ich betrachte das Mädchen, dessen Gesicht in das Buch vergraben ist und muss gestehen: Zwischen den Zeilen dieses rotzigen Uptown-Slangs verbirgt sich mehr IQ als ich vermutet hatte. Carines Finger wandern wieder zur Kopfhaut hoch. Geistesabwesend packen sie ein kleines Büschel Haare. Ich wende den Blick ab, als sie es ausreißt, denke über den Schmerz nach, den Carine sich in diesem Moment zufügt. Über ihre Absenzen in der Schule, ihre geröteten Augen. Über das stundenlange, tagelange Sich-Einschließen in ihrem Zimmer. Und eine Besorgnis, deren Ausmaß mich selbst überrascht, lässt mein Herz sich abermals verkrampfen. Unbehaglich rutsche ich auf meinem Stuhl hin und her. Ich sollte wirklich zu Bio-Fleisch übergehen, denn hormonell bin ich zweifellos überdosiert.

»Das klingt, als würdest du Tirza gut verstehen«, sage ich. Carines Gesicht erstarrt. »Kennst du denn so was aus deinem eigenen Leben? Ist auch schon mal jemand einfach so verschwunden und nicht wieder aufgetaucht?« Unschwer erkennbar versuche ich die junge Dame dazu zu bewegen, über Prince zu reden. Vielleicht findet sich dort ja doch die Wurzel des Problems.

»Nicht wirklich.« Carines Augen sind in die Buchseiten vertieft.

»Was, niemand? Ehrlich jetzt? Gut, was wundert mich das, du bist ja auch noch schrecklich jung.« In das letzte Wort tröpfle ich einen Spritzer Herablassung.

»So jung auch nicht mehr!«

»Jung genug, um solche schrecklichen Erfahrungen noch nicht gemacht zu haben. Das ist doch gut.« Eine Spur Überheblichkeit als Nachschlag. Carine legt das Büchlein auf den Tisch. Ihre Augen fixieren mich herausfordernd.

»Nur damit Sie Bescheid wissen, mein bester Freund ist verschwunden, und niemand hat ihn seitdem mehr gesehen.«

»Was?! Wie kann das sein?«

»Und wie das sein kann. Er heißt Prince. Der Sohn von Rosemary und Bret, die bei uns gearbeitet haben. Wir haben total viel zusammen abgehangen. Er … er ist echt witzig und kann voll gut malen, hat versucht, auch mir das Malen beizubringen, aber das hat nicht funktioniert. Sogar mein Vater sagt, ich würde nicht mal mit dem Lineal eine gerade Linie hinbekommen, und mein Vater, also der denkt ernsthaft, es gibt nichts, was ich auf der Welt nicht schaffen kann, wenn ich nur will. Und dieses Jahr hat Prince sogar auf mein Gymnasium gewechselt und hat mich gleich in der ersten Woche überredet, die Schule zu schwänzen. Wir haben den Bus nach Tel Aviv genommen zum Markt da in der Nahalat Binya-« Carine verstummt. Ich warte.

»Sie erzählen meiner Mutter aber nicht, dass ich geschwänzt habe, oder?« Sie schaut mich mit großen Augen unter flattrigen Wimpern an.

»Wie kommst du denn darauf? Das wird unser Geheimnis bleiben. Also, was ist Prince zugestoßen?«

»Ich weiß nicht. Vor zwei Monaten sind Rosemary und Bret plötzlich nicht mehr zur Arbeit gekommen. Sind wie unterm Erdboden verschwunden.«

»Vom Erdboden verschluckt, meinst du.«

»Was?«

»Unwichtig.« Ich versiegle meine Lippen. »Und du weißt nicht, was mit ihnen passiert ist?«

»Nein.«

»Seitdem hast du nicht mehr mit Prince gesprochen?«

»Nein.«

»Das ist sicher krass schwer.«

»Überhaupt nicht. Auf seine Lügen kann ich gerne verzichten.«

»Lügen?«

»Das ist echt schwer zu erklären, wenn Sie ihn nicht kennen.« Carines Mine verfinstert sich. »Er ist halt schon immer auf so bescheuerte Geschichten von Superheros und Comics und so abgefahren, aber in den letzten Monaten war er echt durchgeknallt. Manchmal war er total fröhlich und hat mir gesagt, er kommt eigentlich aus einer anderen Welt, so mit Vögeln mit Feuerflügeln, sprechenden Meeresschlangen und Waldfeen, die sich verwandeln können. Und dann hat er plötzlich angefangen zu weinen, hat gesagt, Dämonen würden ihn verfolgen, und dass sie ihn bedrohen oder so, ich weiß auch nicht, ihm seinen Körper wegnehmen wollen, ihn auseinanderreißen …«

»In seinen Träumen?«

»Nein, nein.« Carine schüttelt energisch den Kopf. »Nicht im Traum, dass ihn in echt Dämonen verfolgen würden, dass er Angst vor ihnen hat, hat er gesagt. Zum letzten Mal ungefähr eine Woche, bevor er und seine Familie verschwunden sind. Da hab ich bei Dominos auf ihn gewartet, das war ein krass heißer Tag, und er kommt kreidebleich wie ein Toter in den Pizzaladen. Hat gesagt, ein schwarzer Wagen habe ihn unterwegs verfolgt. Dass das die Dämonen waren, die ihn umbringen wollen, und dass wir abhauen müssen. Ich hab ihm gesagt, er soll mich in Ruhe lassen mit dem Mist, dass er … dass er immer nur lügt und man ihm überhaupt nicht mehr trauen kann. Und dann ist er einfach … ist er einfach raus und weggerannt.«

»Und seitdem hast du nicht mehr mit ihm gesprochen?«

»Nein.«

»Und hast du den Wagen gesehen?«, frage ich.

»Nein, da war überhaupt kein Auto, ich sags doch, einfach noch eine von seinen Lügen. Wie das eine Mal, als er mir erzählt hat, er redet jeden Abend vor dem Einschlafen mit dem Geist seiner Großmutter von den Philippinen, weil sie die Einzige ist, die ihm gute Ratschläge gibt. Ja, und ich hab das halt voll geglaubt.«

»Trotzdem, das klingt alles ziemlich beängstigend. Hast du deinen Eltern nicht erzählt, dass Prince unter Verfolgungswahn leidet?«

»Nein.« Carines Stimme ist mit einem Mal schneidend.

»Und warum nicht?«

»Darum.«

»Aber was war es, das dich daran gehindert hat?«

»Ich dachte, wir lernen hier für meinen Literaturtest«, faucht Carine. »Die Einführung in Psychologie ist erst nächstes Jahr dran.«

»Und ich dachte, es könnte interessant sein, mal über die Verbindung zwischen der Literatur und dem realen Leben zu reflektieren.« Ich nehme hinter einer soliden pädagogischen Diktion Zuflucht.

»Okay, aber mich interessiert das mit Prince nicht mehr.« Carine greift sich den Agnon, der auf dem Tisch liegt. Sie vertieft sich in die Seite, die sie aufgeschlagen hat, weigert sich, weiteren Kontakt mit mir herzustellen. Mein Mund ist staubtrocken. Mein Herz schlägt heftig. Mir gefällt nicht, in welche Richtung sich diese Geschichte entwickelt. Als Binyamin Direktor mich losschickte, ein verzogenes Jungsternchen mit latenter Neigung zur Selbstzerstörung auszuspionieren, war ich nicht darauf gefasst, etwas von einem schwarzen Wagen zu hören, der einen Jugendlichen verfolgt, genau eine Woche, bevor seine Familie und er spurlos verschwinden.

»Wissen Sie, was das bedeuten soll?« Carine deutet auf den Satz *Deinem Niederbruch ist keine Lindrung.*

»Aber sicher«, lüge ich und befrage erneut heimlich Google.

Carine und ich reden noch bis abends um sechs über *In der Mitte ihres Lebens*, über die offensichtliche und die versteckte Bedeutung. Über epische Vorausdeutungen, direkte und indirekte Charakterisierungen. Über dem rosaroten Schreibtisch bricht sich morbides Licht im Fenster. Die länger werdenden Schatten erinnern mich an die Dämonen, vor denen Prince auf der Flucht war. Und ich denke an Tirza, die sich nach ihrer niemals zurückkehrenden Mutter sehnt. Denke an die Nachricht von Stas, die niemals kommen wird. Frage mich, ob sich Gabriela inzwischen bei Mona gemeldet hat. Und ich versuche zu verstehen, warum Carine sich Schmerzen zufügt. Weil Prince verschwunden ist? Oder wegen diesem Dean, der ihr nicht antwortet? Auf dem Fenstersims draußen lagert sich Staub ab. Ich starre auf die winzigen Körnchen, die niedergehen. Carine checkt immer wieder ihr Handy.

5

WARUM ANTWORTEST DU MIR NICHT?

Gabriela ist noch immer nicht zurück. Hast du was gehört???? Mona Markowitschs Fragezeichen fallen über mich her. Eine halbe Stunde nachdem ich vor einer kahl geschorenen Barkeeperin im Jeansoverall meinen Hintern auf einen Barhocker gehievt habe. Ich nehme das Smartphone und lege es mit dem Display nach unten auf die Bar. Genau das ist das Problem mit der Kultur unserer Tage, denke ich und winke der Barkeeperin zu. Alle erwarten von dir, dass du ständig erreichbar bist. Eine Trennung zwischen Privatem und Öffentlichem, zwischen Arbeit und Freizeit existiert nicht mehr. Was einst als freiheitversprechende Technologie angefangen hat, ist längst zum Zaumzeug und Stachelhalsband des Markt-

»Also wirst du ihr nicht helfen?«, fragt Micky Geller voller Misstrauen, mit dem er für gewöhnlich Interviewpartner ins Schwitzen bringt – wie bei seinen letzten Fernsehrecherchen über coliforme Bakterien in Auberginentajine.

»Was soll das heißen, ›wirst du ihr nicht helfen‹?!« Ich gehe sofort an die Decke. Wie kann es diese halbseidene Kriminalreporterin wagen, meine Fähigkeiten anzuzweifeln, nachdem ich zwanzig Minuten über mein berufliches Aufblühen unter der Sonne Binyamin Direktors berichtet habe? »Ich sagte doch! Ich habe zwei mögliche Ermittlungsrichtungen. Die eine ist Dean Carasso und die zweite Prince Connan.«

»Dir ist schon klar, dass ich nicht Carine Carmeli gemeint habe, oder?«, fragt Geller. »Immerhin ist das dein Job. Ich wollte wissen, ob du Mona Markowitsch helfen wirst, Gabriela zu finden.«

»Apropos finden.« Ich deute mit meinem Glas auf Oberinspektor Yaron Malka, der Gellers Hüfte umfangen hält. »Ich wäre zutiefst dankbar, wenn unsere Polizei einmal nachschauen könnte, ob irgendwas über Rosemary, Bret und Prince Connan vorliegt. Das schreibt sich mit a und Doppel-n, ja?«

»Sicher«, antwortet Malka. »Mach ich. Ich ruf auch gleich noch bei der Einwanderungsbehörde an.«

Ich bedenke Malka mit einem verdutzten, verärgerten Blick. In der Vergangenheit hatte dieser Kerl nie das geringste Problem damit, mir die kalte Schulter zu zeigen, wenn ich ihn um Hilfe bat. Die Absage ging zumeist mit einem didaktischen Vortrag einher, ich müsse lernen, selbst klarzukommen. Aber heute Abend ist Oberinspektor Malka reinster Nektar und Ambrosia. Ich mustere die beiden Männer, die neben mir an der Bar sitzen. Geller mit seinem frischen, arglosen Gesicht und der Topfigur, die eindeutig vom Stoffwechsel eines erst Vierundzwanzigjährigen profitiert. Gekleidet, als wäre er einem Modemagazin entsprungen, Goldkette, gestreiftes Hemd und Retrojeans einer Mutti aus den 80s. Und im Kontrast dazu Malka mit seiner schwarzgrauen Tolle, dem pockennarbigen Gesicht, der Boxernase und dem kräftigen Körper, in grauer Fleecejacke und blauer Trekkinghose. Das Outfit hing sicherlich schon Ende der Neunziger bei ihm im Kleiderschrank, als wir noch zusammen auf der Schule waren. Ich kann es nicht leugnen: Die beiden geben ein schönes Paar ab. Jetzt streckt Malka die Hand aus und massiert Geller den Nacken. Ich wende das Gesicht ab und starre zur Decke. Lang, lang ists her, dass ich Malka gestand, ich wolle mit ihm zusammen sein. Und fast genauso lang ists her, dass Malka beschloss, seine Beziehung zu Micky Geller fortzusetzen, trotz allem, was wir bei der Aufklärung der Morde in Margoa erlebt hatten. Lang, lang her meine Zeit bei der Polizei, doch noch immer will ich jedes Mal, wenn ich Malka und Geller zusammen sehe, mir den nächstbesten Teelöffel ins Auge rammen.

»Hast du überhaupt irgendwas unternommen, seit sie dich um Hilfe gebeten hat?« Geller kann es nicht lassen.

»Ich hab Danit, Direktors Sekretärin, eine Mail geschrieben und mich erkundigt, was sie über Gabriela weiß. Aber keine Antwort. Worüber ich Mona informiert habe. Ehrlich, was noch hätte ich tun können?«

»Die Krankenhäuser abklappern«, schlägt Malka vor.

»Bei der Polizei nachfragen.« Geller deutet auf Malka.

»Ich hab Mona empfohlen, das alles selbst zu erledigen, und sie hat gesagt, Gabriela sei weder festgenommen worden noch in irgendeinem Krankenhaus. Gabriela ist Monas Freundin. Nicht meine. Ich kenne sie ja kaum, und bei allem Respekt, ich kann mich im Augenblick nicht auch noch darum kümmern. Tut mir leid.« Ich hebe entschuldigend die Hände wie eine Grande Dame aus Ramat Aviv, die wirklich alles in ihrer Macht Stehende unternommen hat, um ihre langsame Haushälterin anzuspornen, die Sedertafel zu Pessach für die Familie zu decken – bevor sie sie entlassen hat. »Aber jetzt muss ich mich auf die wichtigste Ermittlung meiner Karriere konzentrieren.«

»Also ist das Ganze wie immer nur eine Sache von Prestige und Karriere für dich.« Gellers Stimme wird zunehmend giftiger.

»Bitte entschuldige vielmals.« Ich bin zutiefst erschüttert über diese dummdreiste Anschuldigung. »Ich werde nicht mitspielen bei dieser Hexenjagd, die du heute offenbar gegen mich zu führen gedenkst. Und erlaube mir, Teuerste, dich daran zu erinnern, dass ich nicht nur untersuche, was mit Carine Carmeli passiert ist. Mir bereitet auch Sorge, was diesem Prince zugestoßen sein könnte. Und nicht nur, weil das beides mit großer Wahrscheinlichkeit zusammenhängt.« Mein Ton wird ernst: »Es wird dich überraschen, aber zu erfahren, dass eine ganze Familie verschwindet, wenige Tage, nachdem ihr Sohn erzählt hat, ein Wagen würde ihn verfolgen – das stört mich. Und zwar sehr.«

»Ich hab ja nicht gemeint, dass –«

»Ich bedaure aufrichtig, Micky, dass ich ein so sensibles Gemütsleben und so wenig Zeit habe, darum nur zwei und nicht drei Ermittlungen parallel bewältigen kann.«

»Also ist die Antwort kurz gesagt: Nein, du hast nicht vor, Mona zu helfen.«

»Okay, wie lange willst du mir noch mit dieser Coccinelle auf die Nerven gehen?«

»Du kannst sie nicht ernsthaft so bezeichnen!« Micky reißt bestürzt die Augen auf. »Das ist ja entsetzlich.«

»Was ist entsetzlich?« Ich versuche, mit dem Strohhalm das letzte Tröpfchen Arak zu erwischen. »Gabriela bezeichnet sich selbst doch manchmal so, und der Grund, warum man hierzulande Coccinelle sagt, ist –«

»Dass das der Bühnenname von Jacqueline Charlotte Dufresnoy war, der transsexuellen französischen Künstlerin, die in den Fünfzigerjahren in Marokko eine geschlechtsangleichende Operation vornehmen ließ. Später trat sie auch in Israel auf. Und irgendwann hat man dann angefangen, Männer und Frauen, deren Gender nicht mit ihrem Geschlecht übereinstimmt, dem sie bei Geburt zugeordnet wurden, so zu nennen. Ich kann auch auf Wikipedia nachlesen, Wühlmäuschen. Aber das ändert nichts an der Tatsache, dass Coccinelle bei uns ein transphobes Schimpfwort ist. Und wenn Transfrauen und Transmänner diesen Begriff für sich in Anspruch nehmen, heißt das noch lange nicht, dass du das auch darfst. Genauso wie Afroamerikaner den Begriff Nigger verwenden, du als Weißer aber nicht Nigger sagen würdest.«

»Natürlich nicht!« Ich bin schockiert. »Insbesondere nicht als eine, die Kuschi vergöttert.«

Malka vergräbt den Kopf in den Händen. Geller schaut mich an, als hätte ich gerade auf das Grab seiner Mutter gepinkelt. Die kahl geschorene Barkeeperin stellt Geller ungefragt einen dritten Shot auf Kosten des Hauses hin und presst die Lippen zusammen. Nicht unbedingt die Reaktion, die ich von meiner Zuhörerschaft erwartet hätte angesichts der Demonstration liberaler Gesinnung.

»Nenns Kuschi oder Nigger, was habe ich dir über dieses Wort gesagt?« Malka bedenkt mich mit gepeinigtem Blick.

»Aber auf Hebräisch kommt das Wort Kuschi doch nun mal vom biblischen Land Kusch«, rechtfertige ich mich. »Also warum darf ich dieses altehrwürdige und schöne Wort für Schwarze nicht verwenden?«

»Weil du nicht zur Gruppe gehörst, die dadurch verletzt wird«, erwidert Geller. »Überhaupt solltest du mehr Sensibilität für andere an den Tag legen, vor allem für Transmänner und Transfrauen. Insbesondere wenns darum geht, wie er:sie möchte, dass du dich an ihn:sie wendest. Das gilt auch für Berufsbezeichnungen: Schauspieler:in, Künstler:in –«

»Huch, Mickyle, du klingst sonderbar.« Ich mache ein besorgtes Gesicht. »Hattest du gerade einen Schlaganfall?«

»Nein«, blafft Geller. »Ich versuche dir zu veranschaulichen, wie es möglich ist, in einer Form zu sprechen, die alle Menschen und Geschlechter inkludiert.«

»Und was für eine wunderbare Veranschaulichung!« Ich ringe die Hände. »Wirklich ein bestechender Vortrag. Sag mal, wie lautet die Überschrift? Eine Frau macht im Alleingang ein Symposium?«

»Weißt du, Wühlmäuschen, ich hätte dir mehr Feingefühl zugetraut im Umgang mit einer Transgender, gerade du als …« Geller zeichnet eine kurvige Figur in die Luft, die an eine Sanduhr denken lässt.

»Als was?«

»Ja, als …«, Geller macht erneut diese Sanduhrbewegung.

»Was? Als was?«

»Als jemand, der selbst fast eine Frau ist.« Malka fängt an zu lachen.

»Wovon redest du?« Ich deute auf Geller. »Sie ist sehr viel mehr Frau.«

»Schätzchen, ich hab überhaupt kein Problem damit, eine Frau genannt zu werden.« Geller verschränkt die Arme. »Das ist keine Beleidigung für mich. Im Gegenteil, das entzückt mich. Aber damit du es weißt: Ich bin total schockiert von deinem transphoben Chauvinismus, Wühlmäuschen. Das ist so unglaublich cisgender von dir, nicht zu kapieren, dass Sprache Realität erzeugt.«

»Cis was?«

»Cisgender?!« Geller zieht die Augenbrauen hoch wie ein Kosmopolit, der feststellt, dass sein Gegenüber im Chinarestaurant in Ramat Gan nicht mit Stäbchen essen kann. Ich erwäge für eine Sekunde, ihm das Glas mit dem Pampelmusen-Arak ins Gesicht zu schütten. Nicht zu fassen! Diese Reporterschlampe hat erst dieses Jahr ihr Genderstudium an der Universität Tel Aviv begonnen und fühlt sich schon ach-so-selbstsicher.

»Cisgender«, predigt Geller, »ist jeder Mensch, der eine mit seinem körperlichen Geschlecht übereinstimmende Geschlechtsidentität empfindet. Also das Gegenteil zu transgender. Und wenn du irgendwann mal aus deinem ultrakonservativen Dinosaurier-Cisgenderbewusstsein rauskommst, wirst du verstehen, dass inzwischen sehr viele Menschen, wie Timor, zum Beispiel«, er deutet auf die kahl geschorene Barkeeperin, »sich nicht mehr über diese dichotomen Kategorien von männlich oder weiblich, Mann oder Frau definieren. Es gibt viel mehr Identitäten, wie agender, non-binär, genderfluid, queer, bigender, pangender, non-conforming-«

»Hast du das Ganze auch in Klartext?«

»Das sind alles Identitäten, die sich außerhalb des binären Spektrums von Mann und Frau befinden.« Geller fuchtelt mit den Händen wie eine Evangelistin, die gerade einen epileptischen Anfall hat. »Menschen, die sich selbst nicht als Männer oder Frauen identifizieren oder sich sowohl als auch fühlen, oder im Gegenteil sogar das Gefühl haben, überhaupt kein Geschlecht zu besitzen.«

»Wow, ist das interessant. Weißt du, wie ich mich gerade fühle, Micky?«

»Wie?«

»Als ob mir die Muschi wehtut.« Ich lächle. Gellers enthusiastischer Gesichtsausdruck fällt in sich zusammen. Malka lehnt sich zurück. Er taxiert uns beide. Ich nehme mein Handy vom Tresen und tue, als müsste ich schnell etwas ganz Dringendes nachschauen. Sorry, aber ich fantasiere mir nicht schon einen geschlagenen Tag etwas über einen kaukasischen Kosaken namens Stas Omansky zusammen, der hoffentlich bald meine Mauern durch das rückwärtige Tor erstürmen wird, nur damit mir abends irgendeine gerade aus dem Ei geschlüpfte Schwuchtel den Kopf mit Fremdwörtern vollpumpt.

Die non-binärische Timor stellt Geller den nächsten kostenlosen Drink hin. Er wirft ihr einen Luftkuss zu und flüstert Malka etwas ins Ohr. Draußen wirbelt ein Wüstenwind Visitenkarten mit Bildern von nackten Frauen über die versifften Bürgersteige der Allenby-Straße. Drinnen ist es schummrig, die Stimmung geprägt von der Holzeinrichtung und dem Mottenkugelgeruch. Nikotingelbe Spitzengardinen mit vielen gewundenen Ornamenten schirmen die kleine, volle und laute Bar gegen die Außenwelt ab. Wildblumensträußchen dekorieren die blank polierten Holztische. Palmwedel schmücken alle vier Ecken der Bar. Die im warmen Licht pergamentener Lampen glitzernden Kristallvasen und brokatbezogenen Stühle verleihen dem überfüllten Raum eine Atmosphäre, als würde im Tel Aviv der Dreißigerjahre Polen auf Algerien treffen.

Eine lautstarke Truppe entert die ohnehin schon brechendvolle Bar und umringt unter großem ›Hallo‹ Geller und Malka. Die Luft schwirrt augenblicklich von Schaloms, Umarmungen, Küsschen und Komplimenten. Leute umkreisen einander in einem Salontanz aus Getränken und unendlicher Selbstprofilierung: *Also, damit du es weißt, die Biografie, die du über Jacqueline Kahanoff geschrieben hast, ist nichts Geringeres als vor-bild-lich. Oh, ich danke, aber dein Gedichtband* Und der Garten öffnet sich wie ein Fächer *hat mir das Hirn bis Polen und wieder zurück weggepustet. Und stimmt das, was ich gehört habe? Dein Film über den drusischen Ziegenhirten, der malt, ist nach Cannes eingeladen worden? Oh, Mann, das ist ja fantastisch. Was ich? Du bist fantastisch! Die Fahne, die du dir gestern bei der Performance im Museum in den Anus gerammt hast – das entlarvt doch in beispielloser Form das repressive Fundament des gesamten zionistischen Projekts!*

Ich signalisiere Timor, dass ich noch einen Pampelmusen-Arak brauche. Forme aus meinem Strohhalm eine Schlaufe und biege sie wieder gerade. So wie alle hier derart vorankommen, ständig absahnen und erfolgreich sind, ist es nicht verständlich, warum ich mich an meinen Strohhalm klammere wie eine Geflüchtete, die auf einem Floß aus Syrien flieht? Ich öffne meine Nachrichten auf dem Handy. Mona Markowitschs Fragezeichen tanzen auf dem Display. Allein der Gedanke, dass diese Zusammenkunft hier eigentlich dazu gedacht war, Malkas Hilfe zu erbitten, und das nach Wochen, in denen ich mich erfolgreich vor Einladungen zu Paartreffen gedrückt habe … Und nun hat Malka nichts Besseres zu tun, als ungefragt meine Nebenbuhlerin in die angesagteste Bar der Stadt zu schleppen.

»Weißt du, Oded? Nach der ganzen Diskussion«, fängt Geller von Neuem an, als er dem fidelen Haufen adieu gewunken hat, der jetzt die Wendeltreppe ins Obergeschoss der Bar nimmt. Bestimmt suchen die Herrschaften dort nach einem ungestörten Örtchen, an dem es sich entspannt eine Linie ziehen lässt, aber ohne auch nur einen einzigen Gedanken daran zu verschwenden, *moi* zu der Party einzuladen. »Ich verstehe noch immer nicht, was so schwer daran ist, dir zwei Minuten Zeit zu nehmen, um dieser Frau ernsthaft zu helfen.«

»Und ich verstehe nicht«, ich nicke Timor dankend zu, die ein neues Glas Pampelmusen-Arak vor mir abstellt, »wie du schon in so jungen Jahren zu einem derart unerträglichen Weibsstück werden konntest.«

»Ich? Nein, du!« Geller zieht eine Augenbraue hoch.

»Nein, du!«

»Ich denke einfach, es ist wichtig, anderen aus der Community zu helfen.«

»Die Community zahlt aber meine Rechnungen nicht, Süße.«

»Geld ist nicht alles im Leben.«

»Sag mal, Micky«, ich stütze mein Gesicht in beide Hände, wie eine Studentin, die begierig die Worte ihres Dozenten aufsaugt, »wo waren denn all diese wichtigen

Themen, über die du den ganzen Abend schwafelst, in deiner letzten Reportage? Worum gings da noch gleich? Hilf mir … Ach ja, diese Enthüllungsstory über Haartransplantationen in der Türkei. Ich bin sicher, die hat der Welt immens geholfen.«

»Dir könnte das ohne Zweifel helfen«, zischt Geller.

Ich bin sprachlos. Die Niedertracht dieser Person kennt keine Grenzen. Predigt mir hier was über irgendwelche Sprachregelungen, um ja alle zu respektieren, während sie mich fortgesetzt beleidigt und sich dabei an kostenlosen Drinks aus heiliger Brombeere, libanesischer Zeder und Was-weiß-ich-aus-wie-besonderer-Wacholder destilliertem Gin labt. Erst mal sollte sie einen der draußen rumlaufenden Obdachlosen ihrer Ach-so-exklusiven-Community mit Gratis-Drinks beehren, und dann können wir uns von mir aus über den moralischen Zustand auf dieser Welt unterhalten.

»Gut, kommt, lasst uns mal die Voltzahl runterdrehen.« Malka, der zwischen uns sitzt, legt seine beruhigenden Hände auf unsere Arme. Die warme Berührung seiner großen Pranke bringt mich nur noch mehr auf die Palme. Immer muss er die Stimme des Ausgleichs sein. Wie einfach es ist, entspannt zu sein, wenn du aussiehst und klingst wie ein Schauspieler in einer Espressowerbung.

»Und fang nicht wieder mit deiner Standardrede darüber an, die Orientalen seien die neuen privilegierten Aschkenasen. Du hast schon genug an unseren Nerven herumgesägt, Oded!« Malka verpasst mir einen kleinen Klaps auf den Hinterkopf, als hätte er meine Gedanken gelesen.

»Ich denke niemals in derart binären Kategorien über Leute«, sage ich, Gellers Stimme imitierend.

»Mit niemals meinst du immer und die ganze Zeit?«

Ich grinse, Malka lacht. Der Arak steigt mir in den Kopf. Geller schweigt. Malka schüttelt ihn liebevoll. Geller windet sich aus seiner Umklammerung. Malka sagt etwas von wegen Selbstironie. Geller verzieht das Gesicht. Sagt, ohne mich anzusehen, zu Malka, er verschwinde für einen Augenblick ins Obergeschoss.

»Trouble im Garten Eden?« Ich klimpere mit den Wimpern, nachdem Geller uns verlassen hat.

»Weiß nicht.« Malka schießt einen Seitenblick auf mich ab. »Siehst du hier eine Schlange?«

»Ich hatte nicht die Absicht, eine zu sein.«

»Ja, der reinste Engel. Sei nicht so hart mit ihm.«

»Und warum nicht?«

»Weil er erstens sehr interessante Sachen sagt, wenn man nur ein bisschen offen ist, und zweitens ist er ein ganzes Stückchen jünger als du, ist voller Enthusiasmus und will die Welt verändern, was etwas Schönes ist, also musst du nicht so ein Arsch zu ihm sein.«

»Weil du pädophil bist, soll ich nett zu ihm sein?«

»Nein, Oded, ich bin sechsunddreißig und Micky vierundzwanzig, das macht mich noch zu keinem Pädophilen. Was ich sagen wollte, ist –«

»Bist du tatsächlich dabei mir zu erklären, warum ich netter zu deinem Liebsten sein soll?« Ich fahre Malka über den Mund, der Ton biestiger als beabsichtigt.

»Ich hab nicht gemeint –«

»Beruhig dich, war nur Spaß.« Ich nehme noch einen Schluck Arak.

»Das war kein Spaß, Oded«, sagt Malka. »Und willst du die Wahrheit hören? Du hast recht, ich entschuldige mich.«

Die über uns hängenden Lampen verbreiten behagliche Wärme. Vor dem Hintergrund der farbenfrohen Cocktails, der penibel nachlässig gekleideten Gäste, der sarkastischen Gespräche und Gesichter voller wohlüberlegter Selbstgeringschätzung wirkt Malkas Gestalt deplatziert wie eine grausam schlecht gemachte Photoshop-Montage. Sein ruhiger, sorgloser Gesichtsausdruck verrät nicht, dass er sich bewusst ist, wie fremd er an diesem Ort wirkt, inmitten des hippen Publikums. Mit seinen spießigen Klamotten und dem zerklüfteten Gesicht, das mich mit ungeschützter Ehrlichkeit anschaut. Ich vermisse ihn aber überhaupt nicht, rufe ich mir in Erinnerung. Der interessiert mich ungefähr so viel wie eine Knoblauchzehenschale. Ich warte nämlich auf eine Nachricht von Stas Omansky.

Timor stellt den gewünschten Arak vor mir hin. Malka ordert noch einen Whiskey. Jameson, doppelt, ohne Eis – wie immer. Timor nickt, ihr geschmeidiger Körper ist von einem XXL-Overall verborgen. Oder eher *sein* geschmeidiger Körper? Ist *sie* nun non-binär oder *er* nicht? Mein Kopf beginnt zu schmerzen. Unsere Sprache funktioniert einfach nicht mit all diesen neuen Codes, die Geller aufgezählt hat. Aber vielleicht ist es auch egal. Vielleicht ist das genau das, was Gabriela gestern Abend gemeint hat. Was hatte sie noch gesagt? Ein echter Star muss seine eigene Sprache erfinden.

Geller kommt die Wendeltreppe hinabgetänzelt und gesellt sich wieder zu uns. Könnte das dritte Glas Arak sein, doch der Gedanke an Gabriela macht mir plötzlich Gulugulu im Magen. Malka schaut Geller an, hebt die Hand und schickt ihm einen Luftkuss zu. Der Jüngling lächelt zurück. Sein Blick übergeht mich erneut. Na toll. Als würde eine überdramatische Transe nicht genügen, wird mir wegen so einer Judith Butler jetzt auch noch ganz sentimental ums Herzchen, was Gabriela angeht. Ich linse zur Uhr. Elf. Offiziell sind schon mehr als vierundzwanzig Stunden vergangen, seit Mona Markowitsch zuletzt mit Gabriela gesprochen hat.

»Sag mal, Malka«, ich bemühe mich um einen dezidiert beiläufigen Tonfall, »es stimmt doch, selbst wenn Mona oder ich Gabriela als vermisst gemeldet hätten, würde das Ganze bei der Polizei nicht als vorrangig eingestuft werden?«

»Ja stimmt.« Malka nickt. »Weil sie volljährig ist. Und weil Mona ja nicht behauptet hat, Gabriela schwebe in Lebensgefahr. Also, wenn Mona nicht irgendwas Verdächtiges im Zusammenhang mit ihrem Verschwinden melden würde, hätten wir allerfrühestens nach zwei Tagen erste Fahndungsschritte eingeleitet.«

»Genau.« Ich hebe belehrend den Zeigefinger. »Weil nämlich nicht von Lebensgefahr die Rede ist.«

»Und weil Israels Polizei sich ja auch wirklich so rührend um das Wohlergehen der Transcommunity kümmert«, faucht Geller und wendet sich an mich. »Begreifst du nicht? Mona hat dich aufgesucht, weil sie eben nicht daran glaubt, dass die Polizei auch nur irgendwas unternehmen würde.«

»Mona hat mich aufgesucht«, korrigiere ich ihn, »weil ich Gabriela zufällig auf der Party von Direktor getroffen habe, und das war einfach das Erste, woran Mona am nächsten Morgen gedacht hat. Und auf der Party ist ja auch nichts Ungewöhnliches vorgefallen, was diese ganze Hysterie bei Mona …«

»Das Gesicht kenne ich bei dir«, wirft Malka ein, als ich unversehens verstumme. »Irgendwas stört dich trotzdem an dieser Party.«

»Nicht unbedingt stören.« Ich zögere. »Nur dass … Na ja, etwas war vielleicht ein bisschen schräg. Zuerst hat Gabriela gesagt, sie sei dort, um zum Star zu werden, aber dann wollte sie nicht mal sagen, mit wem sie auftritt oder wer sie eingeladen hat. Ja, noch nicht mal, ob sie auf der Gästeliste steht. Und die Sache ist die: Wenn dein Name nicht auf der Liste war, bist du da auch nicht reingekommen, denn am Eingang standen sooolche Schränke, die das kontrolliert haben.«

»Sie könnte ja auch in Begleitung von irgendjemandem da gewesen oder unter anderem Namen reingekommen sein«, schlägt Malka vor.

»Stimmt, aber da war noch was.«

»Was?«

»Irgendetwas war komisch an Binyamin Direktors Verhalten. Also, nicht wirklich komisch, aber er war im Gespräch mit mir, da hat er eine Nachricht gekriegt und musste sofort weg. Und noch ein paar andere Leutchen sind wie auf Kommando zusammen mit ihm verschwunden.«

»Das war sicher eine von seinen Orgien«, mischt sich Geller ein.

»Eine von seinen Orgien?« Malka und ich fragen wie aus einem Munde.

»Ernsthaft? Sagt mal, wo lebt ihr bitte?« Geller starrt uns an, als kämen wir gerade aus einer Höhle gekrochen. »Bei so gut wie jedem größeren Event, das Binyamin und Rutha Direktor schmeißen, gibt es so eine geheime, superexklusive Party. Nur für geladene Gäste.«

»Und was … was passiert dort?«, frage ich. Wie kann es sein, dass ich noch nie davon gehört habe? Hat meine einstige Tätigkeit als Rechercheurin bei Israels führender Fernsehshow *Good Life* etwa gar keine Früchte abgeworfen? Immerhin hat mein beruflicher Ausflug in die TV-Branche ein Jahr gedauert. Ich mustere Geller. Natürlich gehört eine solche Information zum Portfolio einer jungen, aufstrebenden Klatschreporterin. Ein halbes Jahr noch, und sie hat es bestimmt geschafft, paart sich mit den *hoes and those* des Landes.

»Niemand weiß, was da genau läuft, außer natürlich diejenigen, die dabei waren«, antwortet Geller. »Und die gehen ungern in Details, sagen aber, es könne alles passieren, abhängig vom jeweiligen Anlass. Von Livekonzerten über Kabarettshows bis hin zu Sexpartys, Drogen, Prostituierten, das komplette Programm.«

»Drogen und Prostituierte, aber niemand meldet was«, mischt sich Malka ein. »Und hinterher werfen uns alle vor, dass wir schlecht ermittelt hätten.«

»Niemand macht sich die Mühe, euch was zu stecken«, erwidert Geller, »weil Binyamin Direktor hierzulande einer der reichsten und bekanntesten Männer ist, und mit denen legt ihr euch bekanntlich nie an, es sei denn, euch bleibt keine andere Wahl. Und auch dann wird der Fall meistens unter den Teppich gekehrt.«

»Das ist Unsinn, Micky.« Die Ader an Malkas Stirn beginnt zu pulsieren. »Wie sollen wir ermitteln, wenn niemand die Polizei informiert?«

»Ja, Micky.« Es juckt mich, noch ein bisschen Öl ins Feuer zu spritzen: »Das ist so wie in den Medien – erst wenn gegen irgendwelche Politiker oder Schauspieler Anklage wegen Vergewaltigung erhoben wird, schreiben plötzlich alle. Im Grunde genommen hätten sie das schon lange gewusst. Über die Polizei magst du dich gerne auslassen, aber *du* bist hier der Reporter. Wenn *du* etwas gewusst hast, warum hast *du* nicht darüber berichtet?«

Geller schaut mich erbost an. Ich lächle süß. Malka beugt sich zu Geller und raunt ihm etwas zu. Geller antwortet. Worte wie »Meldepflicht«, »vertrauliche Quelle«, »Verleumdungsklage« und »belastende Aussagen« dringen an mein Ohr. Ich schweige. Das Werk der Gerechten wird in der Tat durch andere erledigt.

Malka und Geller debattieren weiter. Mein Kopf dreht sich vom Arak. Die Hände werden schwer, mein Körper neigt sich zur Bar. Die Fransen eines roten Kleides wehen mir im Wind entgegen. Goldene Stilettos bohren sich in weichen Rasen. Lange, mit Sternchen tätowierte Arme stoßen mir auf wie Übelkeit. Sollte Micky Geller recht haben mit all seinen Halbwahrheiten über Direktors Partys, ist es gut möglich, dass Gabriela gar nicht auf der Gästeliste stand, weil sie für eine superexklusive Privatveranstaltung dort war. Aber als was?

Der rechteckige Bildschirm entflammt auf dem dunklen Holz des Tresens. Ich nehme das Handy. Meine Augen lesen den Text, wieder und wieder. Meine Finger zittern auf den in der Dunkelheit leuchtenden Buchstaben. Stas Omansky hat mir eine Nachricht geschickt. Hat mir ein Gedicht geschrieben, ein Poem verfasst. Hat mir eine Geschichte, eine Novelle, einen Roman, ein Epos gewidmet. Das alles und noch viel mehr in zwei Worten.

Stas Omansky möchte wissen: *Noch wach?*

6

EINE APOLLOSTATUE

Die Daunendecke gleitet zu Boden. Ein nackter Körper präsentiert sich auf dem weißen Laken. Mein Blick folgt den Konturen des festen Hinterns, den Adern, die sich wie ein Labyrinth über die muskulösen Arme ziehen, dem schweren Glied, das auf dem harten, flachen Bauch ruht. Ich will meine Hand ausstrecken und die Haare berühren, die die breite Brust bedecken und im Licht glänzen, das zwischen den Sonnenblenden ins Zimmer einsickert. Habe Angst, mich zu bewegen, Angst, zu atmen. Jede Bewegung droht, die Traumblase zerplatzen zu lassen.

Ein scharfes mechanisches Klacken. Die weißen Ziffern des Radioweckers auf dem Nachttisch springen auf acht. Ich strecke mich vorsichtig. Die angenehme Trägheit des Körpers wird nur durch den einsetzenden Kopfschmerz beeinträchtigt. In meinem Magen gurgelt eine säuerliche Suppe. Ich unterdrücke den bitteren Geschmack, der mir im Rachen aufsteigt. Gestern Nacht vier Gläser Pampelmusen-Arak zu trinken, war wohl keine so gute Idee gewesen. Das ist wie bei Ratenzahlungen: Am Anfang wirkt das Angebot günstig, aber am Ende wird es richtig teuer.

Der Adonis neben mir wälzt sich herum, murmelt Unverständliches im Schlaf. Eine Zunge drängt durch rote Lippen. Ich verschlinge ihn mit meinem Blick, kann immer noch nicht glauben, dass er hier ist. Offenbar hat die Autorin und Coachin Tami Lancut Leibovitz ja recht: Willst du dafür sorgen, dass er bis zum nächsten Morgen bleibt, und eine langfristige Beziehung aufbauen, darf der Mann nicht denken, du seist leicht zu haben. In den letzten Wochen hatte ich tatsächlich eisern beschlossen, nicht mehr als eine Penetration beim ersten Date zuzulassen, und siehe da – meine Keuschheit macht sich schon bezahlt. Ich werfe einen letzten Blick auf das entspannte Gesicht, schäle mich aus den Laken und quäle mich in Richtung Küche. Mit diesem grausamen Hangover bringe ich heute nicht mehr zustande, als meine Mails zu checken und zu schauen, ob Malka Neuigkeiten zur Familie Connan hat.

Hinter den großen Fenstern, die sich über die ganze Länge der westlichen Küchenwand erstrecken, flimmert ein Mosaik aus grauem Himmel, grünem Blattwerk und kalten Sonnenstrahlen. Die Massivholzarbeitsplatte endet bei einem weißen Smeg-Kühlschrank. Ein edelstahlgerahmtes Cerankochfeld glänzt auf der frei stehenden Kücheninsel. Kupferpfannen und Töpfe hängen an einer weiß verputzten Backsteinwand. Eine Reihe Gewürzfläschchen lockert mit ihrer Farbpracht die minimalistische Küche auf, deren asketisches Erscheinungsbild zugleich indirekte Prestigeerklärung ist. Ich lasse die violette Kapsel in die Nespresso-Maschine gleiten und schlurfe zum MacBook Pro, das auf dem Tresen zwischen Küche und Wohnzimmer steht. Es ist Viertel nach acht morgens und keine neue E-Mail eingegangen. Danit hat sich nicht mal die Mühe gemacht, auf meine Nachricht bezüglich Gabriela zu antworten. Und Yaron Malka hat es noch nicht für nötig befunden, mich wissen zu lassen, ob er Neuigkeiten über Prince Connan und seine Eltern hat. Fünf Tage bleiben mir noch, um dahinterzukommen, was Carine Carmeli derart aus der Bahn geworfen hat. Und ich kann nur hoffen, dass es nichts mit dem mysteriösen Verschwinden dieser Gastarbeiterfamilie zu tun hat.

Ich schalte den Bluetooth-Lautsprecher an. Die Kaffeemaschine hört auf zu knattern. Dolly Parton und Porter Wagoner singen über Dinge zwischen ihm und ihr. Ich nehme schlürfend einen Schluck von dem Kaffee und starre auf den skandinavischen Kühlschrank, der Ofer 13 056 Schekel plus Versand gekostet hat. Das ist das Leben, das *moi* zusteht. Das ist das Leben, für das ich hart gearbeitet habe. Eine Wohnung im vierten Stock eines denkmalgeschützten Bauhaus-Gebäudes in der George-Eliot-Straße in Tel Aviv, mit Gegensprechanlage aus Edelstahl und einem Vorgärtchen voller Kakteen und ohne Katzenkot. Am Morgen eine nette, kleine Ermittlung für die oberen Zehntausend. Und sich in der Nacht mit den unteren Zehntausend im Heu wälzen. Dazwischen Restaurants, Drinks, Kurzurlaube in Belize und Freikarten für die Konzerthalle Golden Ring. Das ist mein wahres Ich. Klassisch und edel, um nicht zu sagen, exquisit. Das Niveau? Sehr, sehr hoch.

Ein Zirpen des Telefons bricht die Stille. Ich schaue entsetzt auf die ellenlange Nachricht, die auf dem Display erscheint. Wenn jemand diesen perfekten Morgen vermiest, dann natürlich meine Untermieterin Barbara Witman, die amerikanische B-Promi, die sich schon wieder über die Dusche in meiner Ein-Zimmer-Wohnung in der Gezer-Straße beschwert. Wie oft soll ich dieser verwöhnten Primadonna denn noch erklären, wie sie mit dem offen liegenden Kabel neben der Duscharmatur zu verfahren hat? Also ehrlich, ein bisschen Einfallsreichtum, ein bisschen Selbstständigkeit und Improvisationsvermögen bitte! Stattdessen schreibe ich eine weitere Nachricht an Ofer, der immer noch nicht die Güte hatte, mir zu erklären, wie man das Apple-TV ans Laufen kriegt. Die Leute heutzutage – nicht einen Funken Selbstreflexion. Das ist schon eine echte Seuche.

»Guten Morgen«, ertönt eine belegte Stimme aus dem Schlafzimmer.

Ich stoße einen kleinen Schrei aus und flüchte ins Badezimmer. Ausgeschlossen, dass mich dieser Mann an einem solchen Morgen vor einer Grundinstandsetzung zu Gesicht bekommt. Nach drei Minuten gezieltem kosmetischem Eingriff sitze ich wieder am Tresen, eine Sekunde bevor Stas ins Wohnzimmer kommt. Mir stockt der Atem angesichts dieser absolut makellosen Schönheit. Noch nie habe ich mit einem von denen geschlafen, einem dieser muskelbepackten Kerle, die nach dem Krafttraining Fotos von ihrem halb nackten Body posten, damit andere muskelbepackte Kerle ein Foto von ihrem halb nackten Body nach dem Training posten und ihnen Likes, Feuer-, Zungen-, Auberginen-, Pfirsich- oder feuchte Tropfen-Emojis widmen. Anschließend tauschen sie private Nachrichten aus, treffen sich hinterher in der echten Welt und treiben es miteinander in einem geschlossenen elektrisierenden Kreislauf aus athletischen Körpern, stählernen Armen, gemeißelten Gesichtern, stechenden Blicken, enormen Schwänzen und einem perfekten Leben.

»Guten Morgen«, antworte ich möglichst gleichgültig und blicke verstohlen zum Spiegel an der Wand gegenüber. Mein Gesicht wirkt frisch, zumindest auf die Entfernung. Die Frisur hängt am seidenen Faden. Die Fältchen in den Augenwinkeln sind mit einer Anti-Aging-Crème verspachtelt, die so dick ist, dass sich damit der Panzer eines Gürteltiers fetten ließe. Ich lächle Stas zu. Trotz seines vom Schlaf noch ganz knautschigen Gesichts, des verwuschelten Haars und der zerrissenen Boxershorts gibt er ein Gemälde ab, das selbst einem Eunuchen eine Erektion bescheren würde.

»Guten Morgen.« Stas lässt sich auf der anderen Seite des Tresens nieder. »*You are looking fresh* für diese Uhrzeit.«

»Wer? Ich?« Ich kichere wie die Göttin der Morgenröte, die überrascht ist über ihr liebliches Spiegelbild im See.

»Ja, du.« Er lächelt. Ich schmelze dahin. Er streckt sich, die Arme zerklüften sich zu Bergen und Tälern. Ich ziehe den Bauch ein. Muss unbedingt Fett absaugen lassen oder wenigstens eine gute *Juice*-Kur machen.

Ich räuspere mich, frage: »Hast du gut geschlafen?«

»Ja, sehr gut. Und du?«

»Auch gut.«

»Gut.«

»Absolut.«

Wir grinsen. Die verlegene Grimasse zweier Fremder, die in der vergangenen Nacht betrunken in der Kiste gelandet sind und jetzt im kalten Licht des Morgens begreifen, dass sie einander nichts zu sagen haben. Fieberhaft durchwühle ich alkoholvernebelte Erinnerungen, Echos von Gesprächen, Stimmen und Lachen. Stas hatte mich aus der Bar abgeholt. Malkas schiefen Blick, als ich mit meiner Eroberung verschwand, werde ich auf immer bewahren. Stas war wunderschön und betrunken, nah und fern zugleich. Wir nahmen ein Taxi zu mir. Daft Punk und Pharrell sangen im Radio davon, wach zu bleiben, um *lucky* zu sein. Wir hatten ein paar Sätze gewechselt. Vielleicht über die Musik. Vielleicht über die Bar. Gott weiß, worüber. Er hatte gelächelt, seine Hand auf meinen Oberschenkel gelegt und zurückgezogen, weil die Augen des Fahrers uns im Rückspiegel beobachteten. Im Aufzug hoch in den vierten Stock hatte er meine Hände gepackt, mich an die Wand gedrückt und geküsst. Dann waren wir geradewegs durch die Tür auf den Fußboden gefallen, zum Sofa gekrabbelt und schließlich im Bett gelandet. Er hatte mich bestiegen, mich festgenagelt, war in mich eingedrungen. Ich war nur Körper. Ohne Gedanken. Ohne Bewusstsein. Es war unbeschreiblich. Perfekt. Flüchtig. Zerbrechlich. Doch jetzt, im Morgenlicht, einander in der Küche gegenübersitzend – was zum Teufel gibt es da noch zu sagen?

»Möchtest du Kaffee?« Ich beschließe, den erstbesten Rettungsweg zu nehmen.

»Ja, sicher.«

»Wäre Espresso genehm?«

»Was da ist, ist genehm.« Er gähnt. Seine Stimme ist samtig und ruhig, sein Astralkörper tiefenentspannt. Ich nicke, erhebe mich und gehe zur Maschine. Es muss doch etwas geben, worüber wir reden können. Etwas, das vom schalen Moment ablenkt, wenn die Bilder der vergangenen Nacht aufgehört haben zu tanzen. Wenn sich dieses schwarze Loch, diese Leerstelle auftut, um dich zu verschlingen.

»Ich glaube, du hast hier ein paar Haare verloren«, höre ich Stas' Stimme, als ich an der Nespresso-Maschine hantiere.

»Was?« Ich drehe mich zu ihm, mit dem Kaffee in der Hand. Braune Flüssigkeit schwappt auf den weißen Marmor.

»Haare.« Stas pustet über den Tresen. Gekräuselte dunkle Haare wirbeln durch die Luft und landen auf dem Fußboden.

»Die … die sind von der Putzfrau«, stottere ich. »Sie ist ziemlich behaart.«

»Ah, ich dachte, die sind aus deinem Pelz.«

»Woraus?«, entfährt es mir, und heiße, tiefrote Scham überzieht meine Wangen.

»Beruhig dich, es war total nett, heute Nacht so mit dir zu schlafen. Wie ein kleines Wärmekissen.« Stas erhebt sich von seinem Hocker, und seine stahlblauen Augen – in einer Sekunde kalt und in der nächsten schmeichelnd warm – schauen mich amüsiert an, als lachte er mit mir, nicht über mich.

»Klar, schon klar«, murre ich. »Wer hört nicht gern einen guten Witz über seine üppige Körperbehaarung.«

»Genau.« Stas lächelt. Er nimmt mir den Kaffee ab und überrascht mich mit einem Kuss. Sein schwerer Körper drängt mich gegen den Tresen, eine starke Hand zieht meinen Kopf nach hinten, Zähne graben sich in meinen Hals. Ich sterbe jetzt und auf der Stelle.

Der Körper löst sich von meinem. Mir ist schwindelig. Stas zwinkert mir über seinen Kaffee hinweg zu. Ich grinse. Er setzt sich wieder. Sein schönes Gesicht ist so sorglos, dass es wehtut; sein nackter Körper eine fleischgewordene Anatomiezeichnung. Jeder Muskel, jede Sehne und Ader von Künstlerhand modelliert. Ich starre ihn an und beiße mir aus Versehen innen in die Wange. Ein stechender Schmerz und der Geschmack von Blut fluten meinen Mund. Wie sich das wohl anfühlt, durch die Welt zu spazieren und sich seiner selbst so sicher zu sein? Vollkommen befreit zu sein von der Angst, was andere über einen denken. Zu wissen, dass überall, wo du auftauchst, Menschen dich wollen. Das Kaffeearoma vermischt sich mit Begehren, Eifersucht und Wut. Ich will mit ihm zusammen sein, will ihn. Ich will er sein – will seinen Schutzpanzer.

»Also, das ist deine Wohnung?«, fragt Stas.

»J-ja«, lüge ich.

»Sehr beeindruckend.« Er deutet auf Ofers Bücherwand. »Und die ganzen Bücher hast du alle gelesen?«

»Ja, alle.« Ich nicke. Meine Augen überfliegen die Geschichts- und Philosophieabteilung, bis sie die Krimis von Sue Grafton finden, die ich mal auf der Straße gefunden und Ofer vor einem Jahr geschenkt hatte. Die Geschichten über die Privatdetektivin Kinsey Millhone habe ich tatsächlich gelesen.

»Meine Mutter hat immer an mir rumgenörgelt, weil ich nichts gelesen habe.« Stas grinst. »Aber ich hatte keine Kraft. Sie hat gesagt, sie hätte sich einen Professor gewünscht, aber einen Müllmann geboren.«

»Meine Mutter hat von mir verlangt, ich soll Klavierspielen lernen, aber ich hab mich geweigert.«

»Meine auch. Klavier und Akkordeon.«

»Akkordeon? Hat sie auf eine Karriere als Straßenmusiker gesetzt? Hast du auch ein Äffchen mit Triangel bekommen?«

»Und ich hab dir noch gar nicht von meiner Karriere als Salontänzer erzählt, die sie für mich vorgesehen hatte. Am Ende haben wir uns auf Klavier geeinigt.«

»Meine hat es zwei Jahre lang versucht.« Ich hebe zwei Finger. »Zwei Jahre lang hat sie mir einen Lehrer nach dem nächsten angeschleppt, der eine schlimmer als sein Vorgänger. Dem letzten hab ich Salz in den Tee geschüttet, da hat er zu ihr gesagt, ihr Sohn sei ein Psychopath. Danach hat sie es aufgegeben.«

»Das hast du nicht gemacht!« Stas fängt an zu lachen.

»Sie hätte mir die Unterrichtsstunden nicht auf die Sendezeiten der *Golden Girls* legen sollen.«

»So was wäre bei uns nicht durchgegangen.« Stas lächelt. »Meine Mutter hat mit eiserner Hand regiert. Undenkbar, bei ihr Nein zu sagen.« Er fängt an, eine hohe, schrille Stimme in einer fremden Sprache nachzumachen. Die Silben sind schwer, rollen. Sein Gesicht verändert sich, wird mir fremd, wirkt intimer. »Ya proshu vas, khocha b odyn instrument, khocha b fortepiano. Shcho my pryyikhaly z Kyyeva do tsykh dzhunhliv, ne ye pryvodom vyrostaty, yak mavpa.«

»Und was bedeutet das?« Ich kontrolliere schnell, dass meine Hose nicht meine Begeisterung über diesen unverständlichen Zungenbrecher verrät.

Stas schlägt auf den Tisch und übersetzt: »Stanislaw, ich bitte dich, wenigstens ein Instrument, wenigstens Klavier. Nur weil wir aus Kiew in diesem Dschungel gelandet sind, ist das noch lange kein Grund, wie ein Affe aufzuwachsen.« Er lächelt. »Sie wollte, dass ich das spielen lerne, was sie am liebsten hatte. Rachmaninow, Strawinsky … wen mochte sie noch gern? Es gab einen, den hat sie ständig gehört, wenn sie traurig war, ich kann nicht glauben, dass ich den Namen verge-«

»Sicher Schaikowsky«, brüste ich mich mit meinem Wissen zu klassischer Musik.

»Tschaikowsky«, korrigiert Stas.

»Natürlich.« Ich erröte. »Den meinte ich. Ich hab bloß ein Problem mit stimmlosen Verschlusslauten.«

»Den mochte sie überhaupt nicht, meinte, das sei Kitsch.«

»Absolut«, pflichte ich hastig bei. »*Peter und der Wolf* ist furchtbar kommerzialisiert.«

»Das ist von Prokofjew.«

»Hört deine Mutter generell viel Musik?« Ich beschließe, das Glatteis hurtigst zu verlassen.

»Hat gehört. Sie ist tot.«

»Oh nein!« Ich schrecke zurück. »Das tut mir leid. Woran ist sie gestorben?«

»Hirntumor. Innerhalb von vier Monaten wusste sie schon nicht mehr, wie ich heiße. Und nach sieben habe ich sie beerdigt.«

»Das war sicher …« Ich ringe um Worte.

»Das ist lange her.« Seine großen Hände, die eben den Kaffeebecher umschlossen gehalten haben, verbergen sein Gesicht. »Ich war in der Armee und hatte großes Glück, dass mir Bulli den Job gegeben hat. Wenn nicht, würde ich schon lange im Knast sitzen.«

Stas sammelt unsere Kaffeetassen ein, geht zur Spüle

und fängt an abzuwaschen. Die Countrymusic aus dem Bluetooth-Lautsprecher erschafft mit vibrierenden Gitarrenklängen eine Landschaft aus Bergen, Tälern und verlassenen, staubigen Prärien. Stas' nackter Rücken hebt sich als schwarze Silhouette vor der hellen Fensterfront ab. Ich will ihn fragen, was er damit meint, aber ein Klingeln aus dem Laptop nimmt meine Aufmerksamkeit in Beschlag. Danit möchte ein Update bezüglich meines Treffens mit Carine Carmeli am gestrigen Nachmittag. Berichte einfordern, das kann die Gute wirklich wie keine zweite. Auf Fragen antworten zu spurlos verschwundenen Gästen, das eher weniger. Unverschämte Unart. Meine Finger lassen die Empörung an der Tastatur aus.

»Und«, Stas dreht sich zu mir um, »was hast du heute noch vor?«

»Sag mal«, ich hebe die Augen vom Bildschirm, »erinnerst du dich zufällig noch, ob jemand namens Gabriela bei dir auf der Gästeliste stand?«

»Gabriela?«

»Ja, so eine schöne Transfrau, schlank, echtes Gardemaß, hautenges rotes Kleid mit Fransen und goldene High Heels. Sie meinte, sie sei da, um auf der Party aufzutreten.«

»Ich kenne keine Coccinelle mit dem Namen.«

»Eine Transfrau, wolltest du bestimmt sagen«, verbessere ich besserwisserisch – hab ehrlich keinen Nerv mehr für solche transphoben Äußerungen. Einfach schrecklich, die Vorurteile dieser Russen.

»Es waren tonnenweise Transen auf der Party vorgestern.« Stas reibt sich seinen nackten Astralbauch, und die Furchen zwischen den Muskelquadraten treten mit jedem

Atemzug hervor und verschwinden wieder. »Die ganzen Hammerfrauen von Make-up-Artist Miki Buganim waren da. Die, die bei *Big Brother* gewonnen hat, die aus *Survivor*, und die aus *Das Rennen*. Und auch die, die jetzt in *Connected* ist. Aber keine von denen hieß Gabriela.«

»Sie hat jede Menge tätowierte Sternchen auf den Armen.«

»Kommt mir nicht bekannt vor.«

»Schwarze Haare, an den Spitzen grün und pink gefärbt.«

»Hab keine gesehen, die so aussah.«

»Aber wenn du dich nicht an ihren Namen auf der Liste erinnerst, hast du eine Ahnung, wie sie reingekommen sein könnte?«

»Sie war sicher in Begleitung von jemandem und ich hab nicht aufgepasst.«

Stas' Gesicht wird zu einer glatten Tafel. Langsam beginne ich mich aufzuregen. Ich kann mich wirklich nicht an diese laxe Einstellung hinsichtlich der Gästeliste erinnern, als er meinen Namen mit der Gewissenhaftigkeit eines unter Zwangsstörung leidenden SS-Offiziers überprüft hatte.

»Tatsächlich? Direktors Chefordner passt nicht auf? Es war ziemlich schwierig, sie zu übersehen.«

»Manchmal übersehe sogar ich jemanden.« Stas verschränkt die Arme, was seine Brustmuskulatur noch mehr betont. Wie eine Statue steht er vor mir, wie ein Gemälde im Museum. Wie ein Modefoto vom glamourösen Leben, zu dem du die Eingangstür suchst. Ich bemühe mich, nicht die Konzentration zu verlieren.

»Kann es sein, dass sie nur zu dem exklusiven Event

danach eingeladen war?«, frage ich und klappe den Laptop zu.

»Zu was für einem exklusiven Event?«

»Stas, also bitte.« Ich stehe auf und mache ein paar Schritte in seine Richtung. »Du musst mir nichts vormachen. Alle wissen davon. Binyamins und Ruthas Partys, zu der nur die Crème de la Crème eingeladen ist. Drogen, Orgien. Hör mal, ich würde sonst was drum geben, dabei zu sein. Vorgestern war auch eine, nicht?«

»Ich habe absolut keine Ahnung, wovon du redest«, erwidert Stas. Der makellos symmetrische Abstand zwischen seinen blauen Augen, die gerade Nase und die hohen Wangenknochen wirken perfekt komponiert. Ein Roboter, frisch aus dem Karton.

»Komm schon, das ist doch keine Sache.« Ich gebe ihm einen sanften Stoß gegen die Brust, und mein Herz setzt kurz aus, nur ob der Berührung. »Gestern in der Bar haben alle darüber getratscht. Warum sollten sie lügen?«

»Weil Leute gerne Sachen über Bulli erfinden«, antwortet Stas. »Immer bewerfen sie ihn mit Dreck. Er betrüge Rutha, mache einfach alles für Geld. Diese Gutmenschen in den Medien haben auf einmal kein Problem damit, sich darüber lustig zu machen, dass er fett ist und ein Albino, dass er redet wie eine Frau, setzen Geschichten in die Welt, er würde so dreckige Partys schmeißen. Das ist alles nur Journalistenscheiße. Ich versichere dir, alles erstunken und erlogen, mein Wort. Und du, du solltest dich besser nicht damit beschäftigen. Bulli hat dich beauftragt, einen Job zu erledigen, oder? Gucken, was mit Carine Carmeli los ist. Also, warum befasst du dich dann mit was anderem?«

»Was?« Ich weiche einen Schritt zurück.

»Was hüpfst du denn hier plötzlich rum wie ein Häschen, dem sie den Schwanz abgeschnitten haben?« Stas nähert sich mir, sieht mir direkt in die Augen. »Bulli erzählt mir alles. Ich arbeite bald zehn Jahre für ihn. Also, *yallah*, fang an, deine Gage zu verdienen, anstatt bescheuerte Fragen zu stellen.«

»Gage ist gut«, schnaube ich, und Stas lacht.

»So ist das bei Bulli. Am Anfang wringt er dich aus wie einen nassen Waschlappen, aber sobald du sein Vertrauen gewonnen hast, wird er immer für dich da sein.«

»Und wie lange wird das dauern, bis er für mich da ist?«

»Du musst dich erst mal beweisen.«

»Ich hätte es lieber, wenn er mich einfach bezahlt«, grummle ich säuerlich.

»Ich hab jetzt nicht das Gefühl, dass du das Geld wirklich nötig hast«, sagt Stas, und sein Blick wandert durch die Wohnung. Ich klappe den Mund auf – doch kein Ton kommt raus. Erklär ihm eine, nach all meinen Lügen, dass ich im Wesentlichen von dem Geld lebe, das mir Barbara Witman für meine Ein-Zimmer-Wohnung an der Gezer-Straße als Untermiete zahlt. Und das nur so lange, bis Ofer Ganor von seiner Mission in Singapur heimkehrt und mich zurück in meine armselige Behausung mitsamt erpresserischem Vermieter befördert.

»Es geht hier ums Prinzip«, sage ich schließlich.

»Lass gut sein, Liebes. Immer schön locker. Prinzipien ändern sich, aber der Besitz bleibt.« Stas zwinkert mir zu. »Glaub mir, du möchtest, dass Bulli auf deiner Seite ist und nicht auf der anderen.«

»Ich wollte ja nur sagen, dass es nicht fair ist, wenn Leute mit viel Geld und Macht das Gefühl haben, sie könnten das ausnut-«

Stas packt mich, meine Füße lösen sich vom Boden. Seine starken Hände werfen mich auf die Küchenarbeitsplatte. Unsere Gesichter sind sich ganz nah. Das Edelstahlspülbecken ist kalt, Stas' muskulöse, behaarte Brust heiß. Die vollen Lippen pressen sich auf meinen Mund, seine Zunge drängt zwischen meine Lippen. Wir küssen uns. Der geschlossene elektrisierende Kreislauf des perfekten Lebens.

Er macht einen Schritt zurück. Ich schlage die Augen auf.

»Bist du fertig?«, fragt er.

»Was?« Ich stottere. »Nein, wie kommst du da drauf? Nur so ein bisschen, vor Erregung. Das passiert doch allen mal.«

»Mit Reden, meinte ich.« Er lächelt.

»Ah.« Ich werde rot. »Also, ja, das heißt, nein, also –«

Stas küsst mich erneut.

»Und jetzt?«, fragt er, nachdem sich sein Körper wieder von meinem gelöst hat.

Ich schaue verstohlen nach unten. Stas' mächtiges Glied richtet sich hinter dem zerrissenen Stoff auf, drückt seine verwaschenen Boxershorts hoch. Die muskelbepackte, behaarte Brust hebt und senkt sich. Mein Atem geht stoßweise. Kann es wirklich sein, dass dieser perfekte Mann aus freiem Willen hier bei mir in der Wohnung ist? Weil er hier mit mir sein will? Oder vielleicht – der Zweifel fängt an, an meinem Herzen zu nagen wie ein schmatzender Wurm an einem faulen Apfel –, vielleicht ist er nur hier, weil er auch jetzt, genau wie vorgestern, für Bulli arbeitet? Immerhin war er es, der Kontakt zu mir aufgenommen hat, und das erst nachdem ich Danit eine E-Mail wegen Gabriela geschickt hatte. Und gerade eben hat er mich mit Sicherheit angelogen, was Direktors geheime Partys angeht. Ich solle mich nur auf Carine konzentrieren. Der Wurm frisst sich weiter durch mein Innerstes. Ist er nur im Auftrag seines Bosses hier, um ein Auge auf mich zu haben? Meine Hand friert auf Stas' warmer Brust ein. Was habe ich denn schon groß erbeten? Dass ein einziges Mal auch mir etwas zufällt, ein einziges Mal jemanden wollen, der auch mich will, ein einziges Mal an einem Staffellauf teilnehmen, bei dem das Begehren an mich weitergereicht wird.

Stas' Arme ziehen mich an ihn. Er riecht nach dem Parfüm von gestern, nach Schweiß, Seife, Kaffee und billigem Alkohol. Er riecht nach Sex. Das Blut stürzt mir aus dem Kopf. Mein Körper wird zu Luft, schwebt ohne Halt. Ich versuche, all die Fragen im Kopf zu behalten, mich an die Bedenken zu klammern. Versuche, einen Schritt zurück zu machen, aber Stas küsst mich weiter, und auf einen Schlag bin ich verschwunden.

7

KLATSCHBASE

In der Fußgängerzone, die sich vom alten Tel Aviver Busbahnhof nach Osten erstreckt, überbordet die Armut. Muffige Container und wacklige Stände lehnen sich stützend aneinander. Farbenfrohe Ware ergießt sich in chaotischer Unordnung von beiden Seiten zur Straßenmitte. Glitzernde Handyhüllen, opulent verzierte Wasserpfeifen, vergoldete Kruzifixe, billige Töpfe in Edelstahllook, T-Shirts bedruckt mit der kleinen Meerjungfrau, Elektroradiatoren, Fernseher, auf denen Kung-Fu-Filme laufen, Plastikweihnachtsbäume, Jogginganzüge von Adidas mit schief aufgenähtem Logo, Mehl in Säcken, Konservenpyramiden, Hummus, Bohnen und Linsen als Schüttware, Sesamkörner, Paprika, Kardamom, Koriander in Marmeladengläsern. Alles im Kilo. Für einen Dollar. Für einen Schekel. In einiger Entfernung, jenseits einer Großbaustelle, deren Plakate von *Neve Sha'anan – die nächste Flaniermeile Tel Avivs* schwärmen, markiert der lärmende Verkehr auf der Menachem-Begin-Straße brachial eine rollende Grenze. Irgendwo hinter dieser Fahrzeugflut und zwanzig Minuten Fußweg entfernt liegt Ofers Bauhauswohnung in einer der kleinen Straßen im Zentrum

Tel Avivs. Die wenigen, sorgsam in Stockholm und Paris ausgesuchten Möbel sind mehr wert als all der Kram zusammen, der sich hier vor mir in den Ständen auftürmt.

»Allein diese Gerüche und Farben! Fantastisch! Als wären wir im Ausland«, meint eine Frau mit roter Brille und grauem Kleid lächelnd zu ihrer Freundin, während sie dem Tourguide der Gruppe nacheilen, der gerade über die Geschichte von Neve Sha'anan doziert. Er hat das Gesicht der Menschentraube mittleren Alters zugewandt, steht mit dem Rücken zu einem dunkelhäutigen Mann, der auf wackligen Beinen und mit erhitztem Gesicht einen Trupp von Grenzschutzsoldaten verflucht, die ihre Ellbogen auf die mattglänzenden Schäfte ihrer Schnellfeuergewehre gestützt haben und ihn einfach nur auslachen. Ich werfe einen Blick auf die Adresse, die mir Ofers Putzfrau Carney geschickt hat, und umkurve das Touristengrüppchen in der vollen Einkaufsstraße, die nach Aussage des Guides das pulsierende Herz des Stadtteils sei. Ursprünglich von jüdischen Emigranten aus Russland in den Zwanzigerjahren auf den Ländereien palästinensischer Obstbauern gegründet, veränderte sich der Charakter des Viertels im Verlauf des vorigen Jahrhunderts mit jeder neuen Zuwanderungswelle, aus dem Irak, Jemen, Iran, von den Philippinen, aus Thailand, Eritrea und dem Sudan.

»Und diese so besondere, so faszinierende Mischung«, der Guide klappt beide Hände mit einem verschwörerischen Lächeln einladend auf, »werden wir auf unserer heutigen kulinarischen Entdeckungsreise kosten.«

Am Ende der Fußgängerzone, zwischen Händlern und ihrer in Schuhbergen wühlenden Kundschaft, vorbei an am Straßenrand wartenden Bauarbeitern, Taxifahrern, die Bettler anschnauzen, sie sollten sich von der Straße verziehen, und einer Lesbenschar mit Hornbrillen und wasserstoffblondiertem Haar, die auf der Suche nach dem besten Injera der Stadt ist, biege ich nach links ab. Die Stimme des Guides, der irgendetwas von ersten Knospen einer neuen Blüte des Viertels palavert, erstirbt allmählich, während ich sehnsüchtig an die Wassertropfen denke, die unter der Dusche über Stas Omanskys Brust- und Bauchmuskeln perlten. An den Schatten, der über sein Gesicht huschte, als er von seiner toten Mutter sprach. An die kalten Augen, in denen ein amüsiertes Funkeln blaues Feuer entzündete und die plötzlich unnahbar wurden, als ich ihn zu Gabriela ausfragte. War er nur im Auftrag von Bulli gekommen oder weil er es wollte? Schluss jetzt mit dieser Paranoia-Attacke. Entschlossen marschiere ich durch die kleine Nebenstraße. Alles wird sich finden. Stas Omansky begehrt mich um meiner selbst willen. Mona wird sich heute noch melden, Gabriela sei wohlbehalten wieder zu Hause. Und alles, was ich in den nächsten fünf Tagen tun muss, um Binyamin Direktor zufriedenzustellen, ist hinter Carine Carmelis Depression zu kommen. Und diese Aufgabe beginnt genau jetzt: mit dem Aufspüren von Prince Connan.

Ein kalter Wind weht durch die nackten Zweige der Bäume, die man vor die Containerfront gepflanzt hat, und die Elektronikshops und Chinarestaurants des Sträßchens, in das ich abgebogen bin. Plastiktüten kleben an mit Graffiti bedeckten Hauswänden: Gemälde von schwarzen Frauen bieten der Straße entblößte Brüste und Hintern in Stringtangas dar. Mein Handy klingelt. Das

Gefühl der Euphorie verfliegt, als auf dem Display *Papa* anstelle von *Stas* leuchtet. Ich gehe ran – knirschender Kies, geräuschvolles Atmen. Ich lege auf und gehe weiter. Zwischen tropfenden Regenrinnen, vorbei an wucherndem Farn und mit Mülltonnen übersäten Hinterhöfen und drei Krähen, die an zerdrückten Plastikbechern picken, entdecke ich die aufgeplatzte Tür. Mein Finger drückt auf einen roten Klingelknopf, über dem *Manila Tel Aviv Times Online* steht.

»Ja?« Eine durch Hunderttausende Zigaretten heiser gerauchte Stimme kommt hinter der Tür aus der Erdgeschosswohnung.

»Schalom.« Ich drücke die Tür mit einem Lächeln auf und stehe in einem kleinen Raum mit speckig fleckigen Wänden. »Bin ich hier richtig bei der Redaktion der *Manila Tel Aviv Times*?«

»Bei der einen und keiner anderen. Wie kann ich Ihnen helfen?« Eine massige Frau mit kurzen schwarzen Löckchen und plattgedrückter Nase nimmt hinter ihrem Schreibtisch Haltung an. Sie streift die Zigarette an einem von Kippen überquellenden Aschenbecher ab. Hinter ihr hängen ausgedruckte Fotos in A4. Eine Reihe lächelnder philippinischer Frauen in Abendkleidern. Eine Schar Israelis, Sudanesen und Philippinos, die gemeinsam eine gewaltige Portion Nudeln und hauchdünne Fladenbrote zubereiten. Eine Gruppe Frauen und Männer, die in einer öffentlichen Parkanlage mit verdorrtem Gras und drei Schaukeln Schilder mit der Losung *Der Süden Tel Avivs ist vereint und solidarisch* hochhalten.

»Können Sie mir sagen, wo ich Mary Toglin finde?«, frage ich.

»Und können Sie mir sagen, wer Sie sind?« Die kräftigen Augenbrauen, der Mund und die plattgedrückte Nase ziehen sich im Gesicht der großen Frau wie auf Kommando zusammen.

»Verzeihung, ich bin Oded Chefer. Eine gemeinsame Freundin hat mir gesagt, ich könne Mary hier finden. Und Sie sind?«

»Ich bin Sylvia Sasson, ich bin die Herausgeberin. Mary ist unsere Chefredakteurin. Wozu brauchen Sie sie denn?«

»Das betrifft nur uns beide«, antworte ich. Binyamin Direktor war diesbezüglich unmissverständlich. Die Ermittlung in Sachen Carine Carmeli muss um jeden Preis geheim bleiben.

»Also, kurz gesagt, sind Sie von der Immigrationspolizei?« Sasson drückt ihre Zigarette im Aschenbecher aus.

»Natürlich nicht!« Ich bin erschüttert. Was denkt diese Frau sich denn. Das Ralph-Lauren-Jackett, das ich aus Ofers Kleiderschrank geborgt habe, in Kombination mit meinem GAP-Sweatshirt stehen ja wohl eindeutig für Freiberufler.

»Also vom Grenzschutz?«

»Nein.«

»Von den Sondereinsatzkräften?«

»Nein!«

»Vom Einwohnermelde-«

»Ich bin vom Verein Worker's Hotline«, unterbreche ich Sylvia mit dem Gesichtsausdruck einer Frau, die indigniert ist, dass der ungehobelte Motorradkurier sie an der Ampel anbrüllt.

»Du, Herzchen, bist genauso wenig vom Worker's Hotline wie ich die Königin von England bin.« Sylvia greift sich einen riesigen Hefter auf dem Schreibtisch. »Ich kenne da jede und jeden. Ich weiß nicht, aus welchem Loch du angekrochen kommst oder aus welcher verkackten Einheit sie dich geschickt haben, aber sag deinen Vorgesetzten, wir haben dieses Büro hier mit einer Finanzspritze von der Stadtverwaltung höchstpersönlich bezogen. Und wenn ihr noch mal aufkreuzt, um uns Ärger zu machen, werde ich diesen Hefter nehmen und euch den –«

»Sylvia, Sylvia, du hast diesen netten jungen Mann genug fertigmachen.«

Eine zwitschernde Stimme bringt die korpulente Frau zum Schweigen, die bebt wie ein zum Angriff bereiter Rottweiler. Zutiefst erleichtert, dass ich mir nicht auch noch anhören muss, was Sylvia mit dem Hefter zu tun gedenkt, drehe ich mich um. Eine mollige Person steht in der Eingangstür, schwarze Carré-Kurzhaarfrisur, weißes Sweatshirt mit dem Bildnis von Madonna aus der *True-Blue*-Phase und ein breites Lächeln im Gesicht, das ihre Augen in kleine Striche verwandelt.

»Weißt du, wer das ist?« Sylvia macht mit der Hand eine abfällige Geste in meine Richtung, als deutete sie auf eine Müllhalde.

»Ja, Sylvia, ja. Das ist Oded Hefer. Wohnt in Wohnung von Ofer Ganor, die Carney putzt. Carney gestern Nacht angerufen, gesagt, Ofer Goldjunge und auch Oded gute junge Mann. Möglich, mit ihm zu reden.«

Mary Toglin säubert ihre Schuhsohlen auf dem Fußabtreter, bevor sie den kleinen Raum betritt. Sylvias Schultern entspannen sich wieder. Vor der Tür, auf dem gegenüberliegenden Bürgersteig, führt in diesem Moment ein hagerer Mann singend eine lange Reihe fröhlich hüpfender Kinder vorbei. Zwei Männer und zwei Frauen in schwarzen T-Shirts mit der Aufschrift *Front zur Befreiung des südlichen Tel Avivs* umkreisen die Kolonne und fotografieren die Kinder.

Sylvias Gesicht nimmt jäh ein hässliches Rot an.

»Sylvia«, zwitschert Mary, »nicht wieder.«

»Diesmal mach ich die fertig!« Sylvia schwingt den monströsen Hefter.

»Sylvia, du versprechen, du reden auf Sitzung von Anwohner anstatt Streit machen.«

»Die haben versprochen, die Kinder nicht mehr zu fotografieren.« Sylvia ist schon fast an der Tür, ihre Augen sind aber noch auf Marys besorgtes Gesicht gerichtet. »Keine Sorge, ich verspreche diesmal zu reden, nicht zu schreien.«

Marys Gesicht fasst mit einem Lächeln Mut, als Sylvia ihr einen Kuss auf die Wange drückt und rausstürmt. Gleich darauf hallt ihr Gebrüll darüber, was sie mit ihrer Kamera machen können, durch die ganze Straße und löst bei Mary ein vergnügtes Kichern aus.

»Sylvia hat viel, viel Energie. Deshalb ihr nie kalt.« Mary drückt sich an mir vorbei und schaltet den Elektroheizstrahler an.

»Offensichtlich muss diese Energie auch mal raus.« Ich lächle zurück. Die gedrungene Frau kichert erneut und meint, ich solle mich doch setzen. Ich lasse mich auf einen Bürostuhl sinken, der sogleich Schlagseite nach links bekommt. Mary kichert schon wieder, und ihre Augen funkeln wie die eines Kobolds, der gerade aus seiner Flasche geschlüpft ist. Sie bittet mich, ein paar Augenblicke zu warten, schaltet den Computer an und dreht mir irgendwann den Bildschirm zu: eine Webseite voller Bilder, über der in verschiedensten Sprachen *Manila Tel Aviv Times* steht.

»Fünfzehntausende Leser wir haben«, sagt Mary. Ihre Augen überfliegen die Feeds zu einem kurzen Artikel, der in fünf verschiedenen Sprachen über eine Demonstration berichtet, bei der sich Anwohner gegen den Plan wehren, im Viertel fünf neue Wohntürme für Studierende und junge Familien zu errichten.

»Sie meinen Fünfzehntausend?« Ich bestehe mit Oberlehrerinnenduktus auf der korrekten Flexion. »Wie wundervoll.«

»Ja, ja, Fünfzehntausende«, Marys Gesicht leuchtet im Schein des Bildschirms. »Und jeden Tag mehr. Artikel von gestern über Lyrikwettbewerb von Sudanesinnen hat gemacht dreißigtausend Aufrufe. Schöne Frauen immer gut für Rating, gut für Geschäft. Viele Klicks auf Werbung. Nur in Sudan sehr züchtig. Schade. Mehr Haut sehen, mehr Geld machen.« Mary kichert fröhlich.

»Wirklich toll.« Ich lächle dieser Shulamit Aloni des Fernen Ostens zu, einer unerschrockenen Kämpferin für die Frauenrechte, und wechsle das Thema: »Wie ich sehe, haben Sie hier wirklich alles unter Kontrolle. Kein Wunder, dass Carney mir geraten hat, ich solle mich an Sie wenden. Ich versuche eine Familie Connan zu finden, die bis vor zwei Monaten in Ramat Hasharon gearbeitet hat. Rosemary, Bret und ihr Sohn, Prince. Sie sind von einem Tag auf den anderen nicht mehr zur Arbeit erschienen, und Carney hat mir gesagt, ich solle mit Mary Toglin reden, die wisse von allem, was in der Community läuft.«

»Das stimmt.« Mary nickt ohne auch nur einen Anflug falscher Scham.

»Dann können Sie mir sagen, wo sie sind?«

»Ja, aber was macht für mich?« In Toglins pechschwarzen Augen blitzt etwas auf, das mit einem Mal eher gefährlich als verschmitzt wirkt.

»Verzeihung?«

»Was macht für mich? Ich bin beschäftigte Frau. Bin Chefredakteurin von *Manila Tel Aviv Times*. Ich nicht arbeite für umsonst.«

»Das ist nicht arbeiten, Mary.« Ich winke ab. »Das ist bloß ein Gespräch unter Freunden.«

»Reden, das ist Gespräch mit Freunden. Geben *informations* ist Arbeit. Und für Arbeit zahlen.«

»Carney hat nichts von irgendeiner Bezahlung für Informationen gesagt.«

»Sicher Carney nichts gesagt.« Mary hebt dramatisch ihre Hände. Das Sweatshirt verrutscht nach oben, und Madonna wirft mir einen erbosten Blick zu. »Carney können reden sehr gut. Arbeiten? Nein. Sie sich fühlen gern wichtig. Gerne sagen, ich kenne Mary. Mary regelt dir. Mary tut dich Gefallen. Mary lernt dich Viertel kennen. Aber dann sie geht und wirft von Mary den Cousin raus. Wirft ihm alle Klamotten heute auf Straße. Er weißt nicht, warum. Er ganzen Tag nur weint. Also wie schon vorher gesagt, was macht für mich?«

Mary beendet schnaufend ihre Rede. Die schwarzen Stirnfransen wippen über ihrer Stirn. Die Spiralen des Heizstrahlers knistern unheilvoll. Das zwischen uns gerinnende Schweigen wird von einem lärmenden Orchester unterbrochen, dessen Getöse durch die Fenster in den fleckigen Wänden dringt. Aufgebrachte Autohupen, rhythmische Gesänge in einem babylonischen Sprachenmix, undeutliche Schreie auf Hebräisch sind aus der Ferne hörbar: Die Kinder, Eindringlinge, kein Platz, haut ab, unser! Ich lächle der mit verschränkten Armen vor mir sitzenden Frau zu. Vielleicht kann ein bisschen Solidarität die kleine Shylock ja erweichen.

»Wissen Sie«, sage ich und schaue Mary mit dem wohlmeinenden Blick einer gut betuchten Zeitgenossin aus Ramat Aviv an, die gekommen ist, auf ihrer kulinarischen Entdeckungsreise den harten Wirklichkeiten im Tel Aviver Süden zu begegnen, von denen sie erst vor einer Woche in der *Lady Globes* gelesen hat, »bevor wir weiterreden, wollte ich Ihnen nur sagen, was für einen großartigen Beitrag Sie mit Ihrer *Manila Tel Aviv Times* leisten. So wichtig! Das ist doch einfach schrecklich, dieser Rassismus gegenüber Migranten. Mal ehrlich, was wollen wir denn alle als Menschen? Doch nur anständig leben.«

»Außer die Thailänder.« Mary fuchtelt mit ihrem Zeigefinger vor meiner Nase herum.

»Na-na-natürlich.«

»Die wirklich alle Diebe.«

»Die Preise im Thai House sind tatsächlich skandalös inzwischen«, ich nicke, »aber ich meinte eher die Einstellung der alteingesessenen Bewohner hier im Viertel zu Menschen wie Ihnen, zu Migranten.«

»Nicht alle Bewohner hier so.« Marys Zwitschern wird tadelnd. »Die Eltern von Sylvia von hier. Sie von hier. Und trotzdem *she is activist long time*, damit Frauen können sein sicher, und sie bereit, mit mir Webseite zu machen für Leute *from the Philippines*, aber wir schreiben auch Sachen, die gut und interessant für jeden, der wohnt hier im Viertel. Sogar für Thailänder.«

»Dann ist es wirklich schade, dass nicht alle so denken wie Sylvia«, schleime ich mich weiter ein.

»Nicht für alle leicht so denken. Auch nicht alle Geld haben, schöne Jacken für Winter kaufen.« Mary deutet auf das Logo des aufgestickten Polospielers, das auf meiner Jacke prangt.

»Die gehört einem Freund.« Ich werde rot.

»Nicht alle haben Freund, der gibt schöne Jacke zum Anziehen.«

»Er ist wirklich sehr großzügig.«

»Großzügig Freund ist gut.« Mary lächelt. »Manchmal, wenn man braucht, Freunde geben. Geld. Schecks. Schöne Kleider. Und Sie ja gesagt, wir wie Freunde reden.«

Marys Augen fixieren den Polospieler. Ich ziehe die Jacke fester um mich. Marys Mund wird zu einem harten Strich. Angesichts dieser doch beunruhigenden Wendung beschließe ich, eine neue Taktik anzuwenden. Wenn die Solidarität mit dem Stand der Arbeitsmigranten schon nichts geholfen hat, erweicht womöglich der Austausch nützlicher Informationen Marys gerissenes Herz. Denn mich lässt das Gefühl nicht los, dass das Geschäftliche bei ihr mehr darauf abzielt, indirekt eine Rechnung mit Carney zu begleichen, und weniger einer geregelten Zahlungsmoral gilt.

»Sie sagten, Ihr Cousin trauert, weil Carney ihn verlassen hat?« Ich verziehe das Gesicht in gespielter Sorge.

»Albert?« Marys Zunge produziert ein paar schnelle Schnalzlaute. »Weint seit Morgen. Steht nicht aus Bett auf. Carney ihm nichts gesagt, gar nichts, aber trotzdem er will sie zurück. Ganze Tag weint. Wie Baby ohne Schnuller. Ich ihm gesagt, Carney nicht gut für nichts. Faul, nicht kocht. Aber er will nur Carney. Aber nicht schlimm. Sie schon sehen. Lintik lang ang walang ganti«, endet Mary flüsternd fauchend wie eine erzürnte Katze.

»Was bedeutet das?«

»Nur der Blitz nicht weiß, was ist Rache.« Mit finsterer Miene deutet Mary nach oben.

»Sehr poetisch.« Ich rutsche unbehaglich auf meinem Stuhl hin und her und beuge mich nach vorn zu der kleinen, untersetzten Frau. »Jetzt unter uns: Sie hatten recht, als Sie ihm sagten, er solle ihr nicht glauben.«

»Was das soll heißen?«

»Sehen Sie, Mary, Klatsch und Tratsch ist mir wirklich unangenehm«, bluffe ich wie eine polnische Mutti beim Bridgespielen.

»Das doch nicht ist Tratschen, Oded.« Mary schenkt mir ein Lächeln. »Das ist Gespräch unter Freunden.«

»Freunde, die sich alles erzählen?« Ich ziehe eine Augenbraue in die Höhe.

Marys schwarze Mandelaugen verengen sich. Madonna linst mir wieder zu. Die Spiralen des Heizstrahlers knistern lauter.

»Die erzählen alles«, sagt Mary schließlich und streckt mir ihre Rechte hin. Wir geben uns über den Tisch die Hand. Ihre Haut ist weich, aber der Griff wie der einer Schraubzwinge. Eine winzige Nadel piekst mir ins Herz. Immerhin war es Carney, die mir geholfen hat, den Kontakt zu Mary Toglin herzustellen, und jetzt werfe ich sie den Wölfen zum Fraß vor. Ich räuspere mich – sicherlich wird Carney mir verzeihen, sobald sie erfährt, dass ich das alles ja nur für ein hehres Ziel tue, nämlich, um herauszufinden, wohin der beste Freund der künftigen kleinen Pop-Queen verschwunden ist.

»Carney hat Ihren Cousin verlassen, weil sie mit Jochanan Frishkolnik schläft, aus Appartement 14 in Ofer Ganors Haus.«

»Nooooo!« Mary reißt die Augen auf. »Woher Sie wissen?«

»Weil Carney am Montag bei Ofer putzt und am Mittwoch bei den Frishkolniks, aber in den letzten Monaten hat Carney Ofer gebeten, die Tage zu tauschen, wobei der Montag, natürlich rein zufällig, immer der Tag ist, an dem Sonja Frishkolnik bei ihrer Familie in Galiläa übernachtet. Und außerdem«, ich gebe die professionelle Tratschbase, die ihre gesamte Zeit mit Klatschgesprächen im Café Tzamarot vom Luxusviertel Tel Baruch zubringt, »bin ich noch keiner Putzfrau begegnet, die mit solcher Hingabe bei der Sache ist, dass sie das Apartment ihres Arbeitgebers erst am nächsten Morgen verlässt.«

Marys Hände fuchteln vor ihrem Gesicht herum mit der Geschwindigkeit eines Ventilators auf Hochtouren.

»I must call Albert!« Sie streckt die Hand nach dem Telefon aus, das auf dem Schreibtisch liegt.

»Nein.« Ich ziehe ihr das Handy weg. »Sie müssen mir erst erzählen, wo Familie Connan ist.«

Mary schaut mich an. Ihr Gesicht wird ernst. Im roten Schein des Elektroheizstrahlers fällt der Schatten der kleingewachsenen Frau auf die Fotos, die die Wand hinter ihr schmücken. Und schließlich spricht sie leise und verhalten:

»Warum Sie wollen so traurige Geschichte hören, Oded Hefer?«

»Keine überflüssigen Fragen, wir sind Freunde, die sich alles erzählen, wissen Sie noch?«

Ein Stein liegt mir im Magen. Und während Mary die Geschichte erzählt, breitet sich sein Gewicht im ganzen Körper aus. Ihr Blick ist unverwandt und ihre Stimme belegt, als sie mir schildert, wie die beiden, Rosemary und Bret, vor acht Jahren gemeinsam nach Israel gekommen seien. Wie jeder von ihnen zehntausend Dollar habe aufnehmen müssen, um die Vermittlungsgebühr noch vor der Ankunft in Israel für die Agentur zu bezahlen. Wie sie ihren einzigen freien Tag in der Woche, an dem sie nicht in der Altenbetreuung arbeiten mussten, in ihrer Tel Aviver Wohnung verbrachten, die sie sich mit siebzehn anderen teilten. Wie sie zwei Jahre lang Schulden zurückzahlten, und dann erst Geld an ihre mittellosen Familien schicken konnten, die sie auf den Philippinen zurückgelassen hatten. Dass sich Rosemary und Bret durch Mary überhaupt erst kennengelernt hatten auf ihrem Hinflug nach Israel, und wie sich die beiden ineinander verliebten, als sie für zwei Familien arbeiteten, die in derselben Straße in Tel Aviv wohnten. Und was für ein schönes Paar sie waren: die kleine, rundliche, schweigsame Rosemary und der großgewachsene, schlanke und stets lächelnde Bret. Wie sie einander immer Mut gemacht und sich gegenseitig zum Lachen gebracht hätten. Und wie Rosemary nach drei Jahren in Israel schwanger geworden war.

»Aber dann sie, wegen Schwangerschaft, sie in großes Problem.« Mary hält inne, um Luft zu holen.

»Warum?«

»*Well, is* klar warum, nicht?«

»Weil eine größere Wohnung mehr Geld kostet?«

Unvermittelt bricht Mary in glucksendes Gelächter aus, und Tränen sammeln sich in ihren Augenwinkeln.

»Das gut, *yes*, das gut.« Die Worte purzeln nur so aus ihrem Mund zwischen einem Lachanfall und dem nächsten, was sich anhört wie das Ersticken eines zwitschernden Vögelchens. »Wenn fertig mit Weinen, wenigstens möglich anfangen mit Lachen.«

»Was?« Ich verliere langsam die Contenance. »Was ist so lustig?«

»Sie denken wie reicher Mann.« Marys Gesicht wird wieder ernst.

Mir klappt die Kinnlade runter. Mir, einer hart arbeitenden Frau, zu sagen, ich denke wie ein reicher Mann. Ich überlege noch, ob das nicht der richtige Zeitpunkt wäre klarzustellen, dass auch ich der Arbeiterklasse angehöre, doch Toglin spricht schon weiter: »Die Schwangerschaft von Rosemary und Bret Problem, weil verboten in Israel für zwei ausländische Arbeitskräfte zu sein *in love*. Verboten für sie, sich lieben und Kinder bekommen. Wenn solche Sache passiert, dann der Staat einen von ihnen ausweist. Und wenn einer nicht zustimmen zu gehen, dann der Staat beide ausweisen.«

»Was?« Ich starre Mary fassungslos an.

»Das Gesetz.« Die kleine, stämmige Person breitet die Hände zu einer Was-soll-man-machen-Geste aus. »Israel nicht will, wir kriegen Kinder und bleiben hier für immer, also schicken ständig Beamten, die fragen. Du mit jemand zusammen? Du jemand hast? Du jemand lieben? Und Familie, wo Bret arbeitet, weiß, was Staat macht.

Also, sie sagen Bret, ganze Haus putzen, kochen für alle, auch Garten machen, sieben Tage in Woche arbeiten oder wir Staat erzählen, Rosemary schwanger. Also, Rosemary und Bret verschwinden. Abhauen nach Tel Aviv. Gehen nach Ramat Sharon und dann nicht mehr legal hier. Sie dort wohnen in Caravan auf Feld neben Ramat Sharon mit noch sechs Leute und putzen Häuser von reiche Familien und warten auf Baby.«

»Aber wenn das alles vor fünf Jahren passiert ist, wie kann es dann sein, dass Prince schon fünfzehn ist?«

»Prince nicht Kind von ihnen von Geburt«, antwortet Mary. »Rosemary Baby verloren und sie sehr traurig. Bret und sie Prince treffen in Caravan. Sehr lieb. Und eine Hübsche. Kopf in Wolken, Herz manchmal auf Erde. Immer Geschichten erzählt. Über Feen und Geister. Und sehr schön malen und sehr schnell beleidigt. *Strange kid*, alles spürt ganz tief, aber schön wie Blume. Vater von ihm zurück auf *Philippines* und Mutter verschwunden in Drogen. Also, Prince keine Eltern und sie kein Baby. Sie kümmern ihn und sorgen ihn und er helfen ihnen bei Arbeit manchmal –«

»Und haben Bret und Rosemary Ihnen von den Familien erzählt, bei denen sie arbeiten?« Ich stoppe Marys Redefluss – das ist die Gelegenheit, noch mehr Informationen über Carine und Prince abzuschöpfen.

»Nein.« Mary schüttelt den Kopf. »Sie keine Menschen, die reden. Wegen dem, viele denken, sie nicht besonders nett. Aber sie nicht lieben reden, über was andere Leute machen. Hier, ich zeigen Ihnen Bild.«

Marys mollige Finger fliegen flink über das riesige Display. Auf dem Foto, das sie mir dann vor die Nase hält, schauen ein großgewachsener, schlaksiger Mann mit breitem Lächeln voller Zähne und eine fast schon kleinwüchsige, korpulente Frau mit schönen, ernsten Augen in die Kamera. Sie haben die Arme um einen hoch aufgeschossenen, langbeinigen Jungen zwischen ihnen gelegt. Er trägt Shorts, und sein langes pechschwarzes Haar beschattet das verträumte Gesicht und die sanften Augen, die mit konzentriertem Blick zur Seite sehen. Hinter ihnen ein sattgrünes Feld, Eukalyptusbäume und drei Caravans. Die idyllische Pionierkulisse wird nur am Horizont von einem gewaltigen Betonklotz gestört, auf dessen Spitze eine Kuppel mit Neonschriftzug thront. Die Buchstaben sind wegen der Entfernung verschwommen. Das Gebäude kommt mir aber bekannt vor. Buchstaben und Namen poppen in meinem Hirn auf. Ich versuche, sie einzufangen, aber sie entwischen im Dunkel.

»Und für ein paar Jahre, ich denke, sie glücklich.« Marys Stimme dringt wie ein trauriges Wiegenlied an meine Ohren. »Leben immer schwer und Arbeit immer schwer, aber glücklich. Wir fast nicht reden, weil ich und Sylvia hier und Rosemary und Bret dort, und immer alle rennen arbeiten und niemand Zeit zu sitzen, ausruhen und reden, aber weiß von hören manchmal, dass ihnen gut geht. Aber dann, vor zwei Monate, Polizei von Einwanderung kommt zu Feld. Alle nehmen fest. Und sie dort wohnen schon zehn Jahre. In einer Woche ausweisen alle nach *Philippines*.«

»Was?« Der schwere Stein zerbricht in meinem Körper, brennt wie giftiges Blei. Mary atmet geräuschvoll ein und aus. Die schwarzen Strähnen heben und senken sich über ihrer Stirn.

»Manchmal jemand, der sieht was, zeigt an. Manchmal sie auch schnappen jemand ohne Papiere, und er verrät. Sie jagen, halten auf Straße an ohne Grund. Aber mir sie machen nix Angst. Ich Papiere haben.«

»Also kann es sein, dass man sie verfolgt und so herausgefunden hat, wo sie wohnen?«, frage ich. Der schwarze Wagen, der Prince verfolgt hat, durchkreuzt meine Gedanken.

»Kann sein das. Das passiert viel Male so«, erwidert Toglin.

»Hat einer von den beiden Ihnen erzählt, dass er sich verfolgt fühlt?«

»Nein, aber ich Ihnen gesagt, ich nicht viel reden mit ihnen in letzte Jahre.«

»Also sind jetzt alle gemeinsam wieder auf den Philippinen? Rosemary, Bret und Prince?« Ich versuche offensichtlich, den Regenbogen in der Wolke zu finden.

»Prince nein.«

»Warum nicht?«

»Prince nicht dort.« Mary macht mit ihren Händen eine Bewegung, als wollte sie einen mit Waren überbordenden Tisch abräumen. »Er nicht dort, wenn Polizei kommt und alle festnehmen. Rosemary und Bret flehen, sie nicht ausweisen, weil Prince nicht mit sie und er ihr Kind und sie ihn lieben und er nicht antwortet an Telefon. Aber niemand sie hört. Wir versuchen helfen ihnen, auch Worker's Hotline und Hilfsstelle, alle kommen, aber Rosemary und Bret nicht Eltern von Prince in Blut, also Staat Israel trotzdem sie ausweisen. Und seitdem sie auf *Philippines*, und niemand wissen, was passiert mit Prince …«

Die Stimme der kleinen Frau, die vor mir sitzt, erstirbt. Das elektrische Summen der Heizspiralen lädt den Raum mit knisternder Stille auf. Mary Toglins Augen flattern im roten Schein des Heizstrahlers, der auf ihr Gesicht fällt. Ich suche nach Worten und finde keine.

8

ER GING IN DEN FELDERN

Die angesengte Stimme Mona Markowitschs ist auf meiner Mailbox. Zigarettenrauch wird zwischen den Worten inhaliert und ausgestoßen, und ich kann förmlich sehen, wie er sich um den großen Körper kräuselt, die schweren Brüste, das zerfurchte Gesicht und das schüttere blonde Haar. »Gabriela ist noch immer nicht zurück … pfff … Jetzt haben wir Freitag, und seit Mittwoch hab ich sie nicht mehr gesprochen … hschsch … Das ist noch nie passiert … pfff … Und die verfickten Bullen haben nicht mal den Bleistift gehoben, als ich heute Morgen wieder auf dem Revier war … hschsch … Hast du was gehört? Pfff … Ruf mich an.«

Am Ende der Aufnahme bricht ihre Stimme.

Die Ampel springt auf Grün. Der Himmel ist grau in grau, die Sonne scheint blass. Ein hartnäckiger Dunst verschleiert ihre Strahlen. Ich drücke auf das Gaspedal, mein Fohlen trabt ächzend an. Mein Finger schwebt abwechselnd über der 2 und 3 des Ziffernblatts meines Handys, als eine Textnachricht von Oberinspektor Yaron Malka eintrifft. Meine Augen springen zwischen der Fahrbahn und dem Display hin und her. Rosemary und Bret

Connan sind wegen ungültigem Aufenthaltsstatus vor einem Monat und neunzehn Tagen des Landes verwiesen worden. Keine Kinder. Keinerlei offizielles Dokument über einen Sohn namens Prince Connan. Mit anderen Worten: Gott allein weiß, wo sich Prince jetzt befindet, und ob das überhaupt sein richtiger Name ist.

Das Fohlen hält vor dem Yuvalim-Gymnasium. Barbara Witman hat mir schon wieder wegen des Stromkabels in der Dusche geschrieben. Ich ignoriere die Nachricht aufgrund der leidigen Parkplatzsuche. Vor meinem inneren Auge flackert die Make-up-Maske Gabrielas jungen Gesichts, Prince' Spindelbeine und Carines Lippen, die sich in still ertragenem Schmerz verziehen. Ich kurble die dreckige Seitenscheibe des Wagens herunter, um frische Luft zu bekommen. Meine Augen tränen. Der Hals ist voller Staub. Selbst in Ramat Hasharon ist die Luft beißend vom Qualm der Brände, die sich im Norden und Osten weiter ausbreiten. Ich starre auf den grauen Komplex, der sich auf der anderen Straßenseite erhebt. Der menschenleere Unterstand für die Security, das halb geschlossene eiserne Tor, die Rasenflächen mit den Holzbänken am Rand, die vergitterten Fenster und der Laubengang aus Beton, der zu dem dreigeschossigen Gebäude führt, verleihen dem Yuvalim-Gymnasium ein trügerisches Erscheinungsbild. Es könnte auch ein verlassenes Sanatorium sein, eine Tagesstätte für Geisteskranke oder ein Gefängnis, das die Schreie seiner Insassen hinter gepflegten Grünanlagen und verriegelten Fenstern schluckt. Mein Blick wandert vom Schulkomplex zum Innenspiegel des Fohlens, zu den Poren, die auf meiner Haut klaffen wie die Senklöcher am Toten Meer, zu den Linien, die tief eingeschnitten sind in Stirn und Augenwinkel. Sonderbar, wie sich die Dinge ändern. Auf meinem Bett in der Wohnung meiner Eltern träumte ich immer von Männern, aber seit ich selbst ein Mann geworden bin, träume ich fast nur noch von der Jugend. Ein strahlendes, in der Zeit verloren gegangenes Bild von geschmeidigen Körpern, explodierenden Hormonen, Triebstürmen, Emotionsstrudeln, unzähligen begeisternden Zukunftsoptionen, die nur auf dich warten, du, als der Eine, Einzigartige, Einmalige. Ohne Zeitgefühl. Ein Moment, eine Ewigkeit, von der du nicht weißt, dass sie nicht ewig dauern wird, ein Augenblick, der aus der Distanz der Jahre nichts weiter als eine Seifenblase war, die erst glänzte und dann zerplatzte. Doch in der Realität ist die Jugend keine strahlende, wunderschöne Blase. Ein Kratzer an der Oberfläche genügt, um die schwarze Materie zum Vorschein zu bringen, die sich unter den leuchtenden Farben verbirgt. Mein Blick bleibt erneut an der Schule hängen, am Zaun und den Gittern.

Das Klingeln des Telefons schreckt mich auf. Mona Markowitsch. Die Erleichterung, vor dem freien Fall in den Abgrund der Erinnerungen bewahrt worden zu sein, schlägt um in Empörung. Bei meinem Leben – was will diese Frau? Warum ruft sie mich die ganze Zeit an? Was denn, guckt sie etwa nicht *Survivor*? Warum begreift sie nicht, dass ich jetzt keine Zeit habe, mich mit der Suche nach einer flatterhaften Transe zu befassen? Nur um sie früher oder später hingestreckt im Schrank irgendeines Fußballstars zu finden, denn damit haben wir es hier zu tun. Das ist das Niveau. Nicht, dass ich mich hier zur Richterin über meine Schwester aufschwingen will. Wir alle waren mal dort. Aber ist es denn so schwer zu verstehen, dass mir bloß noch fünf Tage bleiben, um mir den ersehnten Status eines Haus- und Hofermittlers der Reichen und Prominenten zu sichern, ehe man mich mit einem Tritt wieder zurück in mein schmähliches Leben in einer gemieteten Ein-Zimmer-Wohnung und mit prekärem Dauerminus auf dem Konto befördert?

Ich schalte das Handy aus. Höchste Zeit, nicht mehr auf mein weiches Herz zu lauschen und mich stattdessen auf die Aufgabe zu konzentrieren. Die vergangene Stunde, die ich damit verbracht habe, Carine Carmeli zu beschatten, hat sich als reine Zeitvergeudung herausgestellt. Keine Drogendealer, kein schlechter Umgang, ja erstaunlicherweise überhaupt keine sozialen Kontakte. Nur ein junges Mädchen, das sich in eine verlassene öffentliche Grünanlage flüchtet und dort allein auf einer Parkbank sitzt, mit eingezogenen Schultern. Die grazilen Hände heben sich immer wieder zu dem schönen Gesicht, vielleicht, um sich aufzuwärmen, vielleicht, um Tränen wegzuwischen. Nach einer Stunde war sie nach Hause zurückgekehrt, und ich habe mich dem nächsten Verdächtigen auf der Liste gewidmet: Dean Carasso, der junge Mann, der es nicht für nötig befunden hatte, auf die nur in den vergangenen Wochen verfassten sechsundzwanzig Nachrichten von Carine Carmeli zu reagieren. Der junge Mann, der nach allem, was ich Carine Carmelis Social Media Accounts entnehmen konnte, freitags nie ein Fußballspiel am Yuvalim-Gymnasium versäumt.

Ich beuge mich zum Handschuhfach und hole Madame Pfefferspray heraus. Dass das Wort ›Gymnasium‹ im Allgemeinen bloß ein Synonym für Wildtiergehege ist, habe ich in den achtzehn Jahren, die das Brenner-Gymnasium in Petach Tikwa nun schon zurückliegt, nicht vergessen. Ich steige aus dem Wagen, überquere die Straße und trete durch das Schultor. Ein Trupp junger Mädchen rauscht an mir vorbei. Wallendes Haar, Finger, die lachende Lippen verbergen, hautenge Kleider an zappeligen Körpern. Riesige Buchstaben auf frech geschwellter Brust verkünden dicktuerisch: *Brandy Melville*, *Lululemon* und *Forever 21*. Bevor ich dazu komme zu fragen, wo denn der Fußballplatz sei, sind sie schon an mir vorbeigerauscht, eine Schleppe aus blumigem Parfum und abweisenden Blicken hinter sich herziehend.

Ich betrete ein kleines Amphitheater und suche nach dem Ausgang Richtung Schulhof. Der nur allzu vertraute Geruch nach kaltem Stein, Holzbänken, verschwitzten Klamotten und halb aufgegessenen und irgendwo liegengelassenen Pausenbroten hängt in der Luft. Ein Mitteilungsbrett voller sternförmiger Zettel berichtet von Zusatzkursen im Filmsaal, Tonstudio, in den Wissenschaftsräumen, den Computerwerkstätten und dem Zentrum für die Führungselite der Zukunft. Ich schürze die Lippen. Vielleicht ist es die Ewigkeit, die vergangen ist, da ich noch in den Fängen des Bildungsapparats steckte, vielleicht aber auch die Kluft zwischen einem Gymnasium der oberen Zehntausend in Ramat Hasharon und einem der unteren Schichten in Petach Tikwa, aber ich erinnere mich nicht an *einen* einzigen Lehrer, dessen Lebensaufgabe gewesen wäre, *moi* zur nächsten Golda Meir zu machen.

Ein kalter Wind zieht durch den Gebäudekomplex. Ich marschiere dagegen an, durch einen Nebengang, der bei zwei Türen endet. Durch die schmalen Glasscheiben ist ein rechteckiger Schulhof zu sehen, der zu Basketball-

und Fußballfeldern führt. Ich stoße die Türen auf und schreite über den gepflasterten Weg. Zu meiner Rechten Rasenflächen, zur Linken Betonstufen, dahinter ein von Steinen und Zigarettenkippen übersäter Sandstreifen. Ich versuche, nicht daran zu denken – an mich, vor Jahren, in den Pausen, auf ganz ähnlichen Stufen sitzend, mit Shira und Lital, die über Assaf lachen, die Nervensäge, der vor lauter Selbstüberschätzung über *Zen und die Kunst der Motorradpflege* labert. Versuche, nicht an Gili und Limor zu denken, die lauthals Nissim Sarussis »Illusionen« singen, nicht an Assi und Dani, die *Comedy Store* imitieren. An den Rauch der ersten Zigarette, der mir im Hals kratzt und brennt, nachdem mich Moran zum Schwänzen des Sportunterrichts überredet hat, an ihren warmen Atem, der an meinem Hals kitzelt, als sie sich auf die Zehenspitzen stellt, um mich hinter der Sporthalle zu küssen. An Galis Lockenpracht, Anats Sommersprossen, ihre CDs, Björk, Blur und Portishead, achtlos auf einen Tisch im Klassenzimmer geworfen. An Neta mit Bandana und zerrissener Jeans, die weint, weil sie von Eddie Vedders Selbstmord erfahren hat, an Rona, die Guy bei der Zeremonie zum Holocaustgedenktag vor der ganzen Stufe anbrüllt, weil er mit ihr Schluss gemacht hat, an Ayala und Sharon, die sich am Wasserhahn gegenseitig an den Haaren reißen, während eine die andere als Nutte beschimpft, an Uri und Nir, die sich auf der Rasenfläche prügeln – und an ihre Muskeln, die in der Sonne glänzen, ihre dunkelroten, hassverzerrten Gesichter. Ich versuche, mich nicht an die Fußball und Basketball spielenden Jungs zu erinnern, Jungs, die eine fremde, Angst einflößende, verlockende Sprache sprechen. Jungs, die man nicht zu lange anschauen darf. Und auch nicht an Moshe aus der Theaterklasse, der eines Tages im Rock zur Schule gekommen war und nach Hause floh, weil Uri und Nir ihm den Kopf in die Kloschüssel gedrückt hatten. Hinterher hieß es, er habe nicht geweint, sondern geschlagene drei Minuten die Luft angehalten. Und dass er auf eine andere Schule gewechselt sei, weil sein Vater einen neuen Job angenommen habe.

Ich bleibe stehen und zünde mir eine Zigarette an. Der bittere Geschmack füllt die Mundhöhle. Ich nehme noch einen tiefen Zug und versuche mich zu beruhigen. Wer hätte gedacht, dass ich wegen einer Stippvisite an einem Gymnasium in Erinnerungen schwelgen würde. Woher kommen alle diese Bilder? Und wo sind diese Kinder heute? Zu welchen Erwachsenen sind sie geworden? Ich lasse die Zigarette fallen und drücke sie energisch mit dem Schuh aus. Wen kümmert das? Was war, ist vergangen und vergessen. Ein überflüssiger Besuch in meinen Vaginannalen? Nicht in meiner Anstalt!

Ich versuche, den restlichen Zigarettenrauch, der noch in der Luft hängt, aus den Augen zu bekommen, bis ich die schwarzen Silhouetten der Jungen, die vor der fahlen Sonne hin und her rennen, allmählich klarer erkenne. Die kalte Luft schneidet mir in die Lunge, die Haut juckt von den winzigen, umherfliegenden Staubkörnern. Ich ziehe die Jacke enger um den Körper, stehe am Spielfeldrand und beobachte das Match.

»Bei deiner Mudda, du linke Zecke, du Freak«, brüllt einer der Jungen keuchend den Torwart an. Der Ball ist dessen Hechtsprung soeben ausgewichen und hinter ihm im Netz eingeschlagen.

»Halt deine Fresse, du Homo, du Wichser!« Der Torwart zückt den Mittelfinger und bolzt den Ball weg.

Ich verziehe das Gesicht. Die Kids aus Ramat Hasharon mögen vielleicht aus Schlagrahm gemacht sein, aber die Ausdrucksweise? *Straight* aus der Gosse. Der schwarzweiße Ball fliegt quer über den Platz und landet zwischen behaarten Beinen, gestrafften Brustkörben und aneinander rammenden Köpfen. Die Jungen laufen aufeinander zu, Körper zerschneiden die Luft, Augen verfolgen gebannt den Ball, tropfnasse Haare, schweißüberströmte Gesichter. Ein weiterer Ball landet im Tor. Ein Schwall unflätiger Flüche folgt, Lachen rollt über den Platz. Der Schwarm aus Jungen löst sich auf, zerfällt in kleine Grüppchen. Stirnbeine stoßen krachend aneinander, eine Brust reckt sich zur anderen, Hände klatschen sich ab, Fäuste treffen Schultern. Eine männliche, intime, testosteronbefeuerte Geheimsprache, gefährlich für jeden, der ihre Codes und Grenzen nicht versteht. Der sich leerende Platz ist jetzt von schnellen Wortwechseln erfüllt – über Abstecher nach Tel Aviv, Fitnesstraining vor dem Aufnahmetest in eine der Eliteeinheiten, Liats Pampelmusen, Re'uts Rosinen, die Dumbo-Ohren von Davidi, Kobis Hühnerbeine und Alex' Eselsschwanz. Mein Herz schlägt unkontrolliert beim gellenden Lachen und den unberechenbaren Bewegungen der durchtrainierten Körper. Ein Rudel Wölfe auf der Suche nach Beute. Ich will noch eine Zigarette zücken, doch meine zittrigen Finger bekommen sie nicht aus der Schachtel. Ich fluche leise. Hätte eigentlich erwartet, im stolzen Alter von sechsunddreißig mit selbstgewisser Körperhaltung und ruhigem Herzen einem solchen Haufen Halbwüchsiger begegnen zu können.

Ich erkenne Dean Carasso am Mittelkreis. Er macht zwei Jungen zum Abschied mit der Hand ein Sehen-uns-später-Zeichen. Ein leichtes Humpeln unterbricht die Geschmeidigkeit seiner Bewegungen, als er zu einer am Spielfeldrand achtlos hingeworfenen Sporttasche geht und ein rotes Sweatshirt herauszieht. Er streift das durchgeschwitzte weiße T-Shirt ab und präsentiert einen glatten, durchtrainierten Oberkörper. Kein Wunder, dass Carine Carmeli in ihn verliebt ist. Zwei Jahrgänge über ihr, mit vollem braunen Haar, gewinnendem Lächeln und breiten Schultern sieht Dean Carasso aus wie der feuchte Traum einer jeden jungen amerikanischen Jüdin, die nach Israel kommt, um von den zionistischen Versprechungen zu kosten.

»Dean Carasso?« Ich trete zu dem großgewachsenen jungen Mann, der gerade das Sweatshirt über seinen nackten Oberkörper streift, und gebe mir dabei größte Mühe, seinen Familiennamen schön breit auszusprechen – ein gegurgeltes »r« nach und vor einem langen, quäkigen »a«, und ein »o«, das sich zu einem »u« dehnt.

»Ja?« Carasso blickt auf meinen Kopf herunter. Ich reiche ihm gerade mal bis zum Logo des springenden Pumas, der mit einem Satz über seine Brust schnellt. Ich räuspere mich. Jetzt keinen Fehler machen. Jeder Ton muss sorgsam erwogen sein, jede Oktave sitzen. Bleibt nur zu hoffen, dass mich mein Duo-Auftritt mit Sängerin Ilana Avital bei der nationalen Kindershow im Jahr '85 auf eine derartige schauspielerische Herausforderung vorbereitet hat.

»Jacob Gold.« Ich setze eine Grimasse auf, die hoffentlich unbekümmerten Amerikanismus ausstrahlt. »Ich bin der *personal assistant* von Mitch Goldhar. Ich bin hier, zu reden mit dir, ob du willst zu erste Mannschaft von Maccabi Tel Aviv.«

»Das kann nicht sein, *man*!« Carasso lässt seine Sporttasche zu Boden fallen. »Ernsthaft, was, wollen Sie mich verarschen? Der Trainer hat gesagt, keine Chance nach der Sache mit dem Knie.«

»Ich überhaupt nicht will dich verarschen, Dean. Eine Knieverletzung vor über eine halbe Jahr nicht immer ist so wild.« Ich plappere alles herunter, was ich an Genesungswünschen in Carassos Profil gelesen habe. »Wir, also bei uns, bei Maccabi, das heißt Mitch, wir schon lange haben eine Auge auf dich geworfen. Aber das Angebot ist *top secret, alright*? Kein Wort, nicht mal zu deine Trainer, denn unter uns, der Kerl ist ein *loudspeaker*, und wir wollen doch nicht, dass jemand anderes wegschnappt dich. Also, du niemand erzählst von unsere kleine Unterhaltung, *understood*?«

»Mann, ich glaubs nicht, dass das passiert. Ich hatte schon komplett aufgehört, mir noch Hoffnungen zu machen.« Carasso strahlt vor Glück, macht kleine Freudensprünge wie ein frisch auf die Weide gelassenes Rehkitz. Ich beschließe, das aufkommende Schuldgefühl zu ignorieren, nicht weiter schlimm. Sollte Dean Carasso tatsächlich derjenige sein, der Carine Carmeli in Versuchung bringt, sich etwas anzutun, bin ich liebend gern der Zerstörer seiner Träume.

»Ich sehe, du bist *happy* damit.« Ich klopfe Dean auf die Schulter wie ein netter Onkel, der gerade aus Amerika angereist ist. Der große Muskel zuckt unter meiner Hand. Ich schlucke einmal kräftig und erinnere mich daran, dass

Dean Carasso siebzehn und damit minderjährig ist, ja, dass er nach dem Gesetz noch nicht mal was trinken darf und sehr wahrscheinlich auch nicht fahren. Dass seine Schulter zwar muskulös ist und pulsiert wie ein Tier und dass er groß und stark ist, er aber eben noch nichts trinken darf.

»*Come on*, Mann, klar«, Carassos Stimme unterbricht meinen Gedankengang. »Was denn, das ist riesig, die Sache! Also was … ich meine, was passiert jetzt weiter?«

»Also, *now*, Dean.« Ich setzte eine Geschäftsmiene auf und rufe mir die alte Weisheit aus Doby Dobermans Verkehrserziehungssendungen in Erinnerung: Verdächtige Gegenstände nicht anfassen! Ja, sich ihnen nicht einmal nähern! »Wir machen eine *preliminary interview*. Ich dir stellen ein paar Fragen über dich und dein Karriere, gehen damit zu Mitch, und wir bleiben in Kontakt. *Sounds good*?«

»Hört sich Bombe an, *Bro*.« Dean wuschelt sich durch das prächtige Haar, das mich förmlich auffordert, auch meine Hände darin zu vergraben. »Das leuchtet richtig viel Sinn ein.«

»*Excellent*.« Ich reagiere ein bisschen säuerlich. Geld, um der künftigen Führungselite Fußball und Informatik beizubringen, haben sie anscheinend hier in Ramat Hasharon genug. Geld für ordentlichen Hebräischunterricht? Ganz offensichtlich nicht.

»Okay«, fange ich an, »ab welche Alter du spielst *professional soccer*?«

»Seit ich zehn bin.«

»Und wie viel Mal in der Woche du spielst Fußball?«

»Fünf, sechs Mal die Woche.«

»*Great*«, jauchze ich. »Und wie viel Zeit ist jede Spiel?«

»Das hängt davon ab.« Carasso streckt sich, und der Schweißgeruch des Sportlerleibs weht süß in meine Richtung. »Mit der Mannschaft sind es immer zwei Stunden. Aber nur so, mit den Jungs können es auch locker drei, vier Stunden werden.«

»Und bevorzugte Position? Aktiv? Passiv?«

»Was?« Carasso verzieht das Gesicht.

»*Oh, sorry, sorry!*« Ich erröte. »Englisch Wörter und Hebräisch durcheinander, *mixed*. Abwehr? Angriff?«

»Ich bin als Stürmer am besten«, antwortet Carasso.

Ich bete noch ein paar Fragen herunter, die professionell klingen sollen, bevor ich endlich Carine Carmeli erwähnen kann. Einige unfassbar langweilige Minuten verstreichen, in denen Dean von ausgewogener Ernährung erzählt, von Trainingseinheiten auf dem Platz, darüber, warum eine hohe Pulsfrequenz beim Laufen wichtiger sei als die Dauer des Laufs, über den Wert des Teamgeistes für das Spiel, den Ball, mit dem sich am besten trainieren lässt, die besten Fußballschuhe und die von ihm am meisten verehrten Spieler.

»*Great.*« Ich unterdrücke ein Gähnen nach viel zu vielen Informationen über etwas, das »Eckball« genannt wird. »Jetzt noch ein bisschen mehr *personal* Fragen über dein Leben, um verstehen, wie *commited* du zu dem Spiel bist. Und ich brauche von dir, dass du mir antwortest ehrlich, denn bei uns, bei Maccabi, wir akzeptieren alles außer Lügen.«

»Sicher, Jacob, klar. Was immer Sie wollen.«

»*Okay, great*, also –«

»Dean, was läuft hier, du King?« Eine neugierige Stimme gellt über das Spielfeld. Die beiden Freunde, die

Dean nach dem Spiel verabschiedet hatten, kommen vom anderen Ende des Platzes auf uns zu. Der eine schubst den anderen vorwärts, auf ihren Gesichtern ein Grinsen, die Nüstern geweitet, als hätten sie Witterung aufgenommen. Sie kommen angetrabt, und ich weiche instinktiv zurück, verspüre Beklemmung im Hals. Ich kenne solche Typen – solche Typen waren auch früher mit mir auf der Schule. Die sich eins gefeixt haben, wenn ich in der Klasse etwas gesagt habe, die mich beim Jahresausflug im Bus auf der hintersten Bank nachgeäfft haben mit zu affektierter Singsang-Stimme und übertriebenem Händegefuchtel, die mich »Wühlmäuschen« genannt haben, jedes Mal, wenn ich zu lange geredet hatte. Ich verlagere mein Gewicht von einem Bein auf das andere. Die Angst kriecht trennend zwischen mich und meinen Körper. Ich lasse die Hand in die linke Jackentasche gleiten, wo Madame Pfefferspray auf ihren Auftritt wartet. Meine schweißnassen Finger streifen die metallene Gaskartusche.

»Alter, ihr glaubts nicht!« Carasso wendet sich an die beiden, die vor uns stehen geblieben sind. »Das ist Jacob Gold, er ist der Assistent von Mitch Goldhar, und die wollen mit mir über die erste Mannschaft bei Maccabi Tel Aviv reden!«

Ich beiße mir auf die Zunge. Dieser Schwachkopf hat genau zwei Minuten gebraucht, um meine Weisung zu vergessen, er solle niemandem davon erzählen.

»*Fuck you!*« Der Kleinere der beiden gibt Dean einen Stoß. Seine grünen Augen strahlen Carasso vor Bewunderung an, während dieser im Zentrum des Trios steht und die schneeweißen Zähne des Alphamännchens zeigt. Der größere der beiden Jungen schaut mich an.. Misstrauisch. Provozierend. Ich versuche, ein gleichmütiges Lächeln hervorzubringen. Du bist kein siebzehnjähriger Backfisch mehr, Mäuschen! Bist nicht mehr auf dem Gymnasium und wartest trotzdem furchtsam mit Weh und Ach auf jeden Blick, auf Komplimente, Beleidigungen oder Ohrfeigen.

»Jay … Jacob Gold.« Ich strecke den beiden die Hand hin. »Angenehm, zu machen Bekanntschaft.«

»Angenehm, voll angenehm.« Der kleinere drückt mir die Hand. »Gute Wahl, Dean ist ein Champ. Eine Rakete.« Ich mustere den Halbwüchsigen. Die Stimme voller Begeisterung vermag beinahe, den Neid in seinen Augen zu verbergen.

»Das ist, was auch ich gehört über Dean.« Ich lächle. »Und du, wie ist dein Name?«

»Lior, Lior Mekaiten, und das ist Yossi Berman.« Er deutet auf seinen massigen Kompagnon.

»*What's up*, Yossi?«

»Wie sagten Sie noch, heißen Sie?«, fragt Yossi, und sein von Akne entstelltes Gesicht verzieht sich zu einem unangenehmen, falschen Lächeln.

»Jacob Gold.«

»Sie reden irgendwie lustig, Jacob.« Yossi rammt Lior den Ellbogen in die Rippen und grinst breit.

»Is ja logisch, Yossi«, mischt sich Dean ein, und seine Augen blitzen seinen Freund warnend an. »Er ist Amerikaner.«

»Nein, Alter, ich mein das …«, sagt Yossi und dreht sich zu Lior. »Echt jetzt, er klingt wie …?«

»Weiß nicht«, erwidert Lior, und die Stimme des zu

kurz geratenen Jungen mit den feinen Zügen wird eine Nuance kühler, als er unmerklich von Yossi abrückt und zu Dean Kontakt sucht. Eine kaum wahrnehmbare Verschiebung, die eine ganze Landkarte von Kräfteverhältnissen, Bündnissen und Rollen skizziert. Der König, der Prinz und der Verschwörer. Es hat schon seinen Grund, warum man diese Figuren in jedem Drama findet.

»*Yallah*, Yossi«, Dean wendet sich an das Riesenbaby, »Jacob und ich müssen jetzt weiterverhandeln.«

»Jetzt fällts mir ein«, übergeht Yossi Dean. »Was denn, wieso hört ihr das nicht? Er klingt eins zu eins wie Moshik Galamin, dieser Einrichtungsshootingstar.«

»Wer ist das, Moshik Galamin?« Ich nötige mir einen interessierten Tonfall ab, als hätte ich den Wink nicht verstanden.

»Aber wie einer von Maccabi Tel Aviv klingt er ganz sicher schon mal nicht«, schiebt Yossi süffisant hinterher.

»Gut, ich nicht kennen diesen Galamin, aber wir bei Maccabi nicht alle klingen gleich.« Ich versuche zu lächeln.

»Sie sehen auch überhaupt nicht aus wie ein Spieleragent«, blafft Yossi.

»Das ist okay, du auch nicht siehst aus wie Fußballerin«, gebe ich bemüht locker zurück.

Dean und Lior lachen plötzlich los, und Yossis von Eiterpusteln bedecktes Gesicht verzieht sich. Meine Hände zittern verdächtig. Ich schiebe sie mir unter die Achseln und starre unbeirrt zurück in die trüben Augen des massigen jungen Kerls. Jetzt reichts, Süße. Niemand stellt Baby in die Ecke. Und schon gar nicht ein pickliger Troll wie du mit viel zu stark behaarten Achseln.

»Was haben Sie zu mir gesagt?« Yossi macht einen Schritt auf mich zu.

»*What do you mean*, was ich hab gesagt zu dir?«

»Sie haben ihn gerade angeredet wie eine Frau, Jakob«, erklärt Lior, der immer noch laut lacht. Neben ihm verbirgt Dean das unkontrolliert zuckende Gesicht hinter den Händen, was seine Schadenfreude nur noch mehr betont.

»*Oh, I am so sorry!*« Ich presse die Hände zusammen. »Das ist mein *Hebrew*. Aber Yossi sich auch nicht müssen schämen, eine Frau zu sein. Heute *everthing goes*.«

Yossis Gesicht wird von einem hässlichen Rot geflutet. Dean und Liors Gelächter setzt von Neuem an, hält uns vier mit seinem nach Luft ringenden Prusten gefangen, das nach einer weiteren Runde verlangt. Vielleicht mit Worten, besser aber mit Fäusten. Zum ersten Mal erkenne ich in Deans weit aufgerissenem Mund und seinen gebleckten Zähnen eindeutige Anzeichen von Lust an Gewalt. Yossi macht einen weiteren Schritt auf mich zu. Ich weiche zurück. Tief in der Jackentasche umschließt meine Hand Madame Pfefferspray. Das ist wohl der buchstäblich letzte Moment, in dem ich Yossi Berman davon abhalten kann, seine militärischen Kräfte noch vor dem Antritt seines Wehrdienstes – wo er bestimmt mit Orden und Tapferkeitsauszeichnungen geschmückt wird – schon mal an meinem Gesicht zu üben.

»Wisst ihr, Jungs, ich bin *totally serious*«, versuche ich die Versöhnungsnummer. »Heute Fußball ist nicht wie früher, und das ist *good*. Heute man lacht nicht mehr wie ihr.« Ich zeige absichtlich nur auf Dean und Lior. »Heute man akzeptiert alles. *Gays*. Bi. Trans. *Women*. Alles wunderbar. Nur … nur …« Mein Hirn sucht fieberhaft nach dem Namen dieser Tunte mit der Yacht. »Nur mal denkt an Rinaldo.«

»Ronaldo«, knurrt Yossi.

»*I say Rinaldo, you say Ronaldo.*« Ich mache eine wegwerfende Handbewegung. »Also, ja, nur denkt an Ronaldo.«

»Und, was ist mit dem?«, fragt Dean.

»Was, was ist mit dem?« Ich fühle mich langsam ausgestopft. »Dieser Ronaldo ist so *gay*, dass er sieht mehr *pins* an eine Tag als die Pissoirs am Hauptbahnhof von Madrid in eine Jahr.«

»So ein *bullshit*, Jacob«, brüllt Lior los. »*Come on*, ausgeschlossen. Ronaldo ist mit einem spanischen Topmodel verheiratet und hat zwei Kinder.«

»Echt jetzt, Jacob, sie sind da nicht auf dem Laufenden«, protestiert selbst Dean.

»Jungs, Jungs!« Ich wende mich den drei Hinterwäldlern zu wie ein Touristenführer, der mit einer Gruppe Kamelhändler verhandelt. »Ich bin aus die *business*. Das Model und die Kinder, das ist super *PR-campaign, yes*? Aber glaubt mir, Ronaldo nicht nur ist *gay*, er auch ist passiv wie Höll-«

Ich verstumme angesichts der verwirrten Gesichter. Vielleicht sollte ich doch nochmals einen pädagogischeren Ton anschlagen: »*To put it short*, Dean, Lior, Yossi, wenn ihr wollt es schaffen in *international league*, dann Ratschlag von mir, oder besser sogar noch, Rat von Mitch: *come on, let's be open-minded* und alle Menschen nehmen, äh, man sagt wie, wie sie sind, ja?«

»Seht ihr, ich hab euch doch gesagt, Ronaldo ist ein Homo«, meint Yossi triumphierend zu seinen Freunden.

Ich ärgere mich. Es war sicher nicht meine frauliche Absicht, ausgerechnet dem größten Homophoben der Bande den Rücken zu stärken.

»*Okay, guys.*« Ich werfe einen schnellen Blick auf mein Handy, um zu signalisieren, meine Zeit ist knapp. »Ich muss gehen gleich. So, *if you don't mind*, ich würde stellen Dean noch ein paar Frage, und dann wir alle ab nach Hause, ist doch Freitag, bald die Königin Schabbat trifft ein.«

»Klar, Jacob, Sie sagen es.« Dean nickt.

»Voll«, steuert Lior bei, und seine Augen irren eifersüchtig zwischen Dean und mir hin und her. »Wir warten da drüben auf dich, Dean. Du hast doch gesagt, dein Vater nimmt uns mit, oder?«

»Ja, ja«, antwortet Dean. Lior wendet sich mit zackiger Bewegung ab und salutiert mir lächelnd. Angesichts dieser Showeinlage spuckt Yossi auf den Boden und stößt Lior vorwärts. Nach wenigen Schritten bleiben sie neben einem Baum stehen. Ich wende beiden den Rücken zu.

»*Okay,* Dean«, ich fixiere den vor mir verbliebenen Jungstar. »Wie bist du in die Schule?«

»Ich steh nirgendwo auf Kippe.« Carasso wird rot. Hinter mir höre ich Gelächter.

»*Good enough* für uns. Und zu Hause alles gut, du bist *happy*?«

»Ja, sicher.«

»Hobbys?«

»Nur Fußball, Jacob. Den ganzen Tag Fußball. Fußball ist mein Leben.«

»Das ist, was ich liebe zu hören, Dean. Jetzt, was ist mit *girlfriend*? Wir wollen, dass unsere junge Spieler Kopf nur in *the game* haben.«

»Ich hab keine Freundin«, antwortet Carasso. In meinem Rücken höre ich erneut Yossi und Lior lachen.

»Wie kann sein, Dean?« Ich zwinkere verschwörerisch.

»Ich schwörs Ihnen, Jacob. Keine Freundin.«

»Warum, was ist mit Carine? Ich dachte, die hättest du längst klargemacht«, meldet sich Yossis rohe Stimme in meinem Rücken. Ich drehe mich gerade noch rechtzeitig um und sehe, wie Lior seinem massigen Freund verärgert einen Hieb versetzt.

»Wer ist das, Carine?«, frage ich wieder an Dean gewandt. Mein Atem geht kurz und flach.

»Ach, bloß so 'n Mädchen aus der 10d, wir sind schon nicht mehr zusammen. Waren es eigentlich nie richtig.«

»Warum? Was passiert?«

»Ja, was ist passiert, Dean?«, ertönt Yossis Stimme erneut über den Platz. »Hat sie dich für ihre Transe abserviert?«

Yossi lässt ein anzügliches Lachen hören. Lior schweigt. Deans Gesicht wird aschfahl. Mein Magen rumort. Aus Angst. Vor Aufregung. Vor Wut. Mary Toglin hat gesagt, Prince sei »eine Hübsche«. Und ich hatte das ihrem fehlerhaften Hebräisch zugeschrieben, aber vielleicht war es exakt das, was sie meinte. Möglicherweise bin ich gerade auf die Dämonen gestoßen, vor denen Prince versucht hatte zu fliehen. Ich wahre eine möglichst ausdruckslose Miene, als ich mich umdrehe und Yossi frage, was er damit meint.

»Carine ist am Anfang des Schuljahrs mit irgend so 'nem Philippino rumgezogen, so 'nem schlitzäugigen Homo, der Prince heißt, und wir haben die ganze Zeit Jokes über den geriss-«

»Hab ich dir nicht gesagt, du sollst dein verpickeltes, ekliges Maul halten, du kleiner Scheißer?« Deans Schrei explodiert über den Platz.

Aus Yossis Augen spricht erst die Kränkung, und in der nächsten Sekunde flammt blinder Hass darin auf. Ich schaue auf Deans zu Fäusten geballte Hände. Denke an Carine Carmelis verletzlichen Blick, an den schwarzen Wagen, der Prince verfolgte, an Deans höhnische Begeisterung, als ich Yossi in der weiblichen Form angeredet hatte. Und bin mir nicht mehr sicher, ob Dean Carasso tatsächlich der liebenswürdige junge Mann ist, der zu Beginn unserer Unterhaltung vor meinen Augen knospte.

Ein gellendes Dauerhupen stoppt Yossi, der schon im Begriff ist, sich auf Dean zu stürzen. Die drei Jungs drehen sich zur Straße, wo ein Mann mit eindrucksvoller Föhnwelle ihnen ungeduldig aus einem riesigen, roten Jeep zuwinkt.

»Dein Vater«, brüllt Lior Dean zu und hält Yossi zurück. Der unförmige Junge macht sich von ihm los und marschiert allein los, Richtung Ausgang.

»Shit.« Dean holt sein Handy aus der Tasche. »Er steht schon eine Viertelstunde vor dem Haupteingang, und wir müssen heute noch zu meiner Großmutter nach Aschkelon. Jacob, es tut mir echt leid, normalerweise rede ich nicht so, aber Yossi kann Elefanten in den Wahnsinn treiben, *so if* –«

»Schon in Ordnung«, unterbreche ich ihn. »Aber was er hat gemeint, als er über Carine und … Wer er sagte? Prince?«

»Ich hab Ihnen doch gesagt, das mit Carine ist seit über einem Monat vorbei. Und Prince ist bloß ein Freund von ihr. Vergessen Sie Yossi, der hat kein eigenes Leben, also erfindet er gerne Scheiß.« Es ist das erste Mal während unseres Gespräches, dass Dean mich beim Reden nicht anschaut.

»Carine war sehr nah Prince? *Is that*, warum du hast sie verlassen?« Ich versuche es nochmals. Wieder ertönt ein lang anhaltendes Hupen.

»Jacob, ich muss jetzt wirklich, wirklich gehen.« Plötzlich hellt sich Deans Gesicht auf. »Sagen Sie, wollen Sie nicht kurz mit rüberkommen und meinen Vater treffen?«

Ich murmle irgendwas von einem Treffen mit einem anderen Kandidaten und schärfe Dean abermals ein, er solle auch Lior und Yossi sagen, dass unsere Unterredung topsecret bleiben muss. Dean Carassos Vater, der Nachforschungen über einen Jacob Gold anstellt, ist das Letzte, was ich gebrauchen kann. Dean nickt nur und rennt zusammen mit Lior zum wartenden Jeep. Yossi ist schon eine Weile verschwunden. Ich schaue mich um, prüfe, ob noch jemand uns gesehen hat. Binyamin Direktor sollte wirklich sehr viel daran liegen, dass dieser Job Früchte abwirft. Gott weiß, dass allein schon dieses Gespräch mir einen ganzen Haufen aufgebrachter Eltern aus Ramat Hasharon auf den Hals hetzen könnte, die mich mit Mistgabeln und Fackeln bewaffnet jagen würden.

Es weht wieder ein staubiger, böiger Wind, als ich die Tür des Fohlens zuschlage und den Wagen anlasse. Mir sind hier eindeutig viel zu viele Zusammenhänge im Spiel, zu viele lose Synapsen beteiligt. Das sonderbare Verhalten Carine Carmelis. Prince' Verschwinden. Die überraschende Feststellung, dass Dean Carasso, Lior Mekaiten und Yossi Berman wussten, wer Prince ist. Alles zieht sich als Schlinge um meinen Hals. Meine Finger krallen sich um das Lenkrad. Und die Tatsache, dass Gabriela nun schon seit zwei Tagen verschwunden ist, hebt meine Stimmung ebenfalls nicht. Auch von Stas noch keine Nachricht. Der Zweifel beginnt zu nagen. Ein Abgrund tut sich auf. Vielleicht waren die gestrige Nacht und der heutige Morgen trotz allem nur Kalkül?

Eine lange Reihe staub- und blätterbedeckter Autos, die an der Sokolov-Straße parken, ziehen bei der Rückfahrt an mir vorüber. Die Fenster der Häuser sind hinter den Lamellen der Sonnenblenden verrammelt, die Geschäfte geschlossen, menschenleer die Straßen. Pergolen schwanken im stickigen Wind. An einem Freitagnachmittag um vier ist Ramat Hasharon ausgestorben wie eine Geisterstadt im Wilden Westen, kurz bevor eine Bande Outlaws einfällt. Der Nachrichtensprecher im Radio vermeldet neue Brände im Viertel Givat Shaul in Jerusalem. Eine Polizeisprecherin betont, die Bevölkerung habe den Anweisungen Folge zu leisten und sich vom Schauplatz des Geschehens fernzuhalten. Die Polizei hege verstärkt den Verdacht, dass wir aktuell mit einer Welle nationalistisch motivierter Brandstiftungen zu kämpfen hätten.

Am Ende der Sokolov biege ich nach rechts in Richtung Küstenschnellstraße ab. Die letzten Wohnblocks von Ramat Hasharon verschwinden hinter mir und werden abgelöst von landwirtschaftlichen Anbauflächen, die überzogen sind von einem Adernetz Aberhunderter Bewässerungsrohre. Auf vier Spuren, die sich vor mir erstrecken, fährt so gut wie niemand. Nur wenige Autos wechseln im Zickzack hin und her, unterwegs zu Familientreffen, letzten Einkäufen bei Shufersal oder den Nachmittagsvorführungen im Cinema City. In der Ferne ragen riesige Antennen in den verhangenen Himmel auf, die Spitzen wie überdimensionale Golfbälle geformt und –

Ich reiße das Lenkrad herum, das Fohlen bricht abrupt nach rechts aus. Die Reifen kreischen, als ich drei Fahrspuren in einem Zug überquere, um gerade noch rechtzeitig in eine endloslange Straße abzubiegen, die zwischen Eukalyptusbäumen, verschanzten Armeestützpunkten und Feldern hindurchmäandert. In meinem Kopf ein Klingeln, das zur Alarmsirene anschwillt, da ich aufs Gas trete. Cinema City. Natürlich, Cinema City! Wie konnte ich die riesigen Schilder mit der billig anmutenden Schrift vergessen? Den von unzähligen Glühbirnen erstrahlten Filmpalast? Das Geschrei, die Tüten und Snacktabletts kinderreicher Familien, die das Labyrinth aus Kinosälen stürmen? Das gläserne Obergeschoss, das dem Betonklotz aufgestülpt wurde? Die Kuppel, die von gigantischen Postern der aktuellen Blockbuster umrahmt ist? Die Kuppel, in kreischenden Neonfarben leuchtend, die im Hintergrund auf dem Foto von Familie Connan zu sehen ist?

Das Handy tanzt auf dem Armaturenbrett. Ich öffne mit einer Hand das Bild, das Mary Toglin mir geschickt hat. Wie dämlich kann eine einzige Frau sein, geißle ich mich selbst, während ich von der Straße auf einen unbefestigten Weg abbiege, der die endlosen Äcker durchschneidet. Ich werfe noch einen kurzen Blick auf das Foto und biege nach links ab, in Richtung Meer. Schwärme bunter Papageienvögel stieben aus den Bäumen in den grauen Himmel auf. Brachliegende Felder erstrecken sich ringsum in gelben, braunen und grünen Wellen. Ich biege nach rechts ab, dann nach links und wieder nach rechts.

Inmitten der Vegetation lässt sich beinahe glauben, dass es dort in der Ferne gar keine Städte gibt, dass sich die Felder unendlich weit über den Dschungel aus Straßen, Brücken und Wohntürmen ausdehnen, der die Natur mit jedem neuen Jahr zu verschlingen droht.

Das Fohlen rumpelt durch staubige Schlaglöcher. Ein weiteres Mal nach links, dann steige ich auf die Bremse und reiße beim Anblick der drei Wohnwagen am Rand des Feldes meine Augen auf. Ihre Türen stehen offen, schwingen in den Angeln hin und her. Ein durchdringender Geruch von Staub, verfaultem Obst und ausgedorrter Erde steigt mir in die Nase, als ich aus dem Wagen steige. Bis auf das Rauschen des Windes, der durch die Baumkronen streicht, ist die Stille geradezu ohrenbetäubend.

Ich klopfe an die offene Tür des ersten Caravans. Aus dem Halbdunkel kommt kein Laut. Ich klettere in das langgestreckte Heim. Fünf verwaiste Matratzen, allesamt mit dem gelben Armeestempel versehen, drei angebrannte Töpfe und ein zerrissener Pullover liegen verstreut auf dem völlig verdreckten Fußboden. Ich nehme mir auch noch die beiden anderen Wohnwagen vor – auch diese sind verlassen. Ihre Bewohner des Landes verwiesen. Vier Betten mit rostigen Sprungfedern türmen sich vor dem mittleren Wohncontainer, um sie herum Konservenbüchsen und von der Hitze faltig gewordene Kartons. In der linken Ecke des dritten Wagens, der aussieht wie eine verlassene Studierklause mit umgestürztem Stuhl und auf dem Fußboden zerschellter Leselampe, finde ich einen kleinen Haufen von Schulbüchern und darin vergraben ein dünnes Heft. Auf dem Umschlag die Zeichnung einer Krone und ein C in einem Kreis, wie das Copyrightsymbol. Ich schlage das Heft auf und stoße als Erstes auf die Bleistiftskizzen einer Maus, die mit einer Katze zwischen den Zähnen über ein Feld rennt. Carine meinte doch, Prince zeichne gern – das ist vermutlich sein Heft. Ich stopfe es mir in die Jackentasche und sehe zu, dass ich wieder nach draußen komme. Die grellbunte Kuppel der Cinema City ragt am Horizont auf. Ich drehe mich um und richte den Blick nach rechts, wie es Prince Connan auf dem Familienfoto tut, das Mary mir gezeigt hatte. In einiger Entfernung unter einer Birkenfeige, deren mächtige Äste nach oben ausbrechen und sich dann als Kaskade nach unten ergießen wie ein Springbrunnen, verbirgt sich ein kleines Gebäude aus Stein.

Ich öffne das rostige Eisentor zum Gärtchen, das das Gebäude umgibt – ein süßlicher, ekelhafter Geruch schlägt mir entgegen. Die riesige grüne Baumkrone wölbt sich über mir. Die dicken Äste und die fleischigen Blätter umgeben das kleine Steinhaus wie eine atmende, lebendige Glocke. Der Erdboden ist von einer dicken Schicht fauliger Früchte bedeckt. Eine Wolke aus Stechfliegen und Mücken schwirrt durch die Luft, ein Geist, der über einem finsteren Garten schwebt.

Beklommen zwänge ich mich ins schummrige Innere des Bauwerks. Einige wenige blasse Lichtstrahlen stehlen sich durch das kleine Fenster an der gegenüberliegenden Wand. Schwarze Kreise auf dem Betonboden zeugen von längst verloschenen Lagerfeuern. Ein orangefarbener Sessel ist zwischen den angekohlten Stellen aufgestellt. Die Polsterwolle quillt durch einen Riss im Stoff. Glas splittert, als ich einen Schritt nach vorne mache. Unter meinem Schuh kommt eine zerbrochene Spritze samt Kanüle zum Vorschein. Ich hebe den Kopf und sehe eine steinerne Empore, in ihrem Zentrum eine kreisrunde Mauer. Geschichten meines Vaters bei den freitäglichen Familienessen kommen mir in den Sinn, über das Leben als junger Kerl in den Anfangsjahrzehnten des Staates. Anscheinend ist dies hier eines dieser alten Brunnenhäuser, von denen er erzählt hat.

Ich erklimme die Empore und spähe hinab. Ein tiefer Abgrund schaut zurück. Ich umfasse den Brunnenrand, damit ich sicheren Stand habe, hole mein Handy heraus und schalte die Lampe an. Meine Hand zittert, der Atem geht flach. Der Lichtkegel huscht über feuchte Steinwände, eine rostige Eisenleiter. Über Ysopsträuche, die sich um die gebrochenen Sprossen winden. Über das schwarze Wasser. Über ein totes, von Haaren gerahmtes Gesicht. Ich starre auf den Lichtkreis, auf das weiße Gesicht, die Leiche, die im schwarzen Wasser treibt. Starre auf den jungen, entstellten und leblosen Körper von Prince Connan, und mein Schrei gellt hinab in die Tiefe.

9

ICH SAGE IHNEN DOCH, ER IST TOT!

»Sie wollen wissen, von welchem *Wadsh* die Rede ist?«

»Ja!« Ich stampfe mit dem Fuß auf. »Das muss hier zweifelsfrei festgestellt werden! Von welchem *Wadsh* die Rede ist!«

»Und was genau soll das noch mal sein?« Der bebrillte Polizist beäugt mich, als spräche ich Chinesisch. »Dieses *Wadsh*?«

»Na, das Gesicht, die Visage«, schnaube ich spöttisch. Natürlich ist der queere Ausdruck diesem Ignoranten kein Begriff. »Ich habe Ihnen doch schon gesagt, wegen der Tiefe des Brunnens konnte ich nicht sehen, um welches *Wadsh* es sich handelt.«

»Und das ist der Grund, warum Sie den Leichnam noch einmal sehen wollen?« Der Beamte runzelt die Stirn.

»Genau.«

»Und warum müssen Sie sein Gesicht sehen?«

»Was soll das heißen, warum? Weil mir das helfen kann.« Ich muss wirklich an mich halten, um nicht loszubrüllen. Die Stirn vor mir wird erneut gerunzelt, und ich räume ein: »Das heißt Ihnen natürlich. Das kann Ihnen bestimmt helfen zu verstehen, was hier passiert ist.«

»Aber Sie sagten doch vorhin«, er wirft einen Blick in seine Notizen, »Sie seien hier rein zufällig mit dem Wagen vorbeigekommen, weil Sie von der Gesellschaft für Naturschutz –«

»Vom Freundeskreis der Gesellschaft für Naturschutz«, korrigiere ich schnell. Das Letzte, was meine Fraulichkeit jetzt gebrauchen kann, ist, bei einer leichtfertigen Lüge ertappt zu werden. Schlimm genug, dass ich der Polizei die Identität des Toten verschwiegen habe, da ich Direktor zugesichert hatte, nichts von dieser verfluchten Ermittlung zu verraten.

»Und dann haben Sie«, die dichten Augenbrauen des Polizisten heben sich über den oberen Brillenrand, während er meine Zeugenaussage verliest, »einen Nasenbären in das Brunnenhaus flüchten sehen, und weil Sie den Eindruck hatten, das Tier sei verletzt, und weil Sie ein großer Freund von Nasenbären sind, haben Sie beschlossen, dem Tier ins Innere des Hauses zu folgen, und so die Leiche entdeckt.«

»Der Nasenbär ist ein in unseren Breiten sehr selten vorkommendes Tier.« Ich nicke bedeutungsschwer.

»Aber wenn Sie rein zufällig hier vorbeigekommen sind und nach eigener Aussage nichts mit dem Fall zu tun haben, warum sollte es uns dann helfen, wenn Sie die Leiche noch einmal sehen?«

»Weil äh … weil derjenige, der da unten liegt, auch zu unserem Freundeskreis der Gesellschaft für Naturschutz gehören könnte?«

Die milchigen Augen des Polizisten zwinkern nicht einmal, als er mir ein viertes Mal erklärt, die Rettungskräfte würden noch Stunden brauchen, bis sie den Leichnam aus dem Brunnenschacht geborgen hätten, da Einsturzgefahr für das ganze Gebäude bestehe. Im Moment seien daher ausschließlich Polizeikräfte befugt, den Tatort zu betreten. Sollte jedoch zu einem späteren Zeitpunkt Hilfe bei der Identifizierung der Leiche benötigt werden, würde die Polizei mich hinzuziehen.

»Bevor Sie gehen«, meint der Polizist schließlich mit nasaler Stimme, »kontrolliere ich nur noch eben, dass ich auch alle persönlichen Angaben habe.«

Mein Herz fängt heftig an zu schlagen. Jetzt bin ich geliefert. Jetzt hat er mich. Jetzt werde ich die ganze Wahrheit gestehen müssen. Unmöglich, dass, wenn er meine Angaben noch einmal durchgeht, dieser Polizeioffizier nicht über den Namen stolpert. Oded Chefer – der bekannte und gefeierte Privatdetektiv, der die beiden Mordfälle gelöst hat, die in den letzten zwei Jahren das ganze Land in Atem gehalten hatten. Die brillante Ermittlerin, die Schulter an Schulter mit Oberinspektor Yaron Malka dafür kämpft, die Kriminalität einzudämmen, die auf den Straßen unseres Landes tobt. Und nicht zuletzt die Spürnase *de jour* der Reichen und Prominenten. Der Mann und Mythos. Die Frau und das Mysterium. Der Detektiv, der –

»In Ordnung, Sie können gehen.«

Ich schaue dem Schnösel, der auf dem Absatz kehrt macht, mit offenem Mund nach. Unbeschreiblich! Was für ein Schlafhirn. Und dieser erloschene Intellekt. Wenn Polizeibeamte in diesem Land nicht einmal über simple Fachkenntnisse verfügen, die ihnen bei ihrer Arbeit zuträglich wären – kein Wunder, dass sich unser Regierungschef dann an öffentlichen Mitteln bedient, als stünde er am Gratisbuffet einer Hochzeit in Bat Yam. Ich verharre wie angewurzelt und glotze auf die roten und blauen Blinklichter, die das Feld erleuchten. Auf die Spurensicherer, die in ihren weißen Overalls wie Geister durch die Botanik stapfen. Auf die schweren Wolken, die über der Birkenfeige hinwegziehen, deren herabhängende Äste mit ihrem dichten Blattwerk das Gebäude aus Stein und den Brunnen verbergen, dessen Inhalt sich in mein Gedächtnis eingebrannt hat. Das wächserne weiße Gesicht, das schwarze Haar, das wie faulige Algen darüber treibt. Prince Connans weit aufgerissener Mund, für immer zum Schrei erstarrt.

Ich drehe mich um zum Fohlen und beginne zu fluchen. Verfluche Malka, der nicht rangegangen ist und mich die dämliche Polizeikurzwahl 100 hat anrufen lassen. Verfluche den verdreckten Boden im Brunnenhaus und das feuchte Erdreich im Garten davor, die nichts vom Geschehenen preisgeben. Verfluche den debilen Polizisten, der mir nicht erlaubte, mit dem von den Bergungskräften mitgebrachten Industriestrahler in den Brunnenschacht zu schauen – und so meine verzweifelte Hoffnung auflaufen ließ, dass ich mich geirrt habe, dass es vielleicht nicht Prince Connan ist, der dort unten im Wasser treibt. Und ich verfluche mich selbst, dass es mir nicht gelingen will, das Bild dieses verdammten Brunnenschachts loszuwerden, in dem ein lebloser Fünfzehnjähriger treibt, von dem noch nicht einmal jemand den wahren Namen kennt.

Der staubige Wind brennt mir in den Augen. Der graue, bleierne Himmel mit seinen niedrig treibenden, schmutziggelben Wolken droht mich zu ersticken. Ich steige in den Wagen und schlage aufs Lenkrad. Ich lege Dolly Parton ein, die über Bares auf die Hand singt, über einen Vagabunden mit Schulden und einen Richter, der ihn wegen Herumlungerns auf der Straße ins Gefängnis steckt, weil er das Geld für die Kaution nicht hat. Über eine Telefonistin, die ihn ohne Vorauszahlung keinen *long distance call* machen lässt, und einen Busfahrer, der ihm die Tür vor der Nase zuknallt, weil er kein Geld für die Fahrt hat. Dollys fröhliche Stimme begleitet den Landstreicher auf seinem beschwerlichen Weg, und ganz hinten in meinem Kopf geht eine Glühbirne der Hoffnung an. Vielleicht war es ja ein Unfall. Vielleicht ist Prince geflohen, als er die Immigrationspolizei kommen sah, hat sich in dem alten Brunnenhaus verstecken wollen und ist in den Schacht gestürzt. Vielleicht kann aus Versehen Carine Carmeli mir weiterhelfen. Immerhin war sie es, die mir von dem schwarzen Wagen erzählt hat, der ihm gefolgt war. Ich lasse das Fohlen an. Mein Fuß tritt das Gaspedal bis zum Anschlag durch, und die Reifen schleudern eine Fontäne staubtrockener Erdbrocken hoch.

»Oded?« Mali Carmeli starrt mich verwirrt an, auf der Türschwelle stehend und ein schiefertafelgroßes Samsung Galaxy am rechten Ohr.

»Hey, Mali.« Ich lächle wie ein beschämtes kleines Mädchen, das sich zu Hause ausgesperrt hat. »Tut mir leid, dass ich so unangekündigt aufkreuze, aber ich muss mit Ihnen über etw–«

Carmeli hebt die freie Hand mit dem Gestus einer Frau, die gerade bei einem seeeehr wichtigen Telefonat gestört wird. Sie bedeutet mir, ihr ins Haus zu folgen, während sie weiter mit verhaltener Stimme in ihr Smartphone spricht.

»Liebes, ich bin da vollkommen bei dir. Was denn? Ausgeschlossen, dass ich Giladi in einen anthroposophischen Kindergarten schicke. Hast du mitgekriegt, was die Zwillinge von Mital dort durchmachen? Die dürfen kein Fernsehen gucken, dürfen beim Essen nicht reden. Und sie sperren sie den ganzen Tag ein! Was soll das?! Das ist doch einfach deprimierend. Und schrecklich zugenommen haben sie dort auch. Mal unter uns, mir ist nicht klar, wie Mital denkt, dass die Zwillinge mit der Figur noch eine *audition* kriegen …«

Mit entflammtem Gesicht flüstert Mali in ihr Handy. Der Golfpullover und die schwarzen Tights betonen ihre grazile Figur und bringen ihr weiches blondes Haar besonders vorteilhaft zur Geltung. Sie verzieht das aparte Gesicht zu einer Ich-bin-sofort-fertig-Schnute, während wir das Wohnzimmer durchqueren. Alle Spuren des Durcheinanders von vor zwei Tagen sind wie von Geisterhand verschwunden.

»Jetzt hast du die Aktie gekauft?« Aus der Küche kommt eine erboste Stimme. »Jetzt? … Warum ich sauer bin? … Weil wir jetzt hätten verkaufen sollen, nicht kaufen. Was sage ich dir immer? *Buy the rumors, sell the news*, und du sagst mir jetzt, du hast gerade Zeitungen gekauft, die die Staatsgründung siebzig Jahre zu spät verkünden, und denkst auch noch, du hättest einen Riesendeal gemacht –«

»Alon, sprich leiser! Giladi ist endlich eingeschlafen. Willst du etwa, dass er heute Nacht wach bleibt?«

Malis aufgebrachtes Flüstern peitscht durch die Küche, in deren Zentrum ein sportlicher, nicht allzu großer Mann in Jeans und kariertem Hemd steht. Er spricht in ein bemerkenswert kleines Smartphone und schließt gleichzeitig auf einem an der Wand befestigten Tablet Grafiken. Wortlos dreht er seiner Frau den Rücken zu und fährt fort, Vorwürfe in das Telefon zu bellen. Als ihre Rücken einander zugewandt sind und ihre Münder erschöpft und gehetzt etwas von elektronischen Geräten, Kindern und *auditions* in ihre Handys flüstern, wirken Alon und Mali Carmeli wie zwei Geiseln, die ihre Flucht planen, ehe Giladi, ihr grausamer Kidnapper, zurück ist.

»Tut mir leid, Oded«, wendet sich Mali mir zu, nachdem sie ihr Telefon endlich auf der polierten Marmorarbeitsplatte abgelegt hat. »In Giladis Kindergarten ist ein Abwasserrohr geplatzt, und das ist ein Chaos, das können Sie sich nicht vorstellen. Glauben Sie mir, ich hab nicht einen Moment zum Ausruhen in meinem Leben.«

»Kinder sind einfach ein Fulltime-Job.« Ich lächle verständnisvoll. Die Tupperware-Kollektion hinter Mali türmt sich mustergültig geordnet auf, jede Dose mit einem Aufkleber auf Englisch versehen, der über ihren Inhalt Auskunft gibt. Kleingeschnittenes Gemüse, gewaschener Salat, Tom-Yum-Suppe, Hähnchenbrust mit grünen Bohnen, Reis mit Erbsen. Prince' Leiche im Brunnenschacht flackert vor meinen Augen auf. Eine dumpfe Wut erwacht in meinem Magen. Familie Connan hat sich offensichtlich schnell ersetzen lassen. Und mit einem Mal begreife ich die vertrackte Situation, in die ich mich gebracht habe. Denn ich bin hergekommen mit dem Gedanken, der Familie Carmeli von meiner Entdeckung zu erzählen. So könnte ich Prince' tragisches Ende irgendwie als Unfall abhaken und vielleicht sogar anhand der

Reaktion von Carine nachweisen, dass der Grund für ihr Verhalten tatsächlich etwas mit dem Verlust ihres engen Freundes zu tun hat. Ich bin hergekommen in der Hoffnung, einen schnellen und einfachen Weg zu finden, diese Ermittlung dort fortzusetzen, wo sie eigentlich von Anfang an hätte stattfinden sollen: in Privatgärten, am Rand von Swimmingpools, in hell erleuchteten Villen mit Safes voller Banknoten. Und enden würde sie mit einem Quantensprung für *moi*. Aber angesichts der Eile, mit der in diesem Haus die Spuren einer ganzen Familie getilgt worden sind – woher kann ich wissen, ob ich hier noch jemandem trauen kann?

»Neunundzwanzig Stunden am Tag.« Malis Antwort holt mich zurück in die Küche. Ihre Bambi-Augen schicken einen vorwurfsvollen Blick zu Alons Rücken, als kollernd der Ausdruck »Arschloch« aus seinem Mund explodiert.

»Alon, ehrlich, wie oft muss ich dich noch bitten, hier nicht so vulgär rumzuschreien?«

»Tut mir leid, tut mir leid!« Alon legt das Handy ab und dreht sich zu uns um. Ein gutaussehender Mann Mitte vierzig, mit raspelkurz geschnittenem braunem Haar und einer durchaus autoritären geschäftlichen Art, die zu seinem trainierten Körperbau, dem kantig geschnittenen Gesicht und dem Quadratkinn passt. Lediglich der Bauchbereich zeigt leichte Anzeichen von Erschlaffung. Die braunen Augen unter den dichten, zusammengezogenen Brauen sind momentan in die Ferne gerichtet, mit dem besorgten und fokussierten Blick eines Admirals, der sein Schiff gegen den am Himmel aufziehenden Sturm kreuzen lässt.

»Es ist Yaniv … Echt, er macht mich wahnsinnig.« Alon massiert sich die Stirn. »Und das Büro in New York den ganzen Tag mit diesem primitiven Nokia leiten zu müssen, treibt mir erst recht die Hutschnur hoch. Checkst du das, diese Schwachköpfe vom Mobilanbieter gedenken mir die SIM-Karte erst Anfang nächster Woche nach Hause zu schicken!«

»Ich hab dir heute Morgen, als du gelandet bist, schon gesagt, du sollst sie sofort anrufen.«

»In Ordnung, ist ja gut, ich hab es dir doch schon zehn Mal erklärt heute, ich war vollkommen erledigt vom Jetlag.«

»Was habe ich dir denn getan? Es ist Freitagnachmittag, vielleicht erwischst du ja noch jemanden, wenn du dich jetzt sputest. Und das nächste Mal hörst du mir endlich mal zu, wenn ich dir etwas sage.«

»Okay, Mali, lass gut sein. Wenn ich jetzt losfahre, haben die schon zu.«

»Außerdem, wie willst du da überhaupt hinfinden? GPS hast du auf dem Ding bestimmt nicht.«

»Alle Achtung, Mali, schade, dass du überhaupt Zeit auf deine Gesangskarriere verplempert hast. Du hättest Stand-up machen sollen. Vielleicht hätte deine Karriere dann länger gedauert.«

Die Sehnen und Muskeln an Malis Schwanenhals treten hervor. Alon beißt sich auf die Lippen. In der geräumigen weißen Küche voller Fenster, wo wir drei stehen, gibt es plötzlich keine Luft mehr zum Atmen.

»Ich entschuldige mich, mein Schatz, vergiss es, ehrlich, ich bin bloß fertig vom Flug«, bricht Alons Stimme schließlich das Schweigen. Die Zerknirschtheit und Reue lassen sein Gesicht weich werden und bringen wie bei einer Patience hinter der sorgenvoll in Falten gelegten Stirn und den mahlenden Wangenmuskeln den jungen Mann mit den sanften Augen zum Vorschein, in den sich Mali Carmeli vor gut zwanzig Jahren verliebt hatte.

»Das ist Oded Chefer, von dem ich dir erzählt habe.« Mali deutet auf mich, ohne ihren Mann anzusehen. »Der Privatdetektiv, den Bulli geschickt hat, als du in New York warst.«

»Ach, Mali, komm schon, du weißt, du bist meine Heldin ...« Alon streckt die Hand nach der Schulter seiner Frau aus, versucht, sie an seine breite Brust zu ziehen, aber sie schüttelt seine Hand ab. Sein Gesicht verhärtet sich wieder. Er dreht sich von seiner Frau zu mir. Die ungeduldige Abschätzigkeit, die in seinem geschäftlichen Telefonat nicht zu überhören war, schlägt erneut auf seine Stimme, als er sich an mich wendet:

»Also, Sie sind die neue Patentlösung?«

»Geprüft und genehmigt.« Ich versuche, eine selbstsichere, heterosexuelle Erscheinung abzugeben. Alon Carmelis Händedruck ist zwischen nüchtern und schmerzhaft zu platzieren. Ich befreie meine Hand und massiere verstohlen die geschundenen Finger hinterm Rücken, da zwinkert mir der Mann plötzlich zu. Ich neige den Kopf und erwidere seinen Blick. Jetzt schwingt er sich geschmeidig auf die Küchenarbeitsplatte und nimmt mit baumelnden Beinen darauf Platz, ohne sich auch im Geringsten anmerken zu lassen, was gerade eben passiert ist. Soll ich mich geschmeichelt fühlen?

»Also, Oded.« Alon verschränkt die Arme, und sein Karohemd betont den kompakten Brustkorb. »Erzählen

Sie mal, was haben Sie herausgefunden, was die anderen Experten übersehen haben? Welches Trauma haben wir denn diesmal? Die Woche bei Oma und Opa, als sie vier war und wir in die Toskana gefahren sind? Die Barbie-Puppen, die ich in den Müll geworfen habe? Chumi, unser Hund, der uns in Eilat überfahren wurde?«

»Alon glaubt nicht an eine Therapie«, mischt Mali sich ein. »Genaugenommen glaubt er nicht, dass wir überhaupt ein Problem haben. Er hält es nicht für besonders ungewöhnlich, dass unsere Tochter nicht mehr mit uns spricht. Wenn sie nur mich ignorieren würde, nicht weiter tragisch, ich war ja immer der böse Cop, aber auch ihn?« Jäh dreht sie sich zu Alon um. »Sie hat dich immer vergöttert, hat alles gemacht, was du ihr gesagt hast, und jetzt kriegst du kaum noch ein Wort aus ihr heraus.« Ihre Stimme bebt, entweder vorwurfsvoll oder in kaum verhohlener Eifersucht.

»Ich glaube nur nicht, dass man daraus solch ein Drama machen muss«, sagt Alon, und sein linkes Auge zwinkert erneut, diesmal zu Mali. Ich bin zunehmend verwirrt. »Das ist genau das, was ich immer meinen Anlegern sage, wenn sie gestresst sind – an der Börse gibt es Kursgewinne und Verluste, aber es ist alles ein Kreislauf, kein Grund zur Panik, denn was fällt, steigt irgendwann auch wieder. Was erwartest du denn? Sie ist fünfzehn! Hab ich in dem Alter etwa mit meinen Eltern geredet? Einen Scheiß hab ich! Sie ist ein Teenager, das ist alles. Sie ist niedergeschlagen, geht bei der kleinsten Kleinigkeit hoch, ist patzig? *Yallah*, in Ordnung, man muss nicht wegen jeder Sache gleich hysterisch werden. Am Ende kommt sie raus aus ihrem Tief und macht das, wozu sie Lust hat, und das top! Nimmt ein Album auf, macht Reality-TV, wird ein großer Star –«

»Singt im Bikini, was für einen Spaß sie hat, in Eilat zu planschen«, füge ich säuerlich hinzu.

»Aber sicher.« Alon schlägt mit der flachen Hand auf die Arbeitsplatte. »Alles, was nötig ist, um tonnenweise Alben zu verkaufen.«

Ich schweige. Was für ein Niveau. Im Gegensatz zum protzigen Jeep gehört in Ramat Hasharons Upper-class-Familien kritische Selbstwahrnehmung anscheinend nicht zur Grundausstattung.

»Und ihre Verschlossenheit, Alon?« Mali macht einen Schritt auf ihren Gatten zu. »Die roten Augen und die Wutausbrüche?«

»Mali, meine Schöne, ich habe dir doch gesagt, sie ist ein Teenager. Das geht vorüber. Man muss junge Menschen nicht ständig unter Druck setzen, den ganzen Tag zu labern.«

»Du bist genau wie deine Mutter. Andauernd Ausreden. Hauptsache, du kannst den Kopf weiter in den Sand stecken. Unsere Tochter leidet, und du bist mit deinem iPhone beschäftigt, das du vor zwei Tagen verloren hast, ehrlich, einen solchen Angstha…«

Malis und Alons Schwertkampf geht weiter. Diagnosen, Vorhaltungen und Schmähungen, wahrscheinlich schon tausendfach ausgesprochen, mal stumpf, mal verletzend und alte Wunden wieder aufreißend, ein quälend langsamer Tod durch Tausende von Sticheleien. Ich kratze mich am Kopf. Wenn mir nach einem muffigen Beziehungsstreit gewesen wäre, hätte ich gleich zu meinem freitäglichen Familienessen nach Petach Tikwa fahren können.

»Die Wahrheit ist, dass ich nach meinen Ermittlungen der letzten beiden Tage ebenfalls besorgt bin«, nutze ich eine kurze Gefechtspause, um das Gespräch behutsam auf den Tod von Prince Connan zu lenken. Stille macht sich um uns in der Küche breit, umgeben von glänzenden Kacheln, lindgrünen Oberschränken und einem runden Esstisch. Draußen hinter Alon Carmelis Rücken pflügt der Wind durch die Blumen in den Töpfen, die aufgereiht entlang der staubbedeckten Fenster stehen. Im Garten wird der Volant des umgekippten orangeroten Sonnenschirms von staubigen Windrosen hochgewirbelt.

»Warum sagen Sie das?« Mali wendet sich zu mir. Ich ziehe die Furcht in ihrem wachen Blick dem distanzierten Ausdruck auf Alons Gesicht deutlich vor.

»Ihr Freund –«, fange ich an.

»Dean Carasso, der Sohn von Shlomo Carasso, der Importeur von Nutella und Tic Tac?« Malis Glockenstimme ist voller Stolz. »Bulli hat gesagt, in dem Augenblick, in dem Carine ihre zweite Single rausbringt, geben wir Fotos von den beiden an die Presse frei. Die Medien werden nur so auf die beiden fliegen. Ein *power couple*. Sogar ihre Vornamen reimen sich.«

»Sie haben sich vor einem Monat getrennt«, lasse ich trocken fallen. Malis Augen klimpern besorgt, vielleicht vom Gedanken an eine aufziehende Public-Relations-Katastrophe.

»Wusstest du davon?«, fragt sie Alon.

»Nein.«

»Siehst du«, hält sie ihm vor, »wir wissen nichts mehr über sie. Sie war total verliebt in ihn. Und das hat sie sicher gebrochen. Das wars, was passiert ist. Meine arme

Kleine. Aber warum, warum hat sie das vor uns verheimlicht?«

»Es kann durchaus sein, dass das tatsächlich schon alles ist«, mische ich mich wieder ein, »aber wer mich ehrlich gesagt mehr beunruhigt, ist Prince Connan.«

»Oded«, Mali dreht sich abrupt zu mir um, »ich sagte Ihnen doch bereits, das hat damit überhaupt nichts zu tun.«

»Sie denken nicht, das Verschwinden von Carines bestem Freund könnte mit ihrem Verhalten der letzten zwei Monate zusammenhängen? Soweit ich weiß, hat sie schon einen Monat vor der Trennung von Dean angefangen sich auffällig zu verhalten. Sprich: zu dem Zeitpunkt, als Prince verschwunden ist.«

»Ein Freund ist kein Liebster«, erwidert Mali. »Prince ist nicht Dean. Vielleicht hat das im Hintergrund eine Rolle gespielt, aber um Carine zu verstehen, müssen Sie sich auf das konzentrieren, was mit Dean war.«

»Und Sie?« Ich bleibe hartnäckig. »Beunruhigt Sie das gar nicht, dass eine Familie, die jahrelang für Sie gearbeitet hat, von einem Tag auf den anderen verschwindet?«

»Natürlich beunruhigt uns das«, versichert mir Mali ohne jegliche Spur Beunruhigung im Gesichtsausdruck, »aber was hätten wir tun können?«

»Ich weiß nicht. Sagen wir, nach ihnen suchen?«

»Wenn sie gewollt hätten, dass wir sie finden«, antwortet Alon, »wären sie wohl zur Arbeit gekommen.«

»Und Sie haben nicht zufällig daran gedacht, andere Arbeitgeber von Familie Connan zu fragen, ob sie dort aufgetaucht sind?«

»Wir kennen keine anderen Arbeitgeber.«

»Und haben Sie daran gedacht, die Connans an ihrem Wohnort aufzusuchen? Das haben Sie nicht zufällig in Erwägung gezogen?« Ich lege den Kopf schief.

»Wir hatten doch keine Ahnung, wo sie wohnen.«

»Die Connans haben also drei Jahre für Sie gearbeitet und Ihnen nicht einmal erzählt, wo sie untergekommen sind?« Ich verzichte darauf, mir das ungläubige Schnalzen mit der Zunge zu verkneifen.

»Sie schienen nicht interessiert daran, über sich selbst zu reden, und wir haben das respektiert«, assistiert Alon erneut.

Ich reiße die Augen weit auf. So, wie sie da vor mir stehen, perfekt aufeinander abgestimmt mit ihren ordentlich gebügelten Sachen, ihren gepflegten Gesichtern und fast perfekt geshapten Figuren, sehen Alon und Mali Carmeli aus wie eine gleichmütige, dichte Hecke. Außer den eigenen haben keine anderen Sorgen Zutritt.

»Wussten Sie, dass Dean Carasso und seine Freunde, Lior und Yossi, sich immer über Prince lustig gemacht haben, wenn er mit Carine zusammen war?« Ihnen die Verbindung dieses Jungen zu ihrer teuren Tochter in Erinnerung zu rufen, hilft mir vielleicht, diese Festungsmauer des Narzissmus einzureißen.

»Natürlich nicht«, pariert Mali.

»Meinen Sie, das könnte irgendwie mit Prince' Verschwinden in Zusammenhang stehen?«

»Man muss auch nicht gleich aus jeder Fliege einen Elefanten machen«, gibt Alon zurück. »So sind Jungs nun mal. Reißen ab und zu Sprüche, das ist alles.«

Erneut tritt mir Prince' Leichnam vor Augen. Meine Ohren brennen, mein Gesicht glüht. Wie leicht es solchen Kerlen fällt, den Schmerz abzutun, der anderen zugefügt wird. Ich zwinge mich zu einem Lächeln. Denn Alon Carmelis Kopf in die von der neuen Haushälterin zubereitete Tom-Yum-Suppe zu rammen, wäre vermutlich nicht die angebrachte Reaktion.

»Glauben Sie denn«, frage ich behutsam, »Carine könnte mir noch mehr darüber erzählen, was vor Prince' Verschwinden passiert ist? Ich würde wirklich sehr gern mit ihr darüber sprechen.«

»Oded, ich möchte Sie wirklich bitten, mit Carine nicht mehr über Prince zu reden.« Mali macht einen Schritt auf mich zu. »Es ist mir unangenehm, das zu sagen, aber Rosemary und Bret haben uns bestohlen. Okay? Geld, Schmuck und sogar einen Chanukka-Leuchter aus reinem Silber von meiner Großmutter, möge sie in Frieden ruhen. Sie hatten offenbar massive Schulden. Und als Alon sie zur Rede gestellt hat, sind sie sehr aggressiv geworden und haben überstürzt das Haus verlassen. Und das wars, seitdem hat sich keiner von ihnen noch mal blicken lassen. Und schlagen Sie mich tot, aber ich hatte wirklich kein Bedürfnis, nach Leuten zu suchen, denen ich mein Haus und mein Herz geöffnet habe, nur damit sie mich bestehlen. Und jetzt, da ich weiß, dass Carines ganzes Verhalten auf den Trennungsschmerz von Dean zurückzuführen ist, habe ich ein noch kleineres Bedürfnis, dass Sie meine Tochter ermutigen, diesen – und Sie verzeihen mir den Ausdruck, ja? – Sohn von Dieben zu finden und sie durch seinen schlechten Einfluss noch gestörter zu machen. Sie denkt, ich weiß das nicht, aber er hat sie ständig zum Schwänzen überredet. Ständig! Also, es tut mir leid, wenn das jetzt herzlos klingt, aber von meiner Warte aus, gepriesen sei ER, der uns von ihm erlöst hat.«

Mali Carmeli verschränkt die Arme. Ihr Gesicht gibt eine Fratze heuchlerischer Selbstgerechtigkeit ab. Ich hebe die Augen zur Decke. Die Putzfrau hat mich beklaut. Das gruseligste Schockmärchen, das Yuppie-Paare sich bei Käse-und-Wein-Abenden erzählen. Ich habe gerade nicht viele Tränen übrig für Mali und Alon Carmeli, die es nicht einmal für nötig befunden haben, sich nach dem Wohnort der Menschen zu erkundigen, die drei ganze Jahre für sie gearbeitet haben. Und sich nicht eine Sekunde lang gefragt haben, wohin sie verschwunden sein könnten. Stattdessen versuche ich zu überlegen, wie ich aus der Bredouille rauskomme. Will ich diesen wichtigsten Job meines Lebens behalten, ist es sicherlich nicht ratsam, in Gegenwart von Familie Carmeli den Namen Prince Connan noch einmal zu erwähnen. Andererseits kann ich nicht aufhören, an das gespenstisch weiße Gesicht eines Fünfzehnjährigen zu denken, der tot in einem finsteren Brunnenschacht treibt.

»Und haben Sie Carine die Wahrheit gesagt?« Ich schaue wieder zu Mali und Alon.

»Welche Wahrheit?« Eine Stimme, die frisch, munter und gleichzeitig verächtlich herablassend klingt, meldet sich vom anderen Ende des Raums. Ich drehe mich um und sehe Carine. Mali und Alon erröten wie zwei Schulkinder vor ihrer Tochter, die mit offenem braunen Haar, grünen Katzenaugen und einer mit Nieten besetzten Lederjacke in der Tür zur Küche steht.

»Ich habe deinen Eltern gerade gesagt, dass du für die Literaturklausur gut gerüstet bist, wir aber noch viel Arbeit vor uns haben, insbesondere in Algebra«, antworte ich. Carine verdreht die Augen. Die übliche Teenagerreaktion wird bei ihr zur Kunstperformance: Die Oberlippe zieht sich nach oben, und ein unhörbares Schnauben fügt dem abschätzigen Gesichtsausdruck noch einen Schuss Degout hinzu.

»Du hast ein Problem in Algebra?« Alon springt mit einem Satz von der Arbeitsplatte und lächelt. »Das kann nicht sein. Bist du nun meine Tochter oder nicht?«

Carine reagiert nicht. Alon nähert sich ihr, um sie in den Arm zu nehmen, aber sie entwindet sich ihm wie ein glitschiger Fisch. Das amüsierte Lächeln vermag seinen gekränkten Blick nicht zu verbergen. Carine kehrt ihrem Vater den Rücken zu, geht zum Kühlschrank. An der weißen Frontplatte hängt ein Stundenplan – Schule, Privatstunden, Stimmbildungsunterricht, Schauspielunterricht, Make-up-Coaching, Tanzunterricht, Jazz, Hip-Hop, R&B, Zumba, Aerobic Dance, Laufstegtraining, Yoga, Pilates. Vielleicht ist Carine Carmeli ja bloß ein Androide, der an Überlastung leidet.

»In zwei Tagen ist wieder Hip-Hop und R&B«, schwingt Malis Glockenstimme durch die geräumige Küche, doch nun ist ihr Klang verstimmt. »Du warst schon seit einem Monat nicht mehr. Ich kann dich fahren.«

»Warum?« Carine öffnet den Kühlschrank, ohne sich zu ihrer Mutter umzudrehen.

»Was soll das heißen, warum? Das ist doch dein Lieblingskurs.«

»Du meinst, das ist *dein* Lieblingskurs.«

»Wovon redest du?! Seit du drei warst, wolltest du immer tanzen wie –«

»Wie du?« Carine dreht sich zu uns um, und die Sommersprossen auf ihrem Stupsnäschen verdunkeln sich. »Nein danke.«

Mali lächelt. Adern treten unter ihren großen Augen hervor. Carine steht an den Kühlschrank gelehnt und beißt in einen grünen Apfel. Ihre scharfen Zähne graben sich in das Fruchtfleisch. Großer Gott. Hätte ich solch eine Tochter, ich würde mir umgehend die Eileiter abklemmen lassen.

»Was machen Sie überhaupt hier, an einem Freitag um diese Zeit?« Damit bin ich gemeint. Ihre Zähne stecken nach wie vor in dem Apfel. »Ich meine, haben Sie keine Familie oder, was weiß ich, ein Leben?«

»Carine, wie redest du denn?!« Mali ist die personifizierte Entrüstung. Zur Antwort rollt Carine erneut mit den Augen, diesmal dauert die Darbietung zwei Sekunden länger, um einen Gesichtsausdruck vollkommener Ablehnung zu erzeugen. Das Flechtwerk der Adern breitet sich auch über Malis Hals aus. Angesichts Alons Unempfänglichkeit für Malis Ängste und Carines Aggressivität gegenüber ihrer Mutter beginne ich, ungewollt, beinahe so etwas wie Mitleid mit dieser Frau zu empfinden.

»Ich bin auf dem Weg zu meiner Familie, wenn ich ehrlich sein darf«, lache ich, als gehörten schlecht erzogene Gören zu den Dingen, die mich am meisten amüsieren. »Wollte nur kurz bei euch vorbeischauen und deinen Eltern von unseren Fortschritten berichten. Oh, und auch … Weißt du noch, dass wir in der Nachhilfestunde über deinen verschwundenen Freund geredet haben, diesen Prince? Hast du eventuell noch mehr Einzelheiten? Über den schwarzen Wagen, der ihn verfolgt hat zum Beispiel?«

»Was?« Carine wirkt durcheinander. »Ich hab Ihnen gesagt, das Ganze hat er sich ausgedacht. Er hat sich die ganze Zeit solche Sachen zusammengesponnen.«

»Es ist bloß so«, sage ich betont beiläufig. »Ich habe Carney, die Putzfrau eines Freundes, gefragt, ob sie etwas über einen Jungen namens Prince in Ramat Hasharon gehört habe, und sie hat gesagt, sie würde bei Bekannten nachhorchen, und da dachte ich, alles was du über die letzten Tage vor seinem Verschwinden noch weißt, könnte helfen. Vielleicht kann ja ein anderer Freund von ihm mehr über diesen Wagen erzählen? Mit wem seid Prince und du denn noch so zusammen gewesen?«

»Das war mehr so nur wir beide.« Carine wird rot. »Er hatte nie besonders viele Freunde, hat sich auch nicht unbedingt so normal verhalten, also, war immer ziemlich extrovertiert und so, in der Schule zumindest, weshalb es halt immer irgendwelche Jungs gab, die ihn aufgezogen haben, die sich darüber lustig gemacht haben, wie er redet oder sich anzieht, halt. Manchmal war das auch schon übleres Zeug als nur dumme Sprüche. Bevor er verschwunden ist, hat er all seine Socials gelöscht, weil sie echt miese Sachen über ihn gepostet haben. Und das eine Mal, da ist er nach Hause geflüchtet, weil –«

»Weil was? Was ist passiert?«, frage ich, und mein Herz fängt an wild zu pochen.

»Carine, gehst du bitte mal gucken, was mit Morani und Giladi ist«, mischt sich Mali ein. »Ich möchte, dass wir uns alle langsam fürs Abendessen fertig machen.«

»Und ich würde mich freuen, wenn Carine noch eben sagt, was passiert ist«, entgegne ich. »Welche Jungs waren das? Denn nur dann kann ich helfen –«

»Carine, ich hatte dich um etwas gebeten«, unterbricht mich Mali schneidend.

»Och, Mann«, Carine wendet sich an ihre Mutter, »warum muss ich das machen?«

»Weil deine Mutter dich darum bittet«, mischt sich jetzt auch Alon ein. »Und du tust, was man dir sagt, solange du in diesem Haus lebst.«

»Wow, wow, Alter, was geht denn bei euch ab?! Ich rede mit Oded. Ich meine, ich schwörs euch, er hat mich erst einmal getroffen und versteht mich schon besser, als ihr jema-«

»Carine«, brüllt da Alon los, »ich bitte dich nicht zweimal.«

»Schon guuuut.« Carine kapituliert und schlägt die Küchentür hinter sich zu.

»Könnten Sie mir mal Ihre Obsession mit Prince erklären?« Mali fixiert mich. Alon baut sich hinter ihr auf, seine Hände sind zu Fäusten geballt, als bereitete er sich schon darauf vor, mich rauszuschmeißen. Sein linkes Auge zuckt, öffnet und schließt sich unkontrolliert. Das Zwinkern hat, wie ich mir mit gewisser Enttäuschung eingestehen muss, seinen Ursprung ganz eindeutig nicht in einer etwaigen sexuellen Anziehungskraft meinerseits, sondern ist schlicht einer motorisch-sensorischen Störung geschuldet.

»Mali«, ich spreche im Ton einer Paartherapeutin zu der aufgebrachten Hausherrin. »Sie haben mich doch engagiert, damit ich helfe, oder? Und ich kann meinen Job nicht machen, wenn wir nicht alles durchgehen.«

»Hören Sie, Oded, ich kenne meine Tochter. Ich weiß, wie verliebt sie in Dean war und wie sensibel sie ist. All das hat überhaupt nichts mit Prince zu tun. Und mich als Mutter kümmert im Moment nichts anderes als mein kleines Mädchen.«

»Auch nicht, dass Rosemary und Bret ausgewiesen worden sind?«, schieße ich zurück.

»Dass sie … was? Ich verstehe nicht –«

»Dass sie des Landes verwiesen wurden? Die Wohnwagen, in denen sie in der Nähe von Glilot gewohnt haben, wurden durchsucht, und man hat sie ins Flugzeug gesetzt und zurück auf die Philippinen geschickt. Prince aber nicht.«

»Ich … das wusste ich nicht.« Mali legt eine Hand aufs Herz. »Das ist ja schrecklich. Aber da kann ich jetzt auch nichts mehr machen. Und wie ich Ihnen gesagt habe, wir haben Carine nichts von den Diebstählen erzählt, weil es schlimm genug für sie war, dass ein guter Freund von ihr verschwunden ist. Sie muss nicht auch noch wissen, dass seine Eltern Kriminelle sind. Aber das bedeutet nicht, dass Sie sie ermutigen sollen, wieder an ihn zu denken oder gar nach ihm zu suchen. Also, ich bitte Sie nochmals, lassen Sie's. Und ich möchte Ihnen noch etwas sagen: Auch für uns war das alles sehr traumatisch, ein solcher Vertrauensbruch. Wissen Sie, dass ich unsere neue Haushaltshilfe morgens noch immer nicht grüße, wenn sie kommt?« Mali bedenkt mich mit einem erschütterten Blick. »Ich grüße sie nicht. Ehrlich. Können Sie sich das vorstellen? Solche Angst habe ich, erneut verletzt zu werden, wenn ich nochmals ein persönliches Verhältnis zu einer Angestellten aufbaue.«

»Und wie sehr, meinen Sie, würde es Sie treffen, zu erfahren, dass Prince tot ist?«

Mali taumelt, als hätte jemand sie geohrfeigt. Alon macht einen Schritt vor, um seine Frau zu stützen.

»Wo-wovon … wovon reden Sie?«, stammelt sie.

»Ich hatte nicht vor, es Ihnen auf diese Art zu erzählen.« Ich rudere ein wenig zurück. »Als ich Prince ausfindig machen wollte, habe ich herausgefunden, dass die Familie Connan in einem Wohnwagen auf einem Feld in der Nähe von Glilot gewohnt hat. Und als ich hingefahren bin, um mir die Gegend anzuschauen, habe ich Prince gefunden. Tot. Seine Leiche trieb in einem alten Brunnenschacht. Noch weiß man nicht, was passiert ist. Vielleicht war es ein Unfall –«

Ein erstickter Schrei hinter der Küchentür, gefolgt von einem dumpfen Aufschlag lässt mich verstummen. Mali und Alon stürzen zur Tür, Alon reißt sie auf – davor liegt Carine Carmeli am Boden, bewusstlos.

Ich beiße mir auf die Lippen. Eine Hellseherin bin ich zwar nicht, aber etwas sagt mir, dass Binyamin Direktor mich in die Wüste schicken wird.

10

MEINE FAMILIE UND ANDERE TIERE

Das Bett ist klein. Ich liege zusammengekauert in Embryostellung. Meine Füße hängen in der Luft, der Hintern ragt über den Rand des zu schmalen Rahmens. Ich gönne mir eine Pause vor dem großen Abendessen mit der Familie. Die Frauen meiner Kindheitsjahre beäugen mich von den Wänden: Zur Rechten lässt Julia Roberts ihr breites Lächeln erstrahlen, zur Linken zündet sich Sharon Stone eine Zigarette an, die langen Beine zur berühmten Pose überschlagen. Und in der Mitte verspeist Sherilyn Fenn eine Kirsche. Ich wälze mich auf dem Bett herum und versuche, nicht zu sterben. Schwer zu glauben, doch meine gesamte Zeit in der Mittelstufe ist der Bemühung zum Opfer gefallen, mich selbst zu überzeugen, ich wollte mit diesen Frauen zusammen sein – anstatt zu verstehen, dass ich diese Frauen *sein* wollte.

»Oded, wir warten alle auf dich, die Pute wird kalt!« Die vorwurfsvoll drängende Stimme meiner Mutter ist durch die geschlossene Tür zu hören.

»Ich koooomme!«, rufe ich und bleibe liegen. Nicht einen Moment Ruhe gönnen sie mir. Julia Roberts lächelt mir zu. Ich wälze mich erneut auf die andere Seite.

Das Bild, wie Alon Carmeli mich brüllend aus seinem Haus wirft, während Mali der bewusstlosen Carine Wasser ins Gesicht spritzt, läuft in meinem Hirn wie eine TV-Sendung der Hölle in Dauerschleife. Ich schaudere. Selbst wenn man meine Recherche für die Fernsehshow *Good Life* mit einbezieht, bei der ich den neuen Stern am Pophimmel Shiri Maimon gefragt hatte, wie es sich denn so anfühle, schwanger zu sein, bloß um von ihr zu erfahren, sie sei schon vor über einem halben Jahr niedergekommen, muss ich dennoch den Rauswurf aus dem Hause Carmeli als absoluten Tiefpunkt meines bisherigen Berufslebens ansetzen. Offenbar hat sich meine Fähigkeit zur Autosuggestion seit Schultagen prächtig gemausert. Oded Chefer, Privatdetektei GmbH präsentiert: sechsunddreißig Jahre Illusion Delusion.

Ich setze mich im Bett auf. Die niedrige Zimmerdecke droht, mich gegen den kalten Fußboden zu quetschen. Ich betrachte Sharon Stones Beine und stelle eine Inventarliste meiner Versager und Sorgen auf. Die wichtigste Ermittlung meines Lebens wegen Hysterie, fehlender Professionalität und mangelnden Taktgefühls vergeigt? Check. Die ohnehin verschwindend geringe Chance auf ein weiteres Stelldichein mit Stas Omansky zunichte gemacht, der sich im Übrigen den ganzen Tag nicht die Mühe gemacht hat, Kontakt zu mir aufzunehmen? Check. Eine WhatsApp-Nachricht von Ofer Ganor, der überraschend bittet, ich solle bis in vier Tagen seine Wohnung geräumt haben, da seine Großmutter im Krankenhaus liegt und er darum frühzeitig zurückkehrt? Check. Eine höchst unerfreuliche Antwort von Barbara Witman, in Los Angeles würde man von einem Promi niemals verlangen, derart kurzfristig aus einer Wohnung auszuziehen? Check. Oberinspektor Yaron Malka, der meine Bitte um Teilhabe an den Ermittlungserkenntnissen im Fall Prince Connan geflissentlich ignoriert? Check, doppelt und dreifach. Und natürlich nicht zu vergessen meine Nebenbuhlerin, die sich zu all den Unerfreulichkeiten dazugesellen musste: Micky Geller, der vor einer Stunde in Malkas Wohnung ans Telefon ging, nur um mich wissen zu lassen, Malka sei nicht zu sprechen, da man ihn ans Tote Meer beordert habe, um bei der Bekämpfung der sich dort ausbreitenden Brände zu helfen. Kein Wunder also, dass ich – nachdem er noch die Frechheit hatte, mich zu fragen, ob ich denn inzwischen Mona Markowitsch bei der Suche nach Gabriela geholfen habe – ihm den Hörer in die Fresse knallte. Die Härte dieses Weibsstücks ist wahrlich unbeschreiblich.

Ich kontrolliere nochmals mein Handy, das ich vorhin frustriert aufs Bett geworfen habe. Überraschenderweise ist die E-Mail von Danit mit meiner Kündigung noch immer nicht da. Ich weiß, ich sollte den ersten Schritt tun. Sollte selbst anrufen und mich verteidigen. Sollte den Kopf aus der Schlinge ziehen. Denn das ist, was erwachsene Menschen tun. Was echte Männer im Western tun. Doch im Augenblick würde ich mir lieber einen Einlauf mit kochend heißem Wasser machen, als mich dem Bankrott zu stellen, der mein Leben ist.

Mein Blick wandert durch den kleinen Raum: die Poster von Julia, Sharon und Sherilyn, die Bücher von Agatha Christie, Ross Macdonald, Raymond Chandler, Ruth Rendell und P. D. James. Edith Hamiltons großes Buch der klassischen Mythen, dessen Seiten von Bleistiftstrichen und Tintenkillerflecken verunstaltet sind – Zeugnisse des Pauspapiers, mit dem ich Zeichnungen von sagenhaften Ungeheuern und muskelbepackten Göttern kopiert hatte. Die zwölf Bände der Wildtier-Enzyklopädie mit den drei Schnabeltier-Fotos, die ich stundenlang betrachten konnte. Die CDs von Kylie, Madonna und Cindy Lauper für ausgelassene Momente. Die von Massive Attack und Portishead für die weniger ausgelassenen. Und die von Dolly für jede Gelegenheit. Ich wälze mich abermals auf dem Bett herum, bleibe mit dem Gesicht zur Wand liegen. Vielleicht sollte ich einfach hier bleiben. Wo die Zeit stehengeblieben ist. Wo alles bekannt und vertraut ist. Im Zimmer meiner Kindheit, der Wohnung meiner Eltern. Die Klamotten in Tel Aviv zusammenklauben. Die Koffer packen. Nach Petach Tikwa zurückkehren. Und hier vor Langeweile versauern wie die letzte Provinzprimel.

»Oded, mach endlich!« Die Stimme meines Bruders Arik kollert vorwurfsvoll durch die geschlossene Tür. Ich seufze und zwinge mich aus dem Bett. Kindergeschrei, das Weinen eines Säuglings und Gesprächsfetzen sind zu hören. Mein Bruder Arik doziert über die Verordnung 38 zum Schutz bestehender Bauten gegen Erdbebenschäden. Seine Frau Me'ira zwitschert etwas über die Vorzüge von Backformen aus Silikon. Meine Mutter lästert, ihre Freundin Zwija habe schon zum zweiten Mal vergessen, beim Kaffeeplausch im Café Lulu ihre Torte zu bezahlen. Meine Schwester Ayala beklagt sich über den Kundenservice beim Internetanbieter Hot. Ihr Mann Gideon erklärt, wie man im Londoner Tech-Milieu an Kapital kommt. Im Hintergrund diskutieren die Zwillinge von Gideon und Ayala darüber, wann der nächste Superstar gefunden wird. Alle reden, alle schreien durcheinander, niemand hört zu. Ich senke den Kopf, nehme das Urteil hin. Ein Familienabendessen zu Ehren des halbjährlichen Besuchs meiner Schwester und ihres Gatten aus London ist exakt die Strafe, die ich für die eigenhändige Zerstörung meiner Existenz verdient habe.

»Nein, wirklich, das ist das reinste Gaza hier«, nimmt Ayalas Stimme die ganze Wohnung in Beschlag, als ich mich dem Esstisch nähere und meine Füße auf Kollisionskurs mit dem Schminkset von Dana und Maya geraten, den Töchtern von Arik und Me'ira, die auf dem Teppich im Wohnzimmer spielen. »Nicht einmal Amazon funktioniert hier. Gestern auf der Post sagen die mir, sie hätten die Bestellnummer nicht und ich solle in zwei Wochen wiederkommen. In zwei Wochen?! Ehrlich, ich versteh nicht, wie ihr ohne Amazon klarkommt.«

»Was? Es gibt kein Amazon in Gaza?« Ich falte die Hände dramatisch und lasse mich am Tisch nieder. »Ach Gottchen, Ayala, ehrlich, wie leben die bloß? Okay, die sind zwar eingesperrt, aber wenigstens ihre Gesichtscreme sollten sie doch pünktlich bekommen.«

»Urkomisch, Oded.« Meine Schwester reicht den Bräter mit der Pute an ihren Mann Gideon weiter, der sich sämtliche Bruststücke auf seinen Teller schaufelt, und fügt hinzu: »Sie wären ja nicht eingesperrt, wenn sie uns nicht das ganze Land in Brand stecken würden.«

»Das sind überhaupt nicht die aus Gaza.« Gideon reicht den Bräter an Arik weiter, der konsterniert in den bereits halbleeren Schmortopf schaut. »Was ja noch schlimmer ist. Das sind unsere eigenen Araber, unsere Du-kannst-mich-mal-gern-haben-Mitbürger.«

»Heute in den Nachrichten hat der Minister für Innere Sicherheit gesagt, es sei klipp und klar von Brandstiftungsterrorangriffen auszugehen.« Er reicht den Topf an seine Frau Me'ira weiter, nachdem er sämtliche Erbsen heraussortiert hat. »Fünf neue Brandherde allein heute. Ein Glück, dass morgen Bibis Supertanker zum Einsatz kommt, glaubt mir, sonst wären wir alle geliefert. Aber Hauptsache, die vergießen Tränchen wegen ihrer Olivenbäume.«

»Es sind nicht alle so«, schaltet sich meine Mutter ein, die Lippen zu einem nach Luft schnappenden Fischmaul verzogen, da sie Arik und Me'iras Säugling zuzwinkert, den sie auf dem Arm hat. Me'ira stürzt sich in der Zwischenzeit auf die Putenschenkel wie ein Fuchs auf den Hühnerstall. »Mein Apotheker ist Araber, und damit ihr es wisst, der ist bezaubernd. Netter als alle Juden im Super-Pharm.«

»Niemand hat gesagt, dein Apotheker sei nicht bezaubernd, Mama.« In Ayalas Stimme stiehlt sich ein ungeduldiger Unterton, als sie Me'ira den Bräter abnimmt und ihn an Yotam und Nir weiterreicht, die sich gerade lautstark für ein Video begeistern, in dem eine Katze einer Frau ins Gesicht springt. »Das eine hat mit dem anderen gar nichts zu tun. Worum es geht, ist, dass sie dieses Land für sich wollen und mit ihren Terroranschlägen nichts erreichen. Also haben sie jetzt einen neuen Weg entdeckt – uns den Boden unter den Füßen abzufackeln.«

»Es heißt aber, überall im Nahen Osten gäbe es jetzt Brände, wegen der Trockenheit, man muss ja nicht gleich den Arabern an allem die Schuld geben«, zwitschert Me'ira vom anderen Ende des Tisches, doch ihr Mäuschengesicht geht gleich in Sack und Asche, als Ayalas Blick sie tadelnd trifft.

»Das ist ein kranker Staat geworden.« Meine Schwester ignoriert Me'ira einfach. »Beängstigend ist es, hier zu wohnen. Warum zieht ihr alle nicht endlich nach London und lebt in einem kultivierten Land? Ohne Unterdrückung durch die Frommen, ohne Terror durch die Araber und ohne jeden Tag gestresst zu sein wegen immer neuen Auflagen und Anschlägen. Hab ich nicht recht, Gideon? Man kann nur noch wegziehen, stimmt doch, oder?«

»Entschuldige, Ayala«, mischt sich Arik ein. »Es ist ja nicht so, dass in Europa alles besser wäre. Als wir letztes Jahr bei euch in London waren – Allah bewahre! Man schlendert da durch Oxford, und alles schwarz, alle Frauen verhüllt von Kopf bis Fuß. Und warte nur ab, was denen da in Europa noch alles blüht mit ihren Flüchtlingen. Außerdem ist das dort wirklich ein einziges ›Der Mensch ist des Menschen Wolf‹. Hier in Israel kümmert man sich wenigstens noch umeinander. Wird jemand im Bus ohnmächtig, sind alle sofort da und helfen. Und weint jemand auf der Straße, fragen alle sofort, was los ist …«

Arik und Ayalas Wortwechsel schwappt wie eine Welle über den Esstisch, der sich zwischen der kleinen, mit Töpfen überladenen Küche und dem Wohnzimmer erstreckt, wo die Wände mit gerahmten Drucken von Modiglianis Frauen und Cézannes Früchten vollgehängt sind. Ich starre auf die blassen Putenbeine und die angebrannten Kartoffelhälften, die in einer undefinierbaren Soße auf meinem Teller schwimmen. Wende die Schenkel mit der Gabel von einer Seite auf die andere. Das dunkle Haar umschwebt das gespenstig weiße Gesicht von Prince Connan. Pechschwarzes Wasser leckt an den Wänden des Brunnenschachts. Wie lange war ich dort, bevor die Polizei endlich eintraf? Eine Viertelstunde? Vielleicht eine halbe? Und wie lange trieb die Leiche dort schon? Eine Woche? Einen Monat? Zwei? Ganz allein im pechschwarzen Wasser des Brunnens, namenlos. Meine Gedanken wandern zu Prince' Heft, das ich am Mittag im Wohnwagen gefunden hatte. Die ersten Zeichnungen darin sind koloriert: Nackte Feen mit lockigen Haaren tragen die Zunge herausstreckende Kobolde Huckepack auf den Schultern. Meerjungfrauen springen in ein Olympiaschwimmbecken. Sieben Flamingos tragen ein schlafendes Mädchen durch die Lüfte, dessen lange, mit Blumen geflochtene Haare wie eine Schleppe hinter ihnen herwehen. Auf den letzten Seiten werden die farbigen Bilder durch Bleistiftzeichnungen abgelöst: Eine Frau wringt über einem Spülbecken einen Lappen aus. Ihre geschwollenen, zerkratzten Hände ähneln Krebszangen. Ein Mann kniet über einer Kloschüssel, aus der das Wasser überläuft und den Fußboden bedeckt. Ein Junge klopft weinend an das Tor eines Schlosses, das vollständig aus Eiswaffeln besteht, in denen die bunten Kugeln vor sich hinschmelzen. Ein Wald voller Kreuze und Schatten, die nackten Äste der Bäume ragen in den dunklen Himmel und halten mit knorrigen Fingern einen Halbmond umklammert.

»… wenigstens weiß ich, dass ich in Israel meine Töchter auf eine Schule schicke, wo die Lehrer auf sie achtgeben, als wären es ihre eigenen«, bricht Ariks allmählich schon heisere Stimme in meine Gedanken ein.

»Und am Ende, gepriesen sei Sein großer Name, werden sie auch noch schön fromm«, sagt Ayala abschließend mit süffisantem Lächeln.

»Hast du das nicht noch ein bisschen arroganter parat, Ayala?«, blafft Arik, und sein feistes Gesicht läuft rot an. »Fünf Jahre in London, und man könnte meinen, du bist im Buckingham Palace geboren –«

»Warum muss jedes Essen im Streit enden?« Die vorwurfsvoll flehende Stimme meiner Mutter lässt die Scharmützel am Tisch verstummen. »Ich hab euch doch gesagt, der Arzt meint, ich darf mich wegen meiner Psoriasis nicht aufregen. Sag es ihnen, Amos. Sag ihnen, dass ich mich nicht aufregen darf.«

»Ja, Miriam, sicher, du hast recht«, brummt mein Vater, das Gesicht von uns abgewandt, die Augen an der Nachrichtensprecherin im Fernsehen klebend, die mit ernstem Gesichtsausdruck die überall wütenden Brände vermeldet. Ayala, Arik und ich tauschen lächelnd Blicke aus. Die Klagen meiner Mutter über ihre Schuppenflechte ließen uns drei selbst bei unseren heftigsten Auseinandersetzungen verstummen. Es war die Psoriasis, die auszubrechen drohte, als Ayala, Jurastudentin an der Bar-Ilan Universität und auf sicherem Kurs zum Prädikatsexamen, im letzten Studienjahr etwas mit dem Typen in der Cafeteria anfing. Und drei Jahre später kam die Psoriasis erneut aus ihrem Versteck, als Arik von seinem Trip nach dem Militärdienst zurückkehrte und verkündete, er wolle Maler werden. Dieselbe Psoriasis griff um sich, nachdem mich meine Mutter eines Nachts dabei erwischt hatte, wie ich im Netz nach Nacktbildern von Ben Affleck suchte. Das einzige Heilmittel für den Hautausschlag meiner Mutter fand sich, als Ayala den Typen aus der Cafeteria gegen einen

Informatikstudenten namens Gideon Gabai eintauschte und Arik beschloss, Rechnungsprüfer sei eine sinnvollere Berufswahl, als Ölgemälde von tropfenden Wasserhähnen zu malen. Nur meinem Umschwenken auf Nacktbilder von Tom Hardy war keinerlei heilsamer Effekt beschieden.

»Kommt, ich erzähle euch was über meinen Tag.« Meine Mutter zwingt sich zu fröhlicher Aufgeräumtheit, während ihre Augen einen besorgten Blick auf das ausdruckslose Profil meines Vaters werfen, der weiterhin zum Fernseher starrt. »Zwija und Roni waren heute Morgen auf einen Kaffee da. Zwija ist gerade sehr deprimiert, weil sich Yardena scheiden lässt.«

»Das wurde aber auch Zeit«, meint Ayala, den Mund voller grüner Bohnen.

»Das ist nicht schön, Ayala, wie redest du denn?«

»Ich wünsche ihr bloß, dass sie freikommt. Seit der Schulzeit betrügt er sie.«

»Und genau das würde Zwija niemals zugeben, auch wenn du sie mit Peitschen und Skorpionen verhörst«, ereifert sich meine Mutter. »Aber nachdem sie weg war, hat Roni gesagt, sie habe von Dina gehört, und die von Rina, die es wiederum von Nira gehört habe, die bei Amdocs arbeitet, dort im Unternehmen habe ihm eine sexuelle Belästigung vorgeworfen.«

Meine Mutter schnalzt missbilligend mit der Zunge, und ihr Gesicht trägt Trauer angesichts des schweren Loses, das Zwijas bald geschiedene Tochter Yardena zu tragen hat: »Das war alles andere als ein erquickliches Gespräch. Aber dann sind Me'ira und Arik ja zum Mittagessen gekommen und haben Gili bei mir gelassen, und er hat nicht ein einziges Mal geweint. Denn diiiie-ser Juuun-ge«, die Silben dehnen sich, da sie Gili auf ihren Knien hüpfen lässt, »ist einfach ein Eeeen-gel.«

»Gili ist wirklich das perfekte Baby.« Ayala bedenkt die Eltern mit einem Lächeln.

»Er schläft schon seit einer Woche durch, bis um sieben«, verkündet Me'ira stolz.

»Das ist tatsächlich unglaublich für sein Alter«, bestätigt Arik, und sein Arm fährt aus, um seine Gattin zu drücken.

»Der reinste Süßstoff, das ist er«, auch Gideon stimmt mit ein in die Lobeshymnen auf meinen jüngsten Neffen.

»Er hat alles aufgegessen, was ich ihm gegeben habe«, frohlockt meine Mutter. »Und so fröhlich! Guckt euch doch nur mal sein Gesichtchen an, das Gute in Vollkommenheit ist dieser Junge. So sind Kinder eben, ein reines Herz, bis wir sie verderben.«

Gili streckt einen kleinen Speckfinger nach dem Gesicht meiner Mutter aus, während sie redet. Sie neigt den Kopf, und der Mittelfinger des Kleinen verfehlt das rechte Auge nur um Millimeter. Am Tisch wird beglückt gelacht. Ich schupse mit der Gabel die angebrannten Kartoffelhälften herum. Das Gute in Vollkommenheit – toller Witz, Mama, ehrlich. Erzähl das mal deinen zwölfjährigen Enkeln, die sich gerade in irgendeiner WhatsApp-Gruppe über das Foto einer molligen Mitschülerin lustig machen. Erzähl das deinen fünf und sieben Jahre alten Enkelinnen, die sich um die Wimperntusche streiten, als wäre es das letzte Fitzel Kartoffelschale in Treblinka. Erzähl das Carine, die allein im Park weint. Erzähl das Dean, Lior und Yossi, die Prince gemobbt haben, ja, erzähl es Prince, der wer weiß wie lange schon tot in einem Brunnenschacht gelegen hat, ohne dass irgendjemand nach ihm gesucht hätte. Und erzähl das dem Jungen, der ich war, der hier groß geworden ist. Der im Zimmer nebenan gelegen hat, in dem schon damals viel zu kleinen Bett, und ein ganzes Jahr flehte, nicht zur Schule gehen zu müssen, weil ihm fünfzehnjährige Sadisten das Leben zur Hölle machten. Dem Jungen, der später inständig darum bat, nicht zurück zur Armee zu müssen, weil seine neunzehnjährigen Vorgesetzten ihn mit allen möglichen Spitznamen bedachten. Erzähl ihm von der vollkommenen Güte der Kinder, ich bin sicher, er wird sich vor Lachen nicht mehr einkriegen.

»Odedinka?« Meine Mutter streckt eine Hand nach mir aus. »Was ist los mit dir? Du bist schrecklich still heute Abend und hast überhaupt nichts gegessen. Wie läuft es mit der Arbeit? Irgendwas Neues?« Wie üblich umgeht sie alle Fragen zu meinem Privatleben.

Arik schnaubt bei der Frage. Ayalas rundliches Gesicht gefriert zu einer Gouvernantenmiene, die mir noch aus den Tagen erinnerlich ist, als sie sich meine Lügen fürs Schulschwänzen anhörte. Ich versenke den Kopf im Teller. Warum konnte dieses Essen nicht zwei Tage früher stattfinden, als ich noch auf dem Gipfel der Welt stand?

»Ja, Mama, läuft gerade richtig, richtig gut.« Ich lächle, während meine Gabel durch die undefinierbare Soße quirlt.

»Ja?« Die Stimme meiner Mutter hebt sich, entweder hoffnungsvoll oder ungläubig. »Wie schön. Wie schön, dass es so gut läuft.«

»Und? Behalt nicht alles für dich, erzähl uns mehr.« Mein Vater richtet zum ersten Mal den Blick auf mich.

Ich sehe sein hohlwangiges Gesicht, die besorgten Augen meiner Mutter. Will ihnen alles erzählen – wie ich den toten Jungen im Brunnenschacht gefunden habe, wie ich die wichtigste Ermittlung meines Lebens versaut habe, dass ich zurück in meine armselige Behausung muss, ohne Aufträge und ohne Geld für die Miete, ja, dass ich erneut auf der Leiter des Lebens abgestürzt bin. Wie gern hätte ich, dass mich Mama jetzt in den Arm nimmt, so wie sie Gili hält. Und wie gern, dass Papa mir auf die Schulter klopft und sagt, es kommt schon alles in Ordnung. Wirklich gern, aber das geht nicht. Ihr Gesicht fiele in sich zusammen, der Blick vor Enttäuschung niedergeschlagen. Und ihre Stimme klänge resigniert, wenn sie murmeln würde, es gebe ja noch viele andere Gelegenheiten im Leben, im selben Ton, in dem sie wohl mit sich selbst gesprochen hatte, als sie damals alle ihre Kurzgeschichten in einer Schublade verstaute und stattdessen Sozialarbeit studierte. Und er würde mir nicht auf die Schulter klopfen, würde mir nicht durchs Haar wuscheln. Würde sich nicht mit mir hinsetzen und erklären, wie wir uns gemeinsam eine Lösung einfallen lassen könnten, damit alles doch noch in Ordnung kommt. Und dass einem der Himmel nicht wegen eines einzigen Fehlers auf den Kopf fällt. Nein. Das kantige Gesicht würde versteinern. Die strengen Augen Funken sprühen. Und die ungeduldige Stimme schneidend verkünden, das Leben sei eben kein Fantasiegebilde. Dieselbe Stimme, mit der er seinen Schülerinnen und Schülern drei Jahrzehnte lang eingebläut hatte, in der hebräischen Sprache gebe es, genau wie im Leben auch, eine feste Ordnung. Regeln. Strukturen. Und denen müsse man sich beugen. Das Leben, was soll man machen, beuge sich nun einmal nicht deinen Träumen.

»Binyamin Direktor hat mich angeheuert, für ihn zu arbeiten.« Ich hebe den Blick vom Teller, meine Lippen dehnen sich zu einem bemühten Lächeln.

»*Der* Binyamin Direktor?« Meine Mutter schnappt nach Luft. »Der aus dem Fernsehen? Der all die *Who is Who* managt?«

»Der und kein anderer!«

»Großartig, Oded, einfach großartig.« Mein Vater klopft auf den Tisch. Der Stolz in seinen Augen vierteilt mich wie ein in Säure getauchtes Messer.

»Danke, Papa«, murmle ich. »Über Einzelheiten kann ich leider nichts verraten, streng vertraulich alles. Hat mit einem seiner Stars zu tun.«

»Schön, schön«, sagt mein Vater nur und wendet die Augen wieder dem Fernseher zu. Ich blicke ihn verdattert an. An jedem anderen Tag hätte er mich nicht so einfach davonkommen lassen. Alles hätten wir durchgekaut. Frage um Frage. Arbeitszeiten, Funktion, Stellung, Gehalt, Zukunftsperspektiven? Heute Abend aber wirkt sein Gesicht desinteressiert. Seine Augen hängen an den Berichten über den Kampf der Feuerwehr gegen die Brände in Haifa. Er ist an- und abwesend zugleich. Wie bei seinen Phantomanrufen. Anrufe, bei denen sein Name erscheint, seine Stimme aber nicht zu hören ist. Ich lehne mich zurück und gebe einen unhörbaren Seufzer der Erleichterung von mir. Es brennt, Brüder, es brennt. Manchmal kommt das gar nicht so ungelegen.

»Also, ist das jetzt ein fester Job?«

Ariks Stimme ertönt skeptisch über den Tisch. Ich

werfe meinem Bruder einen erbosten Blick zu – mit dieser Dame bin ich fertig. Wir werden uns in Freundschaft trennen.

»Ähm, nicht exakt.« Ich wechsle in einen professionellen Ton. »Es ist ein Projekt. Sehr wichtig, sehr vertraulich, mit guten Chancen auf eine Fortsetzung.«

»Und wie lange soll das Projekt dauern?«, mischt sich Ayala ein.

»Das hängt von den Fortschritten ab, wozu ich, selbstverständlich, nichts Näheres sagen kann.«

»Und hast du danach noch andere Aufträge in Aussicht?« Arik beugt sich vor.

»Noch nicht.«

»Also ist das dein einziger Job im Augenblick?«, will Ayala wissen.

»Ja.«

»Und stimmt die Bezahlung?«

»Wir sind gerade dabei, Honorarverhandlungen abzuschließen«, presse ich hervor.

»Wer kein Geld verdient, arbeitet nicht richtig«, krakeelt eine von Ariks Töchtern vom Teppich aus. Ariks Gesicht läuft rot an. Ayala räuspert sich. Ich hebe Gabel und Messer und fange an, das Putenfleisch zu zerteilen, während ich den Blick zwischen meiner Schwester, der Rechtsanwältin, und meinem Bruder, dem Rechnungsprüfer, hin- und herwandern lasse. Ich sollte wirklich meinen Namen in Aschenputtel ändern, denn Gott weiß, dass ich mit zwei bösen Stiefschwestern gestraft bin.

»*Wallah*, ist das Binyamin Direktor?« Gideon rammt mir sein Smartphone fast ins Gesicht. Bullis fleischige Lippen weiten sich vor meinen Augen zu einem schmierigen Lächeln. Die blonden Locken fallen über das Albinogesicht. Ein Anzug mit Zebraprint, kombiniert mit einer rosafarbenen Krawatte, verpackt den feisten Körper. Seine Sperberaugen fixieren mich im stummen Vorwurf.

»Ja.« Ich fange an zu husten.

»Oh Mann, was für eine Kreatur.« Gideon grinst. »Und das ist *der* PR-Mann Israels? Er sieht eher aus wie eine Opernsängerin.«

»Na und, Gideon? Sagen wir, er sieht aus wie eine Opernsängerin, *so what*?« Ich taste mit der einen Hand nach der Cola Zero. »Was ist daran so lustig?«

»Nicht lustig, nur so, du weißt schon.« Gideon lehnt sich zurück. »Ich meine, Schwule, Lesben, okay, das verstehe ich ja noch, aber so was? An der Schule von Yotam und Nir in Golders Green gab es zum Beispiel eine Debatte, weil ein Junge unbedingt darauf bestand, die Mädchentoilette zu benutzen. Eines schönen Tages hat er nämlich beschlossen, er sei jetzt ein Mädchen. Und *wallah*, so was check ich nicht. Weiß nicht, sich selbst den … na, den …« Er wirft einen schnellen Blick auf Yotam und Nir, die mit einem Mal die Köpfe von ihren Handys heben. »Also den Schniedel abschneiden, oder sich einen machen zu lassen, weil du keinen hast und neidisch bist, das ist doch echt durchgeknallt. Ich meine, es gibt doch einen Grund dafür, warum die Natur uns zu Mann und Frau gemacht hat.«

»Mann und Frau sind gesellschaftliche Rollen, die uns beigebracht werden«, zwitschere ich mit der Hochnäsigkeit einer feministischen Professorin, die zu ihrer Überraschung feststellen muss, dass die Putzfrau ihres Büros keinen Abschluss in Gender Studies hat. Yotam und Nir brechen in Gelächter aus. Ich zwinkere ihnen zu, sie zwinkern zurück. Wenigsten zwei Menschen in dieser Provinzfamilie, die meine Qualifikationen zu würdigen wissen.

»Was habe ich denn groß gesagt?« Gideon wedelt mit der Hand. »Mann und Frau, das ist was Biologisches.«

»Und ich würde uns allen raten, den biologischen Diskurs nach Kräften zu meiden«, fahre ich fort, dem Geist kämpferischer Frauenrechtlerinnen Worte zu verleihen.

»Oded, *yallah*, das kann man endlos durchkauen. Aber jetzt mal Tacheles, das Äußere lässt sich ändern, der Charakter in einem drin aber nicht. Männer sind nun mal aggressiver, weil die Natur wollte, dass sie auf die Jagd gehen, während die mütterlich veranlagten Frauen sich um den Nachwuchs kümmern.«

»Augenblick mal«, – ich mache ein verwirrtes Gesicht, – »da jetzt aber Ayala diejenige ist, die die Familie ernährt, und du dich um die Kinder kümmerst, heißt das, du bist die Frau, oder?«

»Wir warten gerade auf die Investition im Round Eye, und dann wirst du sehen, wie viel Geld wir bekommen.« Gideon scheint kurz davor, die Selbstbeherrschung zu verlieren.

»Oh, entschuldige, dann habe ich mich offenbar geirrt.« Ich lächle. Ayala tritt mich unter dem Tisch.

»*Yallah*, Oded, du bist bloß hypersensibel, weil du homosexuell bist.« Das Wort betont Gideon in einem geradezu klinischen Ton. Mir sträuben sich die Haare wie einer Katze das Fell. »Aber bei euch wird halt viel Müll geredet und die einfache Wahrheit unterschlagen: Ich bin als Mensch geboren, was soll man machen. Und wenn ich jetzt sage, ich bin ein Ziegenbock, macht mich das etwa zum Ziegenbock?«

»Nicht zum Ziegenbock, aber wie wäre es mit einem Esel?«, schlage ich vor.

»Oded, ehrlich, du musst dich nicht so aufspielen«, Gideon richtet sich auf seinem Stuhl auf. »Sollen doch alle machen, wonach ihnen der Sinn steht. Solange das innerhalb der Grenzen des Plausiblen bleibt, ist, wie man so schön sagt, alles erlaubt.«

»Wow, Gideon, wirklich, danke für die Erlaubnis.« Ich lege eine Hand aufs Herz. »Ehrlich, vielen Dank aus tiefster Muschi!«

»Oded«, explodiert Ayalas Schrei im kleinen Wohnzimmer meiner Eltern. »Wäre es möglich, vor den Kindern nicht so zu reden?!«

»Oh, das tut mir so leid«, wende ich mich zu meiner Schwester. »Hätten Verehrteste die Güte, mir noch einmal in Erinnerung zu rufen, was denn vor ihren Kindern ausgesprochen werden darf, was zu ihrer guten Erziehung beiträgt? Dass alle Araber gewalttätig oder Strenggläubige primitiv sind? Bitte sagen Sie mir, welche Botschaft möchten Sie der kommenden Generation mit auf den Weg geben?«

Ayalas Mund beginnt zu zittern. Gili beginnt zu weinen. Hölzerne Stuhlbeine schaben über den Fußboden – mein Vater steht auf und verlässt wortlos das Zimmer. Eine Flasche Cola Zero ergießt sich über die weiße Tischdecke.

»Diesmal übertreibst du's eindeutig, Oded«, zischt Arik.

»Und du treibst es gar nicht, Schätzchen«, antworte ich.

Yotam und Nir brechen erneut in Gelächter aus. Ariks Gesicht verfärbt sich von Rot zu Dunkelrot. Ayala starrt mich mit gekränktem Blick an. Ich verschränke die Arme und richte die Augen zur Zimmerdecke. Bei allem Respekt für meinen Bruder und meine Schwester, aber heute Abend gedenke ich nicht, mir noch länger Vorträge anzuhören von Leuten, die noch immer Fotos von sich hochladen, auf denen sie das Victory-Zeichen machen.

»Genug, Kinder, es reicht!« Meine Mutter gibt den schreienden Gili an Me'ira weiter, derweil sie meinen Vater nicht aus den Augen lässt, der im Flur verschwindet. »Die Schuppenflechte bringt mich noch um. Wer möchte Eis?«

Ich erhebe mich, trolle mich in mein altes Zimmer und werfe die Tür hinter mir zu. Familie. Man kann nicht mit und auch nicht ohne sie leben. Vielleicht ist mit Carine Carmeli ja tatsächlich nichts Ungewöhnliches passiert? Vielleicht ist das der einzige Weg, wie man heute erwachsen wird: zu entscheiden, ob man entweder alle um sich unglücklich macht – oder aber sich selbst.

Ich werfe mich aufs Bett. Die Matratze stößt gegen den lächerlich kleinen Rahmen. Im Zimmer ist es still. Gedämpfte Stimmen sind durch die geschlossene Tür zu hören. Nach ein paar zögerlichen Wortwechseln bricht der ganze Tisch in fröhliches Gelächter aus. Ich drehe mich mit dem Gesicht zur Wand, meine Arme über der Brust gekreuzt.

»Hier ruht der Ikarus von Petach Tikwa«, murmle ich. Er strebte zu den Sternen, flog zur Sonne, berührte den Himmel und stürzte dann mit verbrannten Flügeln in einen Schichtdienstjob bei der Kundenbetreuung eines Handyshops im Einkaufszentrum von Petach Tikwa. Wurde zuletzt gesehen, wie er ein Omelett-Sandwich in der Aduma-Filiale in der Jabotinsky-Straße verdrückte. Möge sein Andenken gesegnet sein.

Mein Handy vibriert an meinem Hintern. Mein Herz klopft heftiger. Ich schiebe die Hand in die Gesäßtasche der Jeans und ziehe das Telefon hervor. Meine Gedärme verknoten sich. Jetzt ist sie da. Die E-Mail, mit der ich gefeuert werde. Das Beil, das alle meine Hoffnungen köpft. Bis sie mich bei der Fernsehshow *Good Life* rauswarfen, hatte es immerhin ein Jahr gedauert. Und diesmal zwei Tage. Ich schließe die Augen, atme tief durch und schlage sie wieder auf, um das Urteil entgegenzunehmen. Meine Augen überfliegen die Nachricht. Ruckartig setze ich mich im Bett auf. Stas Omansky möchte sich mit mir treffen. Und wenn Binyamin Direktor Stas alles erzählt hat, und der sich trotzdem mit mir treffen will, dann heißt das, ich bekomme möglicherweise doch noch eine Chance. Eine Chance, mir den Adonis zu krallen. Den Fall zu lösen. Auf der Leiter ganz nach oben zu klettern. Ohne Umwege den Gipfel zu erreichen und dort als reiche Lady zu tanzen.

Ich springe aus dem Bett. Julia Roberts lächelt mir zu. Siehst du, du bist nicht die Einzige, die es vom Callgirl zur geachteten Dame schafft. Schwungvoll reiße ich die Tür auf. Das Palaver meiner Familie, das sich schon wieder über Nira und ihre Beförderung bei Amdocs dreht, flutet die Wohnung. Nur die Stimme meines Vaters fehlt. Am anderen Ende des Flurs ist die Tür zu seinem Arbeitszimmer geschlossen. Ich zögere, bin unschlüssig, wohin ich mich wenden soll. Das passt gar nicht zu ihm, sich nach dem Essen in seinem Zimmer einzuschließen. Geschweige denn, auf das Eis zum Nachtisch zu verzichten. Vielleicht ist er so erbost darüber, was ich zu Ayala gesagt habe, dass er einfach nicht imstande ist, an den Tisch zurückzukehren. Ich fühle einen Stich in der Brust. Sie war immer schon sein Liebling, ihm von uns allen am ähnlichsten. Das Leben ist für beide eine große Excel-Tabelle.

Ich gehe auf die geschlossene Tür zu. Die Zahl der Schritte, die ich als Kind zwischen meinem Zimmer und seinem Arbeitszimmer zurücklegen musste, hat sich mittlerweile halbiert. Die Decke des Flurs scheint niedriger geworden zu sein. Die Frauen mit den länglichen Gesichtern, die fiedelnden Rabbiner und flatternden Hähne von Chagall und Yosl Bergner, die die Wände des Flurs schmücken, entpuppten sich mit den Jahren als billige Reproduktionen. Ich sollte mich eigentlich größer fühlen. Erwachsen. Und dennoch fühle ich mich wie ein kleiner Junge, der kommt und um Entschuldigung bittet. Vielleicht sollte ich mich wirklich entschuldigen. Und vielleicht tue ich das auch. Ich entschuldige mich einfach. Bitte um Entschuldigung, er schimpft und tadelt, und einem weiteren, ganz normalen Abend steht nichts mehr im Wege. Und sollte sich Amos Chefer rechtzeitig erweichen lassen, könnte ich sogar noch meine Frage zu den Brunnenhäusern seiner Kindheit loswerden. Wer weiß, vielleicht hilft mir das zu verstehen, was Prince Connan zugestoßen ist. Kommissar Maigret hört auf seinen ziellosen Streifzügen auch immer allen und jedem zu. Manchmal hilft die banalste Information, den Fall zu knacken.

Ich bleibe vor der geschlossenen Tür stehen. Die Hand

hebt sich, um anzuklopfen – und verharrt in der Luft, als ich meinen Vater flüstern höre:

»Ich muss dich morgen sehen … Nein, ich kann ihr noch nichts davon erzählen … Wir müssen uns ein letztes Mal treffen, bevor ich es Miriam sage … Das wird sie umbringen … Ich weiß ja, du hast recht, es reicht, höchste Zeit, es ihr zu erzählen … Also, ja, morgen um zwei, im Café Landwer am Hafen …«

Das schmerzlich bekannte Klacken des Telefons im Büro meines Vaters beendet das Gespräch. Stille herrscht, wir beide bloß zwei, drei Schritte voneinander entfernt. Meine zur Faust geballte Hand schwebt noch immer vor der verschlossenen Tür. Ein Mädchen, das allein im Park weint. Ein Junge, der in einem Brunnenschacht stirbt. Eine Transe, die mir wegen einer anderen Transe in den Ohren liegt. Eine Karriere, die am seidenen Faden hängt. Die drohende Vertreibung aus dem Appartement meiner Verheißung. Und jetzt muss ich auch noch herausfinden, dass mein Vater eine Affäre hat? Teurer Zeus, sogar der arme Atlas tat sich leichter, die Welt auf seinen Schultern zu tragen.

11

DIE AUF ZWEI HOCHZEITEN TANZT

Der rote Teppich ist vor mir ausgerollt. Ein Riesenrad blinkt in der Ferne. Gelbe Baukräne durchkreuzen den dunklen Himmel. Halbfertige Türme ragen zwischen den Wolkenkratzern auf, die das Ufer des Yarkons säumen. Über ihrem noch skeletthaften Inneren sind gewaltige Transparente gespannt. Das eine verkündet die Einweihung des Star-Komplexes. Ein anderes die Einweihung des Star-Turms. Ein drittes die Grundsteinlegung des Königs-Projekts. Bunte, riesige Plakate präsentieren Pensionäre, die im Pool auf dem Dach ihre Bahnen ziehen; fitte Hightech-Start-upper und superattraktive Immobilienspekulantinnen, die in einem futuristischen Fitnessstudio trainieren; junge Mütter, die Haute-Couture-Tragetaschen beim Concierge einsammeln und dann einen Nespresso in ihrer exklusiven, persönlich auf sie abgestimmten Designerküche schlürfen; Finanzberater und Generäle im Ruhestand, die im Spa relaxen, nachdem sie einen anstrengenden Tag mit Steuerhinterziehungen verbracht haben.

Die gedrängte Menge auf dem roten Teppich versperrt mir den Weg zu den Eventhostessen, die auf dem Ausstellungsgelände vor dem Tor des Pacific Clubs warten. In der Hand halten sie je ein auf Hochglanz poliertes Tablet ganz ohne Fingerabdrücke, und ihre schönen Gesichter stellen einen geringschätzigen oder devoten Ausdruck zur Schau, abhängig davon, wer ihnen unter die Augen tritt. Eine korpulente Frau aus dem Provinzkaff Afula – und nach eigenem Bekunden Autorin eines Blogs, der auch noch den schönen Namen *Hits der Saison* trägt – wird von einem der Models aus der Parade der Schönen und Berühmten, der Influencer und Styling-Queens zu einer ultrakurzen Unterredung herausgepickt. Wenig später sieht sich die Bloggerin *en passant* in Richtung Parkplatz abgeschoben. Mir verkrampft sich der Magen angesichts dieses Horrorschauspiels. Stas' Aufforderung, ihn innerhalb einer Stunde bei diesem Modemagazin-Event zu treffen, das Preise an die schrillsten Chicks der Stadt vergibt, hat mir leider keine Zeit gelassen, mich im Badetempel von Ofer Ganors topsanierter Bauhauswohnung frisch zu machen. Mein Blick wandert von meinem verschwitzten Blazer, dem grünen Benetton-Sweatshirt und der Jeans von Lee Cooper, die dem Kleiderschrank meines Kinderzimmers entnommen sind, zu den rauschenden Roben, den farbenfrohen Jacketts, den mit Federn geschmückten Jacken und künstlich gealterten Designerjeans, den Seidenblusen und Faltenröcken, die auf dem roten Teppich wandeln. Ich ziehe den Bauch ein, zünde mir eine Zigarette an und marschiere furchtlos auf das Eingangstor zu. Ich weigere mich, mein frauliches Selbstwertgefühl herunterziehen zu lassen von einem Haufen *putas*, die meinen, sie hätten Style, nur weil sie ein Mal bei Net-a-Porter eine Vintage-Handtasche von Chanel bestellt haben.

»Schalom.« Ich lächle einer hünenhaften Amazone im weißen Overall zu. Sie hat gebleichte, rosa gefärbte Haare und einen Gesichtsausdruck, der klarmacht: für sie ist mein Vorname Niemand und mein Nachname Unbekannt.

»Oded Chefer, ich soll hier –«

Eine grelle Stimme kreischt mir von hinten ins Ohr: »PR, PR, ich bin von der PR!« Ein Ellbogen boxt mich von dem roten Teppich. Die brennende Zigarette gleitet mir aus den Fingern. Ich reibe mir die Rippenpartie und hebe den Blick, um zwei Nilpferden nachzuschauen, die ihre Plastikausweise schwenkend in Richtung Bar stampfen.

»Wir wurden unterbrochen.« Ich bin zurück auf dem roten Teppich, nachdem ich sorgsam meine derangierte Frisur gerichtet habe.

»Die sind von der PR«, verkündet die Amazone.

»Absolut, am allerallerwichtigsten ist die PR. Also, ja, Oded Chefer, ich soll hier –«

»Ihr Name steht nicht auf der Liste«, wehrt mich die Amazone ab und lässt stattdessen unter Küsschen und Umarmungen eine ganze Karawane von Affenweibchen auf Steroiden und einen Pulk beschwipster Schwanenhälse durch. Ihre Impertinenz kennt wirklich keine Grenzen. Ich versuche mich zu beruhigen. Gemach, Odeda! Eine echte Frau erkennt man an ihrer Vulva, ihrem Wuchs und ihrer Wut. Es hängt zu viel von diesem Treffen mit Stas ab. Und wenns dir gelingt, die Tatsache auszublenden, dass dein Vater deine Mutter betrügt, um diese Ermittlung wieder aufzugleisen, dann wird dir doch wohl bei aller weiblichen Intuition auch ein Weg einfallen, diesem It-Girl *de mi culo* klarzumachen, dass du keine Second-Hand-Ware bist.

»Verzeihung, Süße.« Ich richte mit Großmannsgeste den Kragen meines verschwitzten Ralph-Lauren-Blazers. »Aber ich sagte auch nicht, dass ich auf der Liste stehe. Ich sagte, ich bin hier mit Stas Omansky verabredet.«

»Mit wem?« Die diensthabende Pfauendame zieht eine Augenbraue hoch.

»Stas Omansky.« Ich verweile auf jeder Silbe, wie es offenbar erforderlich ist bei einer Frau, die ihren Brahms nicht von ihrem Schumann unterscheiden kann. »Die rechte Hand von Binyamin Direktor. Nur in der Hoffnung, dass dir zumindest dieser Name bekannt sein dürfte?«

Bullis vollständiger Name trifft die Amazone wie eine Ohrfeige. Ihre roten Fingernägel klackern beschämt hastig auf dem Tablet herum. Mir schwillt die Brust vor Stolz. Der skeptische Blick der jungen Frau schwenkt vom Bildschirm zu dem zerknitterten Polospieler auf Herzhöhe. Da, na bitte, es passiert wieder einmal. So wie im Virus-Club in der Hamasger im Sommer '98, als der Türsteher alle Mädchen aus der 10e gratis rein ließ und nur zu mir meinte, ich armes Ding müsse bezahlen.

»Sie stehen nicht auf der Liste«, hallt ihre distanzierte Stimme in meinen Ohren. »Ich kann nichts machen –«

»*Yallah*, Zuf, sei nicht so *tough*, sicher kannst du«, meldet sich da ein amüsierter Bassbariton. Zwei starke Hände heben mich hoch, drücken mir den Magen ab, sodass es mir aufstößt. Das überraschte Gesicht der Pfauendame verschwimmt vor meinen Augen, sie sieht aus, als hätte ihr jemand den Schwanz abgezwackt.

»Stanislaw!« Zuf gibt Stas, nachdem er mich wieder

abgesetzt hat, einen Stoß. »*Wallah*, ich hab gar nicht gecheckt, dass du das bist.«

»Stas, Stanislaw, ein bisschen Bemühen hat noch keinen umgebracht.« Stas zwinkert Zuf zu, und die großgewachsene junge Frau lacht jetzt. Nichts in ihrem schönen Gesicht erinnert mehr an den Eisberg, an dem mein Schiff gerade eben zerschellt ist.

Eine warme Pranke legt sich um meinen Hals. Der starke Arm schleift mich über den roten Teppich in den Innenhof, der voller Palmen, brennenden Fackeln und Menschen ist, die ihre Gläser klirrend aneinanderstoßen. Aus den Lautsprechern singt jemand, das Leben bestehe nur aus Erdbeeren. Der Geruch von Zigaretten, Hasch und Alkohol schwängert die diesige Luft. Der gedrängt volle Hof, die umlagerte Bar, die berühmten Zeitgenossen, die gefräßige Journaille, die aufdringlichen Fotografen, die stimmungsvolle Beleuchtung und die Blitzlichter – das alles rückt in den Hintergrund, als er sich zu mir dreht. Im schwarzen Jackett, das die breiten Schultern betont, dem weißen Anzughemd, das den Blick freigibt auf eine behaarte, muskulöse Brust, und in der eleganten Hose mit dem ganz leicht geöffneten Reißverschluss ist Stas Omansky der schönste Mann, der jemals so dicht vor mir gestanden ist. Meine Knie klappern wie Kastagnetten, als er mich gegen eine der Palmen drängt und küsst.

»Also, wen hast du auf dem Kieker?« Sein Gesicht löst sich mit einem Mal von meinem.

»Ki-ki-ki-ki-«, stammle ich atemlos, der Kuss brennt noch auf meinen Lippen.

»Kikeriki? Bist du ein Hahn?« Stas lächelt.

Ich lache laut los. Seine Augen verengen sich. Ich versuche aufzuhören, aber das Lachen bricht unkontrolliert aus mir heraus. In Wellen, als Ächzen, an- und abschwellend, keuchend und krächzend, mit kleinen, peinlichen Grunzern dazwischen. Prince Connan ist tot. Die größte Gelegenheit meines Lebens rinnt mir durch die Finger, mein Vater betrügt nach siebenundvierzig Ehejahren meine Mutter, überall im Land brennt es, als müsste sich das Erdreich in einem fort erbrechen. Und ich bin hier auf dieser sklerosen Party mit einem Haufen Provinznudeln, die darauf bestehen, Fashion zu sagen anstatt Mode, und bete wie die allerletzte Miserable, ein Prinz mit flachen Witzen möge kommen und mich aus diesem Elend erretten, in das er mich selbst geworfen hat.

»Ehrlich, das war jetzt nicht so irre komisch«, sagt er, als ich mich nach ein paar Minuten endlich beruhigt habe.

»Nein, es war überhaupt nicht lustig.« Ich wische mir die Tränen aus den Augen wie eine hysterische Patientin, die bei Professor Freud auf der Couch zum Es mutiert ist. »Wow, nicht mal ansatzweise. Aber ich hatte einen echt, echt langen Tag und könnte offensichtlich auch über einen Löffel lachen.«

»*Wallah*«, sagt Stas und nimmt einem vorbeischwebenden Kellner zwei Gläser Spumante vom Tablett. »Mein Tag war voll gechillt. Nachdem ich von dir aufgebrochen bin, bin ich gleich ab in den Daunen-Club.«

»Nein, echt jetzt? Dann hast du ja richtig gechillt!« Ich tue, als wüsste ich, wovon er redet. »Ein total abgefahrener Ort!«

»Total, oder? Wann warst du denn das letzte Mal dort?«

»Vor einem Monat ungefähr?«

»*Wallah*, ich wusste gar nicht, dass du bei mir im Wohnzimmer warst, und noch dazu vor einem Monat schon.« Ein amüsiertes Aufblitzen tritt in seine blauen Augen, als er mir das Glas reicht.

»Äh, da habe ich wohl was verwechselt«, fange ich an zu stottern, »ich dachte, du meinst den Launen-Club. Ja, Launen, der in Yaffo.«

»Echt? Und was läuft da?«

»Shisha«, erfinde ich schnell. »In allen möglichen Geschmacksrichtungen, und köstliche Zigarren. Und Launen, natürlich, viel irre Launen –«

»Also hast du nicht einfach bloß geschwindelt, weil du mich beeindrucken wolltest?« Er zwinkert mir zu.

Meine Wangen glühen. Stas gibt mir einen Kuss. Ich starre auf seine roten Lippen, die sich wieder von mir entfernen. In seine blauen Augen, auf die gerade Nase. Ich will um alles in der Welt mit ihm zusammen sein, will ihn mir um jeden Preis krallen. Diese unbegreifliche Unbeschwertheit, mit der er lächelt. Diese unerträgliche Leichtigkeit, mit der er sein Leben lebt. Wenn ich mir seinen Körper in diesem Augenblick überstreifen könnte, würde ich mich dann auch derart sicher fühlen? Hätte ich dann niemals den bitteren Geschmack der Ablehnung erfahren? Oder muss man vielleicht von vorneherein mit einem solchen Gesicht und Körper geboren sein, um davon auszugehen, die Welt sei ein einziges, lichtes Sonnenblumenfeld, das ganz und gar für einen geschaffen ist?

»Du musst nicht gleich rot werden.« Stas lächelt mich an. »Das ist nett, was du gesagt hast. Und vielleicht schaust du ja wirklich mal irgendwann bei mir im Daunen-Club vorbei.« Seine Schulter stößt gegen meine. »Daunen-Club ist, wenn ich nicht vor die Tür gehe, niemandem antworte, meine Klamotten ausziehe, mich mit der Daunendecke auf dem Sofa einkuschle und Serien gucke, bis mir das Hirn zu Brei wird.«

Ich starre Stas ununterbrochen an. Von Weitem dringen Gesprächsfetzen an mein Ohr: Eine Blondine meint zu einer anderen, ihr Kleid sei schlicht und ergreifend *amazing*. Eine Schwuchtel in rosafarbenem Blouson und blauen Pumps flüstert einer Moderedakteurin im schwarzen Hosenanzug zu, sie könne nicht glauben, dass die Preisträgerin des schrillsten Chicks der Stadt in einer Kombination aus Adidas und Nike zu diesem Event erscheint.

»Oded? Oded? Alles gut?« Stas wedelt mir mit der Hand vor den Augen.

»Sicher, sicher, alles bestens.« Ich raffe mich auf, stürze das prickelnde Getränk auf Ex herunter. Ein kehliges, heftiges Husten ist die Folge.

»Sag mal, bist du okay?« Stas schaut mich besorgt an.

»Ich hab mich nur verschluckt«, keuche ich.

Stas mustert mich. Sein Gesicht nimmt den ratlosen Ausdruck eines Menschen an, der im Museum versucht zu entscheiden, ob er gerade ein Kunstwerk betrachtet oder doch nur irgendwelchen Müll, den die Reinigungskraft vergessen hat.

»Also, was hast du dir da auf deinem Sofa angeguckt«, frage ich schnell.

»*Orphan Black*. Mit der dritten Staffel bin ich fast durch.«

»Das ist Science-Fiction, oder?« Ich ziehe das Näschen kraus.

»Ja.« Stas grinst. »Hast du ein Problem damit?«

»Ich möchte bloß meine Zeit nicht mit Robotern und

Ufos vergeuden«, tue ich blasiert wie eine Grande Dame, die nie ohne Theaterkarte aus dem Haus geht.

»Für dich nur die Philharmonie, was?«

»Selbstverständlich!« Ich werfe mich in Positur. »Debussy liebe ich sehr, Bach, Mozart –«

»Und Tschaikowski natürlich«, bemerkt Stas, und seine Augen funkeln spöttisch.

»Ich meine nur«, rechtfertige ich mich, »dass mir das immer schon überflüssig erschienen ist, dieser Science-Fiction- und Fantasy-Kram. Es gibt so viele Dinge auf dieser uns bekannten Welt, über die man schreiben kann, warum dann von Einhörnern und Laserschwertern träumen?«

»Science-Fiction und Fantasy sind komplett verschiedene Sachen«, gibt Stas zurück, und sein Gesichtsausdruck wird ernst. Ich bin überrascht. Wer hätte gedacht, dass unter all dieser Muskelpracht ein pickliger Geek lebt. »Und was ist so schlecht daran, einfach mal zu träumen? Oder sich Dinge vorzustellen, die in der Realität nicht existieren? Das ist doch lediglich eine andere Art, über unsere Welt nachzudenken, oder nicht? Sich ausmalen, wie die Welt werden könnte. Meine Mutter zum Beispiel … Ihr absoluter Lieblingsautor war Stanislaw Lem, nach dem bin ich auch benannt. Kennst du ihn?«

»Sicher«, lüge ich.

»Sie hat immer gesagt, in ihren Augen sei es viel interessanter, sich etwas Neues auszudenken, als immer nur nachzuahmen, was schon existiert, und dass Fantasy und Science-Fiction die wahrhaftigste Literatur sei, die es gebe. Ihretwegen habe ich Lems *Solaris* drei Mal gelesen, was allerdings auch ungefähr das einzige Buch ist, das ich fertig gelesen habe. Und bis heute schau ich mir jederzeit lieber einen durchschnittlichen Science-Fiction-Film an als irgendein stinklangweiliges Drama, das wer weiß wie viele Oscars gewonnen hat.«

»Deine Mutter muss eine sehr kluge Frau gewesen sein.« Ich nicke bedächtig. Wenn ich nichts weiter zu tun brauche, als mir Wiederholungen von *Raumschiff Enterprise* anzuschauen, um nochmals mit Stas Omansky zu schlafen, dann habe ich nicht das klitzekleinste Problem damit.

»Weißt du, Oded«, er macht einen Schritt auf mich zu, und seine physische Nähe schickt Stromschläge durch meinen Körper, »du musst mir gegenüber nicht ständig ein anderes Gesicht zeigen als dein echtes.«

»Ich hab leider nur das eine, sonst hätte ich es längst eingetauscht«, versuche ich einen Scherz. Stas grinst und wendet sich an einen der Kellner, nimmt ein Weinglas vom vollen Tablett. Ich werfe verstohlen einen Blick auf sein Profil. Er ertappt mich dabei und grinst.

»Ich meine es ernst. Wenn ich Etwas gelernt habe von meiner verrückten Mama, die sogar bei Beerdigungen ihren rosafarbenen Pulli mit Bommeln und Pailletten trug – Gott hab sie selig –, dann auf niemanden etwas zu geben.« Er reicht mir das Glas, und die Berührung seiner Finger ist berückend warm. Das amüsierte Funkeln flackert wieder in seinen Augen. Mir geht das Herz auf. Selbst wenn wir hier im strömenden Regen ohne Schirm ständen, würden die Tropfen um uns herum prasselnd niedergehen, nur auf uns nicht.

»Ich muss ganz kurz was checken«, platzt Stas' Stimme in meinen Moment.

Ich nicke nur. Er wischt mit den Fingern über das Display seines Smartphones. Ich ziehe ebenfalls mein Handy aus der Tasche und schütze Geschäftigkeit vor. Bei allem Smalltalk, den Küsschen und Umarmungen um uns herum fliegen auch reichlich vergiftete Pfeile durch die Luft: *Der wird schon lange nicht mehr als Talent gehandelt, Süßer. Na klar kauft sie Follower, Schätzchen. Sein Headstart war ein Desaster, Herzchen. Sie ist einfach nicht der Stoff für die Prime Time, Schnucki. Das face ist down, der body hinüber, die skin am Ende. Wenns hoch kommt, hundertfünfzig Likes für einen Post, Seelchen, glaub mir, keinen in der industry juckt noch, wenn sie auf Insta einen Hashtag postet.*

»Also, warum hattest du so einen langen Tag?« Stas sieht von seinem Smartphone hoch.

»Ach, nur so.« Ich beschließe, die Wahrheit so lange zu meiden, bis ich rausgekriegt habe, ob Binyamin Direktor schon vom Zwischenfall weiß. »Die Sache nimmt mehr Zeit in Anspruch, als ich gedacht hatte. Und ich mache mir auch ganz schön Druck, will den Job so gut machen wie nur möglich.«

»Gut zu wissen.« Stas nickt. »Denn ich hab gehört, du hast heute Mist gebaut.«

»Was?«, entfährt es mir unkontrolliert.

»Ja.« Er grinst. »Ich hab von Bulli gehört, es habe Megastress gegeben. Aber das kannst du gleich selbst mit ihm bereden, er wird jede Sekunde hier sein.«

»W-w-was? Er kommt? Hierher? Jetzt?«

»Ja, da ist er schon.« Stas winkt jemandem in meinem Rücken zu.

»Schalom, Oded«, träufelt die ölige Stimme in mein Ohr. Ich fahre herum – Binyamin Direktor steht vor mir, die blonden Löckchen wie ein Engelsschein um sein Ballongesicht frisiert. Der feiste Körper ist in einen blauen Anzug gezwängt, eine rosafarbene Krawatte mit roten Herzen komplettiert das Outfit. Dazu schwarze Lackschuhe, die vorne in bedrohlichen Spitzen enden. An seiner Seite Rutha. Der triefäugige Pudel schaut mich feindselig aus einer Louis-Vuitton-Tasche an, die über ihrer Schulter hängt.

»Bulliiii!« Ich küsse die fleischigen, wächsernen Wangen. »Wie schön, Sie zu sehen. Ich wollte Sie gerade auf den neuesten Stand bringen, wie es mit der Ermittlung läuft.«

»Stas, mon chéri.« Direktors wulstige Lippen spreizen sich zu einem schleimigen Lächeln. »Tu deinem ergebenen Diener einen Gefallen und nimm Rutha bitte mit an die Bar. Sie sucht nach Keren. Ihr erotisches Kabarett hat in einem Monat Premiere, und denen am Nationaltheater Habima ist erst jetzt eingefallen, uns mitzuteilen, dass sie wegen ihrer Arbeitnehmervertretung nicht so ein tiefes Dekolleté auf dem Plakat wollen. Keren ist deswegen schon ganz durch den Wind.«

»Aber sicher, Bulli«, erwidert Stas.

Direktor quittiert die Ergebenheit seiner treuen rechten Hand mit einer theatralischen Verbeugung. Stas schenkt mir noch einen aufmunternden Blick und bietet Rutha, die mich ignoriert wie einen Aussätzigen, dann seinen Arm an. Als sie und Stas uns untergehakt verlassen, fängt der Wurm von Neuem an, in meinem Inneren zu nagen. Ich kriege kaum noch Luft. Vielleicht ist der Laufbursche auch Lustknabe, ist Leibwächter, Chauffeur und Sekretärin in einem. Sexsklave mit Kampfausbildung und null Gewissen, der ohne mit der Wimper zu zucken bereit ist, mir das Herz zu stehlen und es auf den Müll zu werfen, im blinden Gehorsam für die Befehle seines Patrons.

»Sagen Sie mal, Oded«, flüstert Bulli und nähert sich mir, bis sein Mund beinahe an meinem Ohr klebt. »Können Sie mir erklären, wie ein dicklicher Junge, Sohn eines Schuhhändlers und einer Friseuse aus Haifa, zum Manager der mächtigsten Leute dieses Landes geworden ist?«

»Wie meinen Sie das, Bulli?« Meine devote Antwort kommt wie aus der Pistole geschossen: »Dank Ihrer Scharfsinnigkeit, natürlich, Ihrer Beharrlichkeit, und Ihres gewinnenden Charak-«

Direktor legt einen schweren Finger auf meine Lippen. Ich verstumme. Sein Parfüm kriecht wie ein süßliches Gift in meine Nase. Die goldenen Siegelringe an seinen Wurstfingern glänzen im Licht der Fackeln. Dann plötzlich verbeugt sich Bulli melodramatisch vor mir und lächelt mir von der Seite zu.

»Das ist alles dem Umstand zu verdanken, Oded, dass ich ein Clown bin.«

»Bulli!«, protestiere ich entrüstet. »Ein geachteter Mann wie Sie! Sie sind doch kein Clown!«

»Natürlich bin ich das.« Direktor macht einen Schritt zurück, seine Stimme schraubt sich in operettenhafte Höhen, seine Hände klappen zur Seite, bewegen sich mit der Koketterie einer Kurtisane, die heimlich alle Fäden in der Hand hält. »Ob ich will oder nicht, Oded, das Leben hat mich zu einem Clown gemacht. Ein dicker Junge mit komischer Stimme, Glasbausteinbrille und einer Schwäche für auffällige Kleidung und extravaganten Schmuck?

Glauben Sie mir, das war kein Zuckerschlecken auf der Schule. Aber wissen Sie, was ich dort gelernt habe?« Direktor macht eine bedeutungsschwere Pause.

»Was?«

»Ich habe gelernt, Scheiße zu fressen und danke zu sagen.« Bulli strahlt, als redete er gerade von einem opulenten Frühstück. »Ich habe gelernt, einen Tritt in den Magen einzustecken und gleich noch um einen in den Arsch zu bitten. Habe gelernt, allen Spott, Hohn und Hass hinzunehmen«, seine feuchte Hand streicht mir über die Wange, »und mir daraus einen Panzer aus Gold zu schmieden. Ich komme also ins Studio, auf Partys, zu Vernissagen und Interviews – und genau wie früher lachen noch immer alle über mich. Weil ich fett bin, hässlich aussehe, sie sagen, dass ich ein Faschist sei, ein Primitivling, dass ich den Oligarchen die Zunge bis zum Anschlag in den Hintern stecke. Aber wissen Sie, was sie noch machen, Oded?«

»Was?«, frage ich wie ein dressierter Schoßhund.

»Sie alle betteln.« Bulli lächelt. »Betteln, mit mir reden zu dürfen. Mich einzuladen, mir zuzuhören. Schreien vor Begeisterung bei jedem Blödsinn, den ich von mir gebe. Und während alle Aufmerksamkeit auf mich gerichtet ist, und sich das Publikum über mich krummlacht, steigt das Rating meiner Kundschaft stetig. Die Hunde bellen und die Karawane zieht weiter. Alle meine Klienten, Oded – Geschäftsleute, Politiker, Rechtsanwältinnen, Künstler, Schauspieler, Sängerinnen –, sie alle kennen nur eine Richtung: immer weiter nach oben. Denn das ist als Clown meine eigentliche Aufgabe. So laufen die Geschäfte, so wird Geld gemacht, so gewinnt man Macht.

Aber ein echter Clown, Oded, versteht es nicht nur, mit dem Feuer zu spielen, sondern es auch zu löschen. Und was tun Sie? Sie gießen Öl ins Feuer. Und wissen Sie, warum das falsch war?«

»Warum?«, wimmere ich wie ein verschüchtertes kleines Mädchen, das weiß, warum der Papa böse ist, aber trotzdem hofft, er wird es ihr durchgehen lassen, weil sie die Süßeste auf der ganzen Welt ist.

»Weil es Ihre Aufgabe war dahinterzukommen, was mit Carine los ist. Ihre Aufgabe war, Mali und Alon zu beruhigen und mir zu helfen, auf der glatten Fahrbahn die Spur zu halten. Doch stattdessen musste ich heute Abend mit einer Helikoptermutter fertig werden, die einen Hysterieanfall hatte, musste mich um ein bewusstloses Mädchen kümmern und mir irgendwelchen Schwachsinn anhören über eine Familie von Thailändern –«

»Philippinos«, korrigiere ich.

»Von mir aus auch Sudanesen, die sich aus der *fucking* Ukraine hier eingeschlichen haben«, explodiert Bullis Stimme und hallt durch den Innenhof.

Die schönen, berühmten, schicken, schrillen Damen und Herren richten ihre Blicke auf uns, schauen aber sofort wieder weg. Es skizziert exakt das Kraftfeld, das von Direktors Gestalt ausgeht. Bullis Stimme findet zu ihrer sanften Öligkeit zurück.

»Das interessiert mich alles nicht, Oded, verstehen Sie? Diese Thailänder interessieren mich nicht. Sollen sie zurück nach Thailand. Mich bekümmert, dass Sie einen Fehler gemacht haben. Mich bekümmert, dass Sie Mali und Alon belästigt und Carine vollkommen verstört haben, anstatt zuerst mich zu informieren. Und wozu das alles? Wissen Sie denn, was passiert ist? Sind Sie überhaupt sicher, dass das der Junge ist? Und meinen Sie tatsächlich, es ist irgendwie plausibel, dass Carines gedrückte Stimmung daher rührt, dass der Sohn von irgendwelchen Fremdarbeitern verschwunden ist?«

»Aber es war doch Carine, die mir von ihm erzählt hat«, beharre ich, »und sie war es auch, die erzählt hat, ein schwarzer Wagen habe Prince verfolgt, bevor seine Eltern ausgewiesen wurden. Und es hat ja niemand gewusst, was ihm zugestoßen ist. Also dachte ich, sie wird es bestimmt wissen wollen – mal abgesehen davon, dass ein Junge ja tatsächlich unter höchst verdächtigen Umständen zu Tode gekommen ist, und ich dachte, es gehört zur Aufgabe eines –«

»Ich bin an Gedanken nicht interessiert, Oded«, unterbricht mich Bulli schneidend. »Ich bin an Ergebnissen interessiert. Und ich möchte keine Nebenermittlung, für die ich Sie nicht angeheuert habe. Ich habe ein Interesse daran, dass wir endlich verstehen, was mit Carine los ist, damit dieses Mädchen zum vereinbarten Termin ins Aufnahmestudio geht und sich, ihren Eltern und mir viel, viel Freude und viel, viel Geld einbringt.«

»Das ist alles richtig, Bulli«, ich schalte in den Diskutiermodus, »aber es sollte doch auch untersucht werden, was Prince zugestoßen ist. Ob es ein Unfall war oder – Gott behüte – Mord. Dean, Carines Ex, und seine Freunde, Lior und Yossi? Ich hege den Verdacht, dass sie Prince übel mitgespielt haben, und ich denke –«

»Genau dafür haben wir unsere Polizei, Oded«, unterbricht mich Bulli erneut.

»Ja, aber –«

»Wie gesagt, Oded, dafür gibt es die Polizei, und ich habe keinen Zweifel daran, dass diese ihre Aufgabe getreulich erfüllt. Ich werde persönlich mit den Zuständigen reden und ihnen Ihre Erkenntnisse weiterleiten, was Sie mir soeben erklärt haben. Und ich werde dafür sorgen, dass sie die Eltern dieses Prince auf den Philippinen oder in Thailand oder wo auch immer informieren, also keine Sorge, Oded, *mon chéri*. Und jetzt zu unserer Angelegenheit: Es wird Sie freuen zu hören, dass ich Mali Carmeli davon überzeugen konnte, Sie weiter Ihren Job machen zu lassen.«

Ich starre Binyamin Direktor überrascht an.

»Vielen Dank, Bulli.« Nach Kräften bemühe ich mich um einen professionellen, gleichmütigen Ton. »Ich versichere Ihnen, dass ich von jetzt an –«

»*Trés bien*, und jetzt lassen Sie uns über Prioritäten reden.« Bulli lässt mich schon wieder nicht ausreden. »Sie wissen, was Priorisierung ist, Oded?«

Ich nicke schweigend.

»Wundervoll«, redet er schon weiter. »Morgen haben wir Schabbat. Carine muss am Mittwoch ins Studio. Versäumt sie den Termin, verschiebt sich der gesamte Produktionszeitplan, und dafür habe ich weder die Muße noch das Geld, noch die Kraft. Zu unserem Glück hat Carine nur den letzten Teil des Gesprächs mitgehört. Sie hält Sie immer noch für einen gutherziger Nachhilfelehrer mit zu viel Freizeit, und dank Ihnen haben Mali und Carine endlich ein bisschen über die Trennung von Dean gesprochen, also ist unsere Lage alles in allem gar nicht so schlecht. Mali hat Carine auch versichert, was Prince zugestoßen ist, war ein Unfall und –«

»Wir wissen doch noch gar nicht, ob –«, wende ich kleinlaut ein.

»Ich freue mich ja so«, Bullis aalglatte Stimme legt sich wie eine Schlinge um mich, »dass es mir gelungen ist, Mali zu beruhigen und Sie weiter ihren Job machen zu lassen. Ich hoffe, dass ich das nicht bereuen werde.«

Ich bleibe stumm und setze einen ergebenen Gesichtsausdruck auf. Bulli irrt sich. Er ist nicht zum erfolgreichsten PR-Manager Israels geworden, nur weil er ein Clown ist. Er hat es nach ganz oben geschafft, weil er zu der Sorte Mensch gehört, die eine eiserne Faust im Samthandschuh zu verbergen weiß. Und weil er es versteht, den Willen seines Gegenübers so mühelos zu beugen, als würde er eine Banane schälen.

»Ich habe das hinbekommen«, fährt Bulli fort, »weil ich Mali daran erinnert habe, dass, bei allem Respekt für ihre Psycho-Heinis, letztendlich Sie es geschafft haben, etwas über die Trennung zwischen Carine und Dean in Erfahrung zu bringen. Klar ist, dass ich das Mali nicht auf die Nase binden werde, aber ich kaufe ihr die Geschichte nicht ab, dass ein Mädchen wie Carine sein Verhalten ändert, auf all seine Träume verzichtet und den ganzen Tag heult, nur weil irgendein Bubi ihr das Herz gebrochen hat. Andererseits war ich ja nie ein fünfzehnjähriges Mädchen, also hoffen wir trotzdem mal, dass es bloß das ist. Wie auch immer, ich möchte, dass Sie umgehend mit diesem Dean reden und klären, ob da nur diese kleine *amour déçu* vorgefallen ist, und nicht etwas Vertrackteres. Also, halten Sie sich für den Moment nur an Dean Carasso. Das ist das Einzige, was Sie tun werden. Haben Sie mich so weit verstanden, Oded?«

Ich nicke. Bullis Sperberäuglein ziehen sich zusammen, seine ölige Stimme wird hart, verwandelt sich in schwarzes Eis:

»Ganz sicher, Oded, dass Sie mich verstehen?«

»Sicher, Bulli, sicher. Wir verstehen uns absolut.«

Direktors rundes Mondgesicht strahlt wieder wie die Sonne an einem Frühlingsmorgen.

»Sehr schön, Oded, das freut mich zu hören.« Er wendet sein befriedigtes Gesicht von mir ab und zu den brennenden Fackeln, den sich wiegenden Palmen, den aufflackernden Blitzlichtern und den überall ausgelassen gehobenen Cocktailgläsern.

»Wie viel kreative Energie in dieser Feier steckt!« Direktors Gesicht leuchtet, als er auf zwei Schauspieler zeigt, die gerade die Beträge vergleichen, die sie von namhaften Banken für ihre Werbekampagnen bekommen haben. »Wie viel kulturelles Schaffen es in unserem Land doch gibt, wie viel Liebe zu den Bühnenkünsten, wie viel tiefgründige Gedanken!«

»Gedanken fliegen hier bestimmt ziemlich tief«, resümiere ich trocken.

»Format und Inspiration, das sind die wahren Schätze Israels.« Binyamin Direktor reibt sich die Hände, ohne zugehört zu haben, seine Äuglein taxieren ein Model, das einer Sängerin die Telefonnummer ihrer Augenbrauenstylistin gibt, die erst ihr Gesicht und dann ihr ganzes Leben verändern werde. Ich mache den Mund auf, um Direktor zu fragen, ob er vielleicht noch andere Klienten hat, die einen Privatdetektiv benötigen, aber da wendet er sich bereits von mir ab und winkt Rutha und Stas zu, die an der Bar stehen. Auf dem Grund meines Magens knistert die Glut. Wird Binyamin Direktor mir tatsächlich die Eintrittskarte zu seinem inneren Kreis gewähren, wenn der Fall abgeschlossen ist? Oder bin ich nur eine weitere gesichtslose Marionette aus der Menge? Auf die Bühne geholt, um dann achtlos beiseitegeworfen zu werden? Ein fauler Diener. Ein armseliger Hofnarr. Ein Verehrer ohne Rückgrat. Eine belanglose Randfigur. So ein Prince Connan, mit dessen Leben und Tod man keine Zeit vergeuden muss, oder eine Gabriela, zu deren Verbleib Direktors Sekretärin es noch nicht einmal für nötig befunden hat, mir zu antworten.

»Sagen Sie, Bulli«, höre ich mich selbst sagen, »ich habe Danit kürzlich gefragt, ob eine gewisse Gabriela, die neulich auf Ihrer Party war, auch auf der Gästeliste stand. Aber sie hat mir noch nicht geantwortet. Wissen Sie etwas davon?«

Binyamin Direktor dreht sich langsam zu mir um. Gewandt, geschmeidig. Und bedrohlich. Ein Alligator, der unter der Wasseroberfläche angeschwommen kommt.

»Wie war der Name noch gleich?«, fragt Bulli mit entschuldigendem Lächeln, als sprächen wir von einer gemeinsamen Bekannten, deren Name ihm entfallen ist.

»Gabriela«, ich hebe die Hand zur Veranschaulichung, »groß, schön, schwarze Haare mit grün-pink gefärbten Spitzen. Sie hatte ein rotes Fransenkleid an, goldene High Heels. Und ich meine sogar, sie war auf der Party, weil sie an dem Abend bei Ihnen singen sollte.«

»An dem Abend gab es gar keine Auftritte.« Bulli lächelt. »Rutha und ich wollten ein schlichtes, bescheidenes Fest, nichts Bombastisches. So haben wir es meistens am liebsten.«

»Sonderbar.« Ich dehne das Wort wie eine Societytussi aus Ramat Aviv, die sehr wohl weiß, dass ihre Freundin den Namen des Resorts auf Capri gerade bewusst falsch ausgesprochen hat, um es künftig nicht mit ihr teilen zu müssen. »Ich frage nur, weil sie seit der Party nicht mehr aufgetaucht ist. Das sind jetzt schon zwei Tage, und ihre Freundin macht sich Sorgen.«

»Das klingt in der Tat besorgniserregend, und ich hoffe, man findet sie bald. Wenn Sie möchten, kann ich versuchen, etwas in Erfahrung zu bringen, über meine Kontakte zur Polizei.« Diese letzten drei Worte lässt Direktor kurz nachhallen, ehe er fortfährt: »Ich persönlich erinnere mich leider gar nicht an eine solche Künstlerin. Auf den Partys sind immer so schrecklich viele Menschen. Sich an alle zu erinnern, ist schier unmöglich.«

»Soweit ich mitbekommen habe, geben Sie auch kleinere Partys.« Meine Handflächen fangen an zu schwitzen. »Für … nur für ganz enge Freunde. Vielleicht war sie ja dort und … Ihnen ist das entfallen?«

»Oh, Oded.« Bulli legt seine beiden Hände flach aneinander unter sein Kinn, eine Bewegung, die ihn aussehen lässt wie eine Putte, die den Blick zu Gottes Gegenwart erhebt. »Von einem diplomierten Privatdetektiv wie Ihnen hätte ich erwartet, dass er zu unterscheiden weiß zwischen sinistren Gerüchten und der Wahrheit, und insbesondere, insbesondere«, Direktors Operettenstimme sinkt hinab zu einem düsteren Ton, »zwischen Wesentlichem und Belanglosem. Diese Partys sind eine Zeitungsente, sind Märchen, die ich selbst erfunden habe, fürs Renommee. Mich amüsiert, dass Sie an so etwas überhaupt glauben. Und es lässt mich ehrlich gesagt ein bisschen zweifeln, ob ich tatsächlich den richtigen Mann für die Aufgabe ausgewählt habe. Vielleicht sollte ich das alles doch noch einmal überdenken.«

Mir stürzt das Blut aus dem Gesicht. Von einem wie gerufen auftauchenden Kellner schnappe ich mir noch ein Glas Wein und leere es in einem Zug. Binyamin Direktor gibt Rutha und Stas, die noch immer an der Bar stehen, erneut ein Zeichen. Anschließend richtet er seinen Blick wieder auf mich. Die Mischung aus Hochmut und Mitleid paralysiert mich.

»Bulli!« Ich versuche es mit entrüstetem Protest. »Sie wissen doch, dass ich nur Spaß gemacht habe?! Ich dachte, Sie kennen mich inzwischen gut genug, um zu wissen, dass ich gerne, äh, dass ich mich lustig mache über –«

»Über Ihren Brötchengeber?« Bullis Stimme klingt frostig.

»Das war natürlich niemals meine Absicht«, erniedrige ich mich noch ein bisschen mehr. »Und Bulli, wissen Sie was? Wenn Sie sie nicht gesehen haben, dann haben Sie sie nicht gesehen. Ich wollte bloß *en passant* einer Freundin helfen.«

»Hilfsbereitschaft ist mir sehr wichtig, Oded.« Direktor legt seine schweren Hände um meinen Hals. »Wissen Sie was? Ich spüre, dass Sie und ich uns ähnlich sind. Sie haben etwas an sich, *je ne sais quoi*, so eine Aura, die Aura eines ungeschliffenen Diamanten. Ein Steinblock, der auf seinen Bildhauer wartet. Ein altes Sofa, das nach einem Polsterer fleht. Oder wie Ruthas Stylist gerne sagt: ein Coverfoto von Filmstar Lior Ashkenazis pickligem Hintern, bevor die Maskenbildnerin sich ans Werk macht.«

»D-danke?«, sage ich leicht perplex.

»Sie werden noch sehen, wir werden gemeinsam Großes vollbringen.« Bulli wuschelt mir, als Stas und Rutha wieder vor uns stehen, durchs Haar wie ein liebevoller Vater. »Denn Sie sind selbst ein kleiner Clown. Sie müssen nur noch von mir lernen, wie man sich auf dem Parkett zu bewegen hat.«

»Ich verspreche, das werde ich.« Ich ordne meine Frisur.

»Sie sind bezaubernd.« Bulli lächelt und wendet sich abrupt von mir ab. »Stas, begleite Oded doch bitte zum Wagen und komm sofort wieder, ja? Du musst mich zu Yitzhak bringen. Es wird eine lange Nacht werden, bei all den Demonstranten in diesem Bidonville.«

»Ich werde Sie schon morgen über den neuesten Stand der Ermittlungen informieren, Bulli. Danke«, sage ich. Er antwortet nicht, hat mir bereits den Rücken zugewandt. Seine Hand ruht auf Ruthas Schulter, die Anstalten macht, an die Bar zurückzukehren.

»Lief gut, wie's aussieht«, meint Stas.

Ich fahre mit der Zunge über meine Lippen. Sie sind ganz spröde vom kalten Wind.

Wir marschieren Richtung Ausgang. Die Skyline aus Beton-, Glas- und Stahlkegeln, die entlang des Flusses wächst, zeichnet sich vor der im Dunkel versinkenden Horizontlinie ab. Das Riesenrad strahlt in der Ferne. Ich fühle mich sonderbar. Ein bisschen schwindlig und wie ein geschlagener Hund. Aufgenommen und zugleich abgewiesen. Den Job habe ich wieder in der Tasche. Der begehrte Prinz schreitet an meiner Seite. Nur ist nicht klar, wohin. Zum Schloss oder zum Galgen.

»Was denn?«, sagt Stas, als wir bei meinem Fohlen angelangt sind. »Was ist das für ein Flunsch? Bulli kann hart sein, ich weiß, aber freust du dich nicht, dass du den Job noch hast?«

»Ich freue mich wie Whitney Houston, die nach dem wohltätigen Besuch in einer Blindenwerkstatt endlich wieder bei ihrem Dealer vorbeischaut«, antworte ich.

Stas lacht. Ich erfasse unser Spiegelbild in der Fensterscheibe des neben uns parkenden Wagens. Wem mache ich etwas vor? Was will dieser hinreißend schöne kaukasische Reiter von einem mickrigen Waschbären im verschwitzten Blazer?

Stas' Kuss erwischt mich unvorbereitet. Er drängt mich gegen den Wagen. Seine muskulösen Oberschenkel drücken meine Beine auseinander. Unter dem dünnen Stoff der Anzughose spüre ich seinen großen Schwanz hart werden. Mein Herz flattert wie ein Kanarienvögelchen in seinem Käfig. Der Körper schmilzt dahin, die Unterhose wird klebrig. In Stromstößen verschwinden die Gedanken, die Zweifel verflüchtigen sich, Fragen zerplatzen wie Seifenblasen.

Ein Telefonklingeln befördert mich zurück auf den Parkplatz. Stas löst sich von mir. Ich bleibe wie eine zerdrückte Fliege am Wagenfenster kleben.

»Das ist Bulli, ich muss los.« Stas lächelt mir zu. Er lässt das Handy in seine Hosentasche gleiten. Zwinkert mir zu, während er sich mit der Hand in den Schritt fasst und sein steifes Glied packt, das sich deutlich unter dem Stoff abzeichnet, um es hinter den Gürtel zu schieben. Das Herz schlägt mir bis zum Hals.

»Ruf mich an«, sagt er noch, und weg ist er.

Die Lichter von Tel Aviv leuchten im körnigen Dunst des nächtlichen Himmels. Das Fohlen hüpft ächzend voran. Rote, blaue, gelbe und grüne Neonquadrate wechseln an der Fassade der Stadtverwaltung in einem Tetris-Tanz ihre Formation. Die Straßen sind verstopft mit hupenden Autos, Paaren, die eng umschlungen flanieren, bellenden Hunden ohne Leine, Grüppchen junger Frauen auf zu hohen Absätzen, halbstarken Jugendlichen, die mit Bierflaschen Zielwerfen auf Mülleimer veranstalten. Betrunkene amerikanische Touristen brüllen, *there are so many hot people in Tel Aviv*. Geruchsschwaden von frittiertem Teig und billigem Alkohol schwängern die Luft. Die Restaurants sind voll, die Kioske umlagert, vor Bars und Clubs bilden sich lange Schlangen. Der Wein blubbert mir im Kopf, während ich im Zickzack zwischen den Fahrspuren wechsle.

Auf der Ausfallstraße herrscht grüne Welle. Mein Fuß drückt aufs Gaspedal. Staub wirbelt um die Strommasten. Im Radio singt Morrissey, würde jetzt ein Zehn-Tonnen-Truck in uns reinrauschen, welch himmlische Art und Weise, an deiner Seite zu sterben. Und ich sehe die Sterne im nächtlichen Nebel scheinen, sehe ratternde Kutschen, fliegende Feen, tanzende Glühwürmchen, sprechende Teekessel, goldene Sandalen, Prinzen und Prinzessinnen, die auf Bällen tanzen. Sehe meine helle Zukunft vor mir in der Dunkelheit. Sehe, wie Carine schon bald wieder fröhlich sein wird; wie Bulli mich dem erlauchten Kreis seiner Klientel vorstellt; wie Stas und ich in einer atemberaubenden Bauhaus-Wohnung leben; wie Prince doch wieder unter den Lebenden auftaucht, zwischen Delfinen und Korallenbänken unter der brennenden Sonne der Philippinen schwimmt; wie Gabriela nach Hause zurückkehrt, zu Mona, die überglücklich ist; wie der Brunnenschacht für immer verschlossen wird. Was für ein fantastisches Leben! Welch wundervolles Ende! Ehrlich, ich könnte hier und auf der Stelle als glückliches Frauenzimmer sterben.

12

KRÄMPFE

»Wie wäre es mit einem Verwöhnfrühstück?«

»Och, dafür würde ich sterben«, seufze ich, »aber ich bin später zum Tscholent-Essen bei der Familie eingeladen.«

»Dann eine kleine Süßigkeit zum Kaffee?«

»Ein Träumchen«, ich tätschele den Bauchansatz, »aber ich feiere gerade einen ganzen Monat, den ich glutenfrei überstanden hab.«

»Kann ich Ihnen denn noch einen Kaffee anbieten?«

»Ich steh echt schon kurz vor einer Koffeinvergiftung.« Ich blinzle der Kellnerin zu, die ungeniert auf den leeren Kaffeebecher starrt, den ich vor einer Stunde bestellt und ausgetrunken habe.

»Sehr wohl.« Ihr Mund verzieht sich zur Imitation eines Lächelns. »Aber wenn Sie noch etwas möchten, sagen Sie's einfach.«

»Sicher. Könnte ich noch ein Schlückchen Wasser bekommen, bitte?« Ich schwenke die Karaffe.

Die Kellnerin greift sich das leere Gefäß und wendet sich wortlos ab. Hinter der Bar lässt der Geschäftsführer den Blick von meinem Tisch zu der langen Schlange wandern, die vor dem Café wartet. Nur die Ruhe, Schätzchen. Glaub mir, ich wäre normalerweise nie auf den Gedanken gekommen, an einem Schabbes in deinem Allerweltscafé im Hafen von Tel Aviv zu hocken. Doch ich muss meinen Herrn Vater beschatten, der meint, seine Geliebte ausgerechnet in einem Lokal treffen zu müssen, das berühmt ist für seinen traumhaften Schakschuka, und das mit Möbeln ausstaffiert ist, die aussehen wie aus den Fünfzigerjahren, obwohl sie erst vor einem halben Jahr irgendeiner Möbelfabrik in Cholon oder Bat Yam entsprungen sind. Wenn ich zurzeit nicht mit dem Fall Carine Carmeli vorankomme, dann wird auch deine Gewinnspanne, verehrteste Bar-Tussi, einen kleinen Dämpfer einstecken müssen.

Der salzige Geruch des Meeres weht durch die Tür in das hell erleuchtete Café mit Blick auf die blauen Fluten im Hafen. Die Holztische und Korbstühle sind besetzt von Menschen, die nicht an Verhütungsmittel glauben. Krakeelende Kinder rennen zwischen den Tischen umher. Erschöpfte Mütter schaukeln Kinderwagen und nippen an ihrem Latte macchiato. Väter beschweren sich beim Kellner, wo die Pommes frites für den Sprössling bleiben. Großväter und Großmütter stellen geschwollene Füße zur Schau. Im Hintergrund, begleitet von angenehmen akustischen Gitarrenklängen, singt Tracy Chapman von einer Revolution.

Ich ziehe mir mein Barett tiefer in die Stirn, schiebe die Jacqueline-Kennedy-Onassis-Sonnenbrille bis rauf an die Nasenwurzel und schlage die Zeitung auf, um mein Gesicht noch besser zu verbergen. Die ersten Seiten berichten über eine Verhaftungswelle gegen mutmaßliche

Brandstifter. Die überall im Land wütenden Feuer haben die Wirtschaft schon mehr als zwanzig Millionen gekostet. Der Erziehungsminister schwadroniert, diese Anschlagsserie böswilliger Feuerterroristen sei für uns ein Überlebenskampf. Flüchtig lese ich die Meldungen, die mit roten Ausrufezeichen einen nationalen Notstand verkünden. Für die Leiche eines Sohns von Arbeitsmigranten in einem Brunnenschacht bei Glilot ist leider kein Platz in unseren Zeitungen. Über den Rand der Zeitung mustere ich das Profil meines Vaters, der auf der anderen Seite des Cafés sitzt: die hohen Wangenknochen, mandelförmige Augen, eine gerade, energische Nase. Großgewachsen und schlank. Die imposante weiße Haarpracht, die er mir leider nicht vererbt hat. Moralische Werte hat er mir dagegen fürs ganze Leben eingebläut. Anstand. Ernsthaftigkeit. Arbeit. Die Zeitung bebt in meinen Händen. Wie kann er es wagen. Hier in aller Öffentlichkeit mit dieser pensionierten Dirne zu sitzen und dabei den weißen Pullover und die Khakihose zu tragen, die meine Mutter ihm erst vor einem Monat zum Geburtstag geschenkt hat? Ich schaue mir den gesetzten Ausdruck auf seinem Gesicht an. Den konzentrierten Blick, mit dem er die vor ihm sitzende Frau ansieht und nicht eine Sekunde daran denkt, was er unserer Familie antut. Meiner Mutter. Ayala. Arik. Mir.

Das Telefon klingelt. Ich ziehe es aus der Tasche, in der Hoffnung *Stas* zu sehen, und werde bitterlich enttäuscht. Die Kellnerin knallt die Wasserkaraffe auf den Tisch. Ich drücke auf das grüne Telefonsymbol unter dem Bild eines massigen Mannes mit besorgniserregend gerötetem Gesicht und zwei kleinen Mädchen, die Gott weiß warum in die Kamera lächeln.

»Oded«, die Stimme meines Bruders ertönt aus dem Handy.

»Was willst du schon wieder?«, flüstere ich ins Telefon, während ich die alte Schachtel beobachte, die vor aller Welt gerade den Arm meines Vaters befummelt – nein, also wirklich. Unbeschreiblich, dieser Schock, diese Schmach.

»Ich will, dass du sofort aufhörst mit dem Unsinn und von da verschwindest«, kommt es als erbostes Zischen aus dem Lautsprecher.

»*Mon dieu!*« Ich bin ganz die entrüstete Dame, der man im Restaurant gerade den Kaffee verschüttet hat. »Das werde ich ganz bestimmt nicht tun.«

»Oded.« Jetzt ist Ayalas bevormundende Stimme in der Leitung. »Papa würde Mama im Leben nicht betrügen, und du sorgst nur für Chaos.«

»Schalom, Rotkäppchen«, säusele ich. »Wenn ihr beiden überzeugt seid von Papas Unschuld, erklärt mir mal, was er morgens an einem Schabbat allein mit Ariela treibt? Ihr wisst genau, dass Mama nicht mehr mit ihr redet, seit Ariela sie vor zwei Jahren nicht zu der Gruppenreise nach Transsilvanien eingeladen hat.«

»Oded, jetzt hör mir mal –«

»Ich muss Schluss machen, sie haben gerade die Rechnung verlangt.« Die Bewegung auf der anderen Seite des Cafés zwingt mich, Arik das Wort abzuschneiden.

»Oded, mach kein –«

Ich drücke ihn weg und winke der Kellnerin. Mein Vater und Ariela verlassen das Café, ihre Hand auf seiner Schulter. Ich werfe maßlos übertriebene vierzehn Schekel auf das Tellerchen mit der Rechnung und haste hinaus auf die Betonpromenade am Meer. Menschenscharen drängen in Sportgeschäfte, Elektroläden, Boutiquen und Küchenstudios, die in den letzten Jahren auf dem Hafengelände aus dem Boden geschossen sind, dort, wo einst Fischerei, Warenumschlag und Schiffbau zu Hause waren. Mein Blick verliert sich im menschlichen Bienenschwarm, der sich mit lautstarker Begeisterung auf die geschmacklosen Ananasdrucke des Künstlerbasars und das ungespritzte Obst und Gemüse des Bauernmarktes stürzt. Wie zum Teufel konnte mir das liederliche Pärchen so schnell entkommen?

Ich marschiere los in Richtung Hafeneingang. Kalte Sonnenstrahlen durchbrechen stellenweise den Wolkenteppich. Ich schlängle mich zwischen den Arbeitshallen hindurch, die zu Restaurants und Läden mutiert sind, eingerahmt von grünen Blumenkästen, von bunten Schildern, die mit Pfeilen zu Veranstaltungshallen weisen, und eisernen Industrielampen, die sich kreisrund über Sitzbänke verneigen. Ich ziehe das Handy aus der Tasche und rufe meinen Vater an. In der Menschenmenge, die sich um einen Spielplatz drängt, erklingt das *Ährenmeer* als Klingelton. Ich verstecke mich hinter einem Laternenmast und beobachte fassungslos, wie mein Vater sein Telefon zurück in die Hosentasche gleiten lässt, ohne ranzugehen, und dann Ariela umarmt, die ihre Arme um seinen langen, hageren Körper schlingt. Erschüttert realisiere ich, was gerade geschehen ist: Dein Vater hat dich vor deinen Augen weggedrückt, um mit seiner Geliebten zu turteln. Also, ich bin nun wirklich keine Frau, die dazu neigt, Dinge zu überdramatisieren, aber mir fehlen bei Gott die Worte, das Ausmaß der Verletzung zu beschreiben.

Ich warte einige Minuten, bis Ariela sich endlich von meinem Vater verabschiedet hat. Ihre Hand drückt kräftig seinen Arm, bevor sie in dem Drunter und Drüber um den Spielplatz verschwindet. Ich marschiere schnurstracks zu meinem Vater, der aufs Meer schaut, und tippe ihm auf die Schulter.

Mein Vater fährt herum. »Oded, was machst du denn hier?« Seine Stimme klingt höher als gewöhnlich.

»Die Frage ist doch wohl: Was machst *du* hier, Papa?« Ich verschränke die Arme.

»Deine Mutter …« Vaters lange Finger zupfen unsichtbare Flusen von seinem schneeweißen Pullover. »Mama hat mich losgeschickt, Zimtäpfel zu kaufen. Auf dem Bauernmarkt in Tel Aviv gebe es die besten. Du kennst ja deine Mutter, sie ist verrückt nach Zimtäpfeln. Vollkommen verrückt, wenn du mich fragst.« Der Anflug eines Lächelns erscheint auf seinem Gesicht. Mein Herz verkrampft sich. Eine seltsame, zähe Stille entsteht zwischen uns. Und während ich noch versuche herauszufinden, wie man den eigenen Vater aufgrund des Verdachts, die eigene Mutter zu betrügen, vernimmt, verharrt der Blick des alten Mannes auf meiner Stirn.

»Sag mal, Oded, ist das meine Mütze?« Vaters Hand landet ohne Vorwarnung auf meinem Kopf.

»Was?« Ich tue überrascht. »Nein, wie kommst du darauf? Bloß eine, die ich bei mir im Schrank gefunden habe.«

»Oded!«

»Gut, schon gut, ja«, krähe ich. »Aber du hast sie nie an.«

»Trägst. Eine Mütze trägt man, Oded, die hat man

nicht an. Und das nächste Mal sag bitte Bescheid, wenn du Sachen von mir nimmst.«

»Ich hab sie genommen, weil ich nicht dachte, dass es dich kümmert, du läufst nie damit herum.«

»Du hast sie genommen, weil dich nichts auf der Welt kümmert, außer du selbst«, knurrt mein Vater.

»Recht hast du Papa.« Eine ungehaltene Note stiehlt sich in meine Stimme. »Ich werds mir zu Herzen nehmen beim nächsten Mal.«

»Aber das sagst du immer und nimmst es dir nie zu Herzen, Oded. Und das ist wirklich ärgerlich. Wie oft muss ich dir solche Dinge noch erklären. Weißt du, in der Mischna, in den Sprüchen der Väter heißt es, wie geehrt sei der –«

»Der die Menschen ehrt.« Ich rolle mit den Augen. »Ich weiß, Papa, das hast du mir allein dieses Jahr erst siebentausend Mal gesagt. Und apropos ehren, ich hab dich angerufen, aber du bist nicht rangegangen.«

»Tatsächlich?« Mein Vater scheint mit einem Mal auf der Hut zu sein. »Ich hab bei dem Lärm hier wohl nichts gehört.«

»Du hast also das Klingeln wegen des Lärms nicht gehört?«

»Ja.«

»Und nicht etwa, weil du mit jemandem gesprochen hast?«

»Nein. Was soll das? Wovon redest du?«

»Sonderbar, ich habe dich nämlich von da hinten gesehen und dachte, du stehst hier mit Ariela Zabari.«

»Ach, ja.« Mein Vater senkt die Augen zu Boden. »Ich hab sie tatsächlich kurz getroffen, rein zufällig.«

»Papa, was ist los?« Meine Stimme fängt an zu zittern. Warum fühle ich mich in seiner Gegenwart immer wie der kleine Junge, der erklären muss, warum er bei jedem Wettlauf als Letzter ins Ziel gehechelt kommt? »Ich habe dich mit Ariela gesehen. Und Mama redet kein Wort mehr mit ihr. Ich habe gesehen, wie ihr euch umarmt habt.«

»Oh, Oded, also wirklich«, der Tonfall meines Vaters schwenkt zurück auf die altbekannte Autoritätsfrequenz. Kurz angebunden, vorwurfsvoll, abschätzig.

»Was, ›also wirklich‹? Was machst du hier mit Ariela?«

»Ich mache hier überhaupt nichts mit niemandem, Oded, hör endlich auf mit deinem Unsinn. Deine Arbeit, wie du es nennst, scheint dir komplett den Kopf vernebelt zu haben.«

»Das ist kein Unsinn, Papa.« Ich höre meine Stimme kindlich werden. Flehend und quengelnd. »Warum hast du dich mit Ariela getroffen?«

»Ich habe mich nicht mit Ariela getroffen, das habe ich dir doch gesagt. Ich bin wegen der Zimtäpfel hier.«

»Papa, ich hab dich gehört.«

»Was hast du gehört? Was willst du denn gehört haben?«

»Gestern. Dich, mit ihr am Telefon, wie ihr euch verabredet habt. Weshalb?«

»Oded, darüber will ich nicht mit dir reden.«

»Worüber?«

»Ich habe dir gerade gesagt, ich möchte nicht darüber reden, ja? Warum musst du einen immer verrückt machen mit deiner ständigen Fragerei? Warum immer so zusetzen?«

»Weil du nie antwortest.« Ich übergehe die Kränkung. »Was hast du hier mit ihr gemacht?«

»Nichts.«

»Betrügst du Mama?«

Das Gesicht meines Vaters wird wachsweiß.

»Ach, Oded.« Seine Stimme trieft nur so von Verbitterung und Groll. »Du und deine Hirngespinste, immer in irgendwelchen Fantasien verloren, wann endlich, wann endlich fängst du an, mit beiden Füßen im Leben zu stehen?«

»Wenigstens betrüge ich nicht die Frau, mit der ich seit siebenundvierzig Jahren verheiratet bin«, schleudere ich ihm entgegen.

»Ich betrüge Mama nicht, hör endlich auf, so dummes Zeug zu reden.«

»Und was machst du dann hier? Was soll das hier sonst werden? Warum lügst du mir was vor? Sag einfach, dass du Mama betrügst, sag einfach die Wahr-«

»Ich habe Krebs.«

Ich stehe vor meinem Vater. Kinder brüllen auf dem Spielplatz. Schaukeln schwingen hin und her, Sonnenstrahlen durchbrechen die Schäfchenwolken. Möwen tauchen in die Wellen. Eine Frau leert den Inhalt ihrer schwarzen Handtasche auf der Parkbank aus. Der kalte Wind weht Papierservietten der Coffeehouse-Kette Aduma zu uns herüber. Ein Junge sprintet mit einem Eis in der Hand zwischen uns hindurch. Salzgeschmack liegt mir auf der Zunge. Das Gesicht meines Vaters ist ganz nah, die mandelförmigen Augen mit dem scharfen Blick, die gerade, energische Nase, die schmalen Lippen, die so selten in einem flüchtigen Kuss meine Stirn gestreift haben.

»Komm, wir setzen uns mal für eine Sekunde«, höre ich von Weitem die Stimme meines Vaters, bin nicht sicher, ob ich mich rühren kann.

Mein Vater legt mir seine Hand in den Nacken. Wir nehmen auf einer der Bänke Platz. Die flach einfallenden Strahlen der blassen Sonne blenden. Schon seit einiger Zeit mache ihm der Hals zu schaffen. Und sein Gefühl sagte ihm, es sei nicht bloß eine Entzündung. Also habe er eine Biopsie machen lassen, Mama aber noch nichts davon erzählt. Wollte erst sicher sein. Und Ariela sei Spezialistin für Lymphdrüsenkrebs. Sie habe ihm geholfen, das alles anzugehen. Es sei erst im Anfangsstadium. Ohne Metastasen, noch ganz klein. Und gut, dass es so frühzeitig erkannt worden sei. Eine Chemotherapie und weg damit. Ariela sei einfach fantastisch gewesen. Die Behandlung solle bei ihr im Tel Hashomer Krankenhaus gemacht werden. Mama müsse man es behutsam erklären. Und dann Arik und Ayala. Es gebe noch einiges zu regeln, bevor die Therapie in zweieinhalb Wochen beginne.

»Aber Papa, was sollen wir denn machen, was wird Mama tun, was, ich …« Die Stimme bleibt in dem Kloß stecken, der mir den Hals zuschnürt. Vielleicht habe ich ja auch ein Geschwür, vielleicht brauche auch ich eine Therapie!

»Oded, ich kann das jetzt nicht.«

Mein Vater hebt die Hand. Seine Stimme klingt müde. Nun sehne ich mir den kurz angebundenen, autoritären Ton herbei, das Abschätzige. Alles ist besser als diese Müdigkeit. Diese Schwäche. Wir sitzen nebeneinander auf der Parkbank und blicken aufs Meer. Mir fällt auf, wie er in den letzten Monaten gealtert ist. Sein Rücken ist gebeugt, die Schultern hängend. Die Tränensäcke unter den Augen schwer und fast schwarz. Ich möchte etwas aus den Angeln heben! Mich selbst. Ihn. Die Welt. Warum ausgerechnet jetzt? Warum ausgerechnet heute? Nachdem gestern Nacht alles wieder in Ordnung schien? Wieso tut mir das Leben das an?

»Was jetzt?« Ich hasse, wie hilflos ich klinge. »Ich meine, ich verstehe es einfach nicht. Ariela kann sich irren, Fehldiagnosen gibt es andauernd, eine Zweitmeinung muss her. Man muss nicht alles glauben, was jemand mit Diplom sagt«

Meine Stimme erstirbt. Mein Vater betrachtet die Wellen. Er antwortet mir nicht. Ein Fischerboot taucht auf und verschwindet in der Ferne. Das Salz in der Luft legt sich auf die Haut, bedeckt den Körper. Ich fühle mich wie eine hohle Salzsäule. Der kleinste Schlag, und ich zerberste. Die Stimme meines Vaters klingt dumpf, als schreie er aus dem Brunnenschacht zu mir empor. Oder vielleicht bin ich ja derjenige, der dort unten treibt. Er müsse nach Hause, sagt er. Werde es Mama in ein paar Tagen sagen. Aber ich solle niemandem davon erzählen, auch nicht Arik und Ayala. Das sei jetzt nicht die Zeit für Gerede, sondern für Taten. Seine Hand drückt meine. Die Berührung ist schwach. Der Blick abwesend. Er gehe jetzt, brauche Zeit für sich. Wolle allein sein. Sagt: »Machs gut.« Und lässt mich dort auf der Bank sitzen.

Ich verlasse den Hafen und marschiere in Richtung Ben-Yehuda-Straße. Das gelbbläuliche Licht einer niedrigstehenden Wintersonne fällt auf die Cafés, die Judaica-Shops, die Hostels, Maklerbüros, Restaurants und altmodischen Boutiquen, die die breite Straße säumen. Ich schlendere vorwärts und versuche nachzudenken. Amerikanische und französische Touristen nehmen auf dem Rückweg vom Meer die Schaufenster der Galerien in Augenschein, deuten auf eine grellbunte Sanduhr in Form einer kurvenreichen Frau, auf einen mit Cola-Dosen gefüllten Keramikkorb, eine rote Neonschlange, die das Wort »Love« formt, auf ein Ölgemälde von Uma Thurman aus *Pulp Fiction* und einen Totenkopf aus Schmetterlingen.

Der Verkehrslärm der Ben Yehuda ebbt ab, als ich nach links in das Gewirr der Nebenstraßen rund um die Bograshov abbiege, die vom Meer zum alten Stadtzentrum führen. Ich marschiere an niedrigen Steinmauern vorbei, an heruntergekommenen Innenhöfen, an mit Formica verkleideten Neubauten mit elektrischen Rolltoren, an mächtigen Bougainvilleen, die sich um baufällige Balkone winden. Ein weißes Stockwerk – die einzige renovierte Etage – ragt strahlend aus der grauen Fassade heraus, wie das Glasauge im Gesicht eines Bettlers. Die ganze billige Kunst, all die neuen Wohnungen, die hohen Wohntürme, die schönen Kleider, die aufwendigen Gerichte, all die Träume, die Nachahmungen, das permanente Rennen, der Schweiß, Gestank und die Anstrengung.

Endlich bin ich vor Ofers Haus in der George Eliot angelangt, schwere Wolken verhüllen die untergehende Sonne. Der Wind weht mir in den Rücken. Mein Gesicht ist so ausgetrocknet wie das einer Mumie. Die Haut schutzlos dem Wetter ausgesetzt, die Augen brennen. Ich schleppe mich zum Treppenhauseingang und bleibe jäh stehen, als das Licht angeht und die großgewachsene Gestalt von Oberinspektor Yaron Malka preisgibt, der dort an die Glastür gelehnt steht.

»Hey.« Meine eigene Stimme hallt mir fremd in den Ohren nach. »Was machst du denn hier?«

»Ich hab dich gesucht. Hast du meine Nachrichten nicht gesehen?«

»Nein, ich … ich hab das Handy schon eine Weile nicht mehr angeschaut.«

»Die letzten beiden Tage war ich durchgehend im Osten, hab bei der Bekämpfung der Brände geholfen.« Malka kratzt sich am Kopf. Seine schwarze Kleidung riecht nach Qualm, die Erschöpfung lässt die Pockennarben, die seine sonnengegerbte Haut bedecken, deutlicher hervortreten und die schiefe Nase noch krummer erscheinen, all das betont sein Gesicht, das aussieht wie eine aztekische Maske.

»Auf dem Heimweg habe ich von Micky mitbekommen, du hättest angerufen«, fährt Malka fort, »da hab ich erst deine Flut von Nachrichten gesehen.«

»Die paar Nachrichten sind keine Flut, du musst nicht gleich übertreiben«, antworte ich gereizt.

»Zwei, drei Nachrichten an einem Tag sind ein paar, dreizehn sind eine Flut.«

»Okay, wir einigen uns darauf, dass wir uns nicht einigen werden.«

»Du wirkst schräg.«

»Du auch.«

»Ich muss dir etwas sagen, Oded, und ich bin nicht sicher, wie du reagieren wirst.«

»Dann sag es, und wir werden sehen.«

»Du weißt, dass sich die Brände Richtung Osten ausgebreitet haben. Es brennt inzwischen schon in der Nähe des Ben-Gurion-Flughafens, bei Petach Tikwa und in der Gegend von Savyon.«

Malkas letzter Satz weckt ein fernes Echo in mir, vage Erinnerungen an einen Fall, der auf einer Party in Savyon begonnen hat: vier Tage, die noch bleiben, bis Carine Carmeli im Studio erscheinen soll, vier Tage Zeit um dahinterzukommen, was tatsächlich zwischen ihr und Dean geschehen ist; vier Tage, um seine Majestät, Imperator Direktor zufriedenzustellen. Kurz gesagt: diese dämliche Ermittlung eben, die ich bis gestern noch für die wichtigste Sache auf der Welt gehalten habe.

»Ja, ich hab in den Nachrichten davon gehört.« Ich reibe mir das Gesicht. »Aber warum erzählst du mir das? Ich dachte, du hättest was wegen meiner Frage, was die Polizei an der Leiche von Prince Connan nun gefunden hat.«

»Über Prince reden wir noch. Aber ich bin wegen etwas ganz anderem hier, Oded.«

»Und?«

Malka beginnt zu sprechen. Seine Stimme ist ernst und verhalten, während er mir erklärt, wie sich die Brände Richtung Osten ausgebreitet hätten. Wie er dorthin beordert worden war, um bei der Evakuierung von Bewohnern aus den bedrohten Ortschaften zu helfen. Wie Einsatzkräfte, die eine Gruppe Ausflügler aus dem Kula-Waldgebiet retten sollten, auf eine Leiche gestoßen seien – versteckt in einer ausgetrockneten Wassergrube, die nur wegen der Brände überhaupt zum Vorschein gekommen sei. Malka redet weiter, aber die Worte setzen sich nicht zu einer stringenten Geschichte zusammen.

»Ich verstehe nicht, warum du mir das alles erzählst.«

Malka macht noch einen Schritt auf mich zu. Beißender Qualmgeruch schlägt mir entgegen. Die Kindheitserinnerungen an Fackeln am Lag-BaOmer-Fest, der Geruch von Feuersbrünsten, Verlust und Verwüstung. Satzfragmente über einen Schlag auf den Kopf mit einem scharfen Gegenstand vermischen sich mit Worten über Sterne und Tätowierungen, schwarze Haare mit grün-pink gefärbten Spitzen, ein rotes Kleid und goldene Pumps. Ich lehne mich gegen die kühle Glasscheibe des Hauseingangs. Das kann nicht sein. Das ergibt keinen Sinn. Mein Körper beginnt runterzurutschen, gleitet zu Boden. Mir ist speiübel.

»Oded, ist alles okay?« Malka kniet neben mir.

Ich vergrabe den Kopf in den Händen, spüre, wie Malka meine Schulter umfasst. Ich versuche zu verstehen, was Malka gesagt hat. Dass man Gabrielas Leiche mit eingeschlagenem Schädel in einer ausgetrockneten, von verkohlten Baumstämmen umstandenen Wassergrube gefunden hat. Ich versuche nicht zu weinen, aber das ist in etwa so, als wollte man eine Sturzflut mit einer Schleuse aus Papier aufhalten.

13

SCHULD

»Es ist nicht meine Schuld«, sage ich abermals.

»Es ist nicht deine Schuld«, wiederholt Malka.

»Ein bisschen schon«, mischt sich Micky Geller ein.

»Micky, sag mal, kannst du mir mal irgendwann vom Kragen gehen? Oder hast du dich da für immer eingerichtet?«

»Beruhig dich, ich hab ja nicht gesagt, Gabriela sei deinetwegen ermordet worden, ich habe nur gesagt, dass es schon ein bisschen auch deine Schuld ist, so wie –«

»Wie es nur ein bisschen deine Schuld ist, dass du eine Antipathin bist.« Ich verschränke die Arme.

»Wühlmäuschen! Du bist so eine Mimose, Grundgütiger!«, gerät Geller in Rage. »Richtig, du hättest es nicht verhindern können, aber du könntest mal darüber nachdenken, ob du nicht mehr weibliche Empathie an den Tag hättest legen sollen, als sich Mona Markowitsch an dich gewandt hat.«

»Und dir steht frei zu sterben.«

Verstört schreckt Geller zurück. Malka wirft mir einen vorwurfsvollen Blick zu. Seine Hand langt nach Gellers Schulter. Ich verlasse das Wohnzimmer und gehe ins Bad.

Nein, ich werde keine Tränen mehr vergießen. Ganz sicher nicht in Gegenwart einer flegelhaften Kriminalreporterin, die sich aufführt wie eine Geisteswissenschaftlerin.

Ich werfe die Tür hinter mir zu. Was habe ich mir nur dabei gedacht, als ich einwilligte, er könne herkommen, damit ihm Malka seine Wohnungsschlüssel übergeben kann? Warum habe ich bloß zugestimmt? Weil ich Malka beweisen wollte, dass ich okay bin? Dass ich kein Problem mit ihnen beiden habe? Dass ich, obwohl ich gerade vor ihm geflennt habe wie ein kleines Mädchen, in Wahrheit ein ganz harter Kerl bin mit dem Gedächtnis eines Goldfischs? Ich trete ans Waschbecken und mustere mich im Spiegel. Die Nase ist rot, geschwollen die Augen. Das Haar wild in alle Richtungen gelockt, als trüge ich eine billige Perücke, die einer Strenggläubigen in Bnei Brak vom Kopf geweht ist.

Ich drehe den Wasserhahn auf und schaufle mir Wasser ins Gesicht. Ein ungewollter Schluchzer bringt meinen ganzen Körper zum Beben. Ich lasse mich auf den Badewannenrand sinken und stelle den silbernen Kopf der Brause von Regenschauer auf Strahl. Ein Wasserschwall schießt geräuschvoll auf den Wannenboden. Heiße Schwaden steigen auf, verhüllen die kostspieligen Shampooflakons entlang des Fliesenschilds, breiten sich wie Geister vor dem Spiegel aus. Ich fange wieder an zu weinen. Hoffentlich wird es durch das Rauschen des Wassers übertönt. Meine Finger nehmen auf dem kalten Badewannenrand eine kränklich weiße Färbung an. Mein Vater wird sterben. Gabriela wurde ermordet. Prince mit Sicherheit auch. Ich habe keine Ahnung, wie das alles passiert ist. Und ich habe nicht den blassesten Schimmer, was ich jetzt tun soll. Du armselige Null, du kleines Stück Scheiße, niemandem kannst du helfen, nicht mal dir selbst.

Ein Klopfen an der Tür.

»Oded?« Malkas Stimme dringt durch das weiß lackierte Türblatt. »Ist alles in Ordnung da drin?«

»Alles gut.« Ich schniefe.

»Bist du sicher? Kann ich reinkommen?«

»Nein«, belle ich. »Ich komme sofort.«

Malkas Schritte entfernen sich von der Tür. Ich drehe die Armatur zu. Stelle mich erneut meinem Spiegelbild, spüle mir das Gesicht mit kaltem Wasser und kämme mir das Haar.

»Du bist nicht allein«, sage ich leise. In der Stille des Badezimmers klingen die Worte so falsch wie die schamloseste Lüge. Ich schwanke vor dem Spiegel, werfe furchtsam einen Blick hinein. Aber das Gesicht ist unter den Schwaden nur schemenhaft erkennbar. Ich wische mit der Handfläche über die glatte Scheibe. Versuche, irgendwie Halt zu finden. Bei meinem Vater kann ich nichts tun, aber in Gabrielas Fall kann ich sehr wohl etwas unternehmen. Jemand hat mich angelogen, hat mir Lügen aufgetischt. Irgendjemand hat diese junge Frau ermordet, die davon träumte, die Ofra Haza des 21. Jahrhunderts zu werden, und wenn ich diesen jemand finde, werde ich ihn mit Madame Pfefferspray bekanntmachen, bis seine Augen aussehen wie zwei quietschrote Luftballons.

»Alles in Ordnung?«, fragt Malka erneut, als ich mich am Wohnzimmertisch einfinde.

»Och, dieser trockene Dunst der letzten Tage macht

mich einfach fertig«, versuche ich zu schäkern, gebe die Pariser Gesellschaftsdame, die gerade von der Toilette kommt, nachdem sie sich eine kräftige Prise Riechsalz genehmigt hat. Malka betrachtet mich besorgt. Meine Nase beginnt zu laufen. Ich schnappe mir eins der Taschentücher, die wie Blütenblätter lose aus der luxuriösen Schachtel schauen, die auf dem schweren Holztisch thront. Ofer hat den vor einem halben Jahr in Tollman's Designmöbeltempel erstanden. Das Taschentuch fühlt sich an wie die Haut von Beyoncé nach einem Cremeschaumbad. Ich schnäuze kräftig, werfe mich anschließend in einen Sessel, der mich mit einer tröstlichen Umarmung auffängt. Die geröteten Augen richte ich zur Decke. Mein Körper versinkt in dem Samtpolster. Geld löst zwar nicht alle Probleme auf der Welt, aber dennoch wird es gewöhnungsbedürftig sein, wieder in meiner sudeligen Dusche mit offen liegendem Stromkabel zu heulen. Und das schon in drei Tagen, wenn Ofer aus Singapur zurück ist und mich mit einem Fußtritt hier raus befördert.

»Oded«, sagt Micky jetzt, »es tut mir leid, was ich gesagt habe. Allein die Todeszeit macht ja klar, dass du nichts hättest tun können. Das ist vorher passiert, und ich hab bloß –«

»Ich habe überreagiert«, unterbreche ich ihn. »Schwamm drüber.«

Geller lächelt mir zu, schiebt den Kaffee auf dem Tisch in meine Richtung. Ich hebe die Tasse und versuche zurückzulächeln. Micky Geller ist noch immer meine Nebenbuhlerin, aber vielleicht doch nicht die verschollene Zwillingsschwester von Imelda Marcos, wie ich Malka gegenüber immer behauptet habe.

»Also, nachdem mein Stauballergieanfall überstanden ist«, ich werfe Malka, der zuvor versprochen hatte, Geller nichts von meinem Vater zu erzählen, einen warnenden Blick zu, »und ich mich wieder konzentrieren kann, erzähl mir bitte noch mal haargenau, was du weißt. Fangen wir der Reihe nach an. Mit dem, was du über Prince herausgefunden hast, und dann mit … mit … und dann mit Gabriela.«

»Die Leiche von Prince wurde, wie wir ja bereits wissen, in einem nicht mehr genutzten Brunnenschacht in der Nähe vom Cinema City gefunden –«

»Sie ist nicht gefunden worden, *ich* hab sie gefunden!«

»Oh ja, Verzeihung, nachdem *du* die Leiche gefunden und die Polizei belogen hast, worüber wir später noch reden«, Malka sieht mich strafend an, »wurde sie ins Pathologische Institut in Abu Kabir überstellt. Der Leichnam war noch in relativ gutem Zustand, da das Moos im kalten Brunnenwasser geholfen hat, ihn zu konservieren. Eine Obduktion ist noch nicht erfolgt, aber dem Zustand der Leiche nach ist davon auszugehen, dass –«

»Warum wurde noch nicht obduziert?«, mische ich mich erneut ein. »Die Leiche war doch gestern schon in der Pathologie?«

»Das Institut ist auch so schon überlastet, und die Brände der letzten Tage haben nicht gerade geholfen. Die Anweisung von oben, die sich ausbreitenden Feuer als Terroranschläge zu behandeln, hat die Lage zusätzlich verschärft. Alle sind in Alarmbereitschaft, alle Systeme arbeiten unter Volllast. Auf jeden Fall lässt sich die Todesursache im Moment noch nicht feststellen, ja nicht einmal, ob Prince in den Brunnenschacht gestürzt ist oder gestoßen wurde. Nach der Einschätzung der Kollegen vor Ort muss der Leichnam dort schon mindestens eineinhalb Monate gelegen haben.«

»Und lass mich raten: Angesichts der von dir erwähnten allgemeinen Belastung ist auch Gabrielas Leiche noch nicht obduziert worden.«

»Nein. Aber sie ist ja auch erst heute Morgen gefunden worden. Und die zuständige Pathologin hat sie vielleicht für eine Sekunde gesehen. Im besten Fall werden wir die Brände in den nächsten Tagen unter Kontrolle bekommen, sodass die Obduktion etwa in anderthalb Wochen erfolgen wird.«

»In anderthalb Wochen?! Wie überraschend, dass die israelische Polizei mal wieder keine Zeit findet für eine ermordete Transfrau.« Ich kann mir den Kommentar nicht verkneifen.

»Und wie überraschend, dass du mit einem Mal zum Anwalt der Community geworden bist, nachdem du drei Tage lang keinen Finger gerührt hast, um sie zu finden«, pariert Malka trocken.

Meine Wangen glühen. Ich muss an das letzte Mal denken, als ich Gabriela begegnet bin. Das schöne, frische Gesicht, begraben unter zu viel Schminke. Die dramatisch ausholenden Bewegungen der Hände. Der unsichere Blick. Ich stelle mir vor, wie sie tot im Wald liegt. Zerrissen das rote Kleid, ihre Stilettos abgebrochen und die abblätternde Vergoldung blutbespritzt. Es versetzt mir einen Stich. Ich hätte den Mord an Gabriela unmöglich verhindern können. Warum aber fühle ich mich, als hätte ich dabei mitgeholfen, die Leiche zu verscharren?

»Tut mir leid, Oded.« Malka unternimmt nach einer

Minute betretenem Schweigen einen Neuanlauf. »Das kam falsch raus, ich wollte nicht so reden. Nicht jetzt.«

»Schon in Ordnung. Ich hab mich schon lange damit abgefunden, dass meine Rolle im Leben die der gepeinigten Heiligen ist.«

»Wohl eher die der hurenden Peinigerin.«

»Das ist eine Spitzfindigkeit, Malka.« Ich gehe hoch. »Kein Wunder, dass Shosh Atari und du wie Mutter und Tochter wirken.«

»Wer ist Shosh Atari?«, fragt Geller.

»Knack die Nuss?«, ich ziehe eine Augenbraue hoch.

Keine Reaktion.

»Die Quizshow im Schulfernsehen?«, frage ich sehr betont langsam.

»Ach so, also schon ewig her.«

Ich ringe hörbar nach Luft. Welche Beschränktheit. Welche Borniertheit, Begriffsstutzigkeit. Nein, noch eine Sekunde, und ich verpasse dieser Göre eine Ohrfeige! Malka grinst. Ich verpasse ihm unter dem Tisch einen Tritt. Geller lässt den Blick zwischen uns hin und her wandern und seine Hand berührt zögernd Malkas Knie.

»Wie ist Gabriela nun gestorben?« Ich zwinge meinen Verstand, sich auf die Aufgabe zu konzentrieren, die vor mir liegt. Nämlich sich zu verhalten, als sei alles bestens. Als würde mein Vater nicht gerade meiner Mutter von seiner Krebserkrankung erzählen. Als würde ich nicht die Anrufe von Arik und Ayala ignorieren, die im Stakkato auf meinem Handy eingehen. Als würde sich die Erde nicht unter meinen Füßen auftun.

»Aufgrund der Verletzungen am Kopf und über dem linken Ohr nimmt die Pathologin an, die Todesursache könnten wiederholte Schläge gegen den Kopf mit einem scharfkantigen Gegenstand gewesen sein. Vielleicht mit einem Felsblock, den gezähnten Wundrändern nach. Gabrielas Mörder hat sie von hinten angegriffen. Und er ist allem Anschein nach Linkshänder.«

»Kann deine Pathologin auch einschätzen, wann Gabriela ermordet wurde?«

»Vor der eigentlichen Obduktion wollte sie sich noch nicht festlegen«, fährt Malka fort. »Aber die Flecken, die sie auf Gabrielas Haut festgestellt hat, bilden sich frühestens achtundvierzig Stunden nach Eintritt des Todes, und da die Leiche am Schabbat in den frühen Morgenstunden gefunden wurde, schätzt sie, dass der Todeszeitpunkt irgendwann in der Nacht von Mittwoch auf Donnerstag –«

»Sprich: noch in der Nacht, in der ich Gabriela bei Binyamin Direktor getroffen habe. Und«, ein Hinweis mit Nachdruck für alle Anwesenden, »lange bevor sich Mona Markowitsch am nächsten Morgen an mich gewandt hat, um mich um Hilfe zu bitten.«

Malka und Geller seufzen.

»Hat man ihre Handtasche gefunden? Geldbeutel? Handy?«

»Nein.«

»Wer sie ermordet hat, hat die Sachen mit Sicherheit entsorgt«, denke ich laut nach. »Möglicherweise war auf ihrem Handy ja Material, das seine oder ihre Identität hätte verraten können.«

»Oder er hat die Sachen mitgenommen, ein Raubüberfall, der aus dem Ruder gelaufen ist«, fügt Malka hinzu.

»Vielleicht war es ja jemand, der sie kannte«, ergänze ich. »Sie haben sich dort nach der Party verabredet, sie wusste nicht, was passieren würde, hat die Tasche abgestellt oder vielleicht sogar ihm gegeben. Er hat sie getötet, als sie sich umdrehte, und dann ist sie in die Grube gefallen.«

»Nein.« Malka schüttelt den Kopf. »Der Mord wurde nicht bei der Grube dort im Kula-Waldgebiet verübt. Derjenige, der Gabriela umgebracht hat, hat es woanders getan und sie dorthin geschafft. Sollten bei der Obduktion Spuren der Tatwaffe gefunden werden, könnte das helfen, Tatort und -weise zu bestimmen. Aber wie gesagt, in den nächsten Tagen wird keine Zeit sein, um mit der Ermittlung weiterzukommen.«

»Woher will deine Pathologin wissen, dass der Mord nicht dort geschehen ist?«, frage ich.

»Um die Leiche herum war kein Blut auf der Erde. Und wenn eine Frau in eine Grube geworfen wird, unmittelbar nachdem man sie erschlagen hat, würde sie anders daliegen. Die Leiche wurde jedoch mit vom Körper abgespreizten Armen geborgen und in voller Streckung, nicht in einer gekrümmten, kauernden Haltung, wie sie eigentlich dem Durchmesser der Grube entsprochen hätte. Laut Pathologin sei deswegen davon auszugehen, dass sich der Leichnam in dieser Haltung über mehrere Stunden verfestigt habe, ehe er zum Fundort geschafft und in die Grube geworfen wurde.«

»Du sprichst hier natürlich vom Rigor mortis, auch bekannt als Totenstarre.« Ich plustere mich auf.

»Ja, Oded.« Malka rollt mit den Augen. »Davon spreche ich unter anderem.«

»Also denken wir alle dasselbe?« Ich lasse einen bedeutungsschweren Blick durch den Raum schweifen. Wir alle nicken. Malka und ich sprechen gleichzeitig:

»Dass es noch zu früh ist, überhaupt irgendetwas mit Gewissheit zu sagen«, sagt er.

»Dass es mit Sicherheit ein Serienmörder ist«, sage ich.

»Was?« Malka wirkt konsterniert.

»Denk doch mal nach. Gabriela wurde ermordet und hinterher in einer verlassenen Wassergrube verscharrt. Und zuvor wurde Prince ermordet und seine Leiche in einen alten Brunnenschacht geworfen. Derselbe Prince, den Dean, Yossi und Lior ›Cocci‹ nannten. Sprich, wir haben zwei Opfer, beide junge Transsexuelle, und wir haben zwei Fundorte, die ein und dasselbe sind. Es kann also sehr gut sein, dass Gabrielas Mörder auch Prince auf dem Gewissen hat. Und es ist absolut möglich, dass es derselbe Typ ist, von dem Prince behauptete, er würde ihn in einem schwarzen Wagen verfolgen, wie Carine Carmeli ausgesagt hat.«

»Sie. Er würde *sie* verfolgen«, korrigiert Geller.

»Sie«, wiederhole ich. Selbst wenn sie mal versucht zu helfen, dieses Frauenzimmer ist auf Krawall gebürstet.

»Ooooder wir warten einen Moment, bevor wir zu den Schlussfolgerungen kommen, und erinnern uns daran, dass wir noch nicht einmal wissen, ob Prince überhaupt ermordet wurde. Und falls er tatsächlich ermordet wurde, und von ein und demselben Täter die Rede ist, warum hat der Mörder dann nicht auch Gabrielas Leiche in demselben Brunnenschacht verschwinden lassen? Warum sollte er woanders hingefahren sein?«

Ich schweige auf Malkas Frage. Geller zieht sein Smartphone aus der Tasche und geht in die Küche. Von Weitem höre ich, wie er mit einer gewissen Einat telefoniert.

»Vielleicht hat er einen Platz bevorzugt, der näher am Tatort gelegen war«, überlege ich laut, während ich mir Gellers Platz auf dem Sofa neben Malka sichere. Der Rauchgeruch, den sein Körper verströmt, hüllt mich ein. »Es muss jemand sein, der beide kannte. Carine hat mir erzählt, an der Schule habe es Jungs gegeben, die Prince ziemlich übel gemobbt hätten. Und von denen erscheint mir ein gewisser Yossi am ehesten gewaltbereit. Er könnte auch noch andere Transfrauen verfolgt haben. Alles, was du heutzutage brauchst, ist eine Dating-App, und schon hast du freien Zugriff auf deine Opfer. Vielleicht sind Gabriela und Prince erst der Anfang. Aber andererseits …«, ich lege die Stirn in Falten, »wenn wir in Betracht ziehen, dass sich der Tatort von Gabrielas Mord in der Nähe von Savyon befand, kann es auch sehr gut sein, dass der Serienmörder wirklich von Binyamin Direktors Party kam.«

Doch sollte Binyamin Direktor tatsächlich irgendetwas mit dem Mord an Gabriela zu tun haben, ist so gut wie sicher, dass Stas mich belogen hat. Und wenn Stas mich die ganze Zeit belogen hat, dann hatte ich von Anfang an recht: Er hat mich nie wirklich gewollt. Hat nur nach Direktors Pfeife getanzt.

Malka schaut mich schweigend an. Ich höre, wie Geller in der Küche mit Einat diskutiert.

»Oded.« Malka legt mir seine mächtige Pranke auf den Arm. Er ist mir jetzt so nah, dass ich die Risse in seinen spröden, tiefroten Lippen sehe. Ein schmerzhaftes Gefühl erwacht in mir, der unerfüllbare Wunsch, er möge mich noch einmal in den Arm nehmen, mir versichern, alles werde gut.

»Hör mir mal eine Sekunde ernsthaft zu. Du hast gerade schreckliche Neuigkeiten über deinen Vater erfahren. Außerdem fühlst du dich schuldig. Und ich weiß, du bist nicht schuld an dem, was passiert ist«, beeilt er sich hinzuzufügen, als er meinen Mund sich öffnen sieht. »Es ist natürlich, dass du im Zusammenhang mit allem, was Gabriela passiert ist, aufgewühlt bist. Zudem bist du betroffen, weil du nicht weißt, was Prince zugestoßen ist. Und du stehst mächtig unter Druck wegen Carine Carmeli, willst bei Binyamin Direktor Erfolg haben. Ich verstehe den Drang, loszustürmen und alles sofort lösen zu wollen, damit der Druck und die Angst verschwinden. Aber du weißt noch überhaupt nichts. Und du redest wie von Sinnen.«

»Tu mal nicht so überheblich, Malka«, teile ich aus. »Das hat überhaupt nichts mit meinem Vater zu tun oder mit Schuldgefühlen wegen Gabriela, denn es besteht nicht der geringste Grund, dass ich welche haben müsste. Das mag dich erstaunen zu hören, aber ich habe auch gar keine! Also, wir beruhigen uns erst mal wieder und denken daran, wer dir geholfen hat, zurück zur Mordkommission zu kommen, und noch dazu mitsamt Beförderung, nachdem sie dich dort schon im hohen Bogen rausgeworfen hatten.«

»Aber vorher rufen wir uns in Erinnerung, wer denn der Grund dafür war, dass sie mir dort überhaupt gekündigt hatten.«

»Was geschehen ist, ist geschehen. Man muss ja nicht immer in der Vergangenheit wühlen«, grummle ich indigniert.

»Oded, hör mir einen Moment zu: Seit der Staat Israel existiert, sind hier nur drei Leute wegen Serienmorden verurteilt worden. Derart heilig geht es bei uns zu. Es grenzt also an Faulheit, in dieser Phase das überhaupt als Möglichkeit in Erwägung zu ziehen, geschweige denn, deinen ganzen Ermittlungsansatz darauf zu gründen.«

»Was soll daran faul sein?«, rege ich mich auf. »Ich kombiniere einfach die Hinweise.«

»Hinweise, wie sie in einem viertklassigen Hollywood-Drehbuch in jedem zweiten Satz vorkommen«, schnaubt Malka.

»Verzeihung?!« Ich koche vor Wut.

Geller kommt zurück aus der Küche, lässt sich in den Sessel fallen, in dem ich zuvor gesessen habe, und sein schönes Gesicht nimmt einen besorgten Ausdruck an, als sein Blick an Malkas Hand auf meinem Arm hängenbleibt. Malka zieht seine Hand zurück. Geller räuspert sich und wendet sich dann an mich:

»Keine Sorge, Oded. Ich werde noch heute Nacht ein paar meiner Medien- und Polizeikontakte anklingeln, um weitere Zeugen zu finden, die etwas über Prince und Gabriela zu erzählen haben. Und ich halte dich auf dem Laufenden. Wir kriegen das Ganze bestimmt im Nu geklärt.«

»Oh, das wäre wunderbar, Micky, danke vielmals für deine Hilfe.« Ich klimpere mit den Wimpern. »Und sag, meinst du, wenn wir den Fall gemeinsam gelöst bekommen, lässt dich deine Redakteurin Einat doch noch eine Reportage über die Serienmorde an Transfrauen in Tel Aviv machen?«

»Ich … äh … was? Wie kommst du …?«, stottert

Geller. Ich ziehe kokett die Augenbraue in die Höhe. Auf meine Rechnung machst du bei deinem Kerl keine Punkte, Schätzchen.

»Meinst du das etwa ernst?« Malka starrt Geller an, und die Ader auf seiner Stirn fängt an zu pulsieren. »Darüber hast du mit ihr gerade geredet in der Küche?«

»Das ist mein Job, falls du es vergessen hast, und das wäre eine wirklich wichtige Reportage, die zudem eine Wahnsinnsquote bringen könnte. Aber Einat ist nicht überzeugt, solange es nicht mehr belastendes Material zu den Morden gibt. Wir haben ja gerade erst die Reportage über diese Familie aus Afula gebracht, mit der Mutter, die ihr Coming-out als Transsexueller hatte, und Einat meint, das wären zu viele Items über Transen in einer Woche.«

»Und dich stört gar nicht, dass du keinerlei Fakten hast und dass ohne Fakten bloß eine effekthaschende Klatschreportage daraus würde?«

»Es reicht, Yaron, noch eine Moralpredigt ertrage ich nicht. Wo ist das Problem, sich des Boulevards zu bedienen, um wirklich wichtige Probleme zu beleuchten? Das nennt man Investigativjournalismus, weil Dinge unter die Lupe genommen werden, bei denen die Polizei nicht ermitteln kann oder, sprechen wir es ruhig aus, nicht will. Weißt du überhaupt, dass fünfundfünfzig Prozent aller Transfrauen schon einmal Opfer physischer Gewalt geworden sind? Natürlich nicht! Und den Verantwortlichen für die Morde im LGBTQ-Zentrum Bar Noar habt ihr, soweit ich weiß, auch noch nicht gefasst.«

Die Ader auf Malkas Stirn pocht jetzt in einem hässlichen, schmutzigen Rot.

»Micky«, ich kann mir nicht verkneifen, einen weiteren Keil einzutreiben, »das ist nun echt nicht fair. Malka war doch noch nicht mal bei dem verantwortlichen Dezernat.«

»Wie hast du überhaupt gehört, was ich Einat gesagt habe?« Geller fährt zu mir herum. »Ihr habt doch hier geredet, und ich war in der Küche. Was bist du, ein Pinscher?«

»Ich habe eine sehr hoch entwickelte Trennschärfe zwischen Hörvermögen und Konzentrationsfähigkeit«, werfe ich mich in die Brust. »Was typisch ist für –«

»Eine Frau?«, schlägt Geller vor.

»Nein.« Ich beschließe, mich nicht auf dieses erbärmlich niedrige Chauvi-Niveau herabzubegeben. »Was typisch ist für einen Privatermittler, einen Detektiv, der den ersten Serienmörder von Transfrauen in diesem Land zur Strecke bringen wird. Komme, was wolle!«

»Oded«, geht Malka dazwischen, »du bist nicht in der Lage, diese Ermittlung durchzuführen. Konzentrier dich in den nächsten Tagen lieber auf Carine Carmeli. Ich habe versucht, deinen Namen aus der ganzen Sache mit Gabriela rauszuhalten, wegen deiner Kontakte zu Binyamin Direktor. Ich habe ihnen gesagt, sie sollen mit Mona Markowitsch reden. Und die wird sie schon auf Direktor und die Party am Mittwoch bringen, also musst du wirk-«

»Du hast sie zu Mona Markowitsch geschickt?!« Ich springe vom Sofa auf.

»Na klar, man muss sie doch inform-«

»*Ich* muss sie informieren«, brülle ich. Malka hebt den Kopf, er schaut verdattert. Ich schnappe mir die Schlüssel des Fohlens vom Tisch. Malka ist manchmal von einer solch beschränkten Auffassungsgabe, wie der letzte Troll.

Was ist so schwer daran zu verstehen – ich werfe mir einen schwarzen Kapuzenpulli über –, dass ich derjenige bin, der Mona von Gabriela erzählen muss? Was ist so schwer daran zu kapieren, dass, wenn ich es Mona erzähle, sie mir vielleicht vergeben wird, mich nicht gleich auf die Suche nach Gabriela gemacht zu haben, obwohl sie mich darum gebeten hatte? Und was ist so schwer daran zu verstehen, dass heute Nacht diesem Hannibal Lecter nachzujagen das Einzige ist, was mich davor bewahren wird, allein in einer dunklen Wohnung um meinen Vater zu weinen.

»Oded, warte.« Auch Malka steht vom Sofa auf.

»Macht die Tür hinter euch zu.« Ich ziehe mir die Kapuze über den Kopf und stürze aus der Wohnung.

14

BITTE VERZEIH MIR

Die trutzige Fassade des Bezirksarbeitsgerichts ragt in den Nachthimmel. Streng geometrisch angeordnete Türme, Seitenflügel und hohe Fenster bestimmen die Architektur des Gebäudes, zu dessen Füßen sich die grauen Werkstätten und Bürokomplexe der Schoken-Straße drängen. Die Phalanx verrammelter Türen von Handwerksbetrieben, Kiosken und Kurieragenturen wird einzig durchbrochen von einem hell erleuchteten Schaufenster voller afrikanischer Holzstatuen: Tiger, furchteinflößende Kriegsmasken, farbenfrohe Singvögel, Fruchtbarkeitsgöttinnen und Jäger blicken mit starrem Blick auf die Straße. Ihre geschnitzten Augen beobachten mich, wie ich einer Frau im Minirock mit tiefem Ausschnitt, Bomberjacke und Stöckelschuhen folge, die jetzt in die Sträßchen des Gewerbequartiers abbiegt, das sich hinter dem Gerichtsgebäude erstreckt.

Im kalten Wind, der durch die Straße weht, flattern die Davidsterne in einer ganzen Formation von Landesflaggen. Eine Galerie für Badezimmerkeramik erstrahlt in makellosem Weiß gegenüber den schäbigen Plastikfenstern, grauen Klimaanlagengeschwüren und schmutzigen Rollläden der tristen Büroquader. Auf einigen der aufgebrochenen Briefkästen werben Aufkleber für neue Künstlerräume und Sozialaktivistenkollektive. Postkarten von Gemälden, Einladungen zu Vernissagen und Loftparty-Flyer liegen auf dem Boden verstreut zwischen Spritzen und aufgerissenen Pizzakartons von Mr. Nice Guy. Gelächter und Elektrobeats sind von der Terrasse eines Restaurants zu hören. Lautstarke Grüppchen bestellen Mozzarella di Bufala Campana auf einem Linsenbett und Blumenkohlpasta. In der schmalen Straße, welche die fidele Terrasse von dem riesigen Gemälde eines Rappen an der gegenüberliegenden senfgelben Fassade trennt, steigt die mit Minirock und High Heels Bewaffnete in ein rotes Auto, und ich höre, wie sie verkündet, für fünfzig Schekel sei nur Blasen drin.

Ich biege nach rechts ab in eine unbeleuchtete Straße, die sich zwischen Industriebauten hindurchschlängelt. Frostige Böen wirbeln Pizzakartons über den Gehweg. Ich mache die Jacke über dem schwarzen Kapuzenpulli zu und ignoriere das Vibrieren des Handys, Ariks und Ayalas Anrufe, die Gedanken an meinen Vater, die nicht zu greifende, aufsteigende Beklemmung. Ich lasse die Stimmen der Restaurantgäste hinter mir. Eine schwarze Limousine überholt mich, bleibt weiter vorne stehen. Zwei Frauen beugen sich zu dem Fenster, das surrend herunterfährt. Mir klopft das Herz. Vielleicht ist das der Wagen, von dem Carine Carmeli gesprochen hat. Vielleicht ist der Fahrer der Mörder von Prince und Gabriela. Vielleicht sollte ich die beiden jungen Frauen warnen, die mit der Person am Steuer verhandeln. Vielleicht kapierst du endlich, meldet sich Malkas gallige Stimme in meinem Kopf, dass es im Großraum Tel Aviv Zehntausende schwarzer Fahrzeuge gibt? Die beiden Frauen schlüpfen auf die Rückbank. Der Wagen schießt davon.

Ich streife weiter zwischen den Frauen umher, die im Lichtkegel der Straßenlaternen stehen, zwischen heruntergekommenen Hauseingängen und den wenigen Autos, die durch die verlassenen Straßen kurven, den Paaren, die aus Hinterhöfen auftauchen, erst der Mann, der sich den Gürtel zumacht, und dann die Frau, die sich die Haare richtet und den Lippenstift nachzieht. In der bedrückenden Stille der Straße muss ich bei meiner Suche nach Mona Markowitsch an die Stimmen der Touristen auf der Ben-Yehuda-Straße denken, die auf den Schmetterlingstotenkopf für zwanzigtausend Schekel deuteten. Interessante Frage, wie lange es wohl dauern wird, bis sie es auch hierher schaffen, in die Stadt, die jenseits der Grenzen der Reiseführer liegt, jenseits der Empfehlungen zu Sonne, Meer und Strandpromenade, zu den Restaurants auf den Märkten, den Museen, dem Bauhauserbe, den Labels, Boutique-Hotels und fröhlich-bunten Gay-Pride-Paraden. Vereinzelte Knospen, schüchterne Vorstöße, finden sich bereits, aber die Künstler müssen noch viel umgestalten, die Studenten noch einiges wagen, die Yuppies sich ansiedeln und die alten Bewohner, die Huren, Zuhälter und Obdachlosen, sich in noch weiter abgelegene Viertel trollen. Erst dann werden in schwarzem Holz getäfelte Coffeeshops, lichte Galerien mit großen Schaufenstern, Designmöbelgeschäfte, stylische Barbershops, Boutique-Hotels aus dem Boden schießen. Und so werden am Ende auch die Sightseeing-Touren hierhin finden, bei denen die Touristenführer in wohl gesetzten Worten von den restaurierten Gebäuden schwärmen, die auf derart authentische Weise Vergangenes bewahren – eine ganze Welt des Handwerks und Kleingewerbes, die leider, leider auf immer verschwunden ist.

Pffscht!

Ein schmatzendes Geräusch – ich mache erschrocken einen Satz in die Luft. Ein benutztes Kondom klebt an meiner Schuhsohle. Drei Frauen, die sich am Ende der Straße die Beine in den Bauch stehen, lassen ein Lachen hören.

»Och, was bist du denn für ein Jäger, so perfekt, dass man sterben möchte«, ruft die eine mir zu.

»Was für ein Pralinchen, bei meiner Mama«, gesellt sich die Rechte mit heiserem Stimmorgan hinzu.

»*Ya uchti*, Schwesterchen, verdünnisiert euch mal ganz schnell, ich hab diesen Schatz als Erste gesehen.« Die Mittlere kommt auf mich zu. Mein Gesicht glüht. Das ist nicht nett, sich derart über *moi* lustig zu machen.

»Amal heiße ich.« Die gertenschlanke, groß gewachsene Frau bleibt vor mir stehen und wirft ihre schwarze Lockenmähne zurück. »*Shu, ya hilu?* Und du, Süßer?«

»Oded.« Ich strecke ihr meine Hand hin.

»Händedruck macht schon mal dreißig Schekel.« Amal nähert sich mir. »Wär doch schade, wenn wir uns diese Chance entgehen lassen. Wonach steht dir denn der Sinn heute? Lust auf ein Vollweib?«

»Gott, nein!« Ich schrecke zurück. Ist die Dame etwa blind? Was sollte *ich* Frauenzimmer mit einem Vollweib anfangen?

»Schon gut, Süßer, keine Angst.« Amal lächelt. »Ich würde bis zur Hüfte beim Miss Universe durchgehen, aber untenrum bin ich nicht operiert, also hast du im Lotto gewonnen, Seelchen.«

»Ähm … danke vielmals für das Angebot, Amal«, ich stottere schon wieder, »aber kennst du Mona? Mona Markowitsch?

»Was, stehst du etwa auf Retro?« Amal drängt sich mit ganzem Körpereinsatz gegen mich, und ich fühle ihren flachen Bauch unter der hautengen Bluse. »Die steht doch schon mit einem Bein im Grab.«

»Amal, hör sofort auf zu stänkern«, schreit eine der beiden Frauen, die auf Abstand geblieben sind, in unsere Richtung. »Warum machst du immer Terror?«

»Wen nennst du Terroristin, du dumme Pute?« Amal fährt herum.

»Was gibts da zu fluchen, du Schwachköpfin?«

»Dann nenn mich nicht Terroristin, du widerliche Rassistin!«

»Ach komm, Amal, ich meinte nicht Terror mit Anschlägen und Bomben und so. Ich meinte, du terrorisierst die Kolleginnen. Das ist nicht die feine Art, einer die Stammkunden zu klauen – und noch dazu Mona, diesem Schatz.«

»Wie sie das liebt.« Amal dreht sich wieder zu mir um, und ihre Locken wogen von einer Seite zur anderen.

»Was?«, frage ich.

»Wie sie das liebt.« Amal fuchtelt mit den Händen herum.

»Was liebt?«, ich beiße mir auf die Zunge. Diese Frau versteht nicht, dass nach einem Verb mit unbestimmtem Objekt noch was kommen muss.

»Die Mutter Theresa spielen! Glaub mir, diese Hyäne

muss nur einen Kunden mit ein bisschen Knete sehen, und schon könnten von ihr aus alle anderen in Flammen aufgehen.«

»Ich kann dich hören, Amal«, brüllt die andere Frau erneut. Im Licht der Straßenlaterne ist die lange Narbe zu sehen, die sich quer über ihr schönes Gesicht zieht.

»Romy, was ist los, hast du vergessen, deine Hormone zu nehmen?« Amal fährt abermals herum. »Beruhig dich mal, du bist heute so was von übertrieben.«

»Mona steht am Schabbat immer da drüben.« Romy deutet auf ein Baugrundstück, das sich am Ende der Straße erstreckt. »Weiter links, neben der Treppe und den Müllcontainern.«

Ich bedanke mich bei Romy und Amal und marschiere los, die Straße hinunter. Das Gekeife in meinem Rücken wird schnell zu kehligem Lachen. Ich halte mich links und sehe die grünen Müllbehälter, von denen Romy gesprochen hat. Eine rostige Treppe schwebt darüber, und dahinter lockt ein farbenprächtiges Graffiti von Kokospalmen, weißem Strand, Sonne und Hängematten. Ich überquere die Straße und gehe auf die graue Mauer gegenüber dem Kunstwerk zu. Dahinter tut sich ein dunkler Bauplatz auf.

Plötzlich sind hinter mir schwere Schritte zu hören. Ehe ich mich umdrehen kann, versetzen mir zwei kräftige Hände einen Stoß. Meine Brust prallt gegen die Mauer – die Luft wird aus den Lungenflügeln gedrückt. Ich wühle wild in meiner Tasche, suche verzweifelt Madame Pfefferspray, doch mein Körper erstarrt vor Schreck, als ich begreife: Die Tasche ist leer. Ein zweiter Schlag erwischt mich in der Rippengegend, gefolgt von einem scharfkantigen Stein, der meine Schulter trifft. Ich fahre herum, um die nächste Attacke abzuwehren, aber ein Faustschlag ins Gesicht schickt mich zu Boden. Der Schädel schlägt auf dem Asphalt auf. Ein Schmerz explodiert in meinem Kopf, während ich weiter falle. Weiter in den Boden. In den Schmerz und den Schrei. In den dunklen Vorhang, der sich über meinen Augen senkt.

15

DOPPELTE RATION

Zigarettenrauch steigt über der Baustelle auf. Mein Kopf fühlt sich an wie gespalten. Die rechte Wange brennt. Bei jeder Bewegung stechen Schmerzpfeile in die linke Schulter.

»Dein rechter Haken ist nicht zu unterschätzen.« Ich ziehe an der Zigarette und stoße den Rauch in die kalte Luft aus. »Für eine Frau von fünfundsechzig.«

»Versteh ich das richtig? Soll ich dich noch mal k.o. schlagen?« Mona Markowitschs Hand, in der sie die Zigarette hält, ballt sich zur Faust.

»Einmal reicht, danke.« Ich verziehe das Gesicht.

»Verdient hättest du's auf jeden Fall noch mal.« Mona schnippst ihre Zigarette im hohen Bogen auf das Baugelände.

Wir beide sitzen auf der grauen Mauer. Unsere Füße baumeln in der Luft, meine verdreckten Sneakers neben Monas abgewetzten Stöckelschuhen. Ihre kräftigen Waden stecken in Netzstrumpfhosen. Ein Lederrock gibt sich alle erdenkliche Mühe, das breite Becken zu bedecken. Ein silberner, synthetischer Pullover spannt sich über ihren großen Brüsten, die knapp zur Hälfte nur von einem dünnen Felljäckchen verdeckt werden. Der Bauplatz liegt vor uns ausgebreitet. Eine schwarze Leere, pochend und still. Schutt und Baumaterial bunt vermischt. Das Gerippe eines Gebäudes, das im Entstehen ist.

»Sie war sicher, sie wirds nach Hollywood schaffen.« Monas rauchige Stimme wird untermalt von den Motoren der Autos, die in unserem Rücken vorbeirollen. Aus einem nachlässig hochgesteckten Dutt fallen ihr schmutzigblonde Strähnen ins zerknautschte Gesicht. »Seit sie bei mir eingezogen ist, vor anderthalb Jahren, hat sie mich wahnsinnig gemacht damit. Und was sie bei mir im Wohnzimmer nicht alles getrieben hat … Mit YouTube Tanzübungen trainiert, hat einen Make-up-Workshop gemacht, einen Choreographie-Workshop, einen Workshop für weibliche Intonation, einen für Styling und einmal sogar für Gesang, um mir morgens um fünf vor der Arbeit auch noch den letzten Nerv zu rauben. Was haben wir uns deshalb gestritten. Erst letzte Woche hab ich ihr gesagt, wenn sie so weiter macht und mich mitten in der Nacht aufweckt, braucht sie gar nicht mehr weiter zu sparen, denn dann reiß ich ihr den Kopf ab. Aber hat alles nichts gebracht bei ihr, als würde man mit einer Wand reden. Im letzten Jahr hab ich sie hin und wieder meine Tochter genannt, weißt du? Meine Tochter! Und was meinst du, wie hat sie mich genannt, dieses Aas? Transe Generation 1.0.«

Monas Grinsen schlägt um in ein heiseres Husten. Die breiten Schultern fangen an zu beben. Schwarze Rinnsale sammeln sich in den Falten um die Augenwinkel. Erst vor ein paar Stunden haben die Polizisten sie von Gabrielas Ermordung in Kenntnis gesetzt. Und eine halbe Stunde ist es her, dass sie mich k. o. geschlagen hat. Seitdem redet sie ununterbrochen, ergeht sich in Erinnerungen, springt von einem Thema zum nächsten: Durchzechte Nächte mit Gabriela in verlassenen Bars, das eine Mal, als sich beide einen Ausschlag geholt hatten, weil sie alle Gratistester im Super-Pharm auf einmal ausprobiert hatten. Und das Schlafen in Löffelchenposition, wenn eine von ihnen down war, weil sich der nächste Prinz hoch zu Ross mal wieder als perverser Hurensohn entpuppt hatte. Oder wie sie sich über Gila und Nancy schiefgelacht hatten, die im Café Streets miteinander gestritten hatten. Der morgendliche Kaffee am Schabbat auf dem Balkon der Wohnung in der Bar-Giora, das träge Schweigen, die Wochenendbeilagen der Zeitung, Spiegelei auf Toast, Tahina und ganz, ganz fein geschnittener Salat. Gabriela hatte immer die Tauben gefüttert, obwohl die ihnen dann die Hängematte vollschissen.

»Erinnerst du dich noch, was Gabriela über die Party von Binyamin Direktor erzählt hat?« Ich unternehme einen erneuten Anlauf, an brauchbare Informationen zu kommen. »Wollte sie dort jemanden treffen?«

»Welcher Teufel tut einem Küken wie ihr so was an? Einem Küken! Einundzwanzig, und noch kein einziges Mal im Ausland ist sie gewesen! Super nervig, aber genauso ein gutes Mädchen war sie. Weißt du«, sie wendet mir ihr Gesicht zu, ihre Finger angeln eine weitere Zigarette aus der Packung, die zwischen uns auf der Mauer liegt, »vor einem Jahr hat mir ein Freier hier die Hand gebrochen, und sie war die ganze Nacht mit mir in der Notaufnahme. Nicht mal bezahlt hat er, das Stück Scheiße. Aber sie war die ganze Nacht bei mir. Und als mein Vater gestorben ist, vor einem halben Jahr – weißt du, dass sie mit mir bei der Beerdigung war? Fünfzig Jahre hatten wir nicht miteinander geredet, er und ich. Seit ich damals aus der Jeschiwa abgehauen bin und mir zum ersten Mal ein Kleid angezogen hab. Ich war nachts auf die Straße gegangen, aber unser Nachbar hat mich gesehen und ist gleich losgerannt, es brühwarm rumerzählen, und danach –«

Monas Mund verzieht sich. Öffnet sich, tonlos.

»Aber ich wollte ihn ein letztes Mal sehen, meinen Vater«, fährt sie fort, und ihre heisere Stimme verharrt beinahe zärtlich auf den letzten beiden Worten. »Obwohl er seit dem Tag kein Wort mehr mit mir geredet hat, niemand von dort, nicht meine Mutter und auch nicht meine Geschwister, keiner hat all die Jahre mehr mit mir gesprochen, als wäre ich Dreck, als wäre ich unrein, aber ich bin trotzdem hingefahren, um dort am Rand zu stehen, nur um ihn noch mal zu sehen und Abschied zu nehmen. Und Gabriela war bei mir, ist mit mir zur Beerdigung gefahren, ist neben mir gestanden, hat mich in den Arm genommen und geküsst, hat mich nicht eine Sekunde allein gelassen, als sie den Leichnam meines Vaters in die Erde gesenkt haben.«

Mona verstummt. Ich strecke zögernd eine Hand nach der kräftig gebauten Frau aus. Sie bemerkt es nicht und ich ziehe die Hand wieder zurück.

»Mona, kannst du mir jetzt endlich mal erzählen, ob Gabriela dir gesagt hat, was sie nach der Party noch vorhatte?«

Ihre Augen richten sich schwarz unterlaufen auf mich.

»*Wallah*, seht mal, wem da einfällt, uns zu beehren.«

Die raue Stimme spuckt jedes Wort einzeln aus. »Wo warst du denn bis jetzt, hä? Wo warst du, als sie dort tot im Loch gelegen hat? Scharwenzelt hinter diesem Binyamin Direktor her, leckt ihm den Arsch, wirft sich auf den Rücken und wedelt mit dem Schwänzchen für einen armseligen Knochen.«

»Von Scharwenzeln kann gar keine Rede sein.« Ich bin pikiert. »Man könnte es eine geschäftliche Vereinbarung zwischen Klient und Ermittler nennen. Einen professionellen Vertrag. Man könnte es auch eine Übereinkunft in Bezug auf vereinbarte Dienstleistungen nennen –«

»Also genau wie bei einer Hure«, resümiert Mona trocken.

»Verzeihung?!« Ich reiße schockiert die Augen auf.

»Privatdetektiv, von wegen«, schnaubt Mona. »Ich weiß Bescheid über euch, ihr alle mit euren schönen Titeln. Detektive, Polizisten, Rechtsanwälte, Richter, Berater, Banker, Politiker, Schriftsteller, Schauspieler, Journalisten. Alle seid ihr Huren, jede einzelne von euch. Redet geschwollen, aber macht für jeden Scheißer mit dicker Brieftasche die Beine breit. Aber die, die das auf der Straße machen? Auf die darf man im hohen Bogen pissen, *wallah*, warum auch den Job beim größten Zuhälter des Landes riskieren, um einer alten Hurentranse zuzuhören?«

Ich senke den Kopf. Meine Finger spielen mit Zementbröckchen, die auf der Mauer verstreut liegen. Gabrielas Gesicht tritt mir vor Augen. Weiß. Still. Die grünpink gefärbten Haarspitzen verdreckt von Blut und Erde. Die leeren Augen zum lodernden Himmel gerichtet.

»Jetzt höre ich dir zu«, murmle ich.

»Zu spät.«

»Es tut mir leid, Mona.« Ich hebe den Kopf. »Es tut mir ehrlich leid, dass ich nicht früher auf dich gehört habe, und ich kann nicht mehr tun, als jetzt hier zu sein. Und dass ich denjenigen kriegen will, der Gabriela umgebracht hat. Die Polizei ist ausschließlich mit den Bränden beschäftigt, und ich befürchte, dass Gabrielas Mörder es wieder tun wird, weshalb ich ihn finden muss. Aber das kann ich nur, wenn du mir hilfst.«

Ein kalter Wind weht Mona die blonden Haare ins vom Leben verwüstete Gesicht. Ein Wurf Katzenjungen balgt linkisch auf der Baustelle zwischen Bohlen und Zementsäcken.

»Was meinst du damit, er wird es wieder tun?«

Ich achte sorgsam darauf, Carine Carmelis Namen nicht zu erwähnen, als ich Mona Markowitsch von Prince erzähle, von der schwarzen Limousine, von den Jungs, die Prince immer »Cocci« gerufen haben. Von dem Brunnenschacht in Glilot, in dem ich seine Leiche gefunden habe. Von der Verbindung, die meiner Meinung nach zwischen Prince und Gabriela besteht. Ich zeige ihr das Foto, auf dem Prince zwischen Rosemary und Bret steht. Das lange, schwarze Haar. Die großen, verträumten Augen, die hageren Beine. Ich beschreibe ihr Dean Carasso, den arroganten Beau, das verpickelte Riesenbaby Yossi Berman und den zu kurz geratenen Lior Mekaiten mit seinem weichen, falschen Engelsgesicht.

»Hast du hier vielleicht mal jemanden gesehen, der dich an einen von den dreien erinnert?«

»Wenn du denkst, ich erinnere mich an drei Visagen unter Hunderten von Männern, die hier durchlaufen, dann irrst du dich gewaltig.«

»Und was ist mit Prince?« Ich zeige ihr nochmals das Foto.

»Nein.«

»Okay«, nehme ich mich zurück. »Aber vielleicht hat Gabriela ja Prince gekannt?«

»Wenn ja, hat sie nie mit mir darüber gesprochen.«

»Okay … Und was ist mit dem verdächtigen schwarzen Wagen, fällt dir dazu was ein?«

»Echt lustig, richtest du jetzt auch noch Hochzeiten aus?« Mona deutet auf drei große schwarze Karossen, die zufällig hinter uns parken. »Hier gibts so viele schwarze Limousinen, du könntest eine ganze Hochzeitsgesellschaft damit rumkutschieren.«

»Ich frage lieber einmal zu viel.« Ich werde rot. »Und gibt es jemanden, der Gabriela in letzter Zeit Angst gemacht hat? Jemand, der sie verfolgt oder bedrängt hat? Irgendwas in die Richtung?«

»Wenn ich nicht jeden Apotheker mitzähle, der darauf besteht, sie vor der ganzen Warteschlange als Mann anzureden, dann nicht.«

»Und jetzt mal ernsthaft –«

»Zählt so ein stinkender Transvestit hier auf der Straße auch?«

»Wenn es wieder und wieder derselbe Typ ist, dann ja.«

»Dann nicht.« Mona zündet sich eine Zigarette an.

»Und ist hier in letzter Zeit irgendwas Ungewöhnliches vorgefallen? Sind noch andere Frauen verschwunden oder zu Schaden gekommen? Irgendjemand, der dir aufgefallen ist? Irgendjemand mit brutalen Wünschen?«

»Wühlmäuschen.« Der Rauch entweicht langsam aus

Monas Mund. »Du bist nicht nur noch durchgeknallter, als ich dachte, du bist auch eine lausige Detektivin.«

»Du verletzt mich zutiefst.« Ich verkrieche mich in meinem Kapuzenpulli.

»Ich soll dich nicht mehr beleidigen? Dann hör auf, schwachsinnige Fragen zu stellen. Was denkst du denn, tue ich hier? Pralinenschachteln verkaufen? Weißt du, wie viele Mädchen hier verschwinden? Wie viele sich die Adern aufschlitzen, an einer Überdosis sterben, vergewaltigt oder auf der Straße umgebracht werden? Und du willst, dass ich dir einen besonders Kranken rauspicke? Komm, ich mach dir eine Liste von all den Heteros, die ihre Komplexe an uns auslassen, weil sie nicht zugeben wollen, dass sie lieber mit einer schönen Transe losziehen als mit ihrer Frau, die zu Hause im miefigen Pyjama auf sie wartet. Und die gehst du dann einen nach dem anderen durch, was dich gut ein Jahr kosten dürfte.«

»Okay.« Ich beschließe, die Breitseite an Beleidigungen zu ignorieren. »Was kannst du mir noch über Gabriela erzählen? Was ist mit ihrer Familie? Woher stammte sie?«

»Sie hat nie was gesagt, und ich hab nicht gefragt.«

»Warum?« Langsam kommen bei mir Zweifel auf. Für eine angeblich trauernde Mutter ist Mona nicht kooperativ genug. Woher soll ich wissen, ob sie mir nicht etwas verschweigt. Über Gabrielas Vergangenheit, über sich selbst. Mona schnippst die nächste glühende Zigarettenkippe in Richtung Bauplatz. Holt einen kleinen Spiegel aus ihrer Handtasche, seufzt beim Anblick ihres Gesichts und zückt einen schwarzen Kajalstift.

»Warum? Warum hast du sie nie gefragt, woher sie stammt?«, breche ich schließlich das Schweigen.

»Es gibt welche, die reden über das, was mal war«, Mona fährt mit dem Kajalstift über ihre schweren Lider, »und andere, die das nicht tun. Wie Gabriela.«

»Hat die Polizei dir verraten, ob sie einen Ausweis bei ihr gefunden haben? Oder sonst irgendwas?«

»Nein.« Als Nächstes greift sie zum blutroten Lippenstift. »Sie haben keine Brieftasche gefunden, keine Handtasche, keine Papiere.«

»Du willst mir also weismachen, du hast sie nie etwas über ihre Zeit vor Tel Aviv gefragt?«

»Wirst du mir damit noch lange in den Ohren liegen?«

»Ich denke einfach, es ist seltsam, dass du sie als deine Tochter bezeichnest, ihr beiden aber nie darüber geredet habt, wer sie vorher war, ich meine, als sie noch ein Kerl war.«

»Gabriela war immer eine Frau.« Das metallische Klacken eines Verschlusses hallt in der Dunkelheit. Mona verstaut das Schminkset in ihrer kleinen Handtasche. »Sie war immer Gabriela. Von dem Augenblick an, als sie geboren wurde. Egal mit welchem Körper sie auf die Welt gekommen ist. Das hat sie immer gesagt. Und so war sie, wollte nicht über irgendeinen Namen reden, den ihr jemand in der Vergangenheit verpasst hatte. Und ich? *Wallah*, mit siebzehn, als ich noch viereinhalb Lira fürs Autokino bezahlt habe, um John Travolta in *Saturday Night Fever* zu sehen, hab ich an der Kasse einen Ausweis auf den Namen Benni Marko vorgezeigt. Fünf Jahre später? Da wussten schon alle, Mona ist die schönste Königin an der Hayarkon, Schätzchen.«

»Und genau deshalb«, ich deute mit einer großen Geste auf Mona, »als eine der ersten Transfrauen in diesem

Land, wäre es wichtig, sich an den Weg zu erinnern, den du gegangen bist.«

»Du schwitzt, Rohrspatz.«

»Schon gut.« Ich kapituliere wie eine Dame aus dem wohlhabenden Ramat Aviv, die beim Umtausch des Badeanzuges, den sie im Schlussverkauf erstanden hat, nicht den vollen Betrag von der unverschämten Verkäuferin erstattet bekommt. Der einzige Weg, diese Befragung fortzusetzen, ist zu besagter Partynacht zurückzukehren.

»Und sag mal, Mona«, ich räuspere mich, »was ist mit der Party bei Direktor? Weißt du, wie sie dort gelandet ist? Wer hat sie eingeladen? Diese Partys sind doch nur für geladene Gäste?«

»Nein. Sie hat mir nichts über die Party gesagt, bevor sie gegangen ist.«

»Und wie ist sie dorthin gekommen? Hatte sie einen Wagen?«

»Nein.«

»Oder ein festes Taxi, das sie immer bestellt hat?«

»Ja sicher, gleich nach dem Hummer, den sie im Hilton verspeist hat.«

»Ich versuche einfach nur die Route zu rekonstruieren, die sie in der letzten Nacht ihres Lebens genommen hat, begreifst du das nicht?« Die letzten beiden Worte betone ich unüberhörbar gereizt.

»Entschuldige, daran hab ich nicht gedacht.« Mona verleiht ihrer Stimme einen sanften Schmelz. »Die Party war Mittwochabend. Normalerweise nahm sie den Bus, aber falls sie dort als Grande Dame vorfahren wollte und vorher genug beiseitegelegt hatte, hat sie ein Taxi hin und zurück geordert.«

Ich mache mir in Gedanken eine Notiz, die Taxizentralen in Tel Aviv abzutelefonieren. Vielleicht erinnert sich einer der Fahrer ja, Gabriela vor vier Tagen chauffiert zu haben. Immerhin sah die Dame nicht unbedingt wie ein Durchschnittsfrauchen aus, das gerade vom Einkaufsbummel bei Crazy Line in der Zahav Shopping Mall kommt.

»Also hat sie dir auch nicht gesagt, ob sie auf der Party einen Auftritt hatte?«

»Nein, nichts. Erst als sie mich am Mittwoch direkt von der Party aus angerufen hat, hab ich überhaupt erfahren, dass sie dort ist. Und da war sie eigentlich wie immer. Hat gesagt, wie atemberaubend es sei, richtig wie im Film, und dass alle von ihr begeistert seien. Aber sie klang irgendwie … Ich weiß nicht … wie abgeschaltet. Als würde sie mir was vorlügen.«

»Hast du schon mal was von den noch exklusiveren Partys gehört, die Binyamin Direktor organisiert?«

»Du meinst, die wofür nur die schönsten Nutten angeheuert werden?«

Mona steckt sich eine neue Zigarette an. Mein Gesicht ist wie versteinert, der kalte Wind fühlt sich auf meinen trockenen Lippen schmerzhaft wie Sandpapier an. Ich hatte Binyamin Direktor glauben wollen. Dass Micky Geller Unsinn redet. Und dass diese Partys nichts als dreckige Gerüchte sind.

»Und denkst du, dass Gabriela möglicherweise deshalb auf der Party war?«

»Ausgeschlossen.«

»Warum?«

»Du wirst es kaum glauben, aber wir sind nicht alles Nutten! Darum«, faucht Mona. »Sie hatte ja nicht mal die Mittelschule beendet, also musste sie Treppenhäuser wischen, um an Geld zu kommen. Hat bei AM:PM im Supermarkt gearbeitet. Hat Büros geputzt. Und in richtig miesen Zeiten, wenn sie monatelang ohne Job war und schon überlegte, doch noch auf den Strich zu gehen – weil die Gutmenschen da draußen leider nicht bereit sind, eine Transe einzustellen –, da hab ich ihr Geld gegeben. Hab ihr gesagt, du hast echt Talent, mein Mädchen. Hast eine gewaltige, aufregende Stimme. Und du hast mich …«

Monas Redeschwall erstirbt beim letzten Wort. Sie starrt auf die Bulldozer, die jenseits der Mauer zwischen Schutthügeln und Baumaterial abgestellt warten. Straßenlaternen bringen den Dunst in der Luft gelblich und bläulich zum Leuchten, der über unsere Köpfe hinwegstreicht. In unserem Rücken kreisen die Autos, stöckeln die Frauen, bezahlen die Männer, es öffnen und schließen sich Türen. Die schwarze Schminke verteilt sich abermals auf den großporigen Wangen der kräftigen Frau neben mir.

In der Stille, die sich zwischen uns breitmacht, strecke ich von Neuem die Hand aus und drücke die ihre. Mona erwidert meinen Händedruck. Die Haut ihrer Handfläche ist rau und warm. Hinter ihrem Kopf ragt der zerfledderte Pelzkragen ihrer Jacke auf. Die Aura einer gefallenen Kaiserin.

»Du meintest, Gabriela habe anders geklungen, als sie dich von der Party anrief«, setze ich von Neuem an. »Kann es nicht sein, dass sie dir nur nichts von ihrer Entscheidung erzählen wollte, trotz allem auf diese Weise an Geld zu –«

»Ich sage dir doch, Gabriela hätte so was nie gemacht.« Mona entzieht mir brüsk ihre Hand.

Ihr Gesicht bebt, eine zerknitterte Landkarte von Hügeln und Tälern, schwarzen und roten Sedimenten. Vor uns auf dem Bauplatz jagen die Katzenjungen gerade einer Plastiktüte nach, die durch die staubige Luft weht. Mona springt von der Mauer, und ihr schwerer Körper landet dumpf auf dem Asphalt.

»Wohin gehst du?« Ich springe ihr nach und stöhne laut auf. Alles tut noch weh von der unfreiwillig gemachten Bekanntschaft mit dem Asphaltboden.

»Zu Romy.«

»Romy, die Freundin von Amal?«

»Was?« Mona wirkt einen Moment lang konsterniert und nickt dann. »Ja, die.«

»Warum?«

»Romy hat für Cleopatra Escort gearbeitet, bis irgendein Kunde, dem die Dienstleistung nicht zusagte, ihr anstatt eines Trinkgelds ein Souvenir im Gesicht hinterlassen hat.«

»Cleopatra Escort?« Empörung und Degout sprechen aus mir. Was für ein Name, was für ein Niveau.

»›Agentur für exklusiven Escortservice‹, nennen die sich.«

»Zum Kotzen«, resümiere ich entrüstet.

»Die Mädchen bei Direktors VIP-Partys werden von Cleopatra geschickt. Manchmal auch von Lady Luck. Romy wird wissen, über wen sich rauskriegen lässt, ob Gabriela da war. Aber denk dran, was ich dir gesagt habe: ausgeschlossen!«

Monas dicke Oberschenkel reiben geräuschvoll aneinander, als sie auf die grünen Müllcontainer zumarschiert. Aus den heruntergekommenen Hinterhöfen auf unserem Weg sind halblaute Verhandlungen um Preise, Zeiten und Körperteile zu hören. Mona biegt nach rechts ab, ächzend humple ich ihr nach. Mein Handy vibriert. Ich bleibe stehen und werfe einen Blick auf das Display. Die Nachrichten von Arik und Ayala wechseln sich schön ab. Zögernd schweben meine Finger über dem Sperrbildschirm. Ich kann ihnen die Wahrheit nicht sagen, kann sie nicht belügen, und kann ihnen jetzt nicht antworten.

Ich lasse das Telefon wieder in die Tasche gleiten und gehe weiter, auf die nächste Straßenlaterne zu. Um die schwarzen Silhouetten von Romy, Amal und Mona ergießt sich ein Lichtkranz.

»Na ja, die hat immer gedacht, sie ist was Besseres, und am Ende? Guckt euch an, wo sie gelandet ist.« Amals spöttische Stimme dringt schon von Weitem an mein Ohr.

»Pass auf, was du sagst, Amal.«

»Ich sag nur die Wahrheit, Mona, musst du mir nicht krummnehmen. Die hat gedacht, wenn sie zu Vorsprechen für so Realityshows geht, hätte sie Applaus verdient, als wär das 'ne große Ehre, dass dir ganz Israel in den Slip guckt. Damit du's weißt, erst vor zwei Wochen hab ich ihr gesagt, das gehe mir so was von am Hintern vorbei, dass die jetzt zehntausend Follower hat, nur weil sie bereit ist, bei so 'nem Fernsehzoo mitzumachen. Das hilft mir in meinem Leben hier echt nicht weiter, dumme Pute.«

»Gut, Amal, kannst du mal für eine Sekunde dein Lästermaul halten«, meldet sich Romy. »Ich telefoniere und bei deinem Gekeife kann ich Atalya nicht verstehen.«

»Und was sagt sie?«, fragt Mona.

»Wer ist das, Atalya?« Ich geselle mich zu dem Trio.

»Eine Freundin von Romy, arbeitet bei Cleopatra«, antwortet Amal.

Ich nicke wortlos. Mona nähert sich mir. Ihre Augen unter den dunkel geschminkten Lidern bohren sich in mein Gesicht. Ich schaue zu Romy, die weiter mit Atalya redet und dabei auf und ab geht. Das gleißende Licht der Straßenlaterne betont die Narbe, die sich schräg über ihr Gesicht zieht. Mir fällt ein, was Mona erzählt hat, und mich schaudert. Mona beobachtet mich immer noch. Ihr nerviger Blick ist schon eine gefühlte Ewigkeit auf mich gerichtet.

»Was? Was starrst du mich die ganze Zeit so an?« Jäh wende ich mich ihr zu.

»Deine Aura.« Die massige Frau zwinkert nervös. »Die Farben haben sich komplett geändert.«

»Ich hoffe, ich hab endlich den Zebralook, den ich immer schon wollte«, kommentiere ich trocken.

»Du hast so ein tiefes Blau um dich.« Sie nähert sich mir. »Das ist nicht gut, mein Liebling. Das bedeutet große Einsamkeit. Und große Angst.«

»Siehst du da etwa auch ein Loch im Kopf? Denn du starrst mir gerade eins rein.« Ich werde allmählich ungehalten. Ich habe keinen Nerv für die Prophezeiungen dieser Hexe von Endor.

»Kein Loch.« Mona streckt die Hand aus und tastet mein Gesicht ab. »Aber der Rand ist gezackt und ganz dunkel, fast schwarz, wie bei einem vom Leben gezeichneten Menschen. Oder jemandem, der Schutz braucht vor Sachen, die ihm drohen: Verletzungen, Pech, ein böser Zauber, schlechtes Samsara oder auch ein Fluch.«

»Das ist nicht spaßig, Mona.«

»Ich spaße nicht.«

Ich zucke ein wenig zurück. Monas Stimme erwischt mich mindestens so heftig, wie ihre Faust es getan hat. Es ist lächerlich, aber ihr heiserer Bariton lässt in meinem Magen eine drückende Wolke entstehen – ein Schwarm Krähen, die ihr schwarzes Gefieder spreizen und sich in meinem Innern ausbreiten.

»Ich hab den Namen«, bricht Romys Stimme die Stille.

»Wessen Namen?«, frage ich aufgeregt.

»Von dem, der die Mädchen für Binyamin Direktors Privatpartys organisiert.«

»Und?« Ich mache eine ungeduldige Handbewegung.

»Stas«, sagt Romy. »Stas Omansky.«

Ich starre auf die hässlich gezackte Narbe unter Romys rechtem Auge, während die schöne junge Frau mit dem entstellten Gesicht just den Mann beschreibt, mit dem ich die letzten Tage verbracht habe. Ich rutsche am Laternenmast entlang zu Boden, schürfe mir den Rücken an dem rauen, rissigen Metall auf. Ich hebe den Blick, das künstliche Licht blendet meine Augen. Gelber Staub wirbelt im böigen Wind auf. Vielleicht hat Mona ja recht. Bei meinem Pech muss ich in einem früheren Leben offenbar Leni Riefenstahl gewesen sein.

16

POLARSTERN

Zum Kotzen. Im dreihundertsechzig Grad Radius. In einem ewigen Taumel, wie auf der Achterbahn. Als rothaariges Mädchen mit entrücktem Blick und Pickeln im Gesicht, dem ein Dibbuk im Magen tobt und dem unkontrolliert »fuck-fuck-fuck«-Schreie aus dem Mund platzen. So fühle ich mich, während das Fohlen nachts um elf einmal durch ganz Tel Aviv galoppiert, sich ächzend seinen Weg sucht durch die chaotischen Sträßchen von Neve Sha'anan, weiter über die großen, unbeleuchteten, von Werkstätten gesäumten Straßen des Hamasger Viertels fährt, dann unter den funkelnden Türmen des Azrieli-Centers hindurch, vorbei an den restaurierten Bauten, den penibel gestutzten Rasenflächen, dem Food-Market und den Markengeschäften, die die Hülle des Ausgehviertels Sarona füllen, der ehemaligen Templer-Kolonie. Anschließend über die glatte, breite Fahrbahn der Namir-Ausfallstraße und den Fluss, der sich durch den saturiert grünen Norden schlängelt, auf das Meer zu, das in der Dunkelheit tost, und schließlich hinein in das architektonische Labyrinth der Polarstern-Siedlung, in der, Romys Kontakt bei Cleopatra Escort zufolge, Stas Omansky wohnt.

Der Wagen umrundet unzählige Verkehrskreisel. Ich zügle das Fohlen und biege am nächsten Kreisel der verschlafenen Trabantensiedlung ab. Dann trete ich auf die Bremse und schreie frustriert auf, als ich mich zwischen zwei Reihen von Wohntürmen wiederfinde, die sich entlang breiter Gehwege wie eine Armee gesichtsloser Riesen postiert haben. Zu ihren Füßen Bäume, Zierfelsen, Familienkombis und zwei schattige Spielplätze. Ich drücke das Gaspedal durch und fluche. Kann sein, dass ich hier schon mal war. Oder auch nicht. Wie soll man das wissen, wenn jede beschissene Straße in diesem Viertel exakt so aussieht wie die zuvor?

Der siebte Kreisel entlässt mich schließlich in die Israel-Galili-Straße. Das Fohlen kommt schnaufend zum Stehen. Ich haste einen hübsch bepflanzten Weg hinauf. Hinter einer makellos sauberen Glastür breitet sich eine stille Lobby mit Marmorboden aus: hohe Decken, zwei Aufzüge, zwei cremefarbene Sessel und ein impressionistisches Mittelmeergemälde, das den Bewohnern der unteren Etagen wohl in Erinnerung rufen soll, wie das Meer aussieht, das bloß einen Sprung entfernt liegt, ihrem Blick aber durch die parallel verlaufenden Alleen von Wohntürmen entzogen ist.

Das rote Auge der Gegensprechanlage glotzt mich an, als ich auf den Knopf von Appartement 26 drücke. Schweigen kanzelt mich ab. Ich klingle erneut – totale Stille. Ich klingle wieder und wieder und wieder, bis mein Zeigefinger rot anläuft. Schließlich trolle ich mich und setze mich auf den Gehweg vor dem Gebäude. Der eisige Wind hackt mir seine kleinen Messerchen ins Gesicht. Ich reibe die steif gefrorenen Hände aneinander und starre auf ein fotogeshopptes Werbeplakat, das geklonte Menschen zeigt, die durch eine von Bäumen gesäumte Straße flanieren, mit Gucci und Ilan's Coffee Shop im Hintergrund. *Einstein Boulevard*, verkündet die Aufschrift, der neue pulsierende Laufsteg Tel Avivs, das perfekte Shopping-Erlebnis am Polarstern. Dreiunddreißig Minuten habe ich von einem Ende der Stadt zum anderen gebraucht, aber die Unterschiede zwischen den Shopping-Erlebnissen lassen mir den Kopf schwirren. Als wäre ich gerade mit einer Boing 747 aus den Favelas von Rio de Janeiro ins New Yorker Upper East Side geflogen.

Meine linke Schulter brennt vor Schmerz und Kälte. Vorsichtig berühre ich die linke Wange, mit der mein Kopf auf dem Asphalt aufgeschlagen ist, und unterdrücke ein Stöhnen. Ich ignoriere das schwache Fleisch und mustere den dunklen Klotz, in dem Stas wohnt. Die Stille, die in dieser verschlafenen Trabantenstadt herrscht, übt eine ganz eigene Magie aus. Das wilde Brennen in meinem Inneren, das mir in der letzten Stunde die Luft genommen hat, kühlt sich plötzlich ab wie glühendes Eisen, das in Eiswasser getaucht wird. Die Wut verfestigt sich in der Kehle, wird zu etwas Hartem, Kratzendem, Beständigem. Du willst nicht aufmachen, Stas? Kein Problem. In meinem Arsenal hat sich jahrelange Übung angesammelt, was das Versenden von SMS und anschließendem stoischem Ausharren betrifft. Grindr, Scruff, Romeo, Atraf und sogar Gay Date, in den besonders harten Dürrejahren. Kaum jemand, der so erfahren darin sein dürfte, auf fantastisch aussehende Kerle zu warten, die mir nicht antworten.

Die nächtlich tiefen Temperaturen dringen durch die

Haut. Die Lippen sind rissig von der beißenden Kälte. Vom körnigen Staub brennen die Augen, der seit den Bränden in der trockenen Luft klebt wie hartnäckiger Schmutz. Ich schleppe mich zurück zum Fohlen und ziehe scheppernd die Tür zu. Der Sitz klappt nach hinten. In der Dunkelheit glimmt die Zigarette. Meine Augen kleben an dem Gebäude. Der Nachrichtensprecher im Radio vermeldet, es gebe Streiks am Ben-Gurion-Flughafen und dass die Polizei wegen versuchter Brandstiftung aus nationalistischen Beweggründen dreißig Tatverdächtige aus dem arabischen Bevölkerungssektor festgenommen habe. Der Innenminister unterstreicht erneut unser aller Pflicht, dem Feuerterror »wie ein Mann« zu begegnen. Die Polizeisprecherin dagegen schränkt ein, noch gebe es keine Informationen über die tatsächliche Anzahl der nachweislich gelegten Brände. Die kalte Wut über diese bescheuerte Berichterstattung schärft meinen Fokus. Auch wenn Malka mir nicht glaubt, die Morde an Gabriela und Prince können kein Zufall sein. Ich schicke Micky Geller eine WhatsApp-Nachricht und frage, ob er, wie versprochen, schon etwas über Gabriela und Prince herausgefunden habe. Er antwortet nicht. Ich schicke Malka eine Nachricht und frage, ob die Pathologie bereits wisse, wann die Obduktion der beiden Leichen denn nun stattfinden werde. Keine Antwort. Das Handy bleibt stumm.

Ich erstelle eine Liste aller Taxizentralen in Tel Aviv. Und finde hundertneunundzwanzig Einträge. Nachdem ich die Zentralen in den Satellitenvorstädten, die – genau wie jene, in der ich gerade parke – glauben, noch zu Tel Aviv zu gehören, eliminiert habe, schließe ich auch jene aus, die nur den Flughafen bedienen sowie die der Sammeltaxen. Danach bleiben noch zweiundzwanzig Zentralen in der Stadt, bei denen ich den Fahrer suchen kann, der Gabriela Mittwochnacht nach Savyon und wieder zurückgefahren hat.

Einhundert Minuten und zweiundzwanzig Anrufe später pocht mein Ohr und der Hals ist heiser. Alles umsonst. Die meisten Gesprächspartner waren nicht bereit, um diese späte Uhrzeit auch nur einen Blick in ihre Fahrtenbücher zu werfen. Wenige hatten zumindest versichert, sie würden zurückrufen, sollten sie etwas finden. Jeff Buckley singt im tiefgekühlten Wagen »Hallelujah«. Ich schalte das Radio aus und stecke mir noch eine Zigarette an, kontrolliere das Handy. Die Häkchen unter den WhatsApp-Nachrichten an Geller und Malka sind noch immer grau. Ich schicke eine weitere Nachricht an beide. Das Herz wird unversehens zum Nadelkissen, da ich mir die zwei im Bett vorstelle. Die Handys blinken in der Dunkelheit, doch die Körper umschlingen einander, ohne sich für irgendjemand anderen auf der Welt zu interessieren. Ich versuche, nicht an sie zu denken. Versuche, nicht an meinen Vater zu denken. Versuche, mich darauf zu konzentrieren, wer oder was die Verbindung zwischen Gabriela und Prince sein könnte.

Die Minuten verrinnen quälend langsam wie bei einer Chinesischen Wasserfolter. Ich suche nach Gabrielas YouTube-Videos, von denen mir Mona erzählt hat. Es sind sechs. Die Aufrufe belaufen sich auf ein paar Dutzend. Die Kommentare sind noch spärlicher: *Was für eine Schönheit, man könnte sterben … Wahnsinnsstimme! Du bist mein Leben.* Ich gehe alle Videos durch. Die Einstellung ist statisch. Die Qualität dürftig. Ein Wohnzimmer mit abblätternder Farbe an den Wänden, Perserteppich, verschlissenen Ledersesseln und Schiebetüren. Gabriela betätigt die Kamera und baut sich dann in der Zimmermitte auf. Ihr schönes Gesicht ist kräftig geschminkt, ihre hoch gewachsene Gestalt steckt in einem violetten Stretchkleid, die schwarzen Haare mit den pink-grünen Spitzen ergießen sich über die wohlgeformten, von Sternchentattoos bedeckten Arme. Das letzte und populärste Video von allen – mit dreiundachtzig Aufrufen und fünf Kommentaren – beginnt, als Gabriela bereits mitten im Raum, vor den beiden Schiebetüren, steht. Die Kamera wackelt. Gabrielas Silhouette spiegelt sich im matten Glas der Türen. Sie fängt an, »Diamonds« von Rihanna zu singen. Langsam ist ihre Interpretation. Die Silben klingen schwer. Ihre Stimme ist tief und hypnotisch. Ihr Körper wiegt sich. Die dramatisch geschminkten Augen hoffen auf ein Like. Und sie ist so jung, dass ich am liebsten sterben möchte.

Irgendwann wird das Display schwarz. Das Video ist vorbei. Doch Gabriela singt weiter in meinem Kopf, über Diamanten, die am Himmel erstrahlen, Sterne, die in der Ferne leuchten, über ein Leben, das vor lauter Ekstase und Liebe schier explodiert. Allein im stockfinsteren Auto bin ich ein Astronaut, der verloren durchs All treibt. Die Fingernägel graben sich in die Handflächen, hinterlassen Halbmonde auf der Haut, gekrümmte Flammen. Der Schmerz bringt Erleichterung. Ein Messer in der Haut tut weniger weh als eine Klinge im Herzen – schneidet weniger tief als der Gedanke daran, wie ich so dumm sein konnte. Daran, wie ich es wagen konnte, auch nur einen Moment zu glauben, jemand wie er könnte jemanden wie mich wollen. Daran, dass geliebte Menschen dich am Ende immer verlassen und dass der schmerzhafteste Absturz stets der ist, den du selbst verschuldest. Denn du hast die Warnsignale nicht gesehen, hast die Augen geschlossen, als der Weg ohne Wiederkehr zu dem ehernen Felsen anstieg, weil du gewagt hast zu träumen, ein anderer zu sein.

Das Piepen einer Autoverriegelung lässt mich aufschrecken. Im Rückspiegel ist ein hünenhafter Mann aus einem schwarzen Wagen gestiegen und geht jetzt auf das Fohlen zu. Die geschmeidigen Bewegungen seines athletischen Körpers auf der dunklen Straße sind von einer beiläufigen Selbstsicherheit, die sich eine Verletzung nicht einmal vorstellen kann. Meine Hand zaudert am Türgriff. Der Zorn wird verdrängt von Begehren. Von Furcht. Von dem Wunsch, für immer mit ihm unter der Bettdecke zu verschwinden. Ich atme tief durch, ziehe den Griff zu mir heran, schäle mich aus dem Wagen und werfe die Tür hinter mir zu. Genug ist genug. Diese Hündin ist fertig damit, sich auf den Rücken zu wälzen und mit dem Schwanz zu wedeln für jeden, der ihr einen Knochen hinwirft.

»Oded!« Stas bleibt auf dem Gehweg stehen, sodass die Straßenlaterne über uns sein Gesicht bescheint. »Was machst du denn hier?«

»Ich beschatte dich.« Ich bleibe am Wagen gelehnt stehen, lächle schief. Die Haltung ist männlich. Die Stimme respektheischend wie die eines Sheriffs, der einen Banditen stellt. Das amüsierte Funkeln lässt Stas' blaue Augen erstrahlen. Ich presse die Lippen aufeinander, als sich in meiner Unterhose beim Anblick des schmerzlich vertrauten Schauspiels etwas regt. Nicht zu glauben. Nach all den Lügen genügt ein Blick auf diesen Mann und ich sabbere wie ein Hund, der das Pawlow'sche Glöckchen hört.

»Hier wohnst du also?« Ich betrachte die Betonbauten, die sich über uns erheben.

»Ich bin vor ungefähr einem Jahr hergezogen.« Stas nickt. »Viel Grün, ruhig, eine Sekunde bis zum Meer. Alle würden dafür töten, hier zu wohnen. Im Minutentakt wird hier ein Hochhaus nach dem nächsten hingesetzt.«

»Passend zum Ortsnamen ›Der große Block‹«, gifte ich.

»Oded, was ist los?« Das amüsierte Funkeln verschwindet aus Stas' Augen. »Du benimmst dich sonderbar. Warum bist du hier?«

»Tatsächlich? Ich habe das Gefühl, ich benehme mich endlich, wie ich sollte.«

»Beschattest du mich wirklich?«

»Könnte man sagen.«

»Okay, Oded, es ist gleich zwei Uhr nachts, und diese Verhängnisvolle-Affäre-Nummer kommt bei mir nicht gut an.«

»Weißt du, was bei mir nicht gut ankommt?«, zische ich. Dieser eingebildete Gockel. Denkt nicht mal im Entferntesten, dass ich wegen Gabriela hier bin. Wie leicht es sein muss, ein Kerl zu sein, dem die Lovers nachts auflauern, um sich ihm zu Füßen zu werfen.

»Warum habe ich das Gefühl, du wirst es mir gleich selbst sagen?«

»Bei mir kommt es nicht gut an, wenn man mich anlügt.«

»*Wallah*, gut zu wissen. Danke.«

»Sag mal, Stas«, ich schlage den Tonfall eines Waschweibs am Zuber an, »wie würdest du deine Arbeit für Bulli überhaupt definieren? In eigenen Worten, bitte, fühl dich ganz frei.«

»*Yallah*, Oded.« Stas macht Anstalten, mich stehenzulassen. »Ich weiß nicht, was du dir eingeworfen hast, aber ich hab echt keinen Bock auf diesen Scheiß, also komm, lass uns artig gute Nacht sagen, bevor hier was bei rauskommt, das uns beiden hinterher leidtut.«

»Würdest du deine Aufgabe als die eines Leibwächters beschreiben?« Ich versperre ihm den Weg.

»Oded, geh nach Hause.« Stas versucht, rechts an mir vorbeizukommen.

»Oder bist du eher ein Privatsekretär?« Ich mache einen Ausfallschritt, um den Durchgang auf der rechten Seite des Gehwegs zu blockieren.

»Oded, ich schlage vor, du beruhigst dich ganz schnell.«

»Oder einfach Zuhälter?«

»Wie hast du mich genannt?« Stas erstarrt.

»Oh, Verzeihung.« Ich bin die Unschuld in Person. »Bevorzugst du etwas mit mehr biblischem Touch? Hurenhirte vielleicht?«

»Sag mal, bei dir sind alle Schräubchen raus, oder?«

»Da ist sich Frauchen nicht so sicher.«

»*Wallah*, ich mir schon.«

»Du streitest also ab, dass Gabriela über dich zu Binyamin Direktors Party gekommen ist?«

»Nervst du mich schon wieder mit dem Namen?«

»Und was ist mit Cleopatra Escort? Noch ein Name, der dir unbekannt ist?«

»Nie gehört.«

Seine Sorglosigkeit bringt mich um den Verstand. Ich

mache einen Schritt zurück. Weg von dem hochmütigen Blick, von dem Gesicht, ein Kunstwerk aus Anmut und Spott. Weg von dem festen, wie aus Fels gemeißelten Körper. Die Wut schnürt mir die Kehle zu. Warum fühle ich mich neben solchen Kerlen immer wie ein hässliches Entlein, das versucht, dem Schwan ein paar Brotkrumen wegzuschnappen?

»Jetzt mal ehrlich, Stas.« Ich verschränke die Arme, und mein Kopf arbeitet auf Hochtouren in dem Versuch, einen Riss in dem atemberaubenden Panzer auszumachen. »Du hattest doch gesagt, du schämst dich mittlerweile nicht mehr, du selbst zu sein?«

»Richtig.«

»Und warum lügst du dann?«

»Ich lüge nicht.«

»Du würdest nicht lügen, wenn du dich nicht schämen würdest.«

»Es gibt nichts, weswegen ich mich schämen müsste.«

»Tatsächlich? Interessant, was deine Mutter wohl zu der Profession deiner Wahl sagen würde.«

»Oded.« Stas' Stimme sinkt um eine Oktave. »Ich denke, du solltest jetzt aufhören.«

»Sehr interessant, wirklich, was hätte sie wohl dazu gesagt, dass du deinem widerlichen Boss hilfst, mit Frauen zu handeln?«

»Ich werde dir mal was über diesen widerlichen Boss erzählen.« Stas nähert sich mir, ich weiche zurück. »Dieser widerliche Boss war der Einzige, der an meine Mutter geglaubt hat, die sich bis dahin in seinen Büros den Rücken krumm geputzt hatte. Er hat ihr ermöglicht, in Tel Aviv das Modestudio zu eröffnen, das sie zuvor in Odessa hatte, bevor sich mein Vater mit unserem ganzen Geld aus dem Staub gemacht hat. Und dieser widerliche Boss war der Erste, der Geld in ihren Traum investierte und ihr Kunden verschaffte, für die sie Kleider entwarf und nähte. Und als eine Sekunde später alle zur nächsten angesagten Sache gerannt sind, war er es, der da war und den Gerichtsvollzieher vor der Tür abgewimmelt hat. Dieser widerliche Boss war der einzige Mensch, der uns geholfen hat, als sie bei meiner Mutter den Hirntumor entdeckt haben und wir nicht mal mehr Geld für Lebensmittel hatten. Dank ihm hat sie noch ein paar Monate gelebt. Es tut mir leid, dass das alles nicht zu deinen Vorstellungen von Gut und Böse und in dein Schwarz-Weiß-Raster passt, aber ich weiß sehr gut, warum und wem gegenüber ich loyal bin.«

»Ganz sicher nicht den Frauen gegenüber, die aus Russland kommen, um hier ausgenutzt zu werden«, bohre ich weiter in der Wunde.

»Was, Russland? Was kümmert mich es, dass die aus Russland sind?«

»Das juckt dich gar nicht?« Ich schnalze mit der Zunge. »Dass diese Frauen aus demselben Land kommen wie deine Mutter?«

»Meine Mutter war aus der Ukraine.«

»Gibts da wirklich so einen Unterschied?«, frage ich, überrascht.

»Zwei komplett unterschiedliche Länder«, blafft Stas. »Aber für dich tanzen wir sicher alle mit Bären und Balalaika auf der Straße.«

»Die Tradition mit dem Bären und der Balalaika ist mir tatsächlich bekannt.« Ich nicke vielsagend.

»Das war zynisch gemeint.«

»Von mir ebenfalls«, behaupte ich und erröte. Wie peinlich. Was für eine Blamage. Ich bin hergekommen, um ihn hart ranzunehmen, und bin selbst die Vorgeführte.

»Und was ändert das überhaupt?«, faucht mich Stas an. »Wo die herkommen? Wo ich herkomme?«

»Das ändert ganz sicher was.« Ich versuche, mich wieder aufzurappeln, indem ich frei aus irgendeinem Zeitungsartikel zitiere: »Es gibt da draußen unzählige Frauen, die aus Osteuropa herkommen und zur Prostitution gezwungen werden, und ich hätte gedacht, jemand aus demselben, äh, Kulturkreis würde zumindest Solidarität empfinden oder so was wie eine Verpflichtung oder Verbundenheit oder was weiß ich, ihnen zu helf-«

»Ich weiß ja nicht«, unterbricht mich Stas, »was du meinst zu wissen, wer und was ich bin und woher meine Mutter stammte, aber du weißt gar nichts über mich. Das Einzige, was du kannst, ist hochtrabend aus deiner schönen Wohnung daherreden und –«

»Von welcher schönen Wohnung faselst du gerade?« Ich bin auf dem besten Wege, meine elegante Contenance endgültig zu verlieren.

»Deine Wohnung da in der Nähe der Sheinkin.« Stas spuckt den Straßennamen geradezu verächtlich aus.

»Ach so, die, die vergesse ich manchmal«, murmle ich. Jetzt ist wohl gerade nicht der richtige Zeitpunkt, Stas zu gestehen, dass die Wohnung in Wahrheit Ofer Ganor gehört.

»*Wallah*, schön für dich, wenn du eine solche Wohnung vergessen kannst.« Der Spott trieft nur so aus Stas' Stimme. »Das ist schon interessant, wie reiche Typen in schönen Wohnungen einem immer was von Solidarität,

Prinzipien und Fairness erzählen. Ich liebe, wie ihr euer Gewissen aufpoliert mit schönen Worten, während jemand wie meine Mutter euch mit einem stinkenden Lappen das Klo schruppt. Und um deine Frage zu beantworten: Könnte mich meine Mutter heute sehen, den Sohn einer Putzfrau, der jetzt die rechte Hand des Bosses ist, glaub mir, sie wäre sehr stolz.«

»Unwichtig, wen du auf dem Weg nach oben niedergetrampelt hast?«

»Lieber der Schrubber sein als der Putzlappen.«

»Oder lieber der Stein als der eingeschlagene Schädel«, provoziere ich.

»Was? Wovon redest du?«

»Gabriela. Jemand hat sie Mittwochnacht umgebracht, mit einem Stein auf den Schädel eingeschlagen. Nach der Party.«

»Du lügst.«

»Ich wünschte, es wäre so.«

»Wo?«

»Man hat die Leiche in einem verlassenen Wasserloch im Kula-Wald gefunden, zwanzig Minuten entfernt von Bullis Haus in Savyon. Bemerkenswerter Zufall, was?«

Stas erwidert nichts. Die Straßenlaterne erzeugt einen schwefelgelben Kreis auf dem Gehweg, und im fahlen Licht wirkt sein Gesicht traurig. Oder vielleicht sind das auch nur die Schatten, die die Straßenbeleuchtung darauf zeichnet.

»Das wusste ich nicht.« Stas' Stimme durchbricht das Schweigen.

»Du wusstest nicht, dass das passieren würde, als du sie diesen Hackfressen wie ein Steak serviert hast?«

»Nein, so war es nicht, und ich hab keine Ahnung, wer das mit ihr gemacht hat, aber das hat nichts mit der Party zu tun. Genaueres kann ich dir nicht sagen, Bulli mag es nicht, wenn Leute zu viel über sein Privatleben wissen. Er möchte – wie sagt er immer? – die Aura wahren.«

»Die Aura?! Soll ich zu Gabrielas Mutter gehen, die nicht aufhören kann zu weinen, und ihr sagen, dass ich nichts über Gabrielas Mord sagen kann, weil Binyamin Direktor sich um seine Aura sorgt?«

Stas antwortet nicht. Sein Blick wandert über mich hinweg, zu den Gebäuden, die hinter uns Spalier stehen, den Bäumen, die die Ansicht verschönern, den Autos, die am Gehweg parken. Ich versuche einzuschätzen, ob seine Augen mir ausweichen, weil die Lüge von der weinenden Mutter bei ihm gefruchtet hat. Jetzt macht Stas einen Schritt auf mich zu, und sein Körper wird im eisigen Wind zu einer Wärmequelle. Seine Hände gleiten an meiner Brust hinab – die traurige Bewegung eines Menschen, der um Entschuldigung bittet. Mein Herz rast. Im Schein der Straßenbeleuchtung sieht er aus wie ein als Engel verkleideter James Dean.

»Sieh mal«, sagt er, »ich will dir ja helfen, aber ich kann dir nicht viel verraten. Gabriela, sie sollte bei einer kleinen Privatveranstaltung singen, die während der Party im Haus stattfand, für einen ausländischen Kunden von Bulli. Der Typ steht auf Transen, und ich dachte, die Show würde ihm gefallen. Aber es ist nicht so gut gelaufen. Sie hat drei Lieder vor den Gästen gesungen, und danach wollte er sie persönlich treffen. Das Problem war aber, er wollte mehr, als nur ihre Stimme hören …«

»Was soll das heißen, er wollte mehr?«, frage ich. Stas

sieht mich vielsagend an. Ich ziehe die Jacke fester um mich, die Finger sind wie versteinert.

»Aber sie wollte nicht«, fährt Stas fort. »Und nur, damit du Bescheid weißt, das passiert schon mal, und dann gehen sie eben nach Hause, und alles ist gut. Bei uns wird keine gezwungen, irgendwas gegen ihren Willen zu machen. Aber diesmal ist der Kunde aggressiv geworden. Hatte zu viel getrunken. Hat nicht auf sie gehört, hat angefangen, sie zu betatschen, aber Gabriela wusste sich zu wehren. Sie hat ihm eine gescheuert – Allah behüte, bis ins Nebenzimmer hab ich die Ohrfeige gehört. Und dann hats da drin mächtig Geschrei gegeben. Ich bin rein und dazwischen gegangen, hab ihr ein Taxi bestellt, bevor Bulli sie umbringen konnte, und sie ist abgerauscht. Das wars auch schon. Wenn du Schuldige suchst für das, was hinterher passiert ist, dann nicht bei uns.«

»Und wer ist der Kunde?«

»Kann ich dir nicht sagen, aber ich hab ihn noch in der Nacht persönlich zum Flughafen gefahren, gut zwei Stunden, nachdem Gabrielas Taxi weg war. Er kann es also nicht gewesen sein.«

»Von welcher Zentrale kam das Taxi, das sie eingesammelt hat?«

»Rimon Savyon Taxis.«

»Weißt du den Namen des Fahrers noch?«

»Nein.«

»Und wie bist du überhaupt auf Gabriela gekommen?«

»Sie hat mich angerufen.«

»Und woher hatte sie deine Nummer?«

»Hat sie sich irgendwie besorgt, ich weiß nicht, wie. Jede Menge Leuten wissen, dass Bulli und ich so sind«,

Stas legt beide Zeigefinger aneinander, »und rufen an, um mir Sachen vorzuschlagen. Gabriela hat das erste Mal vor etwa drei Monaten angerufen. Hat aber da nicht geklappt. Viele geben dann auf, aber sie ist drangeblieben, und schließlich hat sich diese Gelegenheit ergeben, die wie gemacht für sie schien.«

»Ein Vergewaltigungsversuch schien wie gemacht für sie?«

»So meinte ich das nicht. Es sollte wirklich nur ein Auftritt im kleinen Rahmen sein, und als ich verstanden hab, dass sie zu mehr mit ihm nicht bereit ist, hab ich sie gehen lassen. Und du wirst es mir nicht glauben, aber dass sie tot ist, macht mich traurig. Ich habe sie nur dieses eine Mal getroffen, aber sie wirkte wie eine Klassefrau.«

Eine Klassefrau, wiederhole ich für mich. Ein ziemlich armseliger Nachruf auf ein einundzwanzigjähriges Mädchen, das davon träumte, die Welt zu erobern. Ich schaue Stas an und empfinde Ekel. Das war es, was Gabriela an ihrem letzten Abend erleben musste: ein Privatauftritt für einen Geschäftsmann, der erst in einer versuchten Vergewaltigung und dann in ihrer Ermordung endete. Der Moment, auf den sie ihr ganzes Leben hingearbeitet hatte. Ihr Weg zu Glamour und Ruhm. Und vor mir steht der Mann, der dabei geholfen hat. Der Mann, bei dem nur der Gedanke, er könnte sich für mich interessieren, mich so glücklich gemacht hatte, dass ich unfähig war zu sehen, warum er überhaupt mit mir zusammen war. Er sollte mich von Anfang an davon abhalten, den Dreck freizulegen in allen Ecken und Enden von Binyamin Direktors protzigem Landgut.

»Hat dieser Kunde auch einen Namen?«, frage ich erneut. »Ich muss überprüfen, ob er ein Alibi hat und ob deine Geschichte überhaupt stimmt.«

»Ich kann dir seinen Namen nicht geben, das hab ich dir schon gesagt. Aber ich habe ihn selbst zum Flughafen gefahren, und er ist definitiv nach Hause geflogen.«

»Und wo ist dieses Zuhause?«

»Netter Versuch. Läuft aber nicht.«

»Und wer sind die übrigen Personen, die zu der Privatvorstellung geladen waren?«

»Das kann ich dir auch nicht sagen.«

»Bestens.« Ich versuche einen anderen Weg: »Wenn du mir den Namen dieses Kunden nicht gibst, gehe ich zur Polizei und erzähle es denen. Die müssten ohnehin mal unter die Lupe nehmen, was da auf Binyamin Direktors Partys so läuft.«

»Denkst du ernsthaft, die wissen nichts davon?«

»Vielleicht interessiert es sie jetzt, da jemand ermordet wurde.«

»Viel Erfolg, wenn du wirklich meinst, bei all den Brandstiftungen –«

»Bränden«, kommentiere ich.

»– hätte die Polizei Zeit oder Ressourcen, einhundert Leute zu überprüfen, die auf der Party waren, nur um herauszufinden, was mit irgendeiner Transe passiert ist, von der noch niemand was gehört hat? Okay, wenn jetzt irgendwer so eine Promiqueen wie Belle Agam kaltmachen würde, aber diese Gabriela?«

»Wenn ich ihnen meine Aufnahme vorspiele, werden sie sicher kooperativ sein.« Ich lasse die Bombe hochgehen. Stas starrt mich schweigend an. Ich bemühe mich um einen finsteren Gesichtsausdruck. Wollen wir mal sehen, ob er immer noch so ein Held ist.

»Nein, du bist sauber«, sagt Stas trocken. »Hast das Handy nämlich im Auto gelassen. Überhaupt nichts hast du aufgenommen.«

Er deutet auf das Fohlen, das hinter mir parkt. Ich drehe mich um und sehe das Handy auf dem Armaturenbrett liegen. Etwas in mir zerbirst, mit Riesengetöse und gleichzeitig ganz im Stillen. Der Moment gerade eben, in dem Stas meinem Blick ausgewichen ist und mich sanft berührte – das war kein Schuldeingeständnis, war nicht irgendeiner Intimität zwischen uns geschuldet. Sondern war nur zustande gekommen, weil er sich vergewissern wollte, dass ich nicht verwanzt bin und ihn aufnehme. Selbst jetzt folgt er Binyamin Direktors Befehlen und hält mich von seinem Boss fern, verweist mich an irgendeinen mysteriösen namenlosen Kunden, den die beiden sich einfach ausgedacht haben.

»Da hast du mich wohl erwischt.« Ich versuche, gelassen zu klingen, trotz der Wut, die meine Kehle mit schwarzem Pech verklebt. »Wenn es also keine Aufnahme gibt und nur du und ich da sind, dann hilf mir zu verstehen, was passiert ist. Du bist dir ja sicher, dass Gabrielas Ermordung nichts mit Bulli zu tun hat. Warum erzählst du mir dann nicht alles, was du weißt? Komm, lass uns ganz von vorne anfangen. Warum hast du nicht gleich zugegeben, dass sie auf der Party war?«

»Weil ich mit niemandem über meine Arbeit rede, Punkt. Das ist das A und O, wenn du für Bulli arbeitest. Egal, ob man ihm einen Caesar Salad zum Mittagessen bestellt oder die Klientenverträge einsieht, oder ihm –«

»Ein paar Nutten besorgt und wegschaut, wenn er oder einer seiner Kunden diese schlägt, vergewaltigt oder umbringt?«

»Das ist, was du von mir denkst?« Stas schaut mich an, im Funkeln seiner Augen keine Spur mehr von Amüsiertheit. »Nie im Leben würde ich so etwas zulassen.«

»Erzähl das Gabriela.«

»Ich bin rechtzeitig eingeschritten!«

»Und bist du immer da, um rechtzeitig einzuschreiten?«

»Oded.« Stas klingt jetzt müde. »Wir alle leben mit den Entscheidungen, die wir treffen. Und ich tue alles, um mir in diesem Leben selbst zu helfen. Und dabei niemandem zu schaden.«

»Oh, die Frau des Jahres in der Kategorie karitatives Engagement«, schnaube ich.

»Sag mal, was willst du eigentlich von mir? Ich habe dir alles erzählt, was ich weiß.«

»Nicht alles, und das, was du erzählt hast, fällt mir schwer zu glauben.«

»Warum?«

»Vielleicht, weil du mich bis jetzt nur belogen hast?« Ich versuche, nicht zu brüllen. »Vielleicht, weil du behauptet hast, du wüsstest nicht, wer das sei, als ich das erste Mal nach Gabriela gefragt habe? Und vielleicht, weil der einzige Grund mit mir zu schlafen der war, dass Bulli dich gebeten hatte, ein Auge auf meine Nachforschungen zu Carine Carmeli zu haben, damit ich nicht auf all eure Sauereien stoße?«

Der letzte Satz explodiert zu einem Wutschrei. Stas sieht mich an, ich zu Boden. Im gelblichen Licht, das sich auf den Gehweg ergießt, glotzen meine weißen Sportschuhe schmutzig zurück. Was für eine Erniedrigung. Was bist du nur für eine armselige Henne? Soll sich der Himmel auftun und ich hier und jetzt vom Blitz erschlagen werden.

»Sag mal, warum bist du so sauer?« Stas macht einen Schritt auf mich zu. »Weil du denkst, ich hätte was verbrochen, oder weil du beleidigt bist, dass ich dich belogen habe?«

»Beleidigt … was …?« Ich zwinge mich, locker zu grinsen, doch meine Stimme entweicht als Ächzen. »Meinst du etwa, ich rede von uns, äh, von mir? Ich bin hier, weil ich verstehen will, was mit Gabriela passiert ist, und weil ich … weil ich als Privatdetektiv Straftaten nicht einfach ignorieren kann, die du für Bulli begehst.«

»Du hattest aber kein Problem mit Bulli, als du noch gehofft hast, er würde dir weitere Jobs verschaffen.«

»Das stimmt überhaupt nicht.«

»Und ich bin hier der Lügner? Würdest du dir nicht dein ganzes Leben schon etwas in die Tasche lügen, hättest du die Eier, aufrichtig zu mir zu sein. Oder dir selbst einzugestehen, dass du nicht wegen Gabriela hier bist. Du bist hier, weil du dich durch mich verletzt fühlst.«

»Verletzt?« Mein Gesicht brennt. »Was denkst du, was ich bin? Ein sechszehnjähriges Girlie, das die Krise kriegt, weil es die Beine breitgemacht hat?«

»Ich denke exakt das, was du gesagt hast, als du endlich aufgehört hast zu schauspielern.«

»Schauspielern? Ich bin nicht derjenige, dem es noch vor einer Sekunde angeblich unendlich leidtat um Gabriela, nur um zu checken, ob ich verwanzt bin.«

»Das hab ich nur gemacht, um sicher zu sein, dass ich mit dir reden kann. Ich hab versucht, dir zu helfen, soweit ich kann. Was ist daran so schwer zu begreifen? *Ya Allah*, aber was hätte ich auch erwarten sollen.«

»Was soll das denn jetzt heißen?«

»Das heißt, du bist der falscheste Mensch, dem ich je begegnet bin.«

»Falsch?« Ich schrecke auf wie eine hochwohlgeborene Dame, deren Name unverschuldet befleckt wurde. »Ich bin die Ehrlichkeit in Person! Platze vor lauter Anstan-«

»Du? Ährlich?«

»Es heißt ehrlich«, verbessere ich.

»Ehrlich, ährlich, das juckt mich nicht, und dein Rumreiten auf richtiger Aussprache und Kultur oder *whatever* funktioniert bei mir nicht. Du bist der verklemmteste Typ, den ich kenne. Behandelst Leute ständig von oben herab, weil alles, was sich da versteckt, ein kleiner Hosenscheißer ist, der nicht glaubt, jemand könnte ihn leiden, wenn er auch nur für einen Augenblick er selbst ist.«

»Wow, was für eine tiefschürfende Analyse, Stas. Respekt, vielleicht schreibst du, wenn du den Job bei Bulli mal überhast, einen Selbsthilferatgeber? Was hältst du von *Die Hure, die ihren Zuhälter abstieß*? Klarer Bestseller.«

»Du bist schon eine Nummer für sich, Oded. Keine Frage, echt putzig. Aber weißt du, was traurig ist?«

»Komm, erzähls mir.« Ich verschränke die Arme.

»Traurig ist«, bei Stas' Eisschrankstimme fühlt sich die winterliche Luft um uns beinahe lauschig an, »du kannst dich selbst so wenig leiden, dass du die Tatsache, dass ich dich wollte, in deinem kranken Kopf zu einer Verschwörung machst. Weil du nicht mal für 'ne halbe Minute geglaubt hast, ich könnte wirklich mit dir zusammen sein wollen.«

Nach dem letzten Satz herrscht Totenstille. In meinen Ohren klingelt es, als hätte er mir eine geknallt. Ich fürchte, wenn ich jetzt den Mund aufmache, käme nur das Geräusch von etwas Zerreißendem heraus. Ich rette mich ins Fohlen und werfe die Tür zu. Meine Augen brennen. Der Wagen springt an. Ich würge den Rückwärtsgang rein und gebe Gas. Im Seitenspiegel erscheint Stas' Gesicht verschwommen. Bestimmt nur der Staub der letzten Tage. Der Wagen müsste echt mal gewaschen werden, ganz dringend sogar, unverzüglich, das duldet keinen Aufschub.

17

SCHWER FÄLLT DAS AUFSTEHEN AM MORGEN

Es ist fünf Uhr siebenunddreißig. Morgens. Die Bettwäsche, in der ich liege, ist angefertigt aus einhundert Prozent ägyptischer Baumwolle – mein Kopf liegt auf dem Kopfkissen wie auf Wolken, und die Bettdecke platzt fast vor handverlesenen finnischen Gänsedaunen. Der vergoldete Diffuser auf dem knisternden Kamin verströmt den Duft eines aromatischen Öls, Geschmacksrichtung Vanille. Unter solchen Bedingungen sollte ich eigentlich schlafen wie ein Baby, aber auch mit geschlossenen Lidern ertappe ich mich dabei, wie ich weit aufgerissenen Auges in die Dunkelheit starre: Die Finsternis eines hermetisch verschlossenen Raums, ohne Fenster, ohne Balkon. Ohne Draußen. Die Schwärze eines Brunnenschachts. Eines verlassenen Wasserlochs.

Meine Lider flattern. Gedanken blitzen auf – Gabrielas blutverschmiertes Gesicht, Prince' aufgedunsenes Gesicht, Carines verletzliches Vogelgesichtchen. Ein Ungeheuer im pechschwarzen Wasser. Ein namenloser Kunde. Ein korrupter Promi-PR-Agent. Verpackte Frauen an Marktständen. Gymnasiasten mit Schlagstock und Gewehr. Ein berückend schöner Leibwächter mit aufgemalter Visage.

Eine Quizshow im Studio, die vor Publikum aufgezeichnet wird. Dreißig Fragen, dreißig Türen. Preise sind zu gewinnen: Reisen, Wohnungen und Autos. Ich im Bikini, auf turmhohen Absätzen, die Füße aneinander gefesselt. Der Boden ist durchsichtig und darunter ein Bassin. Die Stimme eines Moderators ertönt im Raum. Ein Hinweis? Ein Telefonjoker? Ich versuche, dir zu helfen. Wieso glaubst du mir nicht? Ich wollte dich. Eine Falltür öffnet sich unter mir. Ich falle. Das Publikum lacht. Krebse kommen aus dem Bassin gekrabbelt, ihre Zangen zerfetzen mein Gesicht.

Das Röcheln eines Ertrinkenden weckt mich. Die Uhr zeigt fünf Uhr und dreiundvierzig Minuten. Ich wälze mich auf die andere Bettseite und taste nach dem Handy. *Ich wollte dich* – drei Worte nur, und ich bin eine Nacktschnecke, krieche auf dem Boden umher, ziehe mich bei jeder Silbe zusammen. Auch eine Art von Hexerei. *Ich wollte dich.* Gelungener Witz, Stas. Passt perfekt zu der E-Mail, die ich vor einer halben Stunde von Danit bekommen habe. Jetzt habe ich das Handy gefunden und lese die beiden Zeilen auf dem Display. Die eine teilt mir das Ende meines Beschäftigungsverhältnisses mit. Die zweite droht mir mit einer Verleumdungsklage, sollte ich es wagen, meine Behauptungen jemals zu wiederholen. Stas Omansky hat keine Zeit vergeudet. Sogar Brutus brauchte länger, um Julius Caesar den Dolch in den Rücken zu rammen.

Ich wälze mich zurück und starre zur Decke. Das Bett ist herrlich, der Kamin brennt, der Schrank hängt voller Markenklamotten, die geräumige Wohnung im vierten Stock eines denkmalgeschützten Hauses in der George

Eliot – alles Erfolgsindikatoren des sorgenfreien Lebens von Ofer Ganor, in dem ich mich eingenistet habe wie ein Kuckuck. Gabrielas und Prince' tote Augen verfolgen mich. Ich ziehe mir die Decke über den Kopf, verkrieche mich in den Daunenfedern. Hier wird es enden. Ich werde hierbleiben, bis die Frommen von der Beerdigungsbruderschaft Chewra Kadisha kommen, um den Leichnam abzutransportieren.

Ein dumpfer Schlag lässt mich im Bett erstarren. Der Lärm kommt aus dem Treppenhaus. Ein weiterer Schlag, näher jetzt. Ich richte mich im Bett auf. Der Lärm kommt von der Eingangstür. Das kreischende Kratzen von Metall, ein Schlag gegen die stählerne Sicherheitstür. Mein Atem geht flach. Jemand bricht in die Wohnung ein! Schnell öffne ich das Nachtschränkchen, und alles, was ich darin finde, ist eine Uhr. Im Körper explodiert lähmendes Grauen. Ich habe Madame Pfefferspray im Handschuhfach des Fohlens liegenlassen.

Noch ein Schlag von außen gegen die Tür. Das Laken wird zur Angstschweißpfütze. Ich springe aus dem Bett, meine Füße landen auf dem eiskalten Boden. Um nicht zu schreien, halte ich mir selbst den Mund zu. Wieso die wohlhabendsten Menschen in diesem Drittweltland keine Fußbodenheizung haben, während in Europa jede Allerweltsdame den ganzen Winter über ihr Heim wohlig warm hält, werde ich wirklich nie verstehen. Der Lärm am anderen Ende der Wohnung wird zum metallischen Knirschen, zu einem Schloss, das sich dreht, einer Tür, die sich öffnet, zu leisen, fast unhörbaren Schritten im Flur. Mein Körper schlottert. Ich mache mir gleich ins Höschen. Stas hat *moi* an die Wölfe verkauft, und auch die haben keine Zeit vergeudet. Ich kann ihren Hunger förmlich wittern.

In der Küche werden Schubladen aufgezogen. Ich schaue mich um und schnappe mir den Blumentopf mit der Sukkulente darin, endlich findet sich eine Verwendung für diese dämliche Pflanze. Ich schleiche zum Anfang des Flurs. Durch die großen Fenster fällt das blasse Licht der Morgensonne auf den breiten Rücken eines hünenhaften Mannes, der über die Spüle in der Küche gebeugt steht. Ein großes Messer blitzt in seiner Hand auf. Meine Beine zittern, die Fingerspitzen verfärben sich weiß um den Blumentopf. Mir bleibt nur eine Chance, mich und mein Leben zu retten – ich sprinte durch die offene Küche, der großgewachsene Mann dreht sich abrupt um. Meine Füße rutschen über den Boden. Der Mann fährt zurück, die Hand mit dem Messer schwingt im hohen Bogen über mir. Ich setze zum Sprung an und wuchte die Pflanze mit einem Schrei in die Höhe. Der Mann greift sich an den Kopf, wo ihn der Blumentopf getroffen hat, und geht zu Boden. Ich reiße den schweren, roheisernen Wasserkessel vom Herd und bin schon in Begriff, den Angriff zu vollenden, doch da gellt eine bekannte Stimme durch die Designerküche:

»Bist du wahnsinnig geworden?!«

Ich beäuge die Gestalt unter mir genauer, sie hebt den Kopf. Ofer Ganors entsetztes Gesicht blickt im bläulichen Licht zu mir auf. Sein blondes Haupt ist mit Pflanzerde bedeckt. Die Sukkulente ragt über seinem linken Ohr auf wie die Blume im Haar einer Hawaiitänzerin.

»Ich bin wahnsinnig? Ich soll wah-? Was machst *du* hier?« Ich schreie vor Schreck.

»Was ich hier mache?«, brüllt Ofer zurück. »Das ist meine Wohnung, für den Fall, dass du es vergessen hast.«

»Das gibt dir aber noch lange nicht das Recht, unangekündigt einzubrechen. Weißt du, was für eine Scheißangst du mir gemacht hast?«

»Natürlich gibt mir das das Recht. Das gibt mir alles Recht der Welt, oder hat dein Spatzenhirn noch nicht das superneue Konzept des sogenannten Privateigentums begriffen?!«

»Oh, ein superneues Konzept.« Ich äffe Ofer im Tonfall eines Kleinkindes nach, während ich dieser privilegierten, vor Wut kochenden Schnepfe Grimassen schneide. »Gibt dir dieses Konzept etwa auch das Recht, hier mit einem Messer herumzufuchteln wie ein psychopathischer Serienkiller?«

»Du willst über Psychopathen reden?« Ofer deutet auf den zerbrochenen Blumentopf am Boden. »Du hast mir einen Herzinfarkt verursacht, vielleicht auch eine Gehirnerschütterung, du gestörter Irrer.«

»Ich dachte, du wolltest mich umbringen«, rechtfertige ich mich.

»Da könntest du recht haben, ich würde dich jetzt wirklich liebend gern umbringen.«

»Du bist noch sauer, Süßer, das verstehe ich als Frau.« Ich schürze die Lippen.

»Oded«, – Ofer spuckt meinen Namen förmlich aus –, »ich habe einen Zwölfstundenflug hinter mir, nachdem du auf alle meine Nachrichten, dass ich früher zurückkomme, nicht geantwortet hast. Also habe ich versucht, mir als Erstes in meinen eigenen vier Wänden etwas zu essen zu machen. Und da greifst du mich an wie … wie …

ich weiß nicht was. Wobei es schon das zweite Mal ist, dass so was passiert! Das zweite! Also, bevor ich dich mit einem Fußtritt hier raus befördere, erklär mir mal bitte, warum du denkst, jemand würde dich umbringen wollen? Nur damit ich sichergehen kann, dass ich dich nicht in die Geschlossene einweisen muss.«

Ich beobachte, wie Ofer langsam auf die Beine kommt. Selbst nach einem Langstreckenflug und mit Blumenerde im Gesicht sieht er aus wie ein Model dieser Modekampagnen, die humanitäre Katastrophen als ästhetischen Hintergrund verwenden, um ihre Klamotten unter dem fadenscheinigen Vorwand sozialen Bewusstseins an die Frau zu bringen. Ich suche nach den richtigen Worten. Wie soll ich meinem schönen, reichen und großzügigen Freund, der mir sein Luxusappartement überlassen hat für die Zeit, in der er an irgendeinem Geheimprojekt der Bank Hapoalim in Singapur gearbeitet hat, von der Katastrophe erzählen, die »mein Leben« genannt wird?

Wortlos drehe ich mich um und hole Handfeger und Kehrblech aus dem Abstellschrank am Ende der Küche. Ofers Augen verengen sich. Ich denke nicht, dass er es gewohnt ist, mich etwas im Haushalt erledigen zu sehen, ohne dass man mich nachdrücklich darum gebeten hätte. Ich bücke mich und raune etwas.

»Was hast du gesagt?« Ofer verzieht keine Miene.

»Entschuldigung«, wiederhole ich widerwillig mein unverständliches Brummen. Ofer nickt, entweder akzeptierend oder mit der Schicksalsergebenheit eines Hundebesitzers, der abermals eine Urinlache auf dem Sofa entdeckt.

»Ich mach mal Kaffee«, sagt er schließlich. Ich reagiere nicht und kehre weiter auf.

Ofer holt eine blaue Dose aus dem Schrank. Ein scharfer, erdiger Geruch verbreitet sich in der Küche, als er die Bohnen in die Mühle schaufelt. Ich werfe den geköpften Kaktus in den Müll und gehe ins Bad. Ich höre, wie Ofer Becher aus der Spülmaschine holt. Ich komme zurück in die Küche und reiche ihm ein feuchtes Handtuch. Er wischt sich das Gesicht und dreht sich wieder zum Herd. Ich setze mich an den Tisch. Ofer stellt die Espressokanne auf den Herd. Ich fange an zu reden. Berichte, wie meine *Once-in-a-lifetime*-Chance sich in Wohlgefallen aufgelöst hat; wie ich den Leichnam von Prince in dem alten Brunnenschacht gefunden habe; erzähle von dem Mord an der armen Gabriela; von Bullis und Stas' Lügen; von dem demütigenden Gespräch letzte Nacht; wie ich es geschafft habe, gefeuert zu werden und gleichzeitig die Möglichkeit vergeigt habe, den Mörder von Prince und Gabriela zu finden. Ja, wie ich, eine ausgeglichene Frau, die in der Öffentlichkeit für ihre vernünftige Perspektive und ihre bedachte Angemessenheit bekannt ist, mir mein eigenes Grab geschaufelt habe, aus dem es diesmal weder Aufstehen noch Auferstehung geben wird.

»Denkst du nicht, du übertreibst ein bisschen?« Ofer setzt sich zu mir an den Tisch und stellt mir einen Kaffeebecher hin.

»Ich wollte einen im Glas«, maule ich.

»Du wolltest auch Schauspieler werden, aber was soll man machen, der Regisseur Zedi Zarfati hat dich damals bei der nationalen Kindershow leider aussortiert, als du acht warst.« Ofer setzt seinen Becher geräuschvoll auf dem Tisch ab.

»Hexe«, zische ich.

»Selber.«

»Weißt du was, du musst dringend aufhören, dich mit Lesben rumzutreiben, denn du bist selbst schon so nah dran«, ich führe beide Zeigefinger bis auf einen Millimeter zusammen, »eine Frau zu werden.«

»Vielen Dank für das Mansplaining.« Ofer deutet eine Verbeugung an.

»Du weißt aber, dass es so einen Ausdruck nicht mal gibt, ja?« Ich reagiere indigniert.

»Ich weiß nur, dass ich keine Kraft für diese Diskussion hab, bevor du nicht einwilligst, ruhig mit mir zu reden«, erwidert Ofer. »Also komm, lass uns weitermachen. Warum denkst du, du hast keine Chance mehr, den Mörder zu finden?«

»Weil Stas mir den Namen des Kunden nicht verraten wollte, der Gabriela nachts auf der Party belästigt hat, und weil Bulli mich rausgeworfen hat. Jetzt habe ich keinen Draht mehr zu ihnen, und überprüf du mal ganz allein die einhundert Leute, die da auf der Party waren. Vor lauter Wut auf Stas, der mir … der … der mir die Ermittlung versaut hat, habe ich ihn nicht mal gefragt nach der Verbindung zwischen Gabriela und Prince, und das frisst mich auf, weil ich sicher bin, dass es eine gibt. Ich weiß, diese Verbindung ist der Schlüssel, den Serienmörder zu finden.«

»Korrigiere mich bitte, falls ich falsch liege, aber noch ist doch überhaupt nicht sicher, dass es ein Serienmörder war.«

»Du, weißt du, mir reicht ein Yaron Malka im Leben, vielen Dank.«

»Wichtig ist, in solchen Dingen präzise zu sein. Exakt und gründlich vorzugehen ist das Allerwichtigste.«

»Wichtig ist vor allem, dass du weißt, sollte noch jemand in meiner Gegenwart diese verhassten Wörter benutzen, werde ich ihm ›exakt und gründlich‹ einen Bleistift in den Hintern applizieren.«

»Wie auch immer, du bist der Dumme«, resümiert Ofer.

»Oh, nochmals vielen Dank.«

»Das hast du selbst gesagt.« Er setzt seinen Becher auf dem Tisch ab. »Schade, dass du derart ungestüm vorgegangen bist. Du warst schon ganz nah dran, hättest einfach weiter so tun sollen, als wüsstest du gar nichts, hättest mehr wie ein Agent denken müssen, mehr wie … wie jemand, der undercover arbeitet.«

»Ja«, ich werfe einen betrübten Blick auf Ofers Bücherwand, »wie in *Der Spion, der aus der Kälte kam.*«

»In deinem Fall wohl eher *Der Spinner, der aus der Kälte kam.*«

»Freut mich sehr, wenn mein Leben genügend Stoff für deine Stand-up-Comedy abgibt.«

»Tut mir leid, tut mir leid.« Ofer hebt die Hände, als stünde er einer gezogenen Waffe gegenüber. »Ich habe einen Zwölfstundenflug hinter mir, und mein Kopf fühlt sich an, als würde er bald explodieren, weil irgendjemand meinte, mir eine Topfpflanze überziehen zu müssen.«

»Ich hab mich doch schon entschuldigt.«

»Das war mehr ein Murren als eine Entschuldigung, aber du hast recht, nichts daran ist komisch. Ich kann verstehen, warum du die Kontrolle verloren hast. Du warst so verletzt wegen Stas, dass du dich gar nicht länger vor ihm hättest verstellen können.«

»Nein, ich sagte doch, ich war auf einer rein professionellen Ebene verärgert.«

»Oded, es ist wichtig, dass du dich dem stell-«

»Mein weibliches Ich hat kein Interesse daran, dieses Thema noch weiter zu diskutieren«, belle ich.

Ofer verstummt. Ich stütze den Kopf auf beide Hände und blicke in den grauen Himmel, der sich vor der großen Fensterfront der Küche spannt. Die Äste der nackten Bäume wippen im Wind. Leise ist das Kreischen der Möwen zu hören. Schreie, die das Herz mit sonderbarer Schwermut erfüllen. Ein beklemmendes Gefühl beschleicht mich, als würde mir jemand in meinem Hirn aus der Dunkelheit zurufen, um mich vor dem lauernden Abgrund zu warnen. Als versuchte dieser jemand verzweifelt, mich an etwas Wichtiges zu erinnern, das ich vergessen habe. Doch was ändert das schon – ich strecke die Hand nach dem Kaffeebecher aus –, es wird ja ohnehin in einem Fiasko enden.

»Was hast du jetzt vor?«, fragt Ofer.

»Mit dir hier im Bett bleiben und mich an dich kuscheln«, krähe ich wie ein kleines Mädchen, das Schokoladenkuchen möchte.

»Musst du nicht aufklären, was mit Prince und Gabriela passiert ist? Es ist schon halb sieben.«

»Bulli hat mir mit einer Verleumdungsklage gedroht. Was kann ich noch tun?«

»Also hast du vor, einfach aufzugeben?«

»Was willst du eigentlich von mir, Ofer?« Ich werde wieder zickig. Wie leicht es ist, Leuten ins Gewissen zu reden, sie sollten sich anstrengen, weitermachen, vorwärtskommen, aufsteigen, wenn du selbst dich immer schön weich in das Vermögen zurückfallen lassen kannst, das dir Mama und Papa auf der Bank deponiert haben.

»Ich will, dass du das Wühlmäuschen bist.«

»Was soll das bedeuten? Tragisches Scheitern? Eine Lachnummer? Dein Lieblingsparagraf, um Steuern für karitative Ausgaben zurückzubekommen?«

»Nein.« Ofer versetzt mir einen Stoß gegen die Schulter. »Ich rede über den Menschen, der den Mord an Smadar Tamir aufgedeckt hat. Denjenigen, der die Mordserie im Altenheim aufklären konnte.«

»Als ob das jetzt noch wen interessiert«, murmle ich.

»Okay, dann meine ich mit Wühlmäuschen eben die pedantische Nervensäge, die gleich in der ersten Woche nach ihrem Einzug in diese Wohnung alle meine Rechnungen durchgegangen ist und herausgefunden hat, dass ich meinem Mobilfunkanbieter Tausende von Schekel für einen Fernseher zahle, den ich von ihnen eigentlich kostenfrei als Bonus bekommen sollte. Die Nervensäge, die dann drei Stunden am Telefon in der Warteschleife hing, um am Ende gleich zweimal bei der Servicehotline vorstellig zu werden, bis ich von denen sechstausend Schekel zurückerstattet bekommen habe.«

»Und, was zeigt diese Geschichte, außer, dass ich viel zu viel Zeit habe?«

»Sie zeigt, dass du eine echt hartnäckige Zecke bist, die nicht mal der Teufel sich ausgedacht haben kann.«

»Vielen Dank, du weißt wirklich, wie man die Stimmung einer Dame hebt«, blaffe ich beleidigt.

»Das heißt«, Ofer schüttelt mich sanft, »du bist kein Mensch, der kneift, nur weil einer seine Macht und seinen Einfluss missbraucht.«

Ich senke den Kopf. Ofer sagt noch etwas darüber, wie wichtig es sei, nicht lockerzulassen, dranzubleiben. Nett vom ihm, dieser Versuch, mich aufzumuntern, aber ich bin es leid, mich selbst zu belügen. Malka hat recht. Ich habe nicht das Format, mich mit Binyamin Direktor anzulegen, bin nicht in der Lage, diese Ermittlung zu stemmen. Es wird Zeit, sich das einzugestehen, ich kann mich diesem Leben nicht stellen.

Das Klingeln meines Handys platzt in meinen Gedankenstrom. Ich haste ins Schlafzimmer. Vor dem Hintergrundbild des alten Mannes, der hinter einer Ente herjagt, leuchtet auf dem Display das Wort *Papa* auf. Mir fällt beinahe das Gerät aus der Hand. Alles, was ich versucht hatte zu verdrängen, von dem Moment an, als ich letzte Nacht auf die Suche nach Mona ging, alles, was ich ab dem Augenblick vergaß, in dem ich Stas' Lügen aufdeckte – all das flutet jetzt meinen Körper wie eine verdorbene Portion Hraime, mein heißgeliebter marokkanischer Fischeintopf. Meine Hand zittert. Das Handy hört nicht auf zu klingeln. Ich starre auf meinen Vater, der der Ente hinterherläuft, das Wort *Papa* blinkt. Ich drücke die grüne Hörertaste.

»Papa?«

Das Knirschen von Schuhen, die über Kies marschieren, dringt aus dem Lautsprecher.

»Papa?«, frage ich noch einmal.

Der Kies knirscht weiter in meinem Ohr.

Ich lege auf, gebe sofort die Nummer meines Vaters ein und lausche dem Wählton, der nicht beantwortet wird. Ich breche ab und wähle erneut. Niemand geht ran. Ich lege auf und versuche es noch mal. Das Klingeln hallt in meinem Ohr. Ich schalte das Handy aus, schleppe mich zurück in die Küche.

»Wer war das?« Ofer schaut mich an, die Hände feucht vom Abwasch des Geschirrs, das seit einer Woche in der Spüle der Dinge harrt, die da noch kommen mögen.

»Telemarketing. Irgendwas wegen einer Gartenversicherung.«

»Und, hast du schon eine Ahnung, was du als nächsten Schritt in dieser Ermittlung unternimmst?«, fragt Ofer unbeeindruckt.

»Ich hab dir doch gesagt, es wird keinen nächsten Schritt geben. Weil es keine Ermittlung mehr gibt. Weil ich am Ende bin.«

»Oded.« Ofer klingt nun sehr ernst. »Nach allem, was du mir erzählt hast, wissen Rosemary und Bret bis heute nicht, was Prince zugestoßen ist, und Mona weiß nicht, wer Gabriela auf dem Gewissen hat. Gabrielas Eltern wissen nicht mal, dass ihre Tochter tot ist. Diese Menschen brauchen deine Hilfe, verdammt noch mal.«

Ich öffne den Mund, setze an, Ofer nochmals zu erklären, ich sei ganz eindeutig niemand, der irgendwem helfen könne. Zumal, nach dem Knirschen des Kieses zu urteilen, mein Vater sich gerade zu seinem morgendlichen Gewaltmarsch aufgemacht hat, ohne auch nur einen Gedanken daran zu verschwenden, mich anzurufen und mir mitzuteilen, ob er denn inzwischen mit meiner Mutter über seine Krebserkrankung gesprochen hat. Auf jeden Fall hat er mich *nicht* angerufen, um meine Hilfe zu erbitten. Denn schließlich hat er mir schon gestern überdeutlich zu verstehen gegeben, er sei lieber allein als in meiner Gesellschaft. Und dass ich für ihn immer der

Sohn bleiben werde, der ständig heult und jammert wie ein Mädchen. Der Sohn, der niemals ein Mann geworden ist. Der Sohn, der auf Bar-Mitzwa-Feiern und Hochzeiten bei den Triumphgeschichten über die eigenen Kinder immer ausgespart wird.

Ofer hebt meine Hände an, um über den Tisch zu wischen. Akribisch und wohlüberlegt zieht der Lappen über die Tischplatte. Dann lasse ich meine Hände wieder auf das massive Holz sinken, das jetzt sauber und frisch glänzt. Der Lappen bleibt auf dem Tisch liegen.

»Ich nehme an«, höre ich mich sagen, »ich könnte die Taxizentrale mal anrufen, mit der Gabriela gefahren ist. Vielleicht finde ich so heraus, wohin sie wollte in der Nacht, in der sie ermordet wurde.«

»Okay.« Ofer nickt zustimmend und nimmt endlich den Lappen weg. »Das hört sich vielversprechend an. Und?«

»Ich könnte auch mal checken, ob in den Medien Berichte über Bullis Party waren, und ob jemand was über gewisse Kunden geschrieben hat, die extra aus dem Ausland eingeflogen wurden.«

»Sehr gut. Und?«

»Micky Geller, er hat mir zwar noch immer nicht geantwortet, aber ich müsste mich bei ihm erkundigen, ob er unter seinen Kontakten weitere Zeugen gefunden hat, die etwas über Gabriela oder Prince wissen.«

»Großartig. Und?«

»Und Malka ebenfalls.« Ich werde langsam munter. »Ich bitte ihn, mir die Akten zu allen Transfrauen, die in den letzten Jahren ermordet wurden, anschauen zu dürfen. Vielleicht lässt sich ja irgendein Muster erkennen, das auf die Vorgehensweise eines Serienmörders hindeutet.«

»Hört sich schon professioneller an. Und?«

»Carine Carmeli.« Mittlerweile bin ich auf Betriebstemperatur hochgefahren. »Sie könnte mehr Informationen über Prince haben. Dean Carasso war ihr Freund, also kennt sie mit Sicherheit auch Lior und Yossi. Und nach allem, wie die über Prince geredet haben, könnte tatsächlich die Möglichkeit bestehen, dass einer von ihnen an den Morden beteiligt war. Außerdem muss ich sicherstellen, dass nichts Ernsteres mit Dean gelaufen ist, was Carine auf die dumme Idee bringen könnte, sich etwas anzutun. Ich muss wissen, dass es ihr gut geht.« Mit einem großen Maß an Zuneigung, das mich selbst überrascht, denke ich an die strahlenden Augen und die sommersprossige Stupsnase des hübschen, widerborstigen Mädchens.

»Das klingt ja, als hättest du reichlich was zu erledigen.«

»Du hast recht!« Ich schlage mit der Faust auf den Tisch.

»Und, worauf wartest du noch?« Ofer lächelt. »Was gedenkst du als Erstes zu tun?«

»Duschen.« Ich springe vom Stuhl auf.

»Ah.«

»Und dann«, ich reiße mir das T-Shirt runter, was Ofer mit verdutztem Gesicht zurückschrecken lässt, »werde ich Binyamin Direktor klarmachen: Wer gedacht hat, das Wühlmäuschen sei passiv, wird schon sehr bald am eigenen Leib spüren, wie aktiv es ist.«

»Das kommt überraschend jetzt.«

»Ich meinte nicht im Bett.«

»Schon glaubhafter.«

Meine Replik beschränkt sich auf ein Brummen.

»Was hast du gesagt?« Ofer hält die Hand hinters Ohr, als sei er schwerhörig.

»Ich sagte, danke für die Hilfe.« Ofer lächelt. Mein Näschen kribbelt, als hätte mir jemand einen Stüber versetzt. Mit einem Satz bin ich bei Ofer und umarme ihn.

»Tut mir leid, Süße, falls ich dir eine Last bin«, murmle ich.

»Ich werds überleben.« Ofer klopft mir auf den Rücken.

»Ich wüsste gar nicht, was ich hilfloses Persönchen ohne dich machen würde.« Mit der Inbrunst einer Kopftuchträgerin dränge ich mich an ihn.

»Du würdest schon klarkommen.«

»Du bist der Wind unter meinen Flügeln, weißt du das? Weißt du, dass du mein Wind bist?«

»Ja, ja, du Zecke.« Ofer befreit sich aus meiner Umklammerung. »*Yallah*, verschwinde endlich, ich muss auch noch duschen und dann los.«

Ofer hat recht. Gefeuert oder nicht, ich werde zu Ende bringen, was ich hier angefangen habe. Werde Carine Carmelis Bedrücktheit auf den Grund gehen und denjenigen schnappen, der Gabriela und Prince ermordet hat. Werde anderen Menschen helfen. Und ich werde meinem Vater beweisen, was ich wirklich wert bin. Sollte aber meine Ermittlung Binyamin Direktor hinter Gitter bringen – sei es für Frauenhandel, für Beihilfe zu Mord oder, wer weiß, gar Mord –, könnte man schwerlich sagen, ich sei am Boden zerstört. Ganz abgesehen davon, dass ich dann ja auch eine ziemlich berühmte Dame wäre.

»Oded«, Ofers Stimme erreicht mich, als ich gerade die Badezimmertür öffne, »nimm die Schlüssel mit. Ich weiß nicht, ob ich nachher hier sein werde. Ich fahre jetzt ins Krankenhaus. Meiner Großmutter geht es gar nicht gut. Sie hatte wohl eine Lungenentzündung und ist auch noch im Bad gestürzt. Also dürfte da ein ziemliches Chaos mit …«

Ich drehe mich um und schaue Ofer fassungslos an, der ungerührt weiterredet. Nicht zu glauben – ich muss in zehn Minuten raus, um ganz allein auf mich gestellt und zum ersten Mal in der Geschichte dieses Landes einen Serienmörder von Transfrauen zu stellen, und er erzählt mir hier lang und breit von den Wehwehchen seiner Großmutter. Mitmenschen sind manchmal wirklich unglaublich. Denken nur an sich selbst.

18

DIE ZEIT IST NOCH NICHT GEKOMMEN

Im kühlen Morgenlicht des Wochenbeginns leuchten Carine Carmeli und ihre Freundinnen auf der tristen Straße wie frisch angelegte Blumenbeete. Selbst der Dunst, der die Luft trübt, vermag nicht, das Blitzen in ihren Augen zu dimmen, die elektrische Aura, die ihre Körper umgibt, als sie auf dem Weg zum Yuvalim-Gymnasium die anderen Grüppchen auf dem Gehweg umkurven. Fröhliches Lachen umbrandet Carine Carmeli, die im Zentrum der Mädchengruppe marschiert. Gekleidet in schillernden, sündhaft teuren Markenklamotten und behängt mit funkelndem Schmuck wechseln sie atemlos, ratternd wie Maschinengewehre Sätze. Die Themensprünge schlagen im Takt eines schizophrenen Pendels aus: zwischen der Reise nach New York, dem Sinn des Lebens und Staatskunde, die der Tod sei; zwischen dem Traumkleid und einem Top des Grauens, zwischen Amalia, der Heiligen, und Anat, dem Flittchen. Doch inmitten dieser munter surrenden Wabe ist Carines Gesicht zu einer schönen Maske erstarrt. Der Mund zu einem Lächeln auseinandergezogen, das fleht, endlich in sich zusammenfallen zu dürfen.

Ich überquere die Straße und postiere mich hinter einem Minivan, da Carine und ihre Freundinnen das Schulgelände betreten. In dem Wasserfall aus Menschen, der den Schulhof flutet, mache ich Dean Carasso, Lior Mekaiten und Yossi Berman aus, die mit anderen Jungs unter einem der Bäume stehen. Yossi schwingt offenbar gerade eine Rede, sein puterrotes Gesicht steht in Flammen, und sein massiger Körper ahmt den unbeholfenen Fall eines Menschen zu Boden nach. Die Gruppe bricht in lautstarkes Gelächter aus.

Meine Lider sind schwer. Die Grüppchen, die den Schulhof bevölkern, die E-Bikes, die surrend den Bürgersteig unsicher machen, die staubigen Autos, die auf der Straße vorbeirauschen, die kargen Baumäste, die sich entlang des Schulzauns im kalten Wind wiegen, die tanzenden Schulranzen, die quietschenden eisernen Tore, das eine Mädchen, das auf dem Schulhof allein am Rand steht – sie alle flirren vor meinen Augen wie eine billige Kulisse, die auf einem alten Röhrenfernseher flimmert. Schwarze Flecken tauchen an den Rändern auf, drohen, das Bild zu verschlucken. Ich reibe mir die Augen, die jetzt für den Mangel an Schlaf bezahlen, und rekapituliere, was ich an diesem Morgen schon geschafft habe und was noch zu erledigen ist. Der Diensthabende in der Taxizentrale Rimon in Savyon sagte, er wisse nichts von einer Gabriela, werde aber bei den Fahrern nachfragen, die Mittwochnacht gearbeitet hatten. Die Zeitungsberichte, die ich über Direktors Party gelesen habe, vermelden, Doron Shemesh und Ami Halperin, zwei in New York wohnhafte israelische Geschäftsleute, hätten an der Sause teilgenommen. Ich schaue auf die Uhr. In New

York ist es zwanzig vor eins nachts. Bleiben also noch mindestens sieben Stunden, bis ich in den Büros von Doron Shemesh und Ami Halperin anrufen kann, um herauszufinden, wann die beiden Herren denn nach New York zurückgekehrt sind. Und von Yaron Malka gibt es nichts Neues, und das wird sich so schnell auch nicht ändern. Auch heute hat man ihn abkommandiert, um bei der Bekämpfung der Brände zu helfen, die über Nacht in den Waldgebieten auf dem Carmel ausgebrochen sind. Und Geller, diese unverschämte *bitch*, hat es noch nicht mal für nötig befunden, zurückzurufen.

Ich scanne erneut den Schulhof des Yuvalim-Gymnasiums, und mir stockt der Atem, als Dean, Lior und Yossi sich genau in diesem Moment von ihrer Clique verabschieden und auf Carine und deren Freundinnen zusteuern, die am Eingang des Gebäudes stehen. Carine schreckt zurück, als die drei näherkommen. Auf die Entfernung kann ich ihren Gesichtsausdruck nicht erkennen, aber ihre panischen Bewegungen versetzen mich in Alarmbereitschaft, die Eile, mit der ihr Körper vom Hintergrund verschluckt werden will, als die Jungen sie schweigend passieren.

Ein grüner Jeep mit Jetski auf der Ladefläche rollt jetzt am Gymnasium vorbei. Durch die offenen Seitenfenster des Autos singt Eyal Golan schmachtend im Radio, sein Status sei verliebt. Im Wagen grölen vier junge Burschen mit Nike-Baseballkappen und aufgeplusterten Hollister-Jacken lautstark den Refrain mit. Ich habe Hitzewallungen am ganzen Körper. Kein Zweifel, diese Jeunesse dorée zu beobachten, ist sicher nicht die richtige Medizin für den Morgen nach einer schlaflosen Nacht, der mir ohnehin schon das Gefühl gibt, in einem nicht enden wollenden *K-hole* gefangen zu sein. Nicht einen Funken Scham haben die. Als ich im Alter dieser Kinder war, habe ich artig Danke gesagt, wenn mir meine Mutter als Geschenk die abgelegten rosafarbenen Rollschuhe von Sarit mitbrachte, meiner Hexencousine.

Ich schaue zurück zum Schulhof und ringe nach Luft, als ich sehe, dass Carine verschwunden ist. Die schwarzen Flecken fressen sich weiter ins Blickfeld. Die Gitterstäbe des Zauns unterteilen die Szenerie in Dutzende gleich groß geschnittene Sequenzen. Meine Augen irren umher zwischen Jugendlichen, die die Bänke umlagern, bedrückt aussehenden Lehrern, die durch das gesicherte Tor aufs Schulgelände treten und den Autos der Eltern, die die Durchfahrt verstopfen. Ich haste auf die andere Straßenseite und halte auf den Zaun zu. Carines Freundinnen, mit denen sie gekommen ist, stehen noch vor dem Eingang, aber sie ist vielleicht schon in die Klasse. Ich wende mich ab und nehme die Straße in Augenschein – da blitzt für einen Moment langes, offenes Haar über einer glänzenden Lederjacke auf, ein Mädchenkörper, der sich gegen den Strom bewegt.

Ich verfalle beinahe in Laufschritt. Carine biegt nach links in eine Seitengasse ab, und ich meine zu sehen, dass ihr Gesicht tränenüberströmt ist. Sie folgt dem Gehweg bis zu einem Durchgang, der den Blicken der Passanten durch eine dichte, violett blühende Hecke entzogen ist, und lässt sich dort nieder. Ich warte einige Minuten vor der Hecke, bis ihre grünen Augen nicht mehr glasig sind und ihre sommersprossige Stupsnase ein wenig von ihrer Rotfärbung verloren hat.

»Carine?« Mit überraschtem Ausdruck trete ich zu dem jungen Mädchen, das erschrocken zusammenzuckt.

»Hey … hey«, stottert sie, und ihre Hände fahren hastig über ihre Wangen, um die Spuren der Tränen wegzuwischen. »Was … was machen Sie denn hier?«

»Ich hab gleich eine Nachhilfestunde.« Ich lächle.

»Morgens um acht?«

»Ein Schüler, der einen Monat krank war und ab morgen wieder zur Schule geht. Da gibts viel, viel Stoff nachzuholen.«

»Und warum sind Sie so angezogen?« Carine beäugt mich. Ich schaue auf die Seitenscheibe eines der Autos, die am Straßenrand parken, und bin unschlüssig, was ich antworten soll. Mein Erscheinungsbild, komponiert aus Trenchcoat, Hut und Sonnenbrille, ist wohl doch nicht die richtige Wahl für einen sechsunddreißigjährigen Mann, der vor einem Gymnasium auf der Lauer liegt.

»Das ist total trendy im Moment«, ich erröte, »dieser Look.«

»Echt?«

»So Retro.« Ich nicke bekräftigend. »*Retro meets professional.*«

»Vielleicht sollten Sie mal ein bisschen Modemagazine abchecken.«

Ich verziehe das Gesicht. Carine Carmelis Stimmungstief geht offensichtlich nicht zu Lasten ihrer scharfen Zunge.

»Werde ich beherzigen«, erwidere ich und schalte dann ansatzlos in den besorgten Stimmmodus um. »Carine, ich wollte mich nochmals entschuldigen, falls ich dich am Freitag verstört habe. Ich wollte nicht, dass du auf diese

Weise von Prince erfährst, das tut mir leid, ich … Ich wollte nur helfen.«

»Ich weiß.« Carine starrt zu Boden. »Aber ich kann nicht aufhören, daran zu denken, also, daran, wie so was sein kann, ich versteh das nicht, wie kann ein Mensch gerade noch hier sein, und im nächsten Moment ist er tot, und keinen kümmert das? Ja, alles, aber wirklich alles geht einfach weiter wie immer.« Sie schaut mich an, als hätte ich eine Lehrbuchantwort, die ihre Welt wieder in Ordnung bringt.

Ich lasse mich neben ihr nieder. Die winterliche Sonne bringt die Sommersprossen auf ihrer Stupsnase zum Tanzen.

»Ich wünschte, ich könnte dir das beantworten«, sage ich. »Bist du deshalb hier, anstatt in der Schule? Weil du nicht aufhören kannst, daran zu denken, was Prince zugestoßen ist?«

»Ich denke an ihn, und die Luft … die Luft bleibt mir weg, so auf einen Schlag. Aber auch, das ist auch … also … egal. Vergessen Sie's.«

»Egal gilt nicht.«

»Nur so halt«, Carine streicht sich die Haare aus der Stirn. »Nach dem, was mit Prince passiert ist, da erscheint mir alles andere wie totaler Quatsch. Unbedeutend. Ich versteh nicht mal, warum mich das so aufregt. Aber ich hab vorhin einfach jemanden gesehen, den …«, ihre Stimme bebt, »den ich nicht sehen wollte.«

»Jemand Wichtiges?«

»Egal, ehrlich, das ist so was von unwichtig, also … Ich hatte einen Freund, verstehen Sie, oder wenigstens dachte ich das, war total verknallt in ihn, und jetzt bin ich es nicht mehr, bin nicht mal mehr in der Lage, irgendwo mit ihm am gleichen Ort zu sein.«

»Das Gefühl kenne ich.«

»Was meinen Sie damit?«

»Sagen wir so …« Ich versuche, Worte zu finden, die Carine Details entlocken. »Ich dachte, ich hätte einen Prinzen gefunden, und am Ende habe ich realisiert, dass es nur ein Frosch war. Aber das habe ich erst verstanden, nachdem ich Sex mit ihm hatte, und jetzt fühle ich mich, als hätte ein Bulldozer mich platt gewalzt.«

Carines Blick ist wieder auf den Gehweg geheftet. Ihre weißen Sneakers heben sich im scharfen Kontrast vom dunklen Pflaster ab. In der Gasse rollt ein Wagen aus einer Parkbucht und fährt langsam weg. Der beißende Geruch der trockenen, staubigen Luft vermischt sich mit dem frischen Duft der violetten Blüten an den Büschen hinter uns.

»Genau das ist mir auch passiert.« Sie hebt den Kopf. Der Wind weht ihr Haar zurück und gibt ihr apartes Gesicht preis. »Ich hatte einen Freund, beinahe einen Monat lang, er heißt Dean, aus der Zwölften, ist Fußballer, und alle würden sterben dafür, mit ihm zusammen zu sein, wirklich alle, selbst Yael Almog, hinter der alle Jungs her sind, und von allen unserer Stufe hat er ausgerechnet mich gewählt. Ich war auf Wolke sieben, hab mich gefühlt, als würd ich schweben, hab sogar vergessen, dass Prince verschwunden ist. Und dann, vor einem Monat oder so, also nachdem wir … also, es gemacht haben, ja? Da hat er plötzlich nicht mehr mit mir geredet. Auf einmal war er ein ganz anderer Mensch, so kalt. Und einfach, einfach ekelhaft. Mir ist richtig schlecht geworden, so innerlich, und … ich weiß auch nicht, ich hatte das Gefühl … Ich hab mich gefühlt, als wäre ich dreckig oder so. Und ich hatte Angst und hab mich voll allein gefühlt. Hatte keinen, mit dem ich reden konnte, so richtig, nachdem Prince … Aber ich musste irgendwie diesen Ekel aus mir rauskriegen und wusste halt nicht, wie …«

Ihre Stimme erstirbt, und sie beginnt wieder, ihr Haar mit schnellen Bewegungen zu zerzausen. Die Finger packen und wickeln es auf, reißen daran, als wollten sie dem anderen Schmerz, der in ihrem Körper nistet, an die Wurzel.

»Willst du sagen, du hast Angst vor ihm? Hat er dir etwas getan, das du nicht wolltest?« Ich frage möglichst beiläufig. Versuche, die Befürchtung niederzukämpfen, die sich in meinem Magen aufbaut. Sollte Bulli etwa doch recht gehabt haben? Ist das der eigentliche Grund für ihre Tränen? Die Wut? Für den Schmerz, den sie sich selbst zufügt? War dieses unbeholfene Schlussmachen unter Jugendlichen in Wirklichkeit eine hässliche Vergewaltigung?

»Nein, voll nicht«, Carine schüttelt entschieden den Kopf. »Ich wollte es komplett. Die Kondome habe sogar ich gekauft. Wir hatten geplant, es in der Nacht zu machen, in der seine Eltern nach New York geflogen sind. Ich hab meinen Eltern gesagt, ich würde bei Yael übernachten, und bin zu ihm gefahren. Und das war, also das war so romantisch, wie ich es mir erträumt hatte, wie im Film. Er hat Kerzen angezündet und übertrieben schöne Musik angemacht, wir haben mit Wein aus dem Keller seiner Eltern angestoßen, und er hat gesagt, er hätte sich noch nie, echt noch nie, mit einer anderen so gefühlt. Und dass ich die Erste für ihn bin und dass es der besonderste Tag in seinem Leben ist. Und dann, einen Tag danach, grüßt er mich nicht mal mehr auf dem Gang.«

»Und du bist sicher, es ist nichts zwischen euch passiert, was du nicht wolltest?« Ich lasse nicht locker. »Denn wir können auch zur Polizei gehen. Es gibt keinen Grund, sich zu schämen, wenn etwas passiert ist, das du nicht wolltest. Wichtig ist aber, dass wir das melden.«

»Nein, so wars nicht. Voll nicht.«

»Wovor hast du dann Angst?«

»Dass alle sagen, ich sei eine Schlampe.« Carine senkt den Kopf. »Ich hab im letzten Monat gecheckt, dass einige Mädchen angefangen haben, mich komisch anzugucken und so, und Rona, meine beste Freundin, redet gar nicht mehr mit mir, will mir aber nicht sagen, warum. Und die Typen in der Schule, die immer so ekelhafte Witze reißen, die gucken plötzlich alle ausgerechnet mich an und lachen. Und ich hab Angst, dass sie sich alle hinter meinem Rücken über mich lustig machen, wie bescheuert ich war, mit ihm zu gehen, und dass ich ein Flittchen bin, wofür ich mich überhaupt gehalten hab, wo ihn doch alle wollen. Und am Ende, wenn alle es wissen, landet das noch im Internet auf Walla! Celebs oder ich weiß nicht wo, und dann bringen meine Eltern mich um, wenn sie es erfahren. Glauben Sie mir, das wäre mir inzwischen lieber, sollen sie mich doch umbringen, so wie ich mir das Leben versaut habe. Gott, warum war ich so blöd!«

»Schade!«, fiepe ich schrill wie eine verärgerte Mäusemama.

»Was ist schade?«

»Dass du nicht früher mit mir geredet hast. Ich hätte dir gesagt, das Problem liegt nicht bei dir, sondern bei denen.«

»Aber was ändert das, wer recht hat.« Carine strafft sich mit beiden Händen die Wangen, öffnet ihre feuchten Augen, aus denen erneut Tränen fließen. »Wie soll ich mich wehren, wenn alle in der Schule solche ekelhaften Sachen über mich sagen?«

»Indem du sagst, dass dir die Muschi wehtut, natürlich«, murmle ich leise.

»Was?!« Carines Bewegung stockt.

»Was? Ich hab nichts gesagt.« Ich verfluche mein großes Mundwerk. Zwei Frauen in Sweaty-Betty-Jumpsuits und mit Bugaboo-Kinderwagen bewaffnet kommen auf der Straße in unsere Richtung stolziert. Das hat mir gerade noch gefehlt. Ein Gespann von Yuppie-Jüngerinnen, die umgehend bei der Polizei Anzeige erstatten werden wegen eines verdächtig aussehenden Mannes mit Hut, Sonnenbrille und Trenchcoat, der einem jungen Mädchen Vulgäres zusäuselt.

»Und wie Sie das gesagt haben!«, bleibt Carine beharrlich. »Sie haben gesagt, dass mir die Mu-«

»Das sagt man eben so«, falle ich ihr eilig ins Wort. »Wenn du jemandem klarmachen willst, dass es dich so was von nicht juckt, was er über dich denkt.«

Carine schaut mich an. Die beiden Mütter in ihren Jumpsuits überqueren die Straße und kommen auf uns zu. Ihr Blick bleibt an uns hängen, als sie den Nachwuchs in seinem Luxusgefährt auf dem Bürgersteig an uns vorbeischieben. Der Duft von Seife und Talg kitzelt mich im Näschen.

»Oh Mann, mir tut die Muschi weh.« Carine nickt den beiden lächelnd zu, die Mütter bremsen schockiert ab. Ich halte den Atem an. Carine winkt ihnen freundlich zu. Wortlos beeilen sich die beiden stolzen Mamas, ihre Kinderwagen von uns wegzustoßen. Als sie schon im Begriff sind, nach rechts abzubiegen, drehen sie sich noch einmal zu uns um mit einem Ausdruck des Abscheus auf den Gesichtern. Carine bricht in Gelächter aus. Der Schreck entlädt sich auch bei mir mit einem Prusten, das zum Grinsen wird. Für einen kurzen Moment sind wir bloß zwei junge Dinger, die unter einem grauen Herbsthimmel auf einer Bank unbeschwert herumalbern.

Unser Lachen verebbt, die Gasse ist wieder still. Auf der Hauptstraße rennen zwei Mädchen zur Schule.

Carine zieht ihr Handy hervor. Die Uhr zeigt fünf Minuten vor acht. Erschrocken springt sie auf, sagt, sie müsse gehen.

»Ich begleite dich«, ich erhebe mich ebenfalls.

»Danke«, sagt sie, ohne mich anzuschauen, und setzt sich in Bewegung. »Seit … seit Prince …« Sie ist nicht in der Lage, das Wort auszusprechen. »Seitdem hatte ich niemanden mehr zum Reden. Und ich fühle mich so bescheuert. Er ist tot und ich war sicher, er ist bloß verschwunden wegen Princess.«

»Princess?« Ich versuche, die Aufregung in meiner Stimme zu überspielen.

»So hat er sich selbst manchmal in den letzten Monaten genannt.« Carine redet weiter, als wir auf die Hauptstraße abbiegen, die zu ihrem Gymnasium führt. »Bevor wir dieses Jahr wieder in die Schule sind, hat er mir gesagt, dass er sich halt nicht richtig wie ein Junge fühlt, aber halt auch nicht richtig wie ein Mädchen. Dass er sich im Grunde voll so fühlt, als würde er nirgendwo hingehören. Manchmal, wenn wir allein waren, hab ich ihn deshalb Princess genannt und wie ein Mädchen angeredet, oder hab ihm Kleider ausgeliehen. Wir haben die bei mir vor dem Spiegel oder bei ihm angezogen, wenn keiner da war. Und manchmal wollte er, dass ich ihn wieder Prince nenne und als Junge anspreche.«

»Und deshalb dachtest du, ist er verschwunden?«

»Er ist ja ständig nach Tel Aviv gefahren in den letzten Monaten, um Leute zu treffen, die wie er sind. Um sich selbst besser zu verstehen, hat er gesagt. Und er hat Angst gehabt, Rosemary und Bret könnten rausfinden, dass er zu den Treffen von IGY in Ramat Hasharon geht, dieser schwulen Jugendorganisation. Oder wenn er sich so was auf seinem Handy anguckt, das war 'n Problem, weil manchmal haben sie sein Telefon und seine Sachen gefilzt. Er hatte null Privatsphäre, sie sind echt krasse Christen, seine Eltern, so voll die Katholiken. Er hat Angst gehabt, sie würden es nicht verstehen. Und nach dem, was dann in der Schule passiert ist, da war ich sicher, er ist deshalb abgehauen. So hab ich mich eigentlich auch erst in Dean verliebt, denn er war der Einzige, der das verstand und auch was gemacht hat, als –«

Die schellende Schulklingel übertönt Carines Stimme. Ich fluche innerlich. Wir erreichen das bewachte Eingangstor des Gymnasiums, jüngere Kinder stürmen an uns vorbei. Carines Geschichte wird mir nur häppchenweise serviert. Und noch hatte ich keine Gelegenheit, sie nach dem schwarzen Wagen zu fragen. Und auch nicht, wen Prince in Tel Aviv getroffen hat.

»*Jesus*, Oded, ich muss jetzt wirklich los.« Carine schaut über den Schulhof, der sich leert.

»Was meinst du damit? Was ist dann in der Schule passiert??«, versuche ich sie noch ein bisschen hinzuhalten.

»Gleich zu Beginn des Schuljahrs wollte er, dass ihn alle Princess nennen, auch in der Schule. Er ist morgens vor Schulbeginn bei mir vorbeigekommen, und wir haben uns im Partnerlook angezogen, Shirt und ganz kurze Shorts, und ich hab ihm sogar seine Nägel lackiert. Einige von den Jungs und Mädchen in unserem Jahrgang, vor allem die im Schwerpunkt Kino, mit denen er im Kurs war, haben das total gefeiert, waren voll dabei. Aber in der Pause hat Yossi, ein Freund von Dean, ihn rumgeschupst und ihn vor allen Homo genannt und stinkender Schlitzi. Und Prince, also Princess, hat gesagt, wenigstens sehe er nicht so aus, als hätte ihm eine Pizza aufs Gesicht abgespritzt. Alle haben gelacht, und dann hat Yossi, er … er hat angefangen, Prince zusammenzuschlagen, also aber so richtig, ohne Gnade, vor allen anderen. Mit Schlägen ins Gesicht, Tritten in die Rippen. So echt brutal, dass mans nicht kapiert. Ich hab versucht, dazwischen zu gehen, aber er hat mich einfach weggestoßen und nicht aufgehört. Und keiner sonst hat sich getraut, ihn zu stoppen, weil alle Angst vor ihm haben, und wenn sich Dean nicht irgendwann eingemischt hätte, ich schwörs Ihnen, ich weiß nicht, ob Yossi von selbst aufgehört hätte. Und danach war Prince etwa eine Woche, anderthalb Wochen verschwunden.«

In einiger Entfernung schrillt die Schulklingel unerbittlich weiter. Die grauenvollen Szenen, die Carine gerade geschildert hat, schweben durch die kalte Luft des Morgens.

»Und hat niemand die Lehrer gerufen?«, frage ich.

»Nein.«

»War das das einzige Mal, dass Yossi auf Prince los ist?«

Sie bedenkt mich mit einem merkwürdigen Blick. Ich verstehe nicht, was sich dahinter verbirgt. Panik. Reue. Vielleicht Wut. Schließlich schüttelt sie verneinend den Kopf, ohne ein Wort zu sagen.

»Und andere Jungs auf der Schule? Was ist mit Lior, zum Beispiel?«

»Ich muss wirklich gehen, Oded.«

»Augenblick, warte –«

»Ich darf nicht zu spät kommen. Die schließen mich vom Unterricht aus, wenn ich noch mal zu spät komme.«

»Aber –«

»Danke, also, dass Sie mir zugehört haben. Ich werde mit meinen Eltern reden, vielleicht erlauben sie ja trotz allem, dass Sie mir wieder Nachhilfeunterricht geben. Erzählen Sie ihnen einfach nichts von dem, was ich Ihnen gesagt habe, *please*.«

Carine schiebt den Arm durch den zweiten Gurt ihres Rucksacks und rennt los, ohne eine Antwort abzuwarten. Ich strecke instinktiv eine Hand nach ihr aus, ziehe sie aber sofort wieder zurück. Sich unter falscher Identität an Jugendliche ranzumachen, und noch dazu in der Aufmachung eines Pädophilen, ist nicht unbedingt die Idealkonstellation, in der man geschnappt werden sollte, zumal der Sicherheitsmann in seinem Verschlag am Haupttor mich schon seit ein paar Minuten misstrauischem beäugt.

Carine stößt im Laufschritt zu den Nachzüglern, die von dem grauen Gebäude geschluckt werden. Schwarze Schatten bewegen sich hinter den vergitterten Fenstern.

Der Schulhof ist verlassen. Der Himmel grafitgrau, Wolken wie Haufen schmutziger Unterwäsche ziehen daran vorbei. Mein Körper ist bleiern. Die Augen brennen vom Staub, der Müdigkeit und Carines Geschichte über Prince. Von dem Versuch, nicht an meinen Vater zu denken und der Angst, die an mir frisst wie eine hungrige Bestie.

Der Sicherheitsmann erhebt sich in seinem Verschlag. Er tritt hinaus auf die Straße und kommt auf mich zu. Ich ziehe das Handy aus der Tasche, als hätte es gerade geklingelt, presse es ans Ohr, deute fragend nach links und fange an, entschlossen bis zum Ende der Straße zu marschieren, als hätte mein Gesprächspartner mir gerade gesagt, wo wir uns treffen. Verstohlen schaue ich mich um. Der Sicherheitsmann hat wieder in seinem Häuschen Platz genommen. Vielleicht empfiehlt es sich, einen Spaziergang um den Schulkomplex zu unternehmen, bevor ich wieder meinen Beobachtungsposten einnehme.

Carine Carmeli wirkte verängstigt, als ich sie nach Yossi und Lior gefragt habe. Ich muss nochmals mit ihr reden. Oder mit ihnen.

Das Handy vibriert in meiner Hand. Ich werfe einen Blick aufs Display. Oh, herzlichen Dank, dass dir doch noch eingefallen ist zurückzurufen.

»Einen guten Morgen!« Micky Gellers Stimme quakt aus dem Lautsprecher.

»Einen Putenmorgen«, antworte ich im Gehen. »Hast du Neuigkeiten für mich?«

»Mir war nicht bewusst, dass ich für dich arbeite, Wühlmäuschen.«

»Es ist nie gut, im Unbewussten zu leben, Schätzchen.«

»Das sagst du?!«

»Schon gut, Micky. Hast du was rausgefunden? Ich hab nicht viel Zeit. Mein Akku ist gleich leer.«

»Vom Handy oder von deinem Herzschrittmacher?«

Mir verschlägt es die Sprache. Die Niedertracht dieser Person ist wirklich unbeschreiblich.

»Und selbst wenn ich was rausgefunden hätte«, redet Geller weiter, »bin ich alles andere als sicher, ob ich das nach dem gestrigen Abend mit dir teilen möchte.«

Und ich hätte in Auschwitz keine Kartoffelschale mit dir geteilt, Süße, will ich schon sagen, erkundige mich aber stattdessen mit besorgter Stimme: »Warum, Micky? Was ist passiert?«

»Ich bin es leid, Oded. Bin es so was von leid, wie du dich gegenüber mir und Malka aufführst. Ständig versuchst du, Streit zwischen uns zu provozieren, und ich hab keine Kraft mehr für diese negative Energie, für deinen bösen Zauber, die ganze Zeit.«

Ich unterdrücke ein Seufzen. Was ich bei dieser Ermittlung alles ertragen muss. Großer Gott, antworte mir auf der Stelle! Wie kann es sein, dass Kommissar Martin Beck bei seinen Fällen Stellvertreter in Gestalt superheißer Schweden an die Seite gestellt bekommt, während ich mich bei der Jagd eines Serienmörders mit einer Kriminalreporterin der Generation Y herumärgere, die denkt, selbstgedrehte Zigaretten seien cool?

»Weißt du was, Micky? Du hast recht.« Ich zwinge mich, in reuigem Tonfall zu Kreuze zu kriechen. Will meine Zeit nicht mit einer levantinischen Version der Kelly-Brenda-Streitigkeiten vergeuden. »Es tut mir ehrlich leid. Ich bin seit über einem Monat in Behandlung, und du musst wissen, ich arbeite die ganze Zeit an meinen Problemen. Ich verspreche dir, ich nehme mir zu Herzen, was du gerade gesagt hast.«

Am anderen Ende der Leitung herrscht plötzlich Schweigen. Ich warte geduldig. Nichts eignet sich besser zur Abwehr von Moralpredigten, als freimütig über eine Therapie zu reden. Die bigotten Nervensägen bekommen das Gefühl, das sei doch mal ein Fortschritt, und du machst einfach weiter wie gehabt.

»Gut, Oded«, dringt Gellers Stimme vorsichtig und behutsam an mein Ohr. »Ich weiß deine Ehrlichkeit wirklich zu schätzen. Mir war ja gar nicht klar, dass –«

»Hundert Prozent«, unterbreche ich ihn und biege nach links ab. »Und ich schätze deine Wertschätzung. Also los, was hast du herausgefunden?«

»Ich hab ein bisschen rumtelefoniert«, antwortet Geller. »Kollegen, die viel über Arbeitsmigranten und Geflüchtete schreiben. Niemand konnte mir etwas über Prince erzählen, aber dann hab ich mir gedacht, wenn wir davon ausgehen, dass Prince wie Gabriela transsexuell war, dann gibt es noch ein paar weitere Quellen, die sich überprüfen lassen. Also hab ich meine Kontakte beim Verband, beim Gila-Projekt für Transgender *empowerment*, bei IGY und der Transgender Organisation Maavarim angerufen, aber auch dort konnte mir niemand was über Gabriela oder über Prince erzählen. Also hab ich mit Yuval Sharabi gesprochen, einem Top-Anwalt, der sich vor zwanzig Jahren als Transsexueller geoutet hat und seitdem unentgeltlich Jugendliche vertritt, die in den Teufelskreis der Prostitution …«

Micky Geller betet mir weiter alle Kanäle vor, die er

am gestrigen Abend und heute Morgen schon abgeklappert hat. Offensichtlich gibt es doch jede Menge Adressen, an die ich nicht gedacht habe. Besorgniserregend. Und höchst ärgerlich.

»Kurzum, das alles war bislang eine einzige Sackgasse, aber vor fünf Minuten hatte ich ein Gespräch mit einer befreundeten Kollegin, die sich mit den Opfern von Frauenhandel und insbesondere mit Transfrauen beschäftigt, die der Prosti-«

»Tali Chemuri-Sever, natürlich«, fahre ich mit meinem Insiderwissen Geller in die Parade.

»Nein, Oded.« Am anderen Ende der Leitung ist ein gequältes Seufzen zu hören. »Die heißt genaugenommen Tali Cheruti Sover, und du meinst wahrscheinlich ohnehin Vered Lee, aber ich hab mit keiner von den beiden gesprochen, sondern mit jemand anderem. Wie auch immer, sie hat mir von einem Dokumentationsprojekt erzählt, das sich schon seit einigen Jahren auf junge transsexuelle Mädchen konzentriert. Und sie hat gesagt, sie guckt, ob sie mir die Aufnahmen zusenden kann. Die Qualität dürfte nicht berauschend sein, die Aufnahmen ziemlich wacklig, aber vielleicht finden wir dort –«

»Was hast du gesagt?« Ich bleibe mitten auf der Straße stehen. Das empörte Hupen eines Wagens zerreißt mir beinahe das Trommelfell. Mit einem Sprung rette ich mich auf den Gehweg. Mickys letzter Satz hallt in meinen Ohren nach.

»Ja, sie müsste mich innerhalb der nächsten Stunde anrufen –«

»Micky, ich ruf dich sofort zurück.« Schon habe ich aufgelegt.

Die Aufnahmen ziemlich wacklig, die Worte kreisen in meinem Kopf wie in einem mittelalterlichen Veitstanz. Ich schaue mich um und stelle fest, dass ich mitten in einer öffentlichen Parkanlage stehe. Eine Mutter klatscht aufmunternd ihrem verängstigten Kind zu, das sich weigert, in ihre Arme zu rutschen. Ein Labrador kommt durch den Sandkasten gejagt, mit einem Stock zwischen den Zähnen. Ich lasse mich auf einer der Schaukeln nieder, die im Wind hin und her schwingen. Millionen winziger Pfeile bohren sich in meine Haut. Meine Kehle ist trocken, vielleicht von der Kälte. Oder dem verfluchten Staub. Vielleicht aber auch vor Aufregung darüber, was ich soeben verstanden habe. Gabrielas YouTube-Clips, die ich in der vergangenen Nacht gesehen habe – sechs davon hatte sie eindeutig selbst aufgenommen, aber der letzte war anders. Beim letzten hatte sie schon von Anfang an in der Mitte des Wohnzimmers gestanden. Und die Aufnahme war ziemlich wackelig. Den letzten Clip musste jemand anderes gefilmt haben. Was, wenn die Spiegelung auf den Schiebetüren hinter ihr nicht von ihr selbst, sondern von demjenigen stammt, der sie aufgenommen hatte?

Der ängstliche Junge saust endlich die Rutsche hinab, kommt danach in meine Richtung angerannt und wirft sich auf die Schaukel neben mir. Meine Füße graben sich in den Sand. Ich drücke auf Gabrielas letzten Clip. Der Junge schaukelt hoch in die Luft, Schreie erfüllen den Spielplatz. Gabriela steht mittig im Wohnzimmer, blickt in die Kamera. Meine Finger gleiten über die Timeline auf dem Display, spulen Gabrielas Song bis zu der Sekunde vor, in der deutlich die Spiegelung auf den

Schiebetüren erkennbar ist. Ich zoome heran, vergrößere Gabriela, die sich in ihrem violetten schulterfreien Kleid wiegt, und schiebe dann die Schemen auf dem Milchglas in die Bildmitte. Meine Fingerspitzen verharren erschrocken auf den Umrissen des geheimnisvollen Spiegelbilds. Das Gesicht von Alon Carmeli starrt mich aus der Dunkelheit an.

19

NEIN, ICH STERBE

Zurück in Odeds Wohnung studiere ich das Material, das Binyamin Direktors Büro mir zu Carine Carmeli geschickt hatte. Vier Tage sind erst vergangen, seit ich es zum ersten Mal gelesen habe, und doch ist nicht mehr viel übrig von dem strahlenden Image, das die PR-Leute von ihr zeichnen wollten. Von der perfekten Familie, dem Teen Star. Meine Augen bleiben an dem Namen Alon Carmeli hängen. Erfolgreicher Investmentberater. Liebender Ehemann der einst berühmten Schnulzensängerin Mali Carmeli und treusorgender Vater der künftigen Pop-Ikone Carine Carmeli. Der Mann, den es nicht kümmerte, wohin Menschen verschwunden sind, die drei Jahre lang für seine Familie und in seinem Haus gearbeitet hatten. Der Mann, der mir frech ins Gesicht log, als er sagte, er wisse nicht einmal, wo sie gewohnt hätten. Der Mann, der Prince und Gabriela umgebracht hat.

»Es gibt nur ein Problem bei deiner Theorie«, brüllt Malka aus dem Handy. Im Hintergrund höre ich das Pfeifen des Winds, die Sirenen der Feuerwehrautos, die Schreie der Leute auf der Straße bei Umm al-Fahm, wo in der letzten Stunde ein neuer Großbrand ausgebrochen ist.

»Du musst mich nicht anschreien.« Ich schmolle beleidigt.

»Ich schreie wegen des Lärms hier, aber es hilft auch nicht, wenn du ständig voreilig Schlussfolgerungen ziehst.«

»Ich ziehe nie voreilig Schlussfolgerungen!«

»Ja? Dann brauchst du von mir immer noch die Akten der offenen Fälle von Gewaltausübungen gegen Transfrauen, um das Muster des Serienmörders zu finden?«

»Nicht unbedingt«, murmle ich.

»Also stimmst du mit mir überein, du musst dich neu ausrichten?«

»Ich stimme absolut mit dir überein, dass du nicht wie ein dummes Huhn mit mir reden musst.« Ich ziehe mein Näschen kraus.

»Und du solltest jetzt am besten kühlen Kopf bewahren. Fangen wir damit an, dass du dir bewusst machst: Du hast in einem verpixelten Video Alon Carmelis Gesicht auf einem Handydisplay mit niedriger Auflösung gesehen.«

»Ich hab es mir gerade auch auf meinem Laptop angeschaut. Und ich sage dir: Er ist es. Ich hab dir doch den Link geschickt. Warum schaust du es dir nicht einfach selbst an?«

»Meine Verbindung hier ist ganz mies.«

»Dann schick es an euer Labor. Sobald das erst richtig bearbeitet ist, wirst du sicher sehen, dass es er ist.«

»Und wie erklärst du dir, dass dir Mali am Donnerstagmorgen gesagt hat, ihr Mann Alon Carmeli sei am Mittwochabend – der Partynacht – für eine Geschäftsreise nach New York geflogen? Wenn das stimmt, kann er Gabriela wohl kaum umgebracht haben. Denn er saß im Flieger.«

»*Wenn* das stimmt«, betone ich. »Genauso kann Alon seine Frau angelogen haben, um sich eine Gelegenheit zu verschaffen, Gabriela zu ermorden.«

»Aber du hast erzählt, als du am Freitag, nachdem du Prince' Leiche im Brunnenschacht entdeckt hattest, bei der Familie Carmeli warst, habe Alon mit dem Kundenservice seines Telefonanbieters gesprochen, weil er sein Handy schon vor dem Abflug verloren habe und sie ihm noch immer keine neue SIM-Karte geschickt hätten. Warum sollte er diese ganze Show abziehen, wenn er gar nicht geflogen ist?«

»Mit diesem Telefonkundenservice zu telefonieren, ist tatsächlich das Gruseligste auf der Welt, also warum sollte er das ohne Grund inszenieren? Du bringst hier zweifellos einen wichtigen Punkt ins Spiel.«

»Darum geht es doch gar nicht, Oded.« Malka seufzt gequält. »Es geht darum, dass –«

»Dass Alon nach dem Telefonat gesagt hat, er werde die SIM am Sonntag zugestellt bekommen.« Ich drücke meinen Rücken durch, als ich mich an die Einzelheiten des Gesprächs erinnere.

»Warum?« Malkas Stimme klingt mit einem Mal besorgt. »Was ist so wichtig daran, wann er die SIM-Karte kriegt, Oded?«

»Weil wir jetzt zwölf Uhr mittags und Sonntag haben.«

»Und?«

»Und die Chancen stehen gut, dass der Kurier erst da war, als Alon das Haus schon verlassen hatte und zur Arbeit gefahren war, und die SIM-Karte jetzt in ihrem Briefkasten auf mich wartet.«

»Nein, Oded.« Malka ist jetzt doch hörbar ungehalten.

»Du kannst nicht seine SIM hacken. Das kannst du nicht, weil das illegal wäre.«

»Aber ich brauche Beweise, das hast du doch selbst gesagt. Und auf der SIM oder in der Cloud gibt es bestimmt Chatverläufe mit Gabriela. Vielleicht sogar Videos. Und wer weiß, was noch alles.«

»Aber das heißt noch lange nicht, dass das legal ist«, brüllt Malka.

»Was hast du gesagt?« Ich kann ja so unschuldig klingen. »Du warst gerade weg.«

»Ich hab gesagt, dass –«

»Ich kann dich nicht hören«, sage ich. »Der Empfang … ist jetzt … kom-plett … weg… Die Brän-de ha-«

»Oded, hör mir gut zu, ich meine es ernst, du kannst ni-«.

Ich lege auf. Die Schlüssel des Fohlens liegen achtlos hingeworfen neben dem Laptop. Ich greife sie mir und komme rasch auf die Beine. Die Müdigkeit der schlaflosen Nacht ist wie weggeblasen, das Adrenalin entlädt sich in meinem Blut. Heute ist der Tag. Heute werde ich mich an Binyamin Direktor rächen für all die Manipulationen, die Lügen und Geringschätzung der letzten Tage. Heute wird Stas Omansky bereuen, mir je begegnet zu sein. Heute ist der Tag, an dem ich Mona Markowitsch ohne Schuldgefühl werde anrufen können –

In dem Augenblick klingelt es an der Tür. Ich erstarre, warte, ohne einen Laut von mir zu geben, dass der ungebetene Gast wieder verschwindet. Erneutes Klingeln. Behutsam drehe ich die Lautstärke des Fernsehers im Wohnzimmer leiser, in dem gerade ein Moderator mit todernster Miene vor Aufnahmen von rußgeschwärzten Wohnhäusern und verkohlten Baumstümpfen spricht. Ich halte den Atem an. Jetzt ist wirklich nicht die Zeit, Judith Reifen-Ronen aus Appartement 9 zum hundertsten Mal zu erklären, ich müsse keinen Beitrag für das putzige Hauskomitee zahlen. Auf Zehenspitzen durchquere ich das Wohnzimmer. Die Klingel gibt keine Ruhe. Ich linse durch den Türspion: Das rote, verfettete Gesicht meines Bruders klebt davor. Ich schrecke zurück. Wo ist Judith Reifen-Ronen, wenn man sie mal braucht?

»Ich höre dich atmen.« Die Stimme meines Bruders kommt durch die Tür.

Ich seufze.

»Arik!« Ich öffne die Tür mit strahlendem Gesicht. »Wie gehts? Was machst du denn hier?«

»Verarschst du mich?« Arik drängt sich an mir vorbei. »Was ich hier mache? Seit gestern Morgen drückst du mich weg.«

»Tut mir leid, bei der Arbeit gings drunter und drüber.«

»Von deiner Arbeit haben wir gehört.«

»Oh, Schalom, und schon gehts los! Ich hab es echt satt, dass du die ganze Zeit –«

»Ich weiß Bescheid, Oded«, schneidet mir Arik das Wort ab.

»Was weißt du?«

»Ich weiß Bescheid über Papa.«

Das Schweigen schiebt sich zwischen uns, zäh und bedrückend. Ich schaue Arik an. Unter den Falten, den hängenden Wangen und den geweiteten Poren lassen sich aus bestimmten Perspektiven immer noch die jugendlichen Gesichtszüge erkennen, abenteuerlustige Züge, die ich als Kind immer bewundert hatte. Die Angst streckt ihre schwarzen Arme nach meinem Herzen aus. Ich verstehe nicht, warum er mich nicht beruhigt, mir sagt, dass mit Papa alles gut wird. Dass wir das hinkriegen, dass er sich darum kümmern wird. Verstehe nicht, warum er hier steht, in seiner grünen Trekkinghose und der violetten Uniqlo-Jacke, vor dem Hintergrund der grauen Sofas und cremefarben verputzten Wände in Ofers elegantem Wohnzimmer, und schweigt wie ein Dummbart. Mich anschaut, als erwarte er eine Antwort von mir.

Hinter mir vibriert das Handy auf dem Tisch. Das ist mit Sicherheit Malka, der mich weiter anbrüllen will. Oder vielleicht auch Geller. Ich brauche jeden Fitzel an Information, der mir jetzt helfen kann, muss mich jetzt allein darauf konzentrieren.

»Wag es nicht, ranzugehen«, sagt Arik drohend. Ich zeige ihm die kalte Schulter und bin schon am Tisch. Auf dem Display leuchtet eine Nachricht von einer unbekannten Nummer. Der Fahrdienstleiter der Taxizentrale Rimon Savyon schreibt, ein Fahrer namens Shimon Cohen habe am Mittwochabend gegen neun eine Frau im roten Kleid bei der Adresse von Binyamin Direktor abgeholt. Er habe sie zum Kino Mandarin bringen sollen, aber nach fünf Minuten Fahrt habe sie es sich anders überlegt und sei ausgestiegen. Meine Gedanken beginnen zu rotieren. Mandarin. Jungfräuliche Dünen. Wilde Landschaft. Ein sich selbst überlassenes Fleckchen Erde zwischen den Orten entlang der Küstenebene. Ein Hotel gibt es dort, das Zimmer in Kurz- und Langzeitmiete anbietet. Ein Vorzeigeimmobilienprojekt aus den frühen Neunzigerjahren, dessen Glanz längst verblasst ist. Ein riesiger, rechteckiger Betonklotz inmitten eines ziemlich wüsten Strandabschnitts. Hunderte von Wohnungen, farbige Balkone. Eine Reihe Palmen davor, von Wind und Staub zerzaust. Blick aufs Meer. Ein gut erreichbarer, aber anonymer Ort. Auf halbem Weg zwischen Tel Aviv und Ramat Hasharon. Der perfekte Ort für Alon Carmeli, um eine Wohnung für traute Schäferstündchen zu buchen. Ich muss schnellstmöglich zu seinem Haus in Ramat Hasharon, um die SIM-Karte aus dem Briefka-

»Dich kümmert tatsächlich niemand außer du selbst.« Ariks Vorwurf trifft mich wie eine Ohrfeige, ein Schlag mit dem Handrücken, schmerzhaft, erniedrigend. Ein aufbrausender Gatte des 19. Jahrhunderts, der seine aufsässige Frau ohrfeigt. Ich hebe die Augen vom Display.

»Papa hat mir gesagt, ich soll es euch nicht erzählen. Was hätte ich also tun sollen?«

»Es uns trotzdem erzählen! Oder wenigstens ans Telefon gehen? Von mir aus hättest du dir auch irgendeine Lüge ausdenken können, bis er mit uns geredet hätte. Das ist doch das Mindeste, was du hättest tun können, oder? Du belügst doch sowieso alle Welt und dich selbst ständig.«

»Willst du wirklich über die Lügen reden, die wir uns selbst auftischen, Arik? Denn ich glaube nicht, dass du dabei so gut wegkommst.«

»Immer schön auf Angriff. Darin bist du fantastisch, Oded, sich immer an allem abarbeiten, was bei anderen Scheiße ist, aber um Gottes Willen nicht sich selbst hinterfragen. Du hast ihn nicht mal nach Hause begleitet, nachdem er dir das alles erzählt hat. Hast hinterher nicht mal angerufen, um zu fragen, wie es ihm geht.«

»Er wollte das nicht«, blaffe ich. »Er wollte nicht, dass ich ihn noch begleite, wollte überhaupt nichts von mir, so wie er noch nie irgendwas von mir gewollt hat. Weil ich ihm nämlich egal bin, weil ich nicht so bin wie ihr oder er.«

»Du Ärmster!« Ariks Stimme quäkt kindisch vor ätzendem Spott. »Kommst du gleich auch noch mit dem einen Mal, als er dir versehentlich den Fußball auf die Nase geschossen hat, oder als er dich nicht wie Ayala zum Ballettunterricht hat gehen lassen?«

»Das war Jazz Dance«, zische ich.

»Oh, Verzeihung.« Arik faltet die Hände. »Jazz Dance, natürlich, wie konnte ich das vergessen, siehst du, schon wieder versteht dich niemand, oder? Du bist der kleine Junge, der eines Tages noch ein großer Star werden wird, weil er so viel besonderer als alle anderen ist.«

»Tut mir wirklich in der Muschi weh, dass ich meine Kleider nicht so gern bei Dick & Altbacken kaufe.«

»Oh bitte, werd endlich erwachsen.« Arik fährt mich ungehalten an, »du mit deinen dämlichen Witzen und deiner bescheuerten Überheblichkeit. All deine absonderlichen Träume und dieses Heft, in das du alles seit deiner Geburt reingeschrieben hast. Wen kümmert das? Papa hat Krebs, begreifst du das? Papa hat Krebs, und alles, was du mir zu sagen hast, ist, dass er dich nicht richtig aufgezogen hat. Vielleicht ist dir das noch nicht aufgefallen, aber du bist nicht mehr der kleine Junge von damals. Und vielleicht überlegst du nur ein einziges Mal in deinem Leben, wie du jemandem helfen kannst, und nicht, wer *dir* alles helfen muss?«

Draußen vor der Fensterfront zeichnen sich die nackten Baumäste vor dem Hintergrund des bleigrauen Himmels wie Spinnennetze ab. Ariks Brust hebt und senkt sich, seine schweren Atemzüge übertönen die Stille. Ich will mich dafür entschuldigen, ihm nicht schon früher davon erzählt zu haben. Will ihm erklären, dass ich schlicht nicht weiß, wie man jemand ist, an dessen Schulter man sich ausweinen kann. Will, dass wir uns umarmen, dass er mir verzeiht. Aber er ist so weit weg.

»Alles in Ordnung?«, kommt es da von der unverändert offen stehenden Wohnungstür. Ofer Ganor steht auf der Schwelle. Ariks gerötetes, feistes Gesicht wirkt verlegen.

Ich drehe mich zu Ofer um. »Na klar, alles bestens. Erinnerst du dich an meinen Bruder, Arik? Er wollte nur mal kurz vorbeischauen.«

»Sicher.« Ofer ist mit ein paar Schritten bei Arik. »Wie gehts dir?«

»Alles bestens«, Arik klopft Ofer unbeholfen auf die Schulter. »Und was ist mit dir? Muss Jahre her sein … Oded hat mir erzählt, du bist in Hongkong?«

»Singapur, bis nächstes Jahr noch. Ich bin nur hier, weil meine Großmutter im Ichilov liegt. Nicht so toll die Lage, vorsichtig gesagt.«

»Das ist offenbar ansteckend in letzter Zeit«, kommentiert Arik.

»Was meinst du?«

»Du hast es ihm nicht mal erzählt?« Arik wendet sich zu mir.

»Was hast du mir nicht erzählt?« Ofer schaut mich verständnislos an.

»Dass … dass …«, stottere ich. »Dass ich bei meinem Fall einen großen Durchbruch hatte, weshalb ich jetzt auch sofort los muss.«

Ich meide Ariks Blick.

»Hervorragend.« Ofer nickt. »Das ist ja auch der totale Wahnsinn, was vorhin am Ichilov los war, mit all den Fotografen. Ich dachte mir schon, das hat sicher was mit deinem Fall zu tun.«

»Was?« Ich starre ihn verdattert an. »Wovon redest du?«

»Na, vorhin am Ichilov, als Carine Carmeli mit dem Rettungswagen eingeliefert wurde.«

»Was? Warum?«

»Ich dachte, davon redest du.« Ofers Gesicht ist mit einem Mal ernst. »Ihre Mutter hat sie zu Hause gefunden. Sie hat versucht, sich das Leben zu nehmen.«

»Was?!« Mir klappt die Kinnlade runter, und die Schuldgefühle legen sich wie eine Verbrennung auf mein Herz.

»Ja, wirklich furchtbar, so jung. Gerade mal fünfzehn«, sagt Ofer. »Ich war sicher, du weißt davon.«

»Nein, ich hatte keine Ahnung. Wie ist ihr Zustand?«

»So weit in Ordnung, heißt es. Sie hat scheinbar Tabletten geschluckt. Aber sie wird wieder.«

»Und wer sagt das? Woher weißt du das alles?«

»Ich hab die Fotografen und Typen vom Fernsehen reden hören. Ich glaube, sämtliche Nachrichtenteams sind dort. Binyamin Direktor wird in einer halben Stunde eine Pressekonferenz geben.«

»Und du bist sicher, dass es ihr gut geht?«

»Ja, ja. Sie sagen, die Menge der Tabletten hätte nicht ausgereicht, um ernsthaft Schaden anzurichten. Carine gehe es auch schon besser. Ihre Eltern sind bei ihr.«

»Großer Gott, was für ein Horror.« Meine grauen Zellen machen eine schnelle Zeit-Entfernung-Treibstoff-Kalkulation, der Plan nimmt Form an. »Wirklich schrecklich, dass sie versucht, sich so was anzutun.«

»Wenn das so schrecklich ist, warum siehst du dann dermaßen zufrieden aus?« Ofer beäugt mich misstrauisch.

»Weil ich jetzt die einmalige Chance für eine gezielte Liquidierung habe.«

Ich schnappe mir die Schlüssel des Fohlens. Arik wendet das Gesicht ab. Seine breiten Schultern sehen aus wie eine eingestürzte Bergflanke. Ich strecke eine Hand nach seinem massigen Körper aus, ziehe sie dann aber doch zurück. Es wird Zeit, einen Mörder zu stellen. Entschuldigungen müssen bis morgen warten.

20

DIE BESTIEN DES RUHMES

Der Gebäudekomplex des Ichilov-Krankenhauses zeichnet sich als Silhouette durch den schweren Dunst ab. Im Nebel, der die Vorderseite verhüllt, wirken die Namen der Spender, die in lichter Höhe an der Fassade angebracht sind, wie die Souveräne, die freundlicherweise ihren Untertanen in den innersten Gemächern ihrer Residenz eine Audienz gewähren. Ein Geruchsbouquet aus gebratenen Industriehamburgern, überröstetem Kaffee und Blätterteiggebäck weht mir durch die gläsernen Schiebetüren entgegen, auf die ich zuhaste. Die bunten Buchstaben über den Türen begrüßen fröhlich die Kommenden und Gehenden, einige von ihnen in Rollstühlen, andere auf Krücken, viele mit besorgten Gesichtern und vollen Einkaufstüten. Toys »R« Us, McDonald's, Aroma, Book Junction, Miss Lagotte, Zara, Candy World, Go Active, Vital Hotel, Super-Pharm, Geburtsstation, Ambulanz, Kardiologie, Ausstellung von Bestattungsvollmachten. Services für alle Lebenslagen. Ein Deal für jeden Patienten. Und jedem Sterbenden ein Geschenk.

Die lange Schlange der Wartenden, die draußen unter der gewölbten Glaskugel ihre Taschen und Habseligkeiten durchleuchten lassen müssen, zwingt mich zur Vollbremsung. Besorgte Gespräche über die Brände der letzten Stunden, die Tel Aviv und dem Großraum Gusch Dan immer näher rücken, füllen die körnige Luft, die in die Lungen schneidet. Der Wind ist trocken und kalt. Die Haut eine dünne, gereizte Schale. Mein Körper ein Kartenhaus, das mit jedem Ausatmen in sich zusammenzufallen droht. Ich schaue verstohlen nach rechts zum Rondell vor dem Krankenhaus und erschaudere.

»Woran denkst du? Du siehst ganz grün aus«, die rauchige Stimme Mona Markowitschs kommt von links.

»An das Parkhaus«, murre ich.

»*Yallah*, in Ordnung, ein bisschen teuer, aber das hast du jetzt schon drei Mal gesagt.«

»Zwanzig Schekel die Stunde für ein Parkhaus, das Kranken und ihren Familien dienen soll?« Die Sozialkämpferin in mir kocht noch immer. »Nicht mit mir.«

»Und das ist die Mücke, die dich gestochen hat?«

»Was denn sonst?«

»Ich dachte, etwas anderes drückt dir aufs Gemüt.« Mona weist nach rechts, zum Eingang der Notfallambulanz, wo sich ein Pulk von Klatschreportern um Binyamin Direktor drängt. Und zwei Schritte hinter ihm steht Stas Omansky, im schwarzen Anzug, mit Sonnenbrille und dem Gesicht eines kaukasischen Kosaken, der eine Festungsmauer bewacht.

»Ach die, die hab ich gerade erst bemerkt«, formen meine spröden Lippen die Lüge.

»Tsss, von wegen hast du gerade erst bemerkt … Was bist du nur für eine Skandalnudel geworden, Wühlmäuschen«, schnarrt Mona.

»Liebchen, lass dich durch ihre polnische Visage nicht täuschen, der Typ hat Eier von der Größe New Mexicos«, schaltet sich Romy hinter uns ein.

»Nur leider auch den Verstand eines Flohs«, fügt Amal hinzu.

»Gut, Mädels, wäre wohl ein bisschen mehr Fokus und etwas weniger Vulgarität möglich?« Mein Nervenkostüm ist wirklich sehr angegriffen.

»Darling, entspann dich mal.« Mona drückt mir die Schulter. »Du solltest ehrlich mal deine Möse locker machen.«

Die drei Hühner, die mich umstehen, brechen ihn kreischendes Gelächter aus. Leute drehen sich um, gucken missbilligend. Ein massig gebauter Mann zischt irgendwas über Perverse. Mona wirft ihm ein Küsschen zu, Amal fragt laut, ob irgendjemand hier ein Problem habe. Mit ihrem Potpourri aus Netzstrümpfen, hochhackigen Stiefeletten, hautengen Jeans, äußerst großzügigen Dekolletés und gewagten Fönfrisuren umgeben mich Mona, Amal und Romy wie ein Schutzkissen. Und dennoch registriere ich bei allem fröhlichen Grinsen ein leichtes Zittern, das sich Monas faltiger Hände bemächtigt hat, sehe, wie Amals Kiefer ihren Kaugummi zermalmt und die Narbe auf Romys blassem Gesicht rot leuchtet.

»Vielleicht sollten wir besser doch noch warten«, sage ich, als ich durch den Metalldetektorbogen trete.

»Wühlratte.« Mona wuchtet ihre gewaltige Handtasche in eine der Plastikwannen vor dem Gepäckscanner, derweil ihre mottenstichige Pelzjacke den Boden wischt. »Es reicht. Wir sind hier, die sind hier. Genau deshalb sind wir hergekommen. Also keine Rückzieher jetzt. Romy, erzähl unserer Wühlmaus, was deine Mutter dir jeden Freitag beim Abendessen sagt, wenn du mal wieder zu viel jammerst?«

»Sag niemals: Gott, ich hab keine Kraft.« Romy fasst vor den schreckgeweiteten Augen des Wachmannes nach dem Davidstern, der auf ihren großen Brüsten ruht. »Sag immer: Gott, gib mir Kraft.«

»Bezaubernd.« Ich begeistere mich säuerlich. Romy bedenkt mich mit einem Klaps auf die Stirn. Amal lacht. Ich seufze lautstark, da der Sicherheitsmann auf ihre Leibesvisitation fünf Minuten länger verwendet als auf die Leute, die vor uns in der Schlange waren. Bevor wir vier endlich losmarschieren, richte ich meine Tolle, die Romy mit ihrem tätlichen Angriff aus der Form gebracht hatte. Ausgeschlossen, dass meine Weiblichkeit am Tag der süßen Rache vor Stas Omansky tritt wie ein gerupftes Küken.

»Was uns nicht umbringt, macht uns stärker«, Direktors ölige Stimme weht zu uns herüber. »Die Carmelis sind eine starke Familie, und unsere Carine ist ein starkes Mädchen. Heute, ich sage Ihnen, heute, keine zwei Stunden, nachdem dieses schöne und so unglaublich talentierte Mädchen Tod und Verzweiflung ins Auge geschaut hatte, hat sich Carine mit mir zusammengesetzt und mir von einem neuen Song erzählt, den sie in ihrem Krankenhausbett geschrieben hat. Und glauben Sie mir, er wird vollkommen anders sein als alles, was Sie bisher von diesem Riesentalent kannten und je erwartet hätten. Tief aus dem Herzen und direkt ins Gesicht, eine mitreißende Ballade über die Enttäuschungen der Lie-«

»Oded, was machst du hier?« Stas versperrt uns den Weg.

»Ich wollte Trost spenden, selbstverständlich.« Ich klimpere mit den Wimpern wie eine barmherzige Schwester.

»Ich weiß ja nicht, was du dir einbildest, aber das ist keine gute Idee.«

»Hey, Stas, wie gehts, kennst du mich noch?«, krakeelt Romy hinter mir. Der Mann, der vor mir steht, ignoriert sie ungerührt. Von Weitem taxieren uns Binyamin Direktors Sperberäuglein. Er steckt in einem orangefarbenen Anzug und hält vor der ihn umringenden Klatschpresse weiter seine Reden.

»Oded.« Stas legt mir eine Hand auf die Schulter. Mein Herz setzt für einen Schlag aus, und der Körper heizt sich auf. Der säuerliche Geschmack der Erniedrigung schießt mir in den Mund. Wie leicht es diesem Mann fällt, mich zu manipulieren. Die kleinste Berührung, und ich schmelze dahin wie eine Wachskerze. »Ich habs dir schon einmal gesagt, bei Bulli willst du nicht auf der falschen Seite stehen.«

»Und ich dachte, da bin ich schon«, antworte ich und kämpfe verzweifelt darum, meine Augen von Stas' Lippen loszureißen.

»Das ist eine Sache, wenn man dir die Gelbe zeigt, aber eine ganz andere, wenn du Rot bekommst.«

»Ich bitte doch sehr darum, mir nicht mit Frauenfußball zu kommen, ergebensten Dank und hochachtungsvoll«, gifte ich mit letzter Kraft.

»Oded.« Stas rückt noch ein bisschen näher an mich heran. »Dir zuliebe, glaub mir, nur dir zuliebe bitte ich dich, hau ab und verschwinde wieder dahin, wo du hergekommen bist.«

Seine Hand liegt schwer auf meiner Schulter. Seine

Stimme klingt beschwörend und ehrlich. Ich schaue weg. Weg von Stas. Von seinem Astralkörper und dem wie gemeißelten Gesicht. Weg von dem undurchschaubaren Blick und den weichen Lippen. Ich kriege kaum Luft, wende den Kopf zu Mona, Amal und Romy. Mona zieht erwartungsvoll die Augenbrauen hoch und formt mit den Lippen den Namen Gabriela. Ich nicke unmerklich. Atme tief durch. Genau wie damals, als mich Zedi Zarfati bei der nationalen Kindershow 1985 anbrüllte, nachdem ich mir vor dem gesamten Chor in die Hose machte, weil er mich vor der Probe mit Ilana Avital nicht auf die Toilette hatte gehen lassen. *The show must go on.*

Ich drehe mich wieder zu Stas. Mein entstelltes Gesicht spiegelt sich in seiner Iris, an der alles abprallt wie an Teflon. »Weißt du, woran du mich erinnerst, wenn ich dich hier so sehe?«

»Woran, Oded?« Seine Stimme hat sich merklich abgekühlt.

»An Banana Split.«

»Oded, ich hab jetzt keine Zeit für deine Witzchen.«

»Mit sechs hab ich zum ersten Mal Rose in *Golden Girls* einen Banana Split essen sehen.« Ich ignoriere ihn. »Und alles, was ich seitdem wollte, war ein Banana Split. Aber meine Eltern sind mit uns nur zu Geburtstagen in Restaurants gegangen, also musste ich drei Monate warten, bis wir ins China Class sind. Das war damals das einzige chinesische Restaurant in Petach Tikwa, und alle waren ganz verrückt danach, aber ich hab mich am meisten auf das Banana Split gefreut. Alles andere hat mich eigentlich nicht gekümmert, nur das Banana Split. Und weißt du, was passiert ist, als es dann kam?«

»Lass mich raten. Es war nicht so lecker, wie du gedacht hattest.«

»Die Wahrheit?« Ich schaue ihn unverwandt an. »Es war das Beste, was ich bis dahin in meinem Leben gegessen hatte.«

»O-kay.« Stas Augen verengen sich.

»Aber die ganze Nacht danach musste ich kotzen.«

»Ich habs verstanden, Oded.« Stas' Gesicht wird zu Stein. »Danke dir für den Vergleich.«

»Wie sich herausstellte, bin ich allergisch gegen Sahne.«

»Gut zu wissen.«

»Und zusammen mit der Extraportion Schokoladensirup, die ich bestellt hatte, wurde eine richtige gastrologische Katastrophe daraus.« Ich nicke bekümmert.

»Was für eine schöne Geschichte, so poetisch und bewegend, Oded, *mon chéri*.« Bullis ölige Stimme träufelt mir ins Ohr. »Und was für eine Ehre für uns, dass du extra hergekommen bist, um sie hier mit uns zu teilen.«

»Das ist nicht das Einzige, das ich noch zu teilen gedenke.« Ich fahre zu dem großen Mann herum, der mich von den Reportern und Fotografen wegdrängt, die uns aus einiger Entfernung neugierig beobachten. Ich verberge meine wie Espenlaub zitternden Hände hinter dem Rücken.

»Natürlich nicht, mein lieber Oded, das hatte ich auch nicht angenommen, keinen Augenblick.« Bulli lässt den Blick zwischen mir, Romy, Amal und Mona wandern. »Aber es gibt Dinge, die müssen innerhalb der Familie gelöst werden. Und nach allem, was zwischen uns vorgefallen ist, solltest du eins wissen, Oded: Für mich zählst du nach wie vor zur Familie.«

»Interessant, ich wusste gar nicht, dass man jemanden in der Familie feuern kann.«

»Immer hat er was zu entgegnen, der teure Oded.« Bulli lächelt. »Kein Grund, böse zu sein. Du weißt doch, ich will nur dein Bestes. Mit ein bisschen Anstrengung und gutem Willen deinerseits kann ich dir noch immer helfen. Bist du es nicht leid, so zu leben? Möchtest du deinen Lebensstil nicht ein bisschen verbessern, Oded, *chéri*? So haben wir doch angefangen? Indem du mir hilfst, und ich dir helfe?«

»Bulli, wissen Sie was, Sie haben recht.« Ich recke mich vor dem Mann im kostspieligen Anzug in die Höhe. »Und ich möchte Ihnen etwas sagen, etwas, von dem mir wirklich wichtig ist, dass Sie es wissen, bevor ich mich verabschiede.«

»Ja, mein teurer Oded.«

»Du, Schätzchen«, ich stupse Bulli leicht gegen die kleine Nase, »du bist nicht mal gut genug, um den Fußboden aufzuwischen.«

Mona, Amal und Romy brechen in sardonisches Gelächter aus. Bullis Wangen nehmen eine hässliche, dunkelviolette Färbung an. Stas macht einen Schritt auf mich zu, ich weiche zurück. Amal fasst Romy an der Hand, und die beiden marschieren entschlossen an mir vorbei.

»Hey, Klatschfritzen«, hallt Romys Stimme über den Vorplatz, und ihr schönes, von der Narbe entstelltes Gesicht ist lächelnd den Society-Reportern und Paparazzi zugewandt, die zu uns herüberstarren.

»Hier ist eine neue Story für euch, Schlagzeile: Israels Top-Manager in Frauenhandel verwickelt. Biete Augenzeuginnenbericht aus erster Hand und die Telefonnummern weiterer beherzter Seelen. Aber erst mal müssen wir über die Bezahlung reden, Schätzeleins.«

»Moment, Moment, Jungs!« Amal hebt beide Arme in die Luft, als hielte sie eine Nummerntafel im Boxring hoch. »Was haltet ihr von: Direktor fickt das ganze Land? Das ist kürzer. Knackiger. Mit dem Internet und dem ganzen Social-Media-Gedöns, da muss man die Aufmerksamkeit sofort bei den Eiern packen, sonst gehen euch die Zuschauer in Nullkommanix flöten.«

Sofort bricht um uns der schönste Tumult aus. Bulli hastet auf die Journalisten zu, die sich im Laufschritt in Richtung Romy und Amal bewegen. Stas versperrt den beiden Grazien den Weg, die auf den Krankenhausvorplatz stolzieren wollen. Sagt ihnen, es wäre bloß schade um ihre Zeit, niemand würde Schabracken wie ihnen glauben. Da baut sich Mona vor ihm auf, warnt, er solle sich am besten mal mäßigen, es täte ihr sonst nämlich leid, ihm seine Engelsvisage auseinandernehmen zu müssen. Kameraobjektive werden in Stellung gebracht, Mikrofone gezückt. Bulli kreischt was von Verleumdungsklagen. Inmitten des Aufruhrs dreht sich Mona zu mir um. Ihr schweres, verwüstetes Kaiserinnengesicht verzieht sich zu einem Zwinkern. Ich sprinte los, auf die gläsernen Eingangstüren des Krankenhauses zu, die sich mit sattem Schmatzen hinter mir schließen. Der scharfe Geruch von Desinfektionsmittel schlägt mir in die Nase. Das Odeur steriler Sauberkeit. Der Geruch des Todes, des Endes. Aber vielleicht auch der eines Anfangs.

21

EIN LEBEN IN FARBE

Die silberne Aufzugtüre öffnet sich zu den Fluren der Intensivstation. Ich schlüpfe in den ersten Wartebereich, der sich mir bietet, passiere dabei drei Männer, die sich flüsternd über einen Tisch hinweg unterhalten. Auf der knittrigen weißen Papiertischdecke, deren Falten voller Instantkaffeekrümel und Teeflecken sind, stehen für den Schabbat ein elektrischer Wasserkocher und ein Heißwasserbehälter bereit. Um die Ecke sitzen auf Plastikstühlen ein Mädchen mit Zöpfen und gepunkteten Kniestrümpfen in Crocs und eine verschleierte Frau, beide starren schweigend auf die weißen Wände, an denen Kinderzeichnungen von Blumen, Uhren und der Klagemauer hängen, darunter in verschnörkelter Schönschrift Danksagungen an das Ärzteteam für die aufopferungsvolle Pflege und das Herz aus Gold.

Meine Finger sind noch dabei, fieberhaft Fragen und Antworten an Malka zu tippen, als ich mich ungefragt einer Familie anschließe, die durch die elektronisch gesicherte Tür gerade Zutritt zum Trakt mit den Behandlungszimmern erhält. In ihrem Gefolge marschiere ich durch ein Labyrinth aus Glaswänden, die wie in einem

Aquarium Menschen präsentieren, die in braunen, vergitterten Intensivbetten liegen. An Beatmungsgeräten angeschlossen heben und senken sich die nackten Brustkörbe wie Pumpen. Die Gesichter zur Decke gerichtet, Schläuche winden sich aus Nasenlöchern und klaffenden Mündern. Bläuliche und grüne Adern erblühen unter weißer Haut. Das Fleisch ist teigig und aufgebläht. Monitore und Bildschirme zählen den Countdown bis zum Aufwachen oder Abschiednehmen. Eine Schwester hebt den Kopf und bedenkt mich mit forschendem Blick. Ich verlangsame meine Schritte und setze ein besorgtes Gesicht auf, während meine Augen die aufs Gemüt schlagende Szenerie weiter nach Carine Carmeli und ihren Eltern absuchen.

Schließlich gebe ich auf und schlüpfe wieder raus auf die Flure der Station. Noch eine Frau mit einem Mädchen an ihrer Seite. Zudem eine Familie, die sich mit vor Erleichterung strahlenden Gesichtern umarmt. Ein Mann im schwarzen Anzug mit großer Kippa auf dem Kopf, der in einer Ecke betet. Eine unsichtbare Person mit einem Eimer voll dreckigem Wasser, die die Toiletten sauber macht. Ich biege in den nächsten Flur ab, sehe noch mehr Wände, behängt mit Danksagungen und Auszeichnungen. Vielleicht sind sie gar nicht mehr hier. Vielleicht bin ich schon wieder zu spät. Was ist mein Leben anderes als eine endlose Kette von Verspätungen und abgefahrenen Zügen? Verpasste Chancen auf eine Karriere. Auf Erfolg. Auf Traumprinzen. Stattdessen ein Mädchen, das versucht hat, sich umzubringen; eine junge Transfrau, die ermordet wurde. Nach dem dritten Mal Abbiegen, ganz am Ende des Gangs, neben einer extrabreiten Tür zur Behindertentoilette, bleibe ich hinter einer ausladenden

Grünpflanze vor dem Eingang zum Warteraum wie angewurzelt stehen, als eine wohlvertraute Stimme an meine Ohren dringt.

»Aber ich habs dir gesagt«, Mali Carmelis Tonfall wird schärfer, »ich hab dir gesagt, du sollst deine Tabletten im Auge behalten, hab dir gesagt, du sollst sie wegpacken, weil sie die vielleicht bemerkt hat. Sie hat sich so komisch aufgeführt, war so niedergeschlagen, dass man es mit der Angst gekriegt hat, also hatte ich dich drum gebeten, erinnerst du dich? Ich hatte dich darum gebeten! Und warum hast du es nicht getan?«

Stille macht sich breit, ich schiebe mich noch ein bisschen näher an den Warteraum die Wand entlang. Die warme Klimaanlagenluft des Krankenhauses trocknet mein Gesicht aus.

»Jetzt hast du nichts zu sagen?« Malis Stimme schwillt wieder an. »Vorher hattest du doch auf alles eine Antwort, oder etwa nicht? Ich setze sie zu sehr unter Druck, ich sei hysterisch, ich übertreibe, stimmts? Oder etwa nicht? Auf alles hattest du eine Antwort. Und was ist mit den Märkten, hä? Von denen hab ich auch schon lange nichts mehr gehört. Wie wärs mit einem weiteren beschissenen Gleichnis, mit dem du mir meine Tochter erklärst, na? Du elende Null, versteckst dich die ganze Zeit in deinem Büro und lässt mich allein mit diesem ganzen Albtraum fertig werden …«

Malis Stimme bricht. Endlich bin ich am Ende des Gangs angelangt und tippe schnell eine Nachricht. Versteckt hinter der großen Pflanze, die den Raum teilt, werfe ich durch die sattgrünen Blätter vorsichtig einen Blick auf die blonde Frau. Ein ersticktes Ächzen lässt ihren Körper erbeben, der in einem wenig glamourösen blauen Sweatshirt und in Jeans steckt. Eine große grüne Tasche liegt zu ihren Füßen. Alon tritt zu seiner Frau und schlingt die Arme um sie. Sein Gesicht sieht eingefallen und bleich aus.

Während ich Alon und Mali beobachte, die dort in frostiger Umarmung gefangen stehen, muss ich an die immergrünen Hecken des Hauses von Familie Carmeli denken. An das idyllische Viertel. Die weiß getünchte Hausfront. Die blauen Fensterläden. Die Palme, die im Garten wächst. Hat Alon jemals Gabriela dorthin mitgenommen? Waren die hohen Absätze mit der abblätternden Goldschicht zwischen Chrysanthemen und Sauerklee über den Weg zum Haus gestöckelt? Waren leichtfüßig über den gelben Ball hinweggestiegen, der vom Wind langsam über den Rasen gerollt kam? Hatte er Gabriela ins Schlafzimmer geschleppt, um dort Mann und Frau mit ihr zu spielen? Oder hatten sie sich vielleicht doch immer im Hotel Mandarin getroffen? In einem karg möblierten Zimmer, mit Bett, Kleiderschrank und Fernsehkommode, en gros gekauft bei IKEA? Die Fassade eines Zuhauses. Der Anschein von Intimität. Flüchtige Zweisamkeit gegen Bezahlung. Eine Sekunde, ehe dieses labile Gleichgewicht durcheinandergeriet. Ehe er ihr den Schädel einschlug, ihre Träume mit einem Stein zertrümmerte, nachdem sie sich ein letztes Mal in dem kalten, billigen Zimmer getroffen hatten?

»Fass mich nicht an«, Mali windet sich aus Alons Umarmung. »Wag es ja nicht, mich anzufassen! Ich muss jetzt zurück zu ihr. Hilf du Bulli mit den Journalisten. Meine Mutter holt schon Morani und Giladi ab. Und der Arzt hat gesagt, sie komme bald zu sich, sie haben sie jetzt auf die Aufwachstation verlegt. Ich muss bei ihr sein, muss ihr das Kleid bringen. Wenn sie aufwacht –«

Der Satz wird durch ein wichtigtuerisches, lautstarkes Klingeln unterbrochen. Das traute Paar fährt zu der Pflanze herum. Mein Gesicht verfärbt sich puterrot, ich fische das Handy aus der Tasche und schalte es mit fliegenden Fingern aus. Supertiming, Malka. Vielen Dank, wirklich.

»Was machen Sie denn hier?« Mali kommt auf mich zugeschossen.

»Als ich gehört hab, was passiert ist, bin ich sofort hergekommen.« Ich beschließe, die Wahrheit ein bisschen zu schönen. »Und es tut mir so lei-«

»Verschwinden Sie auf der Stelle.« Mali deutet den Gang hinunter. »Aber sofort! Das ist alles nur Ihre Schuld. Sie haben sie zu Tode geängstigt mit Ihren Geschichten, und dann versuchen Sie auch noch, Bulli zu erpressen, sonst würden Sie der Presse alles über Carine erzählen? Und wir dachten, Sie wären da, um uns zu helfen, Sie verdammter Hurensohn.«

»Was? Wovon reden Sie? Ich habe nie versucht, Bulli zu erpr-«

»Verschwinden Sie, wirds bald, los weg!!«

Das letzte Wort explodiert schreiend im Warteraum. Schockiert stehe ich einer gewalttätigen Wut gegenüber, wie ich sie niemals vermutet hätte bei dieser zierlichen blonden Frau, diesem One-Hit-Wonder, der Sängerin schmalziger Balladen und banaler Popsongs zu peinlichen Salsarhythmen. Kein Wunder, dass sie mich umbringen will, wenn es das ist, was Direktor ihnen erzählt hat.

»Mali.« Alon fasst seine Frau an den Schultern. »Man wird dich hören, du musst dich beruhigen.«

»Einen Teufel werde ich tun.« Mali macht sich von ihm los. »Du sagst mir nicht mehr, was zu tun ist, verstanden? Von jetzt an sage ich, was hier läuft. Sie ist aus meinem Körper gekommen. Aus meinem! Nicht aus deinem! Aus meinem Körper, hörst du? Du hast nichts damit zu tun, nichts, also halt jetzt den Rand, halt einfach einmal in deinem Leben deine verdammte Fresse.«

Das unkontrollierte Zwinkern von Alons linkem Auge entstellt sein Gesicht. Unter der geraden, wohlgeformten Nase sind seine Lippen aschfahl.

»Bulli hat Sie angelogen.« Ich nutze die kurze Gefechtspause und bin mit einem Schritt im Warteraum. »Ich habe niemals versucht, ihn zu erpressen, ich wollte mich nur vergewissern, dass es Carine gut ge-«

»Verschwinden Sie!« Mali geht fast auf mich los.

»Aber was ist mit Carine?«, frage ich. »Geht es ihr gut? Ich möchte wirklich nur hel-«

»Sie kennen wohl überhaupt keine Scham, was?!« Alon packt mich am Arm. »Bulli hat vermutet, Sie würden bestimmt versuchen herzukommen, um direkt Geld von uns zu verlangen.«

Der kleine, kompakte Mann dreht mir den Arm auf den Rücken. Ich krümme mich und stöhne. Mali schaut zu, wie Alon mich um die Pflanze herum aus dem Warteraum schiebt. Da erhaschen meine Augen ein blaues Aufblitzen ganz am Ende des Gangs, und ein Funke Hoffnung entzündet sich in meinem Schmerz.

»Ist es das, was am Ende mit Gabriela passiert ist? Wollte auch sie Geld?«, presse ich hervor. Alon Carmelis Finger liegen wie eine Zwinge um meinen Arm. Ich ächze vor Schmerz.

»Sie verdammter Psychopath.« Mali kommt wie eine Furie aus der Warteecke hinter uns hergestürmt. »Ich werde ein Kontaktverbot gegen Sie erwirken, und wenn ich Sie auch nur noch ein Mal in der Nähe meiner Familie sehe, sorge ich dafür, dass Sie für richtig lange ins Gefängnis gehen!«

»Sie haben meine Frau gehört.« Alon stößt mich weiter von Mali weg, aber sein Griff hat sich merklich gelockert. Irgendjemand spielt hier Theater, und ich weiß auch ganz genau, wer sein Publikum ist. »Mali, kümmere dich gar nicht mehr um ihn. Nimm die Tasche und bring sie runter zu Carine, wie du gesagt hast. Und lass mich mit diesem Etwas hier fertig werden.«

Die Einfassung der offen stehenden Tür rahmt Malis erschöpftes Gesicht zu einem Porträt weißer Leere. Sie wendet sich von uns ab, hebt die Tasche vom Boden auf und rauscht an uns vorbei, ohne uns beide auch noch eines Blickes zu würdigen. Alon hält mich weiter im Polizeigriff, und der verdrehte Arm schickt ein schmerzhaftes Pochen durch meinen ganzen Körper. Ich versuche, nicht vor Erleichterung laut aufzuschreien, als ich es mit der freien Hand schaffe, in der Jackentasche Madame Pfefferspray zu fassen zu bekommen.

»Ich schlage vor, Sie lassen mich jetzt los, es sei denn, Sie wollen, dass das ganze Krankenhaus hört, wer hier Gabriela gekannt hat«, zische ich, kaum dass Mali auf dem Gang verschwunden ist. Tatsächlich gibt er ohne weitere Aufforderung meinen Arm frei. Sein breites Gesicht ist verzerrt, alle sorglose Souveränität hat sich auf einen

Schlag daraus verabschiedet. Sein linkes Auge zwinkert mir wie von Sinnen zu, das Lid zuckt unkontrolliert auf und zu und gibt seinen ungeschützten Augapfel preis, der auch der eines Aliens sein könnte.

»Soll ich erzählen, was passiert ist, oder möchten Sie?« Ich reibe mir den schmerzenden Arm.

»Ich weiß nicht, wovon Sie reden«, gibt Alon Carmeli matt zurück.

»Vielleicht fällt es Ihnen leichter, mit ihr zu reden.« Ich deute auf die Wand am Ende des Ganges, an die mit verschränkten Armen nun Mona Markowitsch gelehnt steht. Ihr blondes Strohhaar fällt auf eine eckige Sonnenbrille. Der massige Körper steckt in einer schwarzen Hose und einem hellblauen Hemd, auf dessen Schultern Rangabzeichen genäht sind, Monas Polizistenkostüm, das sie beim letzten Purim trug. In ihrer Rechten liegt schussbereit eine Beretta Typ 92 aus Plastik.

»Wer ist das?«

»Das«, lüge ich, »ist eine Ermittlerin der Mordkommission vom Zentraldistrikt, die nur sichergehen will, dass Sie uns nicht stiften gehen. Und der einzige Grund, warum sie Ihnen hier vor aller Welt und Ihrer Frau noch keine Handschellen angelegt hat, ist, dass sie auf ihren Partner wartet, der jede Sekunde mit dem Haftbefehl hier sein müsste. Damit auch alles seine Richtigkeit hat, wenn wir Sie hinter Gitter bringen.«

»Ich weiß nicht, wovon Sie reden«, stößt Alon abermals hervor, seine Stimme klingt hohl. Die Augen hängen wie hypnotisiert an Monas imposanter Gestalt, die in Unheil verheißendes Schweigen gehüllt am Ende des Flurs wartet.

»Vielleicht hilft ja das Video, das Sie von Gabriela gemacht haben, Ihrer Erinnerung ein bisschen auf die Sprünge?« Ich ramme ihm mein Handy vors Gesicht.

Alon starrt einige Sekunden lang auf die Spiegelung seines Gesichts auf dem dunklen Glas des Displays. Dann dreht er sich abrupt um und hastet zurück in den Warteraum, beide Hände auf den Mund gepresst, als müsste er sich jede Sekunde übergeben. Innerlich winde ich Mona für die Idee mit der Verkleidung Lorbeerkränze. Ich folge Carmeli, mein Körper bebt bedenklich. Ein Glas Wasser, das gleich auf dem Fußboden zerschellen wird.

»Es war ein Kinderspiel, einen Haftbefehl zu erwirken, nach allem, was wir bis jetzt wissen.« Ich bleibe vor Carmeli stehen und verlese ihm die einzelnen Punkte, die mir Malka geschrieben hat. »Da wäre zum einen Ihr Gesicht im Video von Gabriela, das eindeutig identifiziert werden konnte, dann das Zimmer im Mandarin, das in den letzten fünf Monaten von Ihrer Kreditkarte bezahlt wurde, des Weiteren die Tatsache, dass es für den Flug Mittwochnacht nach New York, von dem Sie Ihrer Frau erzählt haben, kein Ticket auf Ihren Namen gibt. Und schließlich der anonyme Anruf bei der Ausländerbehörde zu Familie Connan, der zwar von einer geschützten Nummer erfolgte, aber dennoch zu Ihrer Adresse zurückverfolgt werden konnte. Was ist passiert? Mussten Sie Prince umbringen, weil die Immigrationspolizei nur Bret und Rosemary geschnappt hatte? Und danach, bei Gabriela, waren Sie da einfach auf den Geschmack gekommen?«

»So war es nicht.«

»Wie war es dann?«

»Ich werd mit Ihnen nicht reden, über gar nichts.«

»Dann lassen Sie's. Wir verfügen auch so schon über mehr als genügend Beweise, um den Fall abzuschließen. Sie haben kein Alibi, und sobald die Spurensicherung sich heute den Kofferraum Ihres Wagens vorgenommen hat, finden Sie keinen Rechtsanwalt mehr, der sich mit Ihnen noch abgibt. Nur Ihnen zuliebe bin ich überhaupt noch hier. Wollen Sie ein paar Jährchen von Ihrem Lebenslänglich-Urteil loswerden, sollten Sie sich besser kooperativ zeigen. Uns ist das wirklich egal.«

»Also haben Sie die ganze Zeit nur so getan, als kümmerte Sie unsere Tochter? Und dabei sind Sie nichts weiter als ein beschissener Zivilbulle?«

»Wir folgen nun mal den Indizien, die uns leiten«, erwidere ich sibyllinisch und ohne mir die Mühe zu machen, den Irrtum des Mannes aufzuklären, dessen Augen jetzt an mir hängen, weit aufgerissen und klaffend wie zwei Senkgruben in seinem entsetzten Gesicht. Dann sackt sein Körper ganz langsam in einen der blauen Sessel dort im Warteraum. Er vergräbt den Kopf in beide Hände, und seine Finger zerzausen das Haar, pflügen über seine Wangen und hinterlassen weiße Striemen auf der wächsernen Haut. Wie viel Macht in dieser Ehrfurcht gebietenden Wir-Form doch steckt.

»Ich hab getan, was ich tun musste, um meine Familie zu schützen.« Alon schaut aus einem Sessel zu mir auf, ein Häufchen Elend. In seine Stimme kriecht ein Flehen um Erbarmen.

Ich schweige. Wo sind nur Yehudit Ravitz und ihre Hits, wenn man sie braucht: Ein vorbildlicher Familienmensch bist du, ein perfekter Vater. Selten war ein Songtext passender.

»Meine Familie«, kommt es schleppend, als bereite ihm das Bewegen der Zunge Schmerzen, »bedeutet mir alles. Mali, die Kinder, sie sind mein Leben.«

»Erklären Sie dann mal, wieso Ihre Tochter heute versucht hat, sich umzubringen.« Ich kanns mir nicht verkneifen. Carmeli schließt die Augen. Sein Unterkiefer malt, ohne Worte zu produzieren. Eine Bauchrednerpuppe, die ihre Stimme verloren hat.

»Alles, was ich wollte, war sie zu schützen. Ich wollte, dass sie sicher ist. Dass sie nicht so verdorben wird wie ich. Dass Carine«, ein Stöhnen entweicht ihm, als er den Namen ausspricht, »dass sie nie im Leben erfährt, was ich tun musste. Oh, Gott. Ich dachte, das ist meine Strafe. Schlimm genug, mit meiner Schuld leben zu müssen. Aber jetzt auch noch Carine, jetzt auch noch mein süßes Mädchen, meine Kleine. Was hat sie sich nur angetan. Was? Was habe ich ihr angetan …«

Carmeli gräbt die gekrümmten Finger in sein Gesicht. Seine Schultern beben. Ich höre dem Mann zu, der hier vor mir um seine Tochter weint, und begreife Stück für Stück die Art und Weise, in der Alon Carmeli über das Geschehene denkt. Über das, was er gemeint hatte, tun zu müssen, um seine Familie vor sich selbst zu retten. Also lasse ich mich neben ihm nieder. Und wiederhole das Märchen, das er sich bestimmt selbst in schlaflosen Nächten erzählt hatte:

»Sie mussten ihre Familie schützen. Vor Prince.«

»Er kam zu uns nach Hause.« Alons Stimme wird hart. »Eines Abends habe ich Gabriela in Kiryat Hamelacha am Artspace abgesetzt, wo sie eine Freundin treffen wollte, und da hat er uns gesehen. Er wollte einhunderttausend

Schekel, oder er würde Mali alles erzählen. Sie hätten ihn sehen sollen. Ein Auge zugeschwollen und lila, die Lippe aufgeschlagen. Er stand so gekrümmt da und sah für mich plötzlich aus wie irgendein Junkie. Ich habe versucht, ihn zu beschwichtigen, habe gesagt, so viel Geld hätte ich nicht. Doch er wollte nichts davon hören. Hat gesagt, das sei der einzige Weg für ihn, sich selbst zu retten. Dass er nicht so werden wird wie seine Eltern und anderen Leuten dienen, nur damit alle auf ihm rumtrampeln, und dass er viel Geld brauche, um ein neues Leben anzufangen. Er hat gesagt, er gibt mir eine Woche. Ich hab ihn gewarnt, hab gesagt, er wolle keinen Ärger mit mir, aber er hat alles nur noch mal wiederholt und ist abgezogen. Also hab ich bei der Einwanderungsbehörde angerufen. Wie hätte ich sicher sein können, dass es bei einer einmaligen Zahlung bleibt? Ich konnte ihn ja nicht mein Leben zerstören lassen. Ich hab denen einen anonymen Hinweis auf Band gesprochen, damit sie ihn von Carines Schule aus verfolgen und rauskriegen, wo die wohnen, und nach ein paar Tagen, als sie nicht zur Arbeit erschienen sind, hab ich gedacht, das wars. Mali hab ich erzählt, sie seien weg, weil ich rausgefunden habe, dass sie bei uns geklaut haben. Aber eine Woche danach, als ich gecheckt habe, dass er noch immer da ist …«, Carmelis großer Kehlkopf bewegt sich jetzt ruckartig auf und ab, wie bei einem Kind, das sich bemüht, ein verhasstes Gericht herunterzuschlucken. »Ich hab ihm gesagt, ich würde ihm zahlen, was er verlangt. Hab mich mit ihm dort am Brunnenhaus verabredet, in der Nähe von Glilot. Sein Körper hat so gut wie nichts gewogen, wie … wie ein Vögelchen, so leicht war er. Das ging ganz schnell, es war sogar einfach. Nicht, wie ich gedacht hatte. Es war, als ... als wäre überhaupt nichts passiert.«

»Und so wars auch bei Gabriela?«, presse ich hervor. »Als wenn nichts passiert wäre?«

»Ich habe sie geliebt«, kommt Alons Replik heiser und mit Nachdruck. »Von der ersten Sekunde an, als ich sie getroffen habe, konnte ich an nichts anderes mehr denken. Mein Leben lang habe ich immer alles so gemacht, wie ich sollte, wie man mir geheißen hat. Militärdienst bei einer Eliteeinheit, ein B.A. in Wirtschaftswissenschaften, der Job im Investmentbüro meines Vaters, eine schöne Frau, drei Kinder. Und ich dachte, das wars, das ist wohl alles, was ich vom Leben erwarten kann. Alltagstrott, alles statisch, wie das Schneetreiben im Fernseher nach Sendeschluss, damals als wir Kinder waren. Höchstens alle paar Monate stibitzt man sich ein bisschen Farbe.«

»Ein bisschen was?«

»Na, ein bisschen Farbe. Bei der Arbeit gibts welche, die fangen was mit der Sekretärin an, oder andere fliegen nach Rumänien und gönnen sich ein paar Nutten –«

»Fliegen nach Rumänien und gönnen sich Nutten, was für ein Niveau!« Ich kann meinen Degout nicht verbergen. Heteromänner sind doch echt unerträgliche Amphibien.

»Einige stehen auf Blondinen, oder mögen ganz junge Dinger, oder Dicke.« Alon fährt fort, als hätte er mich gar nicht gehört. Er scheint hypnotisiert von der Geschichte, die er da erzählt, von der Möglichkeit, sie endlich jemandem erzählen zu können. »Und ich hab mir gesagt, mein Ding mit Transen ist genau dasselbe, das sagt gar nichts über mich aus, und niemand muss davon erfahren, es ist ja nur Sex. Aber mit Gabriela war es anders. Als hättest du dein ganzes Leben nur schwarz-weiß gesehen und jetzt plötzlich erkennst du Farben. Plötzlich kam mir alles andere wie eine richtig schlechte Show vor, als würden alle den Text von jemand anderem aufsagen, und nur Gabriela leuchtet, wie von einem Scheinwerfer aus einer anderen, wirklichen und schönen Welt angestrahlt. Monatelang hab ich allen was vorgemacht. Mali, den Kindern, meinem Vater im Büro. Hab gedacht, ich dreh durch, weshalb ich auch angefangen hab, Tabletten zu nehmen. Ich war zerrissen von dem Gedanken, wann ich das nächste Mal wieder mit ihr zusammen sein kann, und von der Angst, jemand könnte uns sehen. Konnte nicht warten, ihr Lachen wieder zu hören, ihre Stimme. Wenn ich sie endlich wieder berühren könnte. Nur wir beide, ganz allein, in diesem runtergekommenen Zimmer im Mandarin. Manchmal, ganz selten, hat sie sich auch rumkriegen lassen, etwas für mich zu singen, und nur ihre Stimme zu hören – das hat dieses ekelhafte Zimmer zum schönsten Ort auf der Welt gemacht. Die Stunden dort, wir beide, allein, ohne dass jemand uns sieht, ohne dass irgendjemand mir diesen schönen Moment wegnehmen und ihn zu etwas Hässlichem machen kann.«

Die Stimme erstirbt im nackten Warteraum. Ich betrachte Alon Carmeli, Investmentberater, verheiratet plus drei Kinder, der im hellblauen Businesshemd, grauer Tuchhose und New-Balance-Sneakern neben mir sitzt, als würde er jeden Augenblick aus seinem Büro ins Café Sebastian zum mittäglichen Businesslunch und Aktiensmalltalk beim Nachtisch spazieren. Nie hätte ich mir vorstellen können, dass dieser Mann die knutende Angst vor dem Blick von außen kennt – das lähmende Gift der Begierde und Scham, das Nagen des Ekels und Selbsthasses, das Grab, dass du dir schaufelst mit den Lügen, die du dir selbst und deinem Umfeld erzählst.

»Ich wusste nicht, ob sie dasselbe empfindet«, gesteht Alon. »Gabriela war wie eine Katze. Als sie begriffen hatte, wer ich bin, wusste ich nie, ob sie mich will oder bloß meine Kontakte. Nachdem wir ungefähr einen Monat zusammen waren und sie meinte, sie wolle nicht mehr, da hab ich ihr die Nummer von Bullis Leibwächter gegeben.« Mein Herz zieht sich zusammen, als Alon weiterspricht. »Hab gehofft, dass ich sie wenigstens auf diese Weise halten kann, denn es gab nichts, was sie auf der Welt mehr gewollt hätte, als Sängerin zu werden und berühmt zu sein. Und dieser Leibwächter, der kümmert sich für Bulli auch um andere Sachen, ausländische Gäste, exklusive Auftritte und so was. Ich hab ihr nur gesagt, sie solle ihm nicht erzählen, von wem sie seine Nummer habe. Monate später ruft er sie plötzlich an und bietet ihr einen Auftritt an. Und da hab ich plötzlich wieder Panik gekriegt: Wenn das gut für sie läuft, höre ich nie wieder was von ihr. Also hab ich Mali gesagt, ich würde am Mittwoch fliegen. Wäre der Auftritt gut gelaufen, hätte ich mit ihr feiern können. Das ist krank, ich weiß, aber ich hab ehrlich geglaubt, wenn ich mich in Gabrielas Erinnerung an diesen Abend einbringe, wird sie mich nicht vergessen können.«

»Aber der Auftritt lief nicht gut.«

»Sie hat angerufen, hat geweint. Irgendein Stück Scheiße habe alle möglichen Sachen bei ihr versucht. Ich hab ihr gesagt, vergiss das Taxi, ich komme und hol dich ab. Und dass alles gut wird. Also hab ich sie in Savyon eingesammelt. Als sie mir alles erzählt hat, was geschehen war, wollte ich dem Hurensohn, der gewagt hatte, sie anzufassen, am liebsten eine Kugel verpassen. Ehrlich, ich wollte auf diese Party und ihn umbringen. Aber ich konnte nicht, verstehen Sie? Konnte mir nicht erlauben, dass jemand das mit uns rausfindet. Und dann im Wagen hat sie angefangen abzudrehen. Hat gesagt, sie werde Bulli verklagen, werde dieses Arschloch vor Gericht bringen, der versucht hatte, sie zu missbrauchen, werde der Presse und allen erzählen, was da los war. Und dass sie sich für niemanden prostituieren werde. Alles und jeden von denen werde sie brennen lassen. Und sie hat mir gar nicht mehr vernünftig zugehört.« Carmeli schlägt sich mit den Fäusten auf die Knie, als diskutierte er erneut mit Gabriela. »Sie ist komplett durchgedreht. Ich hab irgendwann am Straßenrand angehalten. Wir waren noch keine zehn Minuten gefahren, und sie war einfach außer sich. Ich hab versucht, sie zu beruhigen. Hab sie angefleht, auch an mich und an meine Familie zu denken. Aber sie wollte nichts davon wissen. Und dann hab ich ihr das über Prince erzählt, alles, was ich getan hatte, nur damit wir weiter zusammen sein konnten.« Carmelis linkes Auge beginnt wieder wild zu zwinkern, entzündet, außer Kontrolle. »Ich dachte, so würde sie verstehen, wie sehr ich sie liebe. Und was ich bereit gewesen war, für sie zu tun. Aber sie ist plötzlich von mir abgerückt und hat mich angestarrt, ich weiß nicht, als hätte sie Angst vor mir. Vor mir, verstehen Sie?! Dann hat sie die Tür aufgerissen und ist ausgestiegen. Und ich hinterher. Sie hat kein Wort gesagt. Ich hab auf sie eingeredet, dass sie mir vertrauen könne. Dass wir das gelöst bekommen, aber sie müsse auch verstehen, dass sie mit niemandem darüber reden dürfe, was bei Bulli passiert ist. Ich dachte schon, sie würde es endlich kapieren, aber da haben wir von Weitem plötzlich die Scheinwerfer eines näher kommenden Wagens gesehen, und sie hat gesagt, sie halte den an, und wenn ich nicht bereit sei, sie zur Polizei zu fahren, dann würden die das machen. Ich hab sie angefleht, sie soll mir zuhören, aber sie hat einfach zugemacht, hat geschrien. War wie von Sinnen und wollte schon auf die Scheinwerfer zurennen, also musste ich schnell sein, musste irgendetwas tun, und dann lag da so ein großer Stein, dort, wo ich den Wagen am Straßenrand abgestellt hatte …«

Schweigend höre ich zu. Alon erzählt immer weiter – wie er Angst gehabt habe, mit der Leiche im Wagen den ganzen Weg zurück nach Glilot zu fahren, zu dem Brunnenschacht, in den er Prince' Leiche geworfen hatte. Wie er nicht gewusst habe, was er tun solle. Wie er stundenlang überlegt habe, während Gabrielas Leiche im Kofferraum lag. Und wie er dann endlich zum Kula-Wald gefahren sei, den er aus seiner Kindheit von Familienausflügen kannte. Wie er sein Handy verloren habe, als er Gabrielas Leiche in das ausgetrocknete Wasserloch geworfen hatte. Wie ihr rotes Kleid an einem Ast hängen geblieben und zerrissen sei. Und dass er jeden Morgen nach tabletteninduziertem bleiernem Schlaf mit Gabrielas letztem Schrei in den Ohren aufwache. Ich schaue Alon an, ein Mensch, der vergeblich versucht, das ganze Grauen auszuspeien. Und ich will, dass die Polizei endlich kommt. Will, dass er endlich den Mund hält, will nichts mehr hören. Ich betrachte die Hände, die Prince und Gabriela umgebracht haben, sehe die Tränen, die aus dem entzündeten Auge fließen. Und ich stelle mir Alon und Gabriela vor, die im Cabrio über die Zufahrtsstraße auf den mausgrauen, von ausgemergelten Palmen umstandenen Hotelkomplex zurollen, dessen bunte Balkone Richtung Felsen und Strand gehen. Die verblichene Kulisse eines alten Hollywoodschmachtstreifens – wie in einem Traum, der sich nicht erfüllen wird.

Die Klimaanlage flutet den Warteraum unbarmherzig mit warmer Luft, mit alles erstickender Sterilität. Ich höre Schritte auf dem Gang, rieche Rauch. Malkas sonore Stimme ist zu hören. Der Raum füllt sich mit Befehlen. Menschen. Uniformen. Bewegung. Ich spüre Malkas warme, trockene Pranke auf meinem Nacken und akzeptiere stumm, als er Sätze sagt wie: »Ab jetzt kümmern wir uns um alles.« Die Polizisten helfen Alon Carmeli auf die Beine. Ich starre auf seinen Rücken, der im weißen Türrahmen entschwindet, und denke über all die Lügen nach, die mich hierher gebracht haben. Die Lügen, die Bulli mir aufgetischt hat. Die, die Stas fabriziert hat. Die Lügen, die ich mir selbst erzählt habe. Der verdrehte Arm entsendet ein schmerzhaftes Pochen Richtung Schulter und Rücken. Ich massiere mir den Nacken und denke nach über all das, was Alon Carmeli gesagt hat. Und an etwas, das ungesagt geblieben ist.

22

DIE PRINZESSIN UND DIE ERBSE

Carine Carmeli sitzt auf ihrem Bett. Ein Stoffteddy mit rotem Samtband und kleinem Glöckchen um den Hals lehnt neben ihr. Seine leblosen Augen starren auf die verputzte Wand. Ein zu großer weißer Pulli verhüllt den schlanken Oberkörper. Ein weißer Faltenrock fächert sich über die bis zum Kinn angezogenen Beine. Unter dem Bett stehen die DocMartens, grobe Sohlen unter halbhohen, glatten Schäften. Rosa Socken in schwarzem Leder.

»Danke für den Teddy.« Carine wendet mir den Kopf zu.

»Gern geschehen.« Ich nehme auf dem Besucherstuhl neben dem Bett Platz. »Wie fühlst du dich?«

»Vor allem müde. Die Ärztin hat gesagt, ich hätte eine zu geringe Menge genommen, und bin eigentlich nur bewusstlos geworden. Offenbar bin ich wirklich richtig schlecht in Mathe.«

Ich lächle Carine über den Kopf des Teddys hinweg zu, der uns trennt. Die Blässe ihrer Haut kann der frischen Schönheit ihres Gesichts nichts anhaben. Dem strahlenden Grün ihrer Augen. Der Fröhlichkeit der Sommersprossen, die ihre Stupsnase sprenkeln. Carine hebt die linke Hand und lässt sie durch das braune Haar gleiten, das sich wie ein Wasserfall über ihre Schultern ergießt. Die Finger stoßen zur Kopfhaut vor, ziehen an Haarwurzeln.

»Wissen Sie, wo meine Mutter ist?«, fragt sie.

»Sie kommt bestimmt gleich.« Ich entscheide mich für eine Antwort, die nicht ausschließlich gelogen ist. Es ist jetzt fast eine Stunde her, dass die Polizei Alon abgeführt hat. Und sie haben ihn mit Sicherheit Mali anrufen lassen. Vielleicht ist sie unten im Parkhaus und fleht sie an, ihn nicht in Haft zu nehmen. Verstohlen mustere ich das aparte Profil des Mädchens, das vor mir auf dem Bett sitzt. Und weiß nicht, was ich empfinde.

»Carine.« Ich versuche, wie immer zu klingen. »Warum hast du das getan?«

»Sie wissen warum.«

»Nein, weiß ich nicht.«

»Sie wissen es«, ihre Stimme wird ernst. »Deshalb sind Sie ja hier.«

Eine fast unmerkliche Bewegung huscht über ihr Gesicht. Die Naivität auf den leicht geöffneten Lippen ist verschwunden. Ebenso die Unschlüssigkeit in den großen Augen. Mir ist nicht klar, was sie abgelöst hat. Aber meine Hände fangen an zu schwitzen.

»Sie sind gar kein Lehrer«, sagt Carine. Ihr Blick ist auf die weiße Wand gerichtet.

»Nein«, gestehe ich. »Deine Eltern haben mich angeheuert, um herauszufinden, warum du dich selbst verletzt.«

»Ich hätte von Anfang an wissen sollen, dass sie so was machen.« Erneut lässt sie eine Hand durch ihre Haare wandern. Ihre Finger beginnen, gedankenverloren einen Zopf zu flechten. »Aber andererseits, bei unserem ersten Treffen hätte ich niemals gedacht, dass Sie Privatdetektiv oder so was sind, ich meine, in Serien sind die immer jung und sehen super aus, und Sie, wie alt sind Sie? Fünfzig?«

»Fünfzig?« Entsetzt starre ich sie an. »Ich bin sechsunddreißig.«

»Na gut, das ist nicht so der Unterschied«, sie zuckt mit den Schultern. Ich bin erschüttert.

»Heute hab ichs eigentlich erst richtig begriffen.« Sie verzieht das Gesicht zu einem müden Lächeln. »Ich bin ja so dämlich, ich hätte eigentlich längst drauf kommen müssen. Als ob Prince oder ich Ihnen so wichtig wären, dass Sie dafür am Ende rein zufällig bei dem Brunnenschacht landen. Erst nach unserem Gespräch heute Morgen, als Sie mich die ganze Zeit immer wieder nach Prince gefragt haben, hab ich beschlossen, Sie zu googeln. Das hat ziemlich lange gedauert. Also, ich musste mich bis zur vierten Ergebnisseite durchklicken, um endlich rauszukriegen, wer Sie sind.«

»Das hängt aber auch von den Suchbegriffen ab, die du eingibst«, murmle ich. Ich weiß wirklich nicht, wie viele solche Beleidigungen ich bis zum Ende dieser Unterhaltung noch einstecken kann.

»Kann sein«, Carine streichelt den Teddy. Seine kleine Schnauze wird platt gedrückt. Das rote Band zieht sich um seinen Hals. Das Glöckchen klingelt zaghaft.

»Aber als ich kapiert hab, wer Sie sind, da hab ich auch verstanden, dass alles stimmt, was ich seit dem Tag, an dem Sie uns von seinem Tod erzählt haben, versucht habe, zu verdrängen. Und wenn das stimmt, will ich lieber auch tot sein, als mich so zu fühlen, wie ich mich jetzt fühle.«

»Das ist nicht deine Schuld, was passiert ist«, sage ich. Und frage mich, ob ich das tatsächlich auch glaube.

»Wissen Sie noch, dass wir uns in unserer Nachhilfestunde über Tirza unterhalten haben?« Das junge Mädchen schaut mich an.

»Was? Ich meine, ja«, antworte ich, einigermaßen perplex ob dieser Wendung unseres Gesprächs.

»Ich hab gestern darüber nachgedacht, über das, was ich Ihnen damals gesagt hab, dass das Ende schon *sad* ist, weil Tirza versteht, sie wird ihre Mutter immer vermissen. Und dann hab ich überlegt, dass ist im Grunde genommen ja nicht nur *sad*, das ist … das ist echt ein Ende, das einen voll ärgert.«

»Warum?«

»Weil Tirza vielleicht ihre Mutter vermisst, aber die Wahrheit ist doch, Tirzas Mutter hat sie mies im Stich gelassen, schon bevor sie gestorben ist. Noch als sie gelebt hat, meine ich, hat sie nie was auf Tirza gegeben. Hat nur den ganzen Tag krank im Bett gelegen und Akavia nachgetrauert. Aber ihre Tochter hat sie nicht wirklich gekümmert. Sie war viel zu sehr mit sich selbst beschäftigt. Ernsthaft, Tirza hätte ihre Mutter gar nicht vermissen müssen. Sie hätte ihr sagen sollen, verschwinde, verpiss dich.«

»Das ist, was du fühlst?« Ich betrachte ihr Gesicht, das unversehens rot wird. »In Bezug auf deinen Vater?«

»Erst hab ich mir selbst die Schuld gegeben, dass er mich nicht mehr so liebt wie früher«, erwidert sie, und ihre Finger lösen fahrig den Zopf, den sie gerade erst geflochten hat. »Er hat mir immer gesagt, was für ein Glück die ganze Menschheit hat, denn wenn ich ein berühmter Star bin, werden auch sie sehen, was er schon lange weiß. Dass ich das tollste und talentierteste Mädchen auf der Welt bin. Das hat er mir nach jedem meiner Auftritte gesagt. Nicht einen hat er verpasst. Er war immer da, hat mich fotografiert und hinterher am stärksten von allen geklatscht und gejubelt, hat gesagt, all diese Fotos, die wären für die Ewigkeit. Aber vor ein paar Monaten hat er damit aufgehört, und ich war sicher, ich weiß auch nicht, das ist, weil ich ihn enttäuscht hab. Weil der erste Song, der war nicht so ein Erfolg, wie sie sich erhofft hatten, das weiß ich. Ich hab ihn das zu meiner Mutter sagen hören, dass, wenn das so weiter gehe, sie am Ende total viel Schulden haben. Und sie haben auch angefangen, sich deswegen ständig zu streiten. Ich hab gedacht, er hat einfach kapiert, dass ich doch nicht so besonders bin. Nicht so besonders, wie er gedacht hatte. Erst später hab ich verstanden, warum er sich wirklich von mir entfernt hat.«

Sie schaut mich an mit ihren grünen, glühenden Augen. Augen, die dich verstehen lassen, wie sehr sie noch Kind ist. Augen, die dich dazu bringen, sie vor der ganzen Welt schützen zu wollen.

»Und wusste er, dass du verstanden hast, warum?«

»Ich denk nicht.« Sie schüttelt langsam den Kopf. »Er wusste ja nicht, dass ich zu Hause war, als Prince mit ihm geredet hat. Ich hab die Jazz-AG geschwänzt und war halt oben in meinem Zimmer, als ich ihn und Prince hab reden hören, und dann ist Prince gegangen, und mein Vater ist in sein Arbeitszimmer, hat die Tür zugeknallt und ist ewig nicht wieder rausgekommen. Ich war total sauer auf

Prince, weil ich dachte, das sind alles nur Lügen, aber er ist nicht rangegangen, wenn ich ihn angerufen hab, und dann ist er abgehauen, als er mich in der Schule gesehen hat. Nach zwei Tagen hab ich ihm eine Nachricht draufgesprochen, ich müsse ihn treffen und so und dass ich in der Pizzeria auf ihn warte. Am Telefon hab ich ihm nichts gesagt, weil ich halt Angst hatte, er kommt nicht, aber als er dann da war, war er voll panisch wegen diesem schwarzen Wagen, meinte, der würde ihn verfolgen, und ist dann sofort wieder abgehauen, bevor ich überhaupt mit ihm reden konnte. Und nach einer Woche sind Rosemary und Bret dann nicht zum Putzen gekommen. Ich war halt noch immer sicher, das sind alles nur Lügen. Über meinen Vater und den schwarzen Wagen. Ich hab Ihnen ja gesagt, er war der geborene Lügner. Hat sich immer die bescheuertsten Sachen ausgedacht. Immer.«

»Und wann hast du schließlich verstanden, dass er nicht lügt?«

»Ungefähr eine Woche, nachdem sie alle verschwunden waren.« Ihre Stimmt bebt. »Ich meine, plötzlich hab ich angefangen zu überlegen, dass das, was Prince gesagt hatte, halt total viele Dinge über das Verhalten meines Vaters erklärt, warum er andauernd weg war und wieso er die ganze Zeit übertrieben sauer und halt so abwesend ist. Also bin ich auf sein Galaxy, das er irgendwann unverschlüsselt auf dem Tisch liegenlassen hat, und hab dort all die Nachrichten gesehen, die er und diese Gabriela sich geschickt haben. Ich weiß noch, dass ich gedacht hab, so fühlt es sich an zu sterben. Zu lesen, wie dein Vater einer schreibt, am liebsten würde er deine Mutter und dich und deine Geschwister verlassen, um mit ihr zusammen zu sein, so fühlt sich Sterben an. Und ich hab ihn echt gehasst dafür. Hab ihn so krass gehasst, ich wollte, dass er so leidet wie ich, dass auch er spürt, wie das ist, zu sterben. Aber ich konnte auch nicht glauben, dass Prince meinem Vater so was antun kann, ich meine, *really*, dass er bereit ist, ihn so auszunutzen, und mich auch, und uns so zu schaden, und jedes Mal, wenn ich mich wieder daran erinnert hab, hab ich angefangen zu weinen.«

Ich denke an Alon Carmeli, der mir noch vor zwei Tagen versichert hatte, er wisse nicht, wo Familie Connan wohne. Und ich denke an sein sonderbares Zögern, als er mir vorhin erzählte, wie er sich mit Prince bei dem alten Brunnenhaus verabredet hatte. Denke daran, wie er schluchzte, was er seinem süßen kleinen Mädchen angetan hatte.

Dünne schwarze Tentakel wachsen aus meinem Herzen. Greifarme der Trauer. Der Wut. Und ich wittere den feinen, klebrigen Geruch der Fäulnis, von dem es kein Zurück gibt. »Und deshalb«, sage ich, »als Prince dich angerufen hat, nachdem sie Bret und Rosemary festgenommen hatten, und ihr euch am alten Brunnenhaus verabredet habt, da hast du beschlossen, es deinem Vater zu erzählen.«

Carines Hände zerknautschen von Neuem den Stoffteddy. Ich betrachte die auf der Stupsnase tanzenden Sommersprossen. Das viel zu große weiße Sweatshirt, das den kleinen Körper wie ein Heiligenschein umhüllt. Das verlorene Mädchen, das ich vor ein paar Tagen noch retten wollte, ohne zu wissen, dass ich viel zu spät komme.

»Ich konnte ja nicht ahnen, dass er sterben wird.« Carine wendet mir den Kopf zu, und ihre strahlend grünen

Augen schauen mich flehend an. »Ich wollte doch nur meinem Vater helfen.«

Carine verstummt. Ihre grazilen Finger machen sich erneut daran, die Haare zu einem Zopf zu flechten. Ich versuche, dem jungen Mädchen zuzulächeln, das da im Bett liegt und jetzt abermals fragt, wo denn seine Mutter bleibe. Antworte, sie komme bestimmt jeden Augenblick. Carine umarmt den Teddy. Zieht an dem roten Samtband. Das Glöckchen klingelt in den vier Wänden des kalkweißen Raums.

23

DIE STERNE HABEN MICH NICHT GETROGEN

Julia Roberts lächelt mir von der Wand zu. Heftiger Regen peitscht gegen die beschlagene Fensterscheibe. Meine Zehen lugen unter der zu kurzen Bettdecke hervor. Ich schaue nach der Uhrzeit. Noch zehn Minuten bleiben, bis die Wirklichkeit kommt und an die Tür klopft. Noch zehn Minuten, in denen ich mir vorstellen kann, ich sei auf dem Gipfel der Welt und um mich herum nur Sonne, blauer Himmel und nicht ein Wölkchen. Ich wälze mich auf den Bauch und blättere eine Seite im achten Band der Wildtierenzyklopädie um. Ein Schnabeltier, das zum Grund eines Flusses taucht. Meine Augen verweilen auf der seltsamen Kreatur, die aussieht wie ein als Ente verkleideter Otter. Schwarze Perlenaugen. Schnabel. Ein braunsilbernes Fell. Füße mit Schwimmhäuten. Ein Säugetier, das Eier legt. Das Männchen schmückt sich mit einem Giftstachel an den Hinterläufen. Das Weibchen säugt seine Jungen ohne Zitzen. Ein Geschöpf mit dem Erbgut von Säugetieren, Reptilien und Vögeln, die vor Millionen von Jahren gelebt haben. Als ich sieben war, hatten mir Arik und Ayala andauernd gesagt, das sei das hässlichste Tier der Welt, und trotzdem war ich in jenem Jahr jede

Nacht in der Hoffnung schlafen gegangen, morgens mit einem süßen Schnabeltier im Bett aufzuwachen.

»Oded, vorwärts, wir müssen los.« Die vorwurfsvolle Stimme meiner Mutter drängelt durch die Tür.

»Komme.«

Ich quäle mich aus dem Bett.

»Wir sind spät dran.«

»Ich mach ja schon.«

Ich öffne die Tür meines Jugendzimmers.

»Die Behandlung fängt um zehn vor zwei an. Wir haben genügend Zeit.« Die Stimme meines Vaters ist im Flur zu hören.

»Aber um die Zeit ist immer jede Menge Stau auf dem Weg zum Beilinson-Krankenhaus«, erwidert meine Mutter.

»Deshalb brechen wir ja auch jetzt auf«, sage ich und verkneife mir nur mit Mühe das Schätzchen.

Im Gänsemarsch nehmen wir die Treppe des Mehrfamilienhauses. Mein Vater vorneweg. Ich in der Mitte. Meine Mutter als Schlusslicht. Eine militärische Formation. Lächerlich und zu allem entschlossen. Bereit für jeden Angriff. Die Stimme meiner Mutter zirpt ohne Unterlass. In der Tasche sind Sandwichs für alle. Eine Thermoskanne mit Tee. Eine mit Kaffee. Und zwei große Flaschen Mineralwasser, weil man darf nicht dehydrieren. Mund-Nasen-Schutzmasken ebenfalls. Sobald wir das Krankenhaus betreten, müssen wir die aufsetzen. Wegen der Bakterien. Das kann da noch so sauber sein, am Ende holt man sich sonst was dort. Und bei der Chemotherapie geht ja das gesamte Immunsystem pfeifen. Gerade weil es die erste Behandlung ist, müssen wir jetzt ganz besonders auf der Hut sein.

»Wir habens kapiert, Miriam, wirklich«, murrt mein Vater.

»Wenn du's kapieren würdest, Amos, hättest du die Vitamintabletten genommen, die ich dir schon vor zwei Wochen gekauft habe.«

Wir steigen in das Fohlen. Ich parke aus. Schweigend nehmen wir die Fahrt zum Krankenhaus in Angriff. Große glänzende Regentropfen klatschen auf die Windschutzscheibe. Die Wischerblätter des Fohlens kreischen von einer Seite zur anderen. Bäume, Bürgersteige und parkende Autos sind schon vom gestrigen Platzregen sauber gewaschen. Der Nachrichtensprecher im Radio verliest, zwei Wochen nach Ende der Waldbrände sei der letzte mutmaßliche Terrorbrandstifter aus der Untersuchungshaft entlassen worden. Im Augenblick, so die Polizei, gebe es keinerlei belastbare Beweise für die Behauptung der Regierung, es seien alles Fälle von Brandstiftung mit nationalistischem Hintergrund gewesen. Ich schürze missbilligend die Lippen. Einfach furchtbar. Für mich als Privatdetektiv ist schließlich das voreilige und unverantwortliche Ziehen von Schlüssen etwas, das ich nicht ertragen kann.

Die Ampel wechselt auf Rot. Im Rückspiegel sehe ich meine Mutter, deren Augen voller Sorge sind. Jetzt streckt sie eine Hand zum Beifahrersitz aus, wo mein Vater, den Kopf zur Seite gewendet, rausschaut. Sein ausdrucksstarkes Profil, das Blickkontakt verweigert. Die Finger, die ungehalten auf das Handschuhfach trommeln. Ich atme tief durch und versuche, den Rat umzusetzen, den ich von Ofer über meditative Visualisierung bekommen habe. Male mir aus, wie ich am Abend in die Wohnung von Ofer zurückkehre, der wieder in Singapur weilt. Nach einem Bad mit Patschuli-Öl werde ich Oberinspektor Yaron Malka zurückrufen, der mich jetzt schon zwei Wochen mit hochachtungsvoller Stimme anruft. Und morgen früh werde ich drei potenziellen Klienten antworten, die mir geschrieben haben, nachdem publik geworden ist, wie ich zum Schiffbruch von Binyamin Direktors Agentur für Öffentlichkeitsarbeit beigetragen habe. Und ich werde meine Nebenbuhlerin Micky Geller nochmals telefonisch beehren, damit sie mir erneut erzählt, was ihre Kontakte bei der Staatsanwaltschaft zu vermelden haben: dass nämlich dank der Aussagen von Mona, Romy und Amal bereits in der kommenden Woche Anklage gegen Bulli erhoben werden wird wegen Frauenhandel und erpresserischer Vorteilsnahme. Und danach ein Drink am frühen Abend, um mit Romy und Amal zu feiern, die ihre eigene Fernsehshow über Verjüngungskuren bekommen haben. Und natürlich gedenke ich die beiden bei der Gelegenheit zu überreden, *moi* darin auftreten zu lassen. Das alles klingt wirklich nach einem perfekten Plan. Das Einzige, was jetzt noch bleibt, ist nicht daran zu denken, wie ich mich fühlen werde, wenn auch gegen Stas Anklage erhoben wird. Oder an die Fahrt mit Mona in zwei Tagen, zur Beerdigung von Gabriela in Kiryat Shmona. Oder an die erste Chemotherapiesitzung meines Vaters, die in einer halben Stunde ansteht. Meine Finger umklammern das Lenkrad, bis sie weiß werden. Tut mir leid, aber diese meditative Visualisierung ist ein Scherz.

»Oded, fahr, es ist grün. Keine Zeit jetzt, den Kopf in den Wolken zu tragen.« Die Stimme meines Vaters füllt sonor den Innenraum des kleinen Wagens. Versehentlich trete ich auf die Bremse. Das Fohlen würgt es ab. Wildes

Hupen setzt hinter uns ein. Gebrüllte Verwünschungen. Meine Hände schwitzen.

»Nu, gib Gas!«, schreit mein Vater. »Gib Gas! Fahr endlich!«

»Willst vielleicht du fahren, Papa?«, schreie ich zurück.

»Könnt ihr mal mit dem Schreien aufhören?!«, schreit meine Mutter von hinten.

»Tut mir leid, tut mir leid.« Zerknirscht lasse ich das Fohlen wieder an.

Wir biegen nach links ab. Der Verkehr dünnt aus. Ich trete das Gaspedal durch. Die Tropfen auf der Windschutzscheibe werden weniger. Die Wischerblätter verharren auf halbem Weg. Meine Mutter beugt sich vor und rammt ihr Knie in die Rückenlehne von Vaters Sitz.

»Was denn, Miriam?«

»Du weißt schon, was, Amos.«

Mein Vater räuspert sich.

»Entschuldige, Oded, dass ich … dass ich gerade geschrien hab. Aber das ist kein Tag wie jeder andere, weißt du.«

»Klar, Papa. Ist doch klar, dass ich das weiß«, murmle ich.

Meine Mutter traktiert erneut den Sitz vor sich.

»In Ordnung, Miriam, schon gut«, knurrt mein Vater. »Und was ich dir noch sagen wollte, das heißt, wir wollten dir sagen, also Mama und ich, wir wissen, dass wir nicht nett über deine Ermittlung geredet haben und alles, was passiert ist, wegen … Gut, du weißt schon weswegen … Aber, damit du es weißt, Oded, Mama und ich, wir sind, also … wir sind sehr stolz auf dich und haben dich lieb.«

Der Wagen bricht nach rechts aus. Das Lenkrad rutscht

durch die Hände. Jemand hupt. Mein Herz schlägt. Schnell, dann langsam. Der ganze Körper ein einziges großes Säuseln. Ich bemühe mich um eine feste Stimme.

»Danke, Papa.« Ich drehe ihm den Kopf zu.

»Keine Ursache.«

»Das ist mir sehr wichtig, und ich bin bewegt zu hören, dass –«

»Oded, guck auf die Straße!«

»Mach ich doch.«

»Es ist alles in Ordnung, und auch kein Grund gleich rührselig zu werden, als wären wir bei der Ausrufung des Staates.«

»Ich bin nicht rührselig, Papa«, ich werde langsam doch wieder ungehalten. »Alles, was ich gesagt habe, ist, dass –«

»Möchte jemand ein Sandwich?« Die besorgte Stimme meiner Mutter mischt sich ein.

»Nein«, blafft mein Vater.

»Ja«, erwidere ich.

Meine Mutter wühlt in der Tasche und reicht mir ein zerknautschtes Brötchen über die Schulter. Die Gurkenscheibe hängt an der Seite heraus wie die Zunge eines müden Hundes.

Schweigend fahren wir weiter. R.E.M singen im Radio über strahlende, glückliche Menschen, die sich an den Händen halten. Ein großer Pfeil weist nach rechts, die letzte Ausfahrt zum Krankenhaus. Ich biege auf eine breite Zubringerstraße ab. Steak-Restaurants, die günstige Mittagstischangebote offerieren, leere Autoverleiher und Cafés mit Aluminiummöbel und gemalten Eisbecherschildern ziehen an uns vorüber, als ich Strich fünfunddreißig fahre.

»Könntest du diesen Lärm vielleicht mal ausmachen?«, murrt mein Vater.

»Gern.« Ich drehe am Lautstärkeregler.

»Und das soll Musik sein, was die heute machen.«

Mein Vater seufzt. Dann fangen seine Finger wieder an, auf dem Handschuhfach herumzutrommeln. Er schaut mich an und wendet die Augen dann ab. Die Furcht in seinem Blick trifft mich wie eine rechte Gerade in den Magen. Nie hätte ich mir meinen Vater als jemanden vorstellen können, der Angst hat. Ich werfe verstohlen einen schnellen Seitenblick auf ihn. Sein Gesicht ist dem Krankenhauskomplex zugewandt, der sich allmählich vor uns unter einem wolkenverhangenen Himmel hervortut. Meine Rechte umklammert den Schaltknüppel. Das Fohlen ächzt. Ich versuche, die Zeit zu verlangsamen. Meine. Seine. Unsere.

»Möchtest du, dass ich dir ein anderes Lied anmache?« Ich frage, ohne ihn anzusehen. »Gibts irgendwas, was du hören möchtest?«

»Wie willst du mir denn was anderes anmachen?«, murrt er. »Im Radio läuft, was läuft.«

»Ich kann dir was vom Handy anmachen.«

»Du fährst doch.«

»Siehst du, jetzt stehen wir doch gerade an der Ampel.«

»Dann lass uns Rita hören. ›Nimm mich unter deine Schwingen‹.«

»Was?!« Ich ringe nach Luft.

»Wie ›was‹? Was bist du so überrascht?«

»Nichts, nur dass das ein Wunsch ist, der sehr …«

»Ein Wunsch, der sehr was ist?«

»Sehr …«

»Sehr was, Oded?«

»Sehr schwul.« Ich grinse.

»Was?!« Mein Vater fährt fassungslos zu mir herum. »Was soll an Rita schwul sein?!«

Ich kriege einen Lachanfall.

»Na gut, Oded, also wirklich, bei dir ist immer alles schwul, schwul, schwul.« Mein Vater reckt das Kinn. »Weißt du überhaupt, dass das ursprünglich ein Gedicht von Bialik ist, von unserem Nationaldichter? Und darin geht es nicht nur um die Einsamkeit des Einzelnen und um den Verlust der Jugend, sondern auch um den Preis, den das jüdische Volk im Exil für die Bewahrung eines Lebens unter der Thora entrichtet. Weißt du überhaupt, welch dichterischer Genius erforderlich ist, um mit solcher Einfühlsamkeit und Subtilität die Glocke der Einsamkeit des Einzelnen und seines Volkes zu beschreiben? Schwul, schwul, schwul – das ist alles. Das genau ist das Problem deiner Generation. Immerzu seid ihr nur mit euch selbst beschäftigt, als gäbe es nichts anderes.«

»Schon gut, Papa, beruhig dich.« Ich wische mir die Tränen aus den Augen. »Das war nur Spaß.«

»Amos, er hat nur Spaß gemacht«, mischt sich meine Mutter von der Rückbank ein.

»Spaß, Spaß, bei euch ist immer alles nur Spaß«, kollert mein Vater.

»Also, jetzt aber, ohne Spaß.« Ich suche schnell auf dem Handy.

»Nu, dann vorwärts.« Mein Vater klopft erneut auf das Handschuhfach.

»Vorwärts«, meine Mutter nickt.

»Vorwärts.« Ich tippe auf das Display.

Die Ampel springt auf Grün. Der Wagen rollt los. Der Regen hat aufgehört. Ritas wundervolle Stimme hallt durch den Innenraum, singt von der Sehnsucht nach der Jugend, nach Mutter und Schwester, die lange schon verloren sind. Erst fahren wir andächtig schweigend. Der Weg vor uns erstreckt sich frei. Die Sonne bricht durch die aufgelockerte Wolkendecke. Meine Eltern säuseln gedankenverloren die Worte des angestaubten Textes mit. Hier und da stimme ich mit ein. Der Wagen biegt nach rechts zur Tiefgarage des Krankenhauses ab. Die Schranke hebt sich. Der Weg windet sich hinunter in die Dunkelheit. Als wir gerade dabei sind abzutauchen, denke ich, dass ich sie noch nie mehr geliebt habe als in diesem Augenblick, in dem ich sie vielleicht schon bald verlieren werde.

ZITATNACHWEIS

Das Gedicht »Fame is a fickle food« von Emily Dickinson stammt aus *Emily Dickinson, Gedichte englisch und deutsch*. Herausgegeben, übersetzt und mit einem Nachwort von Gunhild Kübler, Carl Hanser Verlag, München/Wien 2006, S. 496.

RAHUL RAINA
How to Kidnap the Rich

»Ein turbulenter, scharfsinniger, unterhaltsamer Roman und potenzieller Blockbuster!«
New York Times Book Review

Rahul Raina erzählt mit Charme und Selbstironie die Geschichte des schlagfertigen und klugen Aufsteigers Ramesh. In einer Welt, in der Korruption regiert und jeder sich selbst der Nächste ist, muss er die Gegner mit ihren eigenen Waffen schlagen und wird zu einem meisterhaften Betrüger: Als sogenannter »Bildungsberater« legt er Uni-Aufnahmeprüfungen für reiche Teenager ab, die weniger Grips haben als er. Bis fast alles aus dem Ruder läuft …

Roman
Broschiert, 400 Seiten
Aus dem Englischen von Alexander Wagner
ISBN 978-3-0369-6156-9

NOA YEDLIN
Unter Freunden stirbt man nicht

»Nur wenige Schriftstellerinnen und Schriftsteller können den Zeitgeist erkennen und gleichzeitig in Worte fassen. Houellebecq hat es geschafft, Franzen auch. Noa Yedlin übertrifft alle.«
Yedioth Aharonoth

Angesichts des plötzlichen Todes ihres gemeinsamen Freundes Avischai schließen Sohara, Amos, Jehuda und Nili einen Pakt: Sie müssen seinen Tod unbedingt geheim halten, zumindest so lange, bis sein Name in Stockholms heiligen Hallen verkündet wird. Denn man munkelt: Avischai wird den Nobelpreis bekommen. Doch dafür muss er noch eine Weile am Leben bleiben ...

Roman
Gebunden, 480 Seiten
Aus dem Hebräischen von Helene Seidler
ISBN 978-3-0369-5899-6

SLOANE CROSLEY
Cult Classic

»Die witzige, unwahrscheinlich treibende Liebeskomödie, von der Sie nicht wussten, dass Sie darauf gewartet haben. Ein übersprudelndes Vergnügen.«

Elif Batuman

Eine herrlich bissige und smarte Komödie über das Daten im 21. Jahrhundert – all die verlockenden Möglichkeiten, all die gut aussehenden Männer. Und da soll man sich mit dem Jawort festlegen und nicht in Panik geraten, dass es der Falsche sein könnte? In einer Welt unzähliger Optionen und Dating-Apps hilft vielleicht alte Mystik mehr, als man zugeben mag.

Roman
Gebunden, 384 Seiten
Aus dem Amerikanischen von Alexander Wagner
ISBN 978-3-0369-5001-3

MANUEL BUTT

Zierfische in Händen von Idioten

»Ein Roman wie die 90er: wild, berauschend und viel zu schnell vorbei.«

Lutz van der Horst

Sommer '96: Tobis Eltern verabschieden sich in den Urlaub. Vierzehn Tage, in denen Tobi zum ersten Mal mit Lisa schlafen möchte, die Führerscheinprüfung ansteht und er sich um Papas Seepferdchen kümmern soll. Nichts davon wird klappen. Lisa macht Schluss, ihr bester Freund Georg nervt, und Tobis unkontrollierbarer Kumpel Scholzen zieht bei ihm ein. Als Georg eine Nachricht von seiner tot geglaubten Mutter aus London erhält, kapern die vier kurz entschlossen das Fahrschulauto. Ohne Geld, ohne Plan, aber dafür mit den Seepferdchen im Kofferraum.

Roman
Gebunden, 384 Seiten
ISBN 978-3-0369-5003-7

BRYAN WASHINGTON
Dinge, an die wir nicht glauben

»Die Lässigkeit, mit der Washington seine Figuren, seine Geschichte, seine Bilder zeichnet, macht ihn derzeit zu einem der interessantesten Autoren.«
Spiegel Online

Was verbindet uns wirklich, wenn wir uns zu verlieren drohen? Der preisgekrönte Autor Bryan Washington erzählt kraftvoll von zwei schwulen Männern im heutigen Amerika, von Hautfarbe und Sexualität, von Familie und ihren allgegenwärtigen Schatten. Ein brillantes Buch über die Grenzen der Liebe und darüber, wie man sie überwindet.

Roman
Broschiert, 384 Seiten
Aus dem Amerikanischen von Werner Löcher-Lawrence
ISBN 978-3-0369-6167-5